ANGELIKA LAURIEL

Der Tod steht mir nicht

DIE UHR TICKT! Das Leben könnte so himmlisch joghurtleicht sein! Sommer, Sonne, die schönste Stadt des Saarlandes – und Lucy ist verliebt in ›ihren‹ Kommissar Frank Kraus. Doch mit einem Mal platzt die rosarote Traumblase: Jemand versucht, Lucy zu töten. Wie so oft wird Lucy nicht ganz für voll genommen, neigt sie doch das ein oder andere Mal zur Überreaktion. Für sie selbst ist jedoch klar: Sie hat nur dieses eine Leben, und wenn es damit zu Ende gehen soll, muss sie ihre Prioritäten neu setzen. Flugs hält Lucy auf einer To-do-Liste zehn Dinge fest, die sie vor ihrer Ermordung tun möchte. Doch wird sie dafür noch die Gelegenheit haben?

Als Lucy wieder einmal dem scheinbaren Unfalltod von der Schippe springt, nehmen schließlich auch ihr Freund Frank und sein Partner die Sache ernst und beginnen zu ermitteln. Statt joghurtleichtem Sommertraum erleben Lucy und Frank einen Wettlauf gegen die Zeit!

Angelika Lauriel, geboren in Saarbrücken, studierte Englisch und Französisch. Nach Zeiten des Exils in Frankreich, England und Italien zog es sie wieder in das heimische Saarland, wo sie heute mit ihrer Familie lebt. Schon früh begann das Schreiben neben Übersetzungsaufträgen einen wichtigen Platz im Leben der Autorin einzunehmen. Nach mehreren Kinder- und Jugendromanen gab sie 2012 ihr Debüt im Gmeiner-Verlag.

Bisherige Veröffentlichungen im Gmeiner-Verlag:
Bei Tränen Mord (2012)

ANGELIKA LAUREL

Der Tod steht mir nicht

Roman

Original

GMEINER

Ausgewählt von
Claudia Senghaas

Personen und Handlung sind frei erfunden.
Ähnlichkeiten mit lebenden oder toten Personen
sind rein zufällig und nicht beabsichtigt.

Besuchen Sie uns im Internet:
www.gmeiner-verlag.de

Im Ehnried 5, 88605 Meßkirch
Telefon 07575/2095-0
info@gmeiner-verlag.de

1. Auflage 2014

Lektorat: Ricarda Dück
Herstellung: Julia Franze
Umschlaggestaltung: U.O.R.G. Lutz Eberle, Stuttgart
unter Verwendung eines Fotos von: © Serg Zastavkin - Fotolia.com
Druck: GGP Media GmbH, Pößneck
Printed in Germany
ISBN 978-3-8392-1488-6

Für Stefanie und Oliver

PROLOG

Kaum zu glauben: Er war die Schmerzen los. Nach Wochen, in denen er nicht zur Ruhe gekommen war, hatte er eine Nacht durchgeschlafen, tief und traumlos wie ein Baby. Als er aufwachte, fühlte er sich glücklich. Sein Kopf war endlich frei, um sich auf andere Dinge zu konzentrieren. Welche waren es gleich? Richtig.

Bei dem Gedanken an seinen ersten Mord musste er kichern. Danach hatte es noch viele weitere gegeben. Es war leicht, ein Menschenleben auszulöschen. Und sie kriegten einen nie, wenn man wusste, wie man Spuren vermied …

Er schwelgte in Erinnerungen, als die Schmerzen ihn plötzlich wieder befielen. Nicht langsam, von einer Stelle ausgehend, nein, schlagartig verkrampfte sich seine rechte Seite, schrumpfte und verdorrte. Als er den Arm hob, erwartete er den Anblick einer verschrumpelten Klaue, doch seine Hand war rosig. Sein Schenkel zuckte heftig. Es kostete ihn eine übermenschliche Anstrengung, den Tremor unter Kontrolle zu bringen. Eigentlich sah sein rechtes Bein normal aus, nicht allzu kräftig, und im Vergleich zum linken war kein Unterschied zu sehen. In seiner Wahrnehmung hingegen fühlte es sich an, als sei es verkohlt und zu nichts mehr nütze. Natürlich war das nur sein Empfinden. Niemand außer ihm wusste davon. Und das war gut. Bald würde er wieder ein normales Leben führen. Er behielt seine Schmerzen für sich, das war am besten.

1. LOVE IS IN THE AIR

Ich fühle mich so himmlisch joghurtleicht! Ich könnte die Welt umärmeln. Wirklich! Heute trage ich meine gelbroten Manolos, schließlich ist es ein besonderer Tag. Ich kenne meinen Frank jetzt seit exakt zwei Monaten. Und wir sind ein Paar! Wahrhaftig: Die Nichts-richtig-auf-die-Reihe-Bekommerin Lucy Schober und Kriminalkommissar Frank Kraus, ›the one and only‹, sind ein Paar. Heute Morgen haben wir gleich miteinander telefoniert. Leider konnte Frank gestern Abend nicht lange bleiben, weil er einen Mord aufklären muss. Das Tolle daran: Ich bin in keiner Weise darin verwickelt. Da ist einfach klassisch jemand erschossen worden, und ich kannte den Typ nicht einmal dem Namen nach. Nun stöckle ich beschwingten Fußes vom Parkplatz auf dem Großen Markt zu meiner Arbeitsstelle, leider nach wie vor das Callcenter Mediaboutique in Saarlouis. Was erwarten Sie? Hexen kann ich nun nicht.

Es sind erst ein paar Wochen vergangen, seitdem die Mordserie aufgeklärt werden konnte, in die ich ungewollt hineingezogen wurde. Maurice ist jetzt in Merzig in der Geschlossenen. Der Arme. Hoffentlich können sie ihm dort helfen, immerhin wollte er sich lediglich um mein Seelenleben kümmern, mein Gemüt aufhellen. Ich habe eine Weile gebraucht, um das zu verarbeiten. Ich kann ihm keinen Vorwurf machen, dass er reihenweise Menschen um die Ecke gebracht oder es zumindest versucht hat, weil sie mir gegenüber hundsgemein waren. Jeden Tag, wenn ich zum Gebäude komme, in dem das Callcenter untergebracht ist, muss ich an ihn denken, ob ich will oder nicht. Ich wünsche ihm wirklich alles Gute!

Sorgsam senke ich meinen Blick und achte darauf, das Lüftungsgitter neben dem Eingang zu umgehen. Zu schrecklich hat sich das Gefühl in meine Erinnerung eingebrannt, als meine Manolos hier Federn lassen mussten – oder vielmehr einen der Zwölfzentimeterabsätze. Bevor ich die Glastür aufziehe, bewundere ich die Peeptoe-High-Heels noch einmal, die sich darin spiegeln. Der Schusterhannes hat daraus Unikate gemacht, als er die Stöckel der sonnenblumengelben Schuhe mit korallenrot gefärbtem Ziegenleder bezog.

Das Werbeliedchen der Schokoladenmarke mit der Joghurtfüllung summend, durchschreite ich die Halle bis zum Fahrstuhl. Dort steht bereits eine Frau. Sie wendet sich zu mir und mustert mich. Sie ist nicht größer als ich, ihr Haar fällt in einem platinblonden Pferdeschwanz auf einen blauen Kittel, der ihre Figur verdeckt. Sie scheint allerdings superschlank zu sein. Unwillkürlich ziehe ich den Bauch ein, der von den vielen Trüffelpralinés und der Schokolade zum Frühstück zeugt, die ich in den vergangenen Wochen in mich hineingestopft habe. Zunächst trösteten sie mich über die schrecklichen Todesfälle und die Tatsache hinweg, des Mordes verdächtigt zu sein. Danach milderten sie meine Aufregung über Franks Zuneigungsbekundungen.

Mein Kopf fühlt sich unangenehm heiß an, und um einen Krampf zu vermeiden, entspanne ich meine Muskulatur in der Hoffnung, dass das blonde Ding da nicht bemerkt, wie meine Speckröllchen über dem Rockbund nach vorn ploppen. Die Frau beäugt mich indessen unverschämt forschend, bis ihr Blick an meinen Schuhen hängen bleibt. Ob sie die Marke erkennt?

»Sind scheene Schuh das.« Sie zieht eine Augenbraue hoch.

Irre ich mich, oder hat sie einen polnischen Akzent? Vielleicht auch einen russischen? Oder griechischen? Peinlich, ich kann ihn nicht zuordnen. Saarländisch ist es jedenfalls nicht.

»Danke. Das sind Manolo Blahniks.«

Ich schenke ihr ein Lächeln und will erzählen, wie ich sie mir monatelang vom Mund abgespart habe, doch ihr Stirnrunzeln lässt meine Mundwinkel festfrieren.

»Wollte ich nicht wissen das.«

Die Frau hat ein ansprechendes, kleines Gesicht mit hohen Wangenknochen und fein geschwungenen Brauen über azurnen Augen. Ihre Lippen sind voll und sinnlich, und ihre Stimme mit dem, wie ich nun vermute, griechischen Akzent wirkt, als sei sie Telefondame von Beruf. Eine blutjunge Telefondame. ›Rufst du mich an! Habe ich Überraschung für dich!‹ – oder so ähnlich. Eigentlich ist es Quatsch, allerdings macht mir das zierliche Wesen in dem unförmigen Kittel auf subtile Art Angst. Einerseits sieht diese Person wie eine Hilfsarbeiterin aus, was ihre straff nach hinten gebundenen, schlecht gefärbten Haare unterstreichen. Andererseits klingt keine Spur von Schüchternheit mit, wenn sie spricht. Im Gegenteil, sie strotzt vor Selbstbewusstsein. Ausgesprochen widersprüchlich das Ganze. Wohin sie wohl will?

Vermutlich hätte ich es ahnen müssen. Natürlich fährt sie mit mir hoch zur Mediaboutique. Mit einem ›Pling‹ öffnet sich die Fahrstuhltür. Ganz selbstverständlich macht sie einen Schritt nach vorn, tritt vor mir in das Großraumbüro, und ich kann nur mit einem beherzten Rückwärtssprung einen Zusammenprall verhindern. Meine Überraschung ist groß, als ich meinen Chef, Herrn Dürrbier, vor uns stehen sehe. Beim Anblick des Kittelmädchens entspannt er sich sichtlich, seine Schultern sacken herunter und mit seinem urtypischen Lächeln entblößt er die von Zigarillos gelb verfärbten Zähne.

»Ah, die liebe Helene. Herzlich Willkommen in unseren heiligen Hallen.«

Er streckt ihr die Arme entgegen in dem offensichtlichen Wunsch, sie an sich zu ziehen. Helene sträubt sich, was sie mir einerseits sympathisch macht, andererseits meinen ängstlichen Respekt vor ihr steigert. Sie stößt beide Hände vor, sodass Dürri mit seiner Hühnerbrust dagegen prallt. Offensichtlich ist nicht nur ihre Stimme überraschend herb.

»Heiße ich nicht Helene, sondern Ilina! Ist das nicht schwer zu merken!«, faucht sie und hängt noch ein »Bitte!« an, das jedoch mehr nach einem Befehl klingt.

Was darauf mit Dürri passiert, habe ich noch nie gesehen. Er duckt sich fast unmerklich, lächelt sie geradezu devot an und wiederholt ihren richtigen Namen. »Ilina, selbstverständlich. Das klingt auch viel schöner.«

Begeistert klatscht er in die Hände. Nanu? Schlagartig hört das Schnattern der rund 30 Telefonistinnen auf (Männer sind in der Minderheit und ebenso gemeint), alle drehen sich gespannt zu Dürri um. Ich schleiche ein Stück durch den schmalen Gang in Richtung meines Schreibtisches und bleibe wie angewurzelt stehen, als meine Kolleginnen mich anzischen. Ich wende mich Dürri und Ilina zu. Erst jetzt sehe ich, dass sie den Kittel anstelle eines Kleides trägt. Ihre Füße unter den extrem wohlgeformten, nackten Beinen stecken in silbernen Sandaletten mit einem kleinen Absatz. Meine Güte, sieht die Frau klasse aus! Geradezu herausfordernd mustert sie alle, mich dabei großzügig übergehend. Meine Neugier wächst. Wer ist das und was will sie hier?

»Das ist Ilina Kowalska.« Dürri hebt den Arm, will ihn um Ilinas Schultern legen, besinnt sich angesichts ihrer

Miene jedoch eines Besseren. »Sie arbeitet ab heute bei uns und wird Maurice ersetzen, den wir für lange Zeit verloren haben.«

Dürri wirft mir einen vernichtenden Blick zu, als trage ich Schuld an Maurice' Verhaftung und damit an dem Verlust unseres Mädchens für alles. Ilina wird seinen Platz einnehmen? Das bedeutet, sie wird hinter uns herräumen, Kaffee für uns kochen, darauf achten, dass der Betrieb läuft und ansonsten weitgehend unsichtbar bleiben? Hmm, das kann ich mir nicht vorstellen. Ilina wirkt nicht still und zahm wie Maurice, der die Gabe hatte, uns alle zu beruhigen.

Ilina strafft die Schultern und lächelt. »Bin ich lieb zu euch, wenn ihr seid lieb zu mir. Verstanden!«

Das Kichern bleibt mir im Halse stecken, als ich bemerke, wie ernsthaft die anderen nicken. Uff, wo hat Dürri die bloß aufgegabelt?

Ein Telefon schrillt, und als wachten alle aus einem Traum auf, schwirrt und schnattert es um mich herum los. Dürri führt die neue Kollegin zu seinem Büro, ich höre noch, wie er ihr sagt, sie müsse nicht im Kittel zur Arbeit kommen. Ich finde das Outfit gar nicht schlecht. Dann registriere ich die Blicke der wenigen Männer im Raum, die hinter ihren Computerbildschirmen der blonden Maus im blauen Arbeitsdress nachstarren und die Manolos an meinen Füßen unter meinem Minirock nicht einmal bemerken. Das kann ja heiter werden! Überhaupt – Ilina. Was ist das für ein bescheuerter Name?

Fünf kaufunwillige Kunden später steigt mir ein angenehmer Duft in die Nase. Ich drehe den Kopf, um zu sehen, woher er kommt. Die Tür zum Kaffeekabuff steht offen. So lecker hat es bei Maurice nicht gerochen! Hat Ilina etwa ein neues Gerät mitgebracht? Nein, außer ihrem ausgebeulten

Kittel hatte sie lediglich eine winzige, abgestoßene Handtasche aus Lederimitat über der Schulter getragen. Für eine Kaffeemaschine war da kein Platz.

Frustriert von den Klienten, mit denen ich bisher zu tun hatte, fasse ich Mut und gehe zum Kämmerchen, schiele vorsichtig am Türrahmen vorbei und sage: »Hmm, herrlich!«

Ein bisschen schön Wetter machen hat noch nie geschadet. Meine Nervosität versuche ich zu ignorieren.

Ilina steht an der Spüle, sie wirbelt zu mir herum. Ihre Augen scheinen mich zu erstechen, doch immerhin verzieht sie die Mundwinkel. Ich vermute, das soll ein Lächeln sein. Wenn sie ein Hund wäre, könnte man sagen, sie zieht die Lefzen hoch, und das würde wohl bedeuten: ›Sei bloß vorsichtig!‹ Genau das bin ich, als ich einen Schritt auf sie zu mache.

»Darf ich mir eine Tasse nehmen?«

Warum frage ich überhaupt? Natürlich darf ich das.

Mit hochgezogenen Brauen beobachtet Ilina mich, während ich mit zitternden Fingern zuerst den Kaffee und danach einen Schuss Milch in meinen Lieblingsbecher mit der Mohnblume gieße. Abermals steigt mir dieser ungewöhnliche Duft in die Nase. Ich nippe vorsichtig. Hmm, ein Hauch von Vanille ist zu erahnen. Wie hat sie das mit unserer vorsintflutlichen Maschine bloß hingekriegt?

Ilinas Gesichtszüge entspannen sich. Ein Lächeln schenkt sie mir allerdings nicht. »Ist es Familiengeheimnis. Werde ich nicht verraten dir.«

Huch, hatte ich gefragt?

»Bitte?«

»Willst du wissen, wie ich habe gemacht spezielles Aroma, nicht?«

Ich nicke und nehme einen weiteren Schluck. Der schmeckt sogar noch besser als der erste.

»Werde ich nicht sagen niemanden!«

»Gut, Ilina. Der ist große Klasse. Ich bin übrigens Lucy.« Sie hat mich einfach geduzt, also mache ich das genauso. Ich strecke ihr die Hand entgegen.

Ilina betrachtet sie wie einen toten Fisch und erschauert. »Weiß ich das längst.«

Peinlich berührt lasse ich meine Hand fallen. »Meinen Namen?«

»Nein, dass mein Kaffee ist große Klasse. Und jetzt ich muss arbeiten.«

Ich fühle mich entlassen und trolle mich mit meiner Tasse. Ganz gleich, welche Probleme diese komische griechisch-russische Perle hat oder welche Geheimnisse sie vor uns versteckt, ihr Vanillegebräu wiegt alles auf. Ich muss ja nicht mit ihr reden.

Zum Glück muss ich Ilina den Rest des Tages nicht mehr sehen, und es gelingt mir, die reizvolle blonde Maus zu vergessen, während ich noch ein paar Kunden an die Strippe bekomme, die sich von mir zu wenig sinnvollen Käufen überreden lassen. Entsprechend gut gelaunt verlasse ich am Nachmittag das Büro, und als ich Frank auf dem Markt auf mich warten sehe, kribbelt es in meiner Brust vor Freude. Er sieht einfach hinreißend aus in den Jeans und dem Polohemd. Anscheinend ist er außer Dienst, da er keine Waffe trägt. Das heißt mehr Zeit für uns beide! Wie erhofft, schwelgt er zuerst in der Bewunderung meiner Schuhe, und als er den Blick hebt, schwingt darin eine Verheißung mit: ›Warte, wenn ich dir die von den Füßen streife.‹ Und sein Kuss schmeckt sogar noch besser als Ilinas Zaubertrank.

Arm in Arm spazieren wir zur Fußgängerzone, wo wir im ›Tapas‹ eine Kleinigkeit essen wollen. Aus der Kleinigkeit wird allerdings eine Portion Nudeln ›à la Inge‹, für Frank mit extra Käse und extra Chili. Leider betritt alle zehn Minuten jemand aus unseren Bekanntenkreisen das Restaurant, weshalb wir uns kaum unterhalten können und uns stattdessen unsere Freunde gegenseitig vorstellen.

»Und nun zu meinem Job«, sagt Frank, nachdem ein Kollege von ihm, ›Fr*oo*nk‹, endlich unsere schmallippigen Antworten auf seine anzüglichen Scherze und seine belästigenden Blicke in mein Dekolleté richtig gedeutet und Leine gezogen hat. »Ich muss lediglich noch meinen Bericht schreiben, Gott sei Dank!«

»Das ist echt prima! Herzlichen Glückwunsch … Ääh, sagt man da herzlichen Glückwunsch?«

Er lacht. »Kann man.«

Wie süß, er läuft bis unter die Haarwurzeln rot an! Ich deute es als Reaktion auf mein Kompliment und ziehe meinen Fuß aus dem linken Schuh, um ihm damit ein wenig das Schienbein zu liebkosen. Erst da registriere ich die Frau in der langen, weiten Bluse über einer Röhrenjeans, die einen dürren Typ mit winzigem Bauchansatz hinter sich herzieht. Sie steuert eindeutig auf unseren Tisch zu. Frank bemerkt meine massierenden Zehen überhaupt nicht, errötet jetzt allerdings noch mehr und springt auf.

»Ellen!«

Sein Ausruf hört sich ein bisschen wie ein Ächzen an. Ich erschrecke und suche nach meinem Manolo, kann ihn jedoch nicht sofort finden. Ellens Erscheinung wirft mich um. Unverkennbar hat sie sich bereits mit Schwangerschaftskleidung eingedeckt, obwohl unter ihrem Oberteil nicht mehr Bauch zu sehen ist als bei mir. Ihre knapp schulterlangen Haare glänzen in einem natürlichen Weizenblond und wallen in solch perfekten, großen Locken, dass sie sie entweder von einem Starfriseur hat legen lassen oder, noch schlimmer, es Natur sein muss.

»Und der Dieter«, fügt Frank hinzu.

Die beiden sind mittlerweile an unserem Platz angekommen, und ich angle noch immer nach meinem Schuh. Wie peinlich! Frank dreht sich mir zu. Ich sehe ihm genau an, dass er sich wundert, weil ich noch auf meinen vier Buchstaben hocke.

»Lucy, darf ich dir Ellen vorstellen, meine ... ääh ...«

»Baldige Exfrau«, vervollständigt Ellen seinen Satz und streckt mir die Hand entgegen. »Freut mich. Wollen wir gleich Du sagen? Ersparen wir uns das formelle Getue, oder?«

Ich springe auf, stehe zuerst mit dem nackten Fuß auf dem Boden, verlagere mein Gewicht im nächsten Moment auf den anderen, was mir verdutzte Blicke einbringt, weil ich damit gleich zwölf Zentimeter größer erscheine.

»Ganz meinerseits. Einverstanden.«

Ellens Händedruck ist nicht zu fest, ihre Haut warm und trocken. Richtig angenehm. Sie scheint geradezu von innen heraus zu leuchten. Ich erkenne ein paar Fältchen um die Augenpartie, die ihrer Wirkung keinerlei Abbruch tun. Sie sieht aus wie jemand, der gerne lacht, und genau das tut sie, als sie sich neben mich setzt.

»Hallo, Lucy, wollen wir uns auch duzen?«, fragt der Dieter, der sich auf dem Stuhl gegenüber niederlässt.

Er hat ein Kindergesicht unter leicht angegrautem, dunklem Haar und wirkt freundlich, im Vergleich zu Ellen jedoch unscheinbar. Die hat sich inzwischen zur Seite gebeugt und schielt gen Boden. Riecht sie etwa mit ihrer sensiblen Schwangerschaftsnase, dass ich meinen zweiten Manolo noch nicht gefunden habe? Ich lasse mich auf meinen Popo sinken und taste erneut nach dem Meisterwerk der Schuhkunst. Nie wieder werde ich einen davon in der Öffentlichkeit ausziehen!

»Wow!«, schreit Ellen und bückt sich.

Gerade habe ich das weiche Leder meines Peeptoe-High-Heels mit der Zehenspitze berührt, als es mir entrissen wird.

Mit noch leuchtenderen Augen als vorhin, falls das überhaupt möglich ist, taucht Ellen auf und hält ihre Jagdtrophäe in der Hand. Fast liebevoll streicht sie mit dem Finger den Absatz entlang. »Gehört der etwa dir? Das ist ein Manolo Blahnik, oder?«

Ich hätte es gleich ahnen können. Sie ist eine Schwester im Geiste.

Stolz nicke ich. »Habe ich reduziert gekauft. Fünf Monate lang von Tütensuppe gelebt.«

Sie nickt wissend. »Er ist jede einzelne Praline wert, auf die du verzichtet hast. Wunderschön!«

Ehrfürchtig reicht sie mir meinen Schuh. Ich lasse ihn hastig verschwinden und ziehe ihn an.

Frank grinst, Ellen zwinkert, der Dieter schaut arglos in die Runde. »Hä?«, fragt er sichtlich verwirrt.

Mir kommt für eine Sekunde in den Sinn, dass die sinnliche Frau vor mir vermutlich meine unmittelbare Vorgängerin ist, deren Füße Frank als Letztes geleckt hat. Schnell verscheuche ich den Gedanken.

Ellen tätschelt dem Dieter die Hand. »Nichts, Schatz. Wollen wir bestellen?« In diesem Moment kommt der Ober im karierten Hemd herbeigeeilt. »›Pasta Inge‹ mit extra Käse?«

Der Dieter nickt. »Und dazu ein großes Pils.«

»Für mich eine große Apfelschorle, bitte.«

Als ich Ellen dabei beobachte, wie sie mit gesundem Appetit ihre Nudelportion genießt, fühle ich mich mehr und mehr wie eine graue Maus. Und das, obwohl ich heute Morgen, bevor ich das Haus verließ, im Spiegel der gut gekleideten Dreiunddreißigerin ein zufriedenes Augenzwinkern geschenkt habe. Meine dunklen Haare sind vom Friseur meines Vertrauens vor ein paar Tagen frisch in Form geschnitten worden, allerdings lässt sich das Gekringel auf meinem Kopf nur in stundenlanger Arbeit annähernd in solch mondäne Wellen legen, wie Ellen sie trägt. Noch dazu besitzt sie dieses innere Leuchten. Von dem bin ich mit Sicherheit meilenweit entfernt. Ich vermute, es hängt mit ihrer Schwangerschaft zusammen. Nach nörgelnder Ehefrau, wie Frank sie mir beschrieben hat, sieht sie jedenfalls nicht aus.

Während ich verstohlen den Raum sondiere, bemerke ich sehr wohl die vorwiegend männlichen Blicke, die an diesem bezaubernden Wesen hängen bleiben, als sei diese Frau ein Versprechen von Lust und Sinnlichkeit. An ihr ist nichts Vulgäres oder Billiges, ihre wonneproppige Erotik nimmt mir beinahe die Luft. Das Schlimmste daran: Sie scheint sich dessen in keiner Weise bewusst zu sein. Ich bin mir sicher, wenn jemand sie darauf ansprechen würde, würde sie das errötend von sich weisen – was den Reiz mindestens verdoppelt, wenn nicht gar hochgradig potenziert. Und mit ihr soll ich mithalten können? Überrascht spüre ich einen Anflug von Neid. Schön blöd, ich weiß, doch sie verkörpert genau das, was ich mir immer für mich selbst gewünscht habe: eine natürliche Grazie trotz durchschnittlicher Figur und Körpergröße, gleichzeitig ein gesundes Selbstbewusstsein, das nicht an Äußerlichkeiten festgemacht ist. Außerdem ist sie ganz Frau, ohne weibchenhaft zu wirken und ohne es nötig zu haben, sich bei der Männerwelt anzubiedern. Das Gesamtbild wird noch dadurch gekrönt, dass ein Kind in ihr heranwächst.

Ich stütze das Kinn in die Hand, beobachte, wie sie mit der Zungenspitze ein Tröpfchen heller Soße aus dem Mundwinkel leckt, und seufze. Das angeregte Gespräch an unserem Tisch verstummt. Worüber haben die drei gerade gesprochen? Ich bin gedanklich völlig abgedriftet und ernte amüsierte Blicke.

»Was hast du?«, fragt Frank.

»N… nichts«, stammle ich verwirrt. »Ich finde es schön hier …«

Ellen schenkt mir ein Lächeln. Wer könnte dieser Frau böse sein?

»Du siehst hinreißend aus!«, entfährt es mir.

Sie runzelt die Stirn und denkt eine Sekunde nach, sicherlich darüber, ob ich es ernst meine, dann lacht sie. Wie vermutet, schwingt eine Spur Verlegenheit neben aufrichtiger Freude über mein Kompliment mit.

»Danke«, sagt sie. Mehr nicht. Das ist Größe.

Frank nimmt meine Hand, beugt sich zu mir und flüstert in mein Ohr: »Du auch, Schatz!« Seine Lippen an meiner Haut rufen ein wohliges Kribbeln hervor.

Vor lauter Glück schmiege ich mich an ihn und würde am liebsten die ganze Nacht hier sitzen bleiben. Ellen hat uns im Auge, und erleichtert erkenne ich keine Anzeichen von Eifersucht. Sie tunkt ein Stück Flûtes in die Soße und isst das triefende Weißbrot genüsslich, danach wischt sie sich schmunzelnd mit der Serviette den Mund ab und legt eine Hand auf Dieters Unterarm.

»Der Dieter hat sich übrigens ein neues Hobby zugelegt.«

Er stutzt, wirft ihr einen nicht deutbaren Blick zu und isst schließlich weiter.

»So?«, hake ich nach.

»Wisst ihr, er sammelt seit Jahren Büroklammern.«

Ich verkneife mir ein Lachen. Stimmt, ich glaube mich zu erinnern, wie Frank einmal Dieters Beruf erwähnte: irgendetwas beim Finanzamt oder in die Richtung.

Ellen greift nach einer riesigen Tasche an ihrer Stuhllehne, durchkramt alle Fächer und zieht eine Kette heraus, die ich erst auf den zweiten Blick richtig erkenne. Sie besteht aus ineinander verschlungenen Büroklammern verschiedener Größe und Couleur. Doch da ist außerdem ein Geflitter und Geflimmer, das sich nicht richtig identifizieren lässt. Ich strecke unwillkürlich die Hand aus. Ellen lässt die Kette hineingleiten. Mir ist vollkommen unverständlich, wie man auf eine solche Idee kommt – jede einzelne dieser Klammern ist zu einem Unikat abgewandelt worden. Manche sind mit Knöpfen verziert, auf die der Dieter Miniaturgesichter aufgemalt hat. Ich erkenne einen Tiger und eine Tigerente, eine normale Katze und eine mit grünen Streifen, zudem ein Teddybärengesicht und einen Gummibärenkopf. Andere Klammern sind mit winzigen Stückchen Spitze umwickelt, weitere mit Glitzersternchen auf Glitterkleber verziert.

Ich nicke anerkennend. »Wow! Da steckt viel Arbeit darin, oder?«

Der Dieter kaut an seinem letzten Stück Flûtes mit Soße und nickt errötend. Er schluckt rasch, damit er antworten kann. »Stimmt, es ist eine ziemliche Friemelarbeit. Aber wenn ich das mache, kann ich alles um mich herum vergessen. Das ist der ideale Ausgleich zum Stress im Beruf.«

Stress im Beruf? Hatte Frank nicht erwähnt, dass einer der Vorzüge vom Dieter sein pünktlicher Feierabend um vier Uhr nachmittags ist? Doch ich will nicht kleinlich sein und die klischeehafte Frage stellen, was am Bleistiftanspitzen bitte schön stressig sein soll. Schließlich sitze ich selbst den ganzen Tag in einem Büro und habe in den kurz getakteten Anrufintervallen kaum die Gelegenheit, einen Bleistift anzuspitzen oder mir Gedanken über die Verschönerung einer Büroklammer zu machen.

»Ich gebe seit Kurzem einen Bastelkurs!«, platzt es aus dem Dieter heraus. Ellen zuckt zusammen, der Dieter spricht unbeirrt weiter. »Ich habe ihn den ›toleranten Bastelkurs‹ genannt. Ich bin nämlich offen für alles. Meine Idee dahinter: Alle Teilnehmer können bestimmen, womit sie basteln wollen. Sie bringen ihr Lieblingsmaterial mit, ich steuere Sachen zum Verschönern bei, und dann kann es losgehen.«

»Ääh … Und das läuft?«, frage ich nach.

Ellen hat sich zurückgelehnt und bewundert die Balken an der Decke, die großen, bunten Fotos und die Retro-Dekorationen im Lokal.

»Das schlägt ein wie eine Bombe, sag ich dir! Hätte ich niemals geglaubt. Ich habe neun Frauen und sechs Männer im Kurs, und jeder hat irgendeine Vorliebe. Gut, der eine hat tote Käfer mitgebracht, das war ein bisschen schräg. Aber ansonsten – Stoffreste, Wolle, Knöpfe, Perlen aller Art, Lampenschirme, Handys und Laptoptaschen, Buchhüllen … Ach, ich kann gar nicht alles aufzählen. Im Ernst, wir denken bereits darüber nach, ob wir am Ende des Kurses eine Ausstellung machen sollen.«

Ich nippe an meinem Weißwein. »Klingt abgefahren.«

»Wenn du Lust hast, komm doch vorbei. Du hast bestimmt noch was im Haus, das man verschönern könnte.«

Für einen kurzen Moment blitzt das Bild meines augenlosen, ururalten Knuddelteddys vor meinem inneren Auge auf, der tatsächlich ein bisschen aufgepeppt werden könnte. Den Gedanken verwerfe ich allerdings sofort. Das wäre einfach zu peinlich! Den habe ich nicht mal Frank gezeigt, geschweige denn irgendjemand sonst weiß von seiner Existenz. Niemand, außer meiner Rebellenschwester Kat, die den Zwilling dazu besitzt und in ihrem Nachtschränkchen in der untersten Schublade aufbewahrt, griffbereit für Katastrophennächte. Ob sie ihn bei diesem fürchterlichen Gewitter vorgestern Nacht ebenfalls gebraucht hat? Ich unterdrücke einen Kiekser und bekomme unerwartet Schützenhilfe von Ellen.

»Ich glaube, Lucy hat im Moment Besseres zu tun. Sicher ist sie froh über jede Minute, die sie mit Frank verbringen kann.«

Der Dieter stutzt, aber Ellens Miene bleibt arglos. »Mein Schnucki hat sich noch ein zweites Hobby zugelegt. Gerade rechtzeitig, bevor unser Kind zur Welt kommt und es zu spät dafür ist.«

Jetzt kann sie ihre Missbilligung nicht mehr verbergen. Oh, oh, das klingt nun ein wenig nach nörgelnder Ehefrau. ›Schnucki‹ ist offensichtlich über diese Eröffnung seiner Liebsten nicht gerade erfreut.

»Er nimmt an einem Häkelkurs teil!« Ellen verstummt und führt das Glas zum Mund. An der Apfelschorle verschluckt sie sich und muss husten.

Ich bin baff.

Der Dieter ist damit beschäftigt, Ellen auf den Rücken zu klopfen, bis sie zu ihm herumfährt und »Hör auf!« zischt. Pfeifend holt sie Luft, um gleich darauf in ein albernes Gackern auszubrechen.

Nach einer Schrecksekunde stimme ich erleichtert mit ein. Nicht nur, weil sie lacht anstatt zu schimpfen, sondern auch weil das Geräusch, mit dem sie hastig eingeatmet hat – ›hhhh‹ –, mich plötzlich an das höchst unschöne Ableben von Ilse Crumpf-Saitenstecher erinnert hat. Durch eine Aneinanderreihung unglücklicher Zufälle war sie an ihrem eigenen Lippenstift erstickt. Möge sie in Frieden ruhen.

Der Dieter verschränkt die Arme vor der Brust und schiebt die Unterlippe vor. Ich werfe einen Seitenblick auf Frank. Er hat dieses angedeutete Grinsen aufgesetzt, das ein Grübchen in seine Wange zaubert.

»Sorry«, stoße ich aus.

Frank übt sanften Druck auf meinen Oberschenkel aus. Ach, er ist solch ein Lieber, er mag nicht, dass wir uns über den Dieter lustig machen.

»Was ihr immer habt«, sagt dieser jetzt. »Häkeln ist eine Kunstform, damit ihr's wisst! Ich kann das nicht nur nutzen, um meine Büroklammern in Zukunft zu umgarnen …«

Franks Handgriff verstärkt sich, und mit einer übermenschlichen Anstrengung gelingt es mir, das Lachen zu unterdrücken. Ellen findet das Ganze inzwischen anscheinend nicht mehr lustig. Vielmehr habe ich das Gefühl, eine Träne in ihrem Augenwinkel aufblitzen zu sehen. Vielleicht ist die allerdings noch von ihrem Lachanfall übrig geblieben.

Der Dieter streckt indessen das Kinn vor und spricht unbeirrt weiter: »Mit Häkeln kann man auch wunderschöne Babysachen herstellen!« Zufrieden lässt er sich gegen die Stuhllehne sinken und nimmt einen kräftigen Zug aus seinem Bierglas.

Ellen hat sich zu ihm umgedreht, und ich sehe in ihrem Profil, wie ihre Gesichtszüge weich werden. »Du häkelst Sachen für unser Kind?«

»Das sollte eigentlich eine Überraschung werden … In Gelb und Türkis, Marine mit Weiß. Damit es zu einem Jungen oder zu einem Mädchen passt. Ein Mützchen ist fertig.«

Wortlos küsst Ellen ihn. Wie süß! Ich seufze.

Schließlich richtet Ellen das Wort an Frank: »Wann wird Herbert eigentlich entlassen?«

Herbert Groß-Grühnkool ist seit etwa zwölf Jahren Franks Partner. Im Frühjahr wurde er bei einem Einsatz verletzt und weilt derzeit in einer Rehaklinik in Homburg.

»Er kann am Freitag nach Hause. Ich habe ihm versprochen, ihn abzuholen.«

Ellen wendet sich an mich. »Kennst du ihn?«

»Nein.«

»Du wirst ihn mögen, er ist nett. Der Arme! Da hat er sich für dich geopfert, Frank, und kassiert dafür solch eine Scheiße.«

»Er hat sich für dich geopfert?«, frage ich nach.

Frank fährt mit Daumen und Zeigefinger den Stiel seines Weinglases entlang, eine Bewegung, der ich wie gebannt folge. »Er hat sich vor mich geworfen, als mich einer angreifen wollte. Da ist er genau zwischen die Fronten geraten. Der andere Typ war nicht gerade zimperlich. Er hat Herbert wie einen nassen Lappen durch die Luft geschleudert, und der ist derart unglücklich gefallen, dass er sich einige komplizierte Knochenbrüche eingefangen hat.«

»Er hat also eine Heldentat begangen?«

Frank spitzt die Lippen. »Tja, er hätte es besser sein lassen. Ich war dem Kerl durchaus gewachsen. Als Herbert außer Gefecht gesetzt war, musste ich es ohnehin mit ihm aufnehmen.«

Herberts mutige Aktion muss in Wirklichkeit ziemlich dumm gewesen sein.

Frank seufzt. »Die Absicht zählt.«

Ellen lacht. »Er ist zäher, als es scheint. Er hat es gut gemeint.«

»Durchaus. Na, jetzt ist endlich alles heile und ich freue mich echt, bald wieder mit ihm auf Achse zu sein.« Nach einer kurzen Pause wendet sich Frank an mich: »Hast du Lust, mitzukommen?«

»Wohin?«

»Nach Homburg, wenn ich ihn abhole. Ich glaube, du wirst ihn mögen.«

»Okay, warum nicht?«

2. GUTE FREUNDE

Frank Kraus konnte es nicht mehr erwarten, seinen Partner an seiner Seite zu wissen. Die Kollegen, mit denen er vertretungsweise hatte ermitteln müssen, waren zwar nett, doch die Arbeit mit Herbert war einfach etwas anderes. Um jemandem vertrauen zu können, benötigte Frank Zeit. Dazu reichten ein paar Wochen nicht aus. Genau dieses Vertrauen machte ihn und Herbert als Kommissarenduo dauerhaft erfolgreich. Sie waren im Lauf der Jahre zu einem Dream-Team zusammengewachsen. Sie ergänzten sich in ihren Stärken und Schwächen ebenso wie in ihrem Wesen. Herbert glich Franks mangelhaftes Namensgedächtnis aus. Dafür brachte Herbert Fakten durcheinander, ordnete Mordwaffen oder Orte falsch zu, während Frank sich darin nie irrte. Außerdem verstanden sie sich, ohne viele Worte verlieren zu müssen.

»Mit Herbert habe ich die meisten Fälle in Rekordzeit aufklären können.« Er drehte den Kopf zur Seite. Lucy beobachtete ihn vom Beifahrersitz aus und nickte.

»Wir sind gleich da. Dort hinten ist es.«

Frank brachte den Wagen auf dem Gästeparkplatz zum Halten, sie überquerten die Straße und betraten die Rehaklinik, die abseits der Stadt im Grünen lag. Ein Geruchsgemisch aus Desinfektionsmitteln und getragenen Filzpantoffeln empfing sie. Zielstrebig führte Frank Lucy an der Portiersloge vorbei. Die Wand war in einer Farbe holzgetäfelt, die noch aus den Siebzigern stammen musste. Durch eine zweiflügelige Glastür gelangten sie in einen langen Gang, an dessen Ende lediglich ein Fenster Tageslicht hereinließ. Frank nahm Lucys Hand, klopfte an die hinterste

Tür des Flures und trat ein, ohne eine Antwort abzuwarten. Lucy folgte ihm.

»Da bist du ja, ääh …?«

Langsam erhob sich Herbert von einem grünen Resopalstuhl und runzelte die Stirn. Seine grauen Haare waren lang geworden und der Bart musste dringend getrimmt werden. Nie hatte er mehr Horst Schlämmer geglichen, jener Kunstfigur, die der Comedian Hape Kerkeling erfunden hat. Herbert war nur schmächtiger, was ihn allerdings nicht davon abhielt, einen zu kleinen Trenchcoat zu tragen, der ihn wesentlich dicker wirken ließ, als er war.

»Dies ist Lucy Schober, ich habe dir von ihr erzählt.«

Frank legte Lucy den Arm an den Rücken, und sie streckte ihre Hand vor, während Herbert einen unbeholfenen Schritt auf sie zu machte.

»Natürlich.« Sogar Herberts Stimme glich der des kauzigen Redakteurs aus Grevenbroich. Sie stieg sonor aus der eher schmalen Brust. »Deine Verdächtige.«

Frank spürte, wie Lucy zusammenzuckte. Herbert schüttelte ihre Hand, während sie »Guten Tag« murmelte.

»Freut mich.« Herbert grunzte. »Sie sind nicht mehr mordverdächtig, nicht wahr?«

Lucy warf Frank einen Seitenblick zu und schüttelte den Kopf.

Herbert feixte. »Wenn ich nicht unnütz hier hätte herumhängen müssen, wäre das viel früher klar gewesen.« Mit einer ausholenden Armbewegung deutete er ins Zimmer. »Nicht gerade Luxus, aber jetzt habe ich es hinter mir. Da ist mein Gepäck.« Als Frank nach den zwei uralten Reisetaschen auf dem Bett griff, murmelte Herbert aus dem Mundwinkel: »Warum hast du die mitgebracht?«

»Damit ihr euch kennenlernt.«

Frank wartete, dass Herbert oder Lucy die Tür für ihn öffnete. Er hörte Fußescharren hinter sich und drehte sich um. Gerade machte sein Partner einen unbeholfenen Schritt zur Seite, um Lucy vorbeizulassen. Sie bedeutete ihm ihrerseits, er solle vorgehen. Herbert zögerte und entschied sich dann voranzuschreiten, exakt in dem Moment, in dem Lucy den gleichen Entschluss fasste. Abermals prallten die beiden zusammen. Herbert stieß ein grunzendes Lachen aus und entblößte seine schlecht sitzende Brücke unter dem schweren Schnäuzer. Lucy lächelte nun ebenfalls, doch ihre Augen behielten den verwirrten Ausdruck bei. Schließlich schlüpfte sie an Frank vorbei, um die Tür zu öffnen. Als sie mit ihm auf gleicher Höhe war, zog sie in einer komisch-verzweifelten Geste eine Braue hoch.

»Mach's gut, kleines Zimmer. Ich werde dich nicht vermissen und will dich nie mehr sehen.« Herbert verpasste dem Bettgestell einen Tritt.

Frank schmunzelte. Sie gingen langsam den Flur entlang. Herbert zog das rechte Bein ein wenig nach.

»Wirst du das Humpeln noch los?«, fragte Frank.

»Sie sagen es jedenfalls. Es dauert halt seine Zeit.«

Auf einmal flog eine Tür auf, und ein schlecht rasierter Mann in den Fünfzigern trat auf den Gang. Er stützte sich auf eine Krücke, die er mit der rechten Hand hielt. Herbert stieß ein Grunzen aus und wandte sich ab, hielt jedoch im nächsten Moment inne. Ihm wurde wohl klar, dass er sich vor dem Patienten nicht verstecken konnte, er machte einen Schritt auf ihn zu und schlug ihm auf die Schulter. Der andere zuckte zusammen und hustete.

»Schluss für mich, Kurt! Ich verschwinde.«

Röchelnd nickte der Angesprochene und musterte Lucy auf eine Art, die Frank sich einen halben Schritt vor sie stellen ließ, um sie vor diesem Blick zu schützen.

»Hascht du's gudd, Alder! Awwer ich komm aach bald raus.«

Herberts Leidensgenosse stieß ein solch schrilles Lachen aus, dass sich die Haare auf Franks Armen aufstellten. Beim genaueren Betrachten entdeckte er am rechten Unterarm und im Gesicht des Mannes Narben. Langsam dämmerte es ihm – von Kurt Neccer hatte Herbert ihm bereits erzählt und sich gewundert, wieso er nicht in der Psychiatrie gelandet war. Kurt hatte einen Hausbrand überlebt, bei dem sein Vater ums Leben kam, was er schwer verkraftete.

»Können wir?«, fragte Frank.

»Unn dann treff ich mich aa widder mit de Määdcher.«

Erneut lachte Kurt, deutete mit seinem Kinn auf Lucy und befeuchtete seine Lippen. Es wirkte wie das Züngeln einer Schlange.

»Schwätz du nur«, antwortete Herbert, stellte sich halb seitlich mit dem Rücken zu Kurt und winkte Frank und Lucy vorbei. Zum Abschied schüttelte er seinem ehemaligen Flurnachbar die Hand, sodass Kurt mit seiner Krücke erbebte.

»Ich wünsch dir gute Besserung, alter Gesell. Und bleib sauber, wenn du draußen bist. Ich will keine Klagen hören!« Herbert schob Kurt zu seinem Zimmer und half ihm gegen dessen Protest hinein, zog die Tür zu und eilte zu Frank und Lucy.

In der Halle trat der Portier aus seiner Loge heraus. »Na, Herbert, geht's heute heimwärts?«

»So sieht's aus.«

Franks Partner beugte sich zu Lucy und knurrte aus dem Mundwinkel: »Die behandeln die Leute hier wie Hirnamputierte. Gut, bei Kurt passt's.«

Der Pförtner klopfte Herbert gönnerhaft auf den Rücken. »Sind ja auch lauter Irre hier.«

»Und du bist der Obertrottel!« Herbert ließ ein amüsiertes Schnalzen hören und umarmte sein Gegenüber kurz. »Auf jetzt. Nichts wie weg, sonst buchten sie uns alle noch ein. Gegen diesen Typen hier ist Miss Ratched aus ›Einer flog über das Kuckucksnest‹ ein harmloses Vögelchen.« Herbert machte zwei schnelle Schritte auf den Ausgang zu, besann sich und fiel mit einem leisen Stöhnen in sein Humpeln zurück.

Nachdem kurz darauf das Gepäck im Auto verstaut war, fragte Frank: »Was haltet ihr davon, wenn wir irgendwo noch etwas trinken?«

Eine Dreiviertelstunde später parkte Frank in Saarlouis den Wagen bei der Wache und führte Lucy und seinen Partner in die Fußgängerzone. Von ihrem Unmut würde er sich nicht beirren lassen. Auf Herberts ausdrücklichen Wunsch hin nahmen sie schließlich im ›Siebten Himmel‹ ein Bier.

»Nun, ihr beiden. Ich möchte gerne, dass ihr euch richtig bekannt macht«, begann Frank die Unterhaltung.

Kaum zu glauben, wie sie sich die ganze Fahrt über angeschwiegen hatten! Lucy musterte ihn drohend über den Rand ihres Glases. Unter dem Tisch schob er sein Bein zu ihrem und berührte es leicht. Es wirkte. Ihre Mundwinkel verzogen sich beinahe zu einem Lächeln.

»Okay, ich fange mal an.« Sie streckte Herbert die Hand hin, die er zögernd ergriff, drückte und sofort wieder losließ.

»Ich heiße Lucy Schober, bin 33 und seit zwei Monaten mit Ihrem Kollegen zusammen. Wir haben uns durch eine Mordserie kennengelernt, in der ich die Hauptverdächtige war. Zum Glück hat sich das alles aufgeklärt. Ich bin genauso wenig ein Mörder wie Sie.«

Herbert bohrte mit dem kleinen Finger in seinem Ohr. »Irgendwelche Laster, von denen ich wissen sollte?«, fragte er betont beiläufig. »Tierquälerei, Telefonsex, Kirchgängerin?«

Frank kicherte, woraufhin ihn seine Liebste strafend anfunkelte. Lucys Bein entfernte sich von seinem. Anscheinend konnte sie mit Herberts Humor nicht viel anfangen. Gerade setzte Frank zu einer Bemerkung an, mit der er Herberts Verhör abmildern wollte, als Lucy erwiderte: »Mein einziges Laster ist, dass ich Horst Schlämmer verehre.«

Als Frank losprustete, stimmte Herbert mit ein. »Gut gekontert, Schätzelein«, sagte er ganz im Tonfall von Hape alias Horst und nickte Frank anerkennend zu. »Ich bin Herbert Groß-Grühnkool und kann nichts für meinen Namen. War fünf Jahre verheiratet, bin seit 14 Jahren geschieden. Jetzt bin ich 54 und wäre topfit, wenn ich nicht in einem Anfall von geistiger Umnachtung meinen Partner vor einem bösen Buben hätte retten wollen.«

Und damit stockte das Gespräch. Die beiden fanden einfach keinen gemeinsamen Nenner. Lucy lachte zwar über Herberts Horst-Schlämmer-Parodie, aber sie konnte sich offensichtlich nicht mit ihm unterhalten, und umgekehrt schien es genauso. Die Musik im Lokal spielte laut. Herbert tat, als lausche er den Hardrocksongs, und ließ seinen Blick schweifen.

Lucy rückte nahe an Frank heran.

»Wollen wir gehen?«, fragte Frank schließlich und erntete von beiden begeisterte Zustimmung.

Nachdenklich fuhr er zuerst seinen Partner heim, wo dieser bereits von seiner Mutter erwartet wurde. Im Anschluss brachte er den Wagen zurück zur Wache und ging mit Lucy zu dem Gebäude in der Ludwigstraße, das er mit Ellen zusammen renoviert hatte. Er war vor ein paar Wochen aus der Einliegerwohnung im Kellergeschoss in das Loft unter dem Dach umgezogen. Es war noch nicht ganz klar, ob er hier weiterhin leben würde, jetzt, wo Ellen und der Dieter ein Kind erwarteten. Wirklich wohl fühlte er sich nicht mehr. Die seltsamen Bedenken seiner Noch-Ehefrau, mit denen sie angekommen war, als sie von Lucys Existenz und deren Stellenwert für Frank Wind bekommen hatte, hatten ihn nachdenklich gestimmt. Die mit beiden Beinen im Leben stehende Ellen hatte sich plötzlich von ihrer verletzlichen Seite gezeigt. Sie sei sich nicht mehr sicher, ob der Dieter der Richtige für sie wäre, und sie bräuchte Frank zum Reden und überhaupt sei er ihr Traummann gewesen, ihre erste große Liebe … Es war natürlich der ideale Zeitpunkt gewesen, im zweiten Monat schwanger mit dem Baby eines anderen, seit einem guten Jahr von ihm getrennt lebend! Letztendlich hatten sie ihre eigenartigen Anwandlungen auf den hormonellen Aufruhr in ihrem schwangeren Körper geschoben. Puh, im Grunde fand er diese Art des Zusammenlebens mit jedem Tag unbefriedigender, auch wenn er unglaublich viel Zeit in die Renovierung des Hauses gesteckt und deswegen den Gedanken, daraus auszuziehen, immer weit von sich gewiesen hatte. Doch allein die Vorstellung, Ellen und der Dieter könnten etwas von seinen und Lucys Liebesspielen mitbekommen – oder umgekehrt! Mist, wie kriegte er diese Bilder aus dem Kopf?

Lucy sah ihn abwartend an und trommelte mit ihrem zierlichen Fuß auf den Boden. Er grinste. In stummer Übereinkunft stiegen sie in seinen grünen Mini mit dem Union Jack auf dem Dach und fuhren nach Beaumarais zu ihrer Wohnung.

»Komischer Kauz, dein Herbert«, sagte Lucy, nachdem sie die Tür hinter ihnen geschlossen hatte. »Möchtest du ein Glas Wein?«

Frank nickte, seine Freundin ging in die winzige Küche und holte unter der Arbeitsplatte eine Flasche hervor. Fachmännisch entkorkte sie diese und sah erst zu ihm hoch, als er auf ihre Äußerung eingehend fragte: »Findest du?«

Lucy drückte ihm zwei Gläser in die Hände und füllte sie, ging ihm voraus zum Couchtisch und ließ sich auf dem Zweisitzer nieder.

»Klar. Ich weiß gar nicht, worüber ich mit ihm reden soll. Nach euren Schilderungen hatte ich ihn mir anders vorgestellt, irgendwie normaler.«

Frank lachte. Lucy nahm einen Schluck, kuschelte sich an ihn und ließ die Unterschenkel über die Seitenlehne der Couch baumeln. Abwechselnd hob sie die Füße mit den Riemchenschuhen hoch und spreizte die Zehen mit den blau lackierten Nägeln. Franks Konzentration wanderte in andere Körperregionen. Er musste lächeln, beugte sich über sie und zog ihr Bein zu sich. Sie winkelte es an, damit er bis an die Schnalle der Sandalette kam, um sie zu öffnen. Als er aufstand, ließ sich Lucy sanft nach hinten fallen und blickte ihn voller Erwartung an. Er kniete sich neben die Couch, befreite ihren zweiten Fuß und begann, sie zu massieren.

3. AUTSCH!

Lieben Sie auch diese Augusttage, die am besten nie enden sollten? ›Hochsommer‹ nannte meine Oma früher diese Zeit. Die Natur ist auf ihrem Höhepunkt und man merkt noch nicht richtig, wie die Tage bereits wieder kürzer werden. Alles strotzt vor Leben.

Ich finde Sex in diesen Wochen am besten. Alle Welt ist leichtbekleidet, und die Socken bleiben im Schrank. Hatte ich eigentlich erwähnt, dass Frank Fußfetischist ist? Sie verstehen, was ich meine. Jedes Mal eine andere Wonne. Er ist derart erfinderisch ... Ich kann mich bloß wundern, wie viele erogene Stellen ich an den Füßen habe. Und mein Leben lang habe ich nichts davon geahnt, das muss man sich vorstellen ...

Da Frank und ich uns heute früh aus dem Bett geschält haben, nutze ich diesen wundervollen Morgen nach einer wundervollen Nacht, um eine lange Strecke zu joggen. In letzter Zeit hat es mir ein wenig an passenden Gelegenheiten gemangelt. Wahrscheinlich ist das einer der Gründe, weshalb mein Bäuchlein fast aussieht, als sei ich schwanger, was mir verständlicherweise gar nicht gefällt. Noch dazu hat meine Mutter vorgestern eine spitze Bemerkung gemacht. »Ach, kaum wähnst du dich unter der Haube, lässt du dich gehen? Mach weiter damit, und du wirst die Dellen an deinen Oberschenkeln nicht mehr zählen können!«

Dabei bin nicht ich diejenige in der Familie, die unter Cellulite zu leiden hat. Nein, dieses Schicksal hat lediglich Anna Maria getroffen, die Vorzeigetochter, die ihr Essen mit der Briefwaage rationiert, bevor sie es mit schlechtem Gewissen zu sich nimmt. Gegen Cellulite hilft das selbstverständlich herzlich wenig. Ich vermute, dagegen ist frau schlichtweg machtlos. Davon abgesehen hat A-Mi eine Topfigur. Meine Rebellenschwester Kat und ich sehen das deutlich lockerer, und trotzdem brauchen wir uns nicht zu verstecken. Naturschlank nennt man das wohl. Dennoch hat Mutters Kommentar zu meiner körperlichen Verfassung seine Wirkung nicht verfehlt. Dieses Pralinen- und Schokobäuchlein stört mich ohnehin selbst. Nein, ich finde es nicht sexy, wenn Frank sagt, er bette seinen Kopf gerne darauf, weil es sich wie ein weiches Kissen anfühle.

Aus diesem Grund und weil der Sommer meine Lieblingsjahreszeit ist, laufe ich also heute Morgen am Mühlenbach entlang Richtung Wallerfangen. Vereinzelte Nebelschwaden steigen über dem Wasser auf. Die Sonne brutzelt alles weg, und bereits nach kurzer Zeit dampfe ich aus allen Poren, fühle mich frei und glücklich. Ich liebe und werde geliebt! Den sattgrünen Anblick der Natur sauge ich in mich auf, betrachte das träge dahinfließende Wasser, die winzigen Samenwölkchen, die darüber schweben, und die gelben Pollen, die darauf kleine Teppiche gebildet haben. Glauben Sie mir, in der warmen Jahreszeit gibt es keinen schöneren Ort als die Gegend um Saarlouis. Unterwegs begegne ich anderen Joggern und alle haben dieses Sommerlächeln im Gesicht. Das Leben macht einfach Spaß.

Langsam komme ich in Gefilde, in denen ich immer seltener Menschen antreffe. Bald scheine ich allein zu sein. Meine gleichmäßigen Schritte versetzen mich in eine Art Trance. Neben mir taucht ein riesiges Feld mit mannshohen Pflanzen auf, die ausladende Blätter von ihren dicken, rot gefleckten Stängeln strecken. Offensichtlich sind sie verblüht, die Dolden tragen grüne Verdickungen. Ich erinnere mich dunkel, von diesem Gewächs in einer Dokumentation gehört zu haben.

Während ich noch überlege, was es war, spüre ich plötzlich die Gegenwart einer anderen Person hinter mir. Erschrocken wirble ich herum. Noch in der Bewegung trifft mich ein heftiger Stoß von der Seite. Aus dem Augenwinkel nehme ich einen Jogger wahr, bevor ich in der nächsten Sekunde inmitten der riesigen Pflanzen lande. Mit einem Schlag bleibt mir der Atem weg. Ich spüre, wie die haarigen Blätter meine nackten Arme und Beine zerkratzen, nach mir greifen und mich nach unten ziehen. Raus aus dieser Hölle! Ich komme nicht richtig auf die Beine, es flimmert vor meinen Augen und ich schnappe nach Luft. Auf Händen und Knien krieche ich mit letzter Kraft auf den Weg neben dem Feld. Hilfe suchend schaue ich den Pfad entlang. Kein Mensch weit und breit. Hat der Läufer etwa nicht bemerkt, wie er mich zu Fall gebracht hat? Oder war es gar Absicht?

Mein Atem normalisiert sich langsam. Ich schaue noch mal nach den Pflanzen, und endlich fällt mir die Bezeichnung ein: Riesenbärenklau. Es ist seit Längerem bekannt, dass der sich hier am Bachlauf breitmacht, man hat die Bevölkerung bereits davor gewarnt. Vor allem für Kinder kann er gefährlich sein. Weshalb genau, ist mir allerdings entfallen.

Ich rapple mich auf und mache mich auf den Rückweg. Die Augustsonne scheint inzwischen erbarmungslos herab. Meine Arme und Beine jucken. Ich will sofort duschen, alles an mir klebt. Nach ein paar Minuten bemerke ich eine Veränderung an meiner Haut: Sie brennt, ist glutrot und schwillt an. An einigen Stellen erkenne ich richtige Quaddeln, wie bei dem Allergieschub, der mich vor einigen Jahren quälte. Damals landete ich im Krankenhaus und bekam Cortison auf alle möglichen Verabreichungsarten. Jetzt kann ich zudem noch schwer Luft holen, als hätte ich eine fette Bronchitis. Nach und nach kommt mir der Grund dafür in den Sinn: Riesenbärenklau hat einen ätzenden Wirkstoff, den er bei heißem Wetter obendrein in die Umgebung abgibt, weshalb er in die Atemwege geraten kann. Und hieß es nicht, die Sonne verstärke die Hautreizungen und könne Verbrennungen zweiten Grades hervorrufen?

Mir laufen Tränen die Wangen hinunter, ich könnte vor Schmerzen laut schreien, wenn ich dafür ausreichend Luft hätte.

Wie ein Häuflein Elend komme ich zu Hause an und schließe mit zitternden Fingern die Tür auf. Zuallererst hole ich einen Müllbeutel, zerre mir die Kleider vom Leib und stopfe sie mitsamt den Schuhen hinein, an denen ich noch feine Härchen der Mörderpflanze erkennen kann. Danach tipple ich auf Zehenspitzen zur Dusche und brause mich mit lauwarmem Wasser ab. Heldenhaft halte ich durch, bis alles weggeschwemmt ist. Nach wie vor trocken hustend, suche ich anschließend nach meinem Fläschchen mit den Rescue-Bachblüten und träufle sie in meinen Mund. Ich greife nach meiner Körperlotion, fülle einen ordentlichen Klecks davon in ein Müslischälchen und lasse fünf Tropfen Bachblüten hineinfallen. Mit einem Holzlöffel rühre ich die Pampe kräftig um und balsamiere dick mein Gesicht, meine Arme und Beine damit ein. Es kühlt angenehm, und ich bete stumm, diese unorthodoxe Mischung möge mir helfen. Mein Kopf arbeitet nur zäh. Ich breite ein großes Badetuch auf dem Zweisitzer aus und lege mich vorsichtig hin, lasse die Unterschenkel über die Armlehne hängen und schließe die Augen. Selbst wenn ich eine halbe Stunde später ins Callcenter komme, dann hänge ich sie am Nachmittag eben dran.

Meine Gedanken wandern zum Feld zurück. Hat dieser Jogger nichts bemerkt? Bin ich so unscheinbar, dass man mich übersieht und nicht spürt, wenn man in mich hineinrennt? Ich versuche, mir ein Bild des Läufers ins Gedächtnis zu rufen, doch alles, was ich klar vor mir sehe, sind eine Sommerjogginghose und ein T-Shirt. Der Kopf erscheint lediglich schemenhaft vor meinem inneren Auge. Helle Haare, das kann ich sagen, allerdings habe ich weder Gesicht noch Figur richtig registriert. Komisch, ich weiß nicht einmal, ob es ein Mann oder eine Frau war. Die Person hatte ungefähr meine Größe, mehr fällt mir nicht ein. Ich seufze. Ich muss jetzt sofort mit jemandem darüber reden, sonst drehe ich durch.

Ich springe auf und stelle überrascht fest, dass die Crememixtur anscheinend genau das Richtige war. Meine gerötete Haut juckt zwar noch, aber die Quaddeln haben sich bereits zurückgebildet. Das Einatmen fühlt sich lediglich rau an, wie bei einer leichten Pollenallergie. Erleichtert wähle ich Franks Handynummer.

»Kraus?«

»Wenn du vorm Abheben einen Blick auf das Display werfen würdest, wüsstest du, wer dran ist.«

Er stößt einen seltsamen Ton aus; ich bin mir nicht sicher, ob es ein Lachen sein soll. »Lucy!« Es rieselt durch mich durch, als ich seine Stimme meinen Namen sagen höre. »Du hast die Rufnummererkennung unterdrückt, meine Süße!«

Stimmt, aber egal. Ich habe das dumpfe Gefühl, ich komme ungelegen.

»Stör ich?«

»Überhaupt nicht. Ich habe allerdings nicht viel Zeit. Wir müssen zu einem Einsatz.«

»Du und Herbert?«

»Nein, er kommt erst in ein paar Tagen. Worum geht es?«

»Nicht wichtig. Ich hatte einen kleinen Unfall …«

Sein Stöhnen unterbricht mich. »Nein, oder? Ist jemand gestorben?«

So was! Frechheit!

»Nein«, blaffe ich, »bloß ich, sonst ist keiner betroffen.«

»Du bist gestorben?«

»Mann, hör auf! Du hast eh keine Zeit. Ich erzähle es dir später, wenn du zurück bist. Melde dich, okay?«

Er lacht. Das versöhnt mich. Sein Lachen hat bei mir meistens eine durchschlagende Wirkung. Zum Glück habe ich inzwischen gelernt, es zu ignorieren, wenn wir unter Menschen sind.

»Okay, Liebes, ich rufe dich an, wenn ich Feierabend habe. Oder noch besser: Ich komme sofort!«

»Nein, nicht sofort, lieber schön langsam.« Diesmal bin ich es, die laut lacht, bevor ich auflege.

Sprechen muss ich trotzdem mit jemandem. Wer käme da anderes infrage als Rebellenkat oder Susa, ihre Lebensgefährtin und meine beste Freundin? Eine von beiden ist zu erreichen, wenn man die Nummer ihres Ökohühnerhofs wählt.

»Kat Schober?«

»Hi, Sis, hier ist Lucy. Hast du eine Minute für mich?«

»Klar, worum geht es?«

»Ich habe heute Morgen was Komisches erlebt. Ich hatte einen Unfall.«

»Oh, nein! Wer hat dran glauben müssen?«

Pikiert schnalze ich mit der Zunge. »Keiner! Ich bin beim Joggen in das Feld mit dem Riesenbärenklau gestürzt. Weißt du, wo ich meine?«

»Ääh, nein, aber Riesenbärenklau klingt nicht gut. Das ist Teufelszeug! Ist dir was passiert?«

Ich betrachte meine Arme. Über den linken zieht sich

ein Schnitt, und an einzelnen Stellen wirkt die Haut etwas glasig, dort haben sich Bläschen gebildet. Allerdings hat sich mein Zustand bereits frappierend gebessert.

»Ich habe mir Verbrennungen zugezogen und es ist mir auf die Bronchien geschlagen.«

»Du musst zum Arzt! Das darf man nicht unterschätzen.«

»Es sieht aus, als hätte ich noch mal Glück gehabt. Bloß am Anfang war es echt heftig.«

»Wie konnte das passieren?«

Ich setze mich auf die Sessellehne. »Ich bin gestoßen worden.«

Kat stöhnt. »Bist du sicher?«

Ob ich sicher bin? Hält mich selbst meine Lieblingsschwester für grenzdebil? Von meiner Restfamilie bin ich so was ja gewohnt.

»Und ob!«, keife ich. »Ich weiß allerdings nicht, ob es ein Mann oder eine Frau war. Der oder die ist abgehauen.«

»Hast du jemanden gesehen?«

»Sagte ich doch gerade: Der oder die ist abgehauen. Bis ich mich aus dem Gestrüpp befreit hatte, war weit und breit niemand mehr zu sehen.«

»Aha.«

Ist das alles?

»Was denkst du darüber?«

»Keine Ahnung. Du bist gestürzt und sagst, jemand hat dich geschubst, hast aber keinen gesehen. Da kann man wohl nichts machen.«

»Na, vielen Dank, du bist mir echt eine große Hilfe!«

»Was soll ich dazu sagen? Zum Arzt willst du eh nicht gehen. Hast du mit Frank gesprochen? Er wird wissen, ob du Anzeige erstatten kannst.«

Ich grunze missbilligend. »Was soll das bringen?«

»Na, siehste.«

Irgendwie ist das nicht das, was ich von dem Gespräch mit meiner Lieblingsschwester erwartet habe. Ich schweige.

»Lucy?«

»Ja?«

»Wie geht es dir im Moment?«

»Es fühlt sich an wie eine Freck, und meine Haut …« Ich betrachte meinen Arm. »Tja, da ist nicht viel zu erkennen. Die Salbe hat geholfen.«

»Gehst du zur Arbeit?«

»Muss ich. Tschüss!«

Ernüchtert lege ich auf. Die Uhr verrät mir, dass ich mich beeilen sollte, damit Dürri nicht völlig ausflippt. Wer weiß, welche Gemeinheiten er sich sonst einfallen lässt.

20 Minuten später sehe ich Ilina an meinem Platz im Büro stehen. Sie hat den blauen Kittel vom ersten Tag gegen normale Kleidung getauscht und sieht extrem jugendlich aus. Man könnte sie für eine Schülerin halten. Ich finde das unpassend, aber jeder, wie er will … Sie trägt tatsächlich eine dieser Boyfriendjeans, die tief auf der Hüfte sitzen. Sind die nicht längst out? Als sich Ilina über meinen Schreibtisch beugt, blitzt über ihrem Gürtel ein schmaler Streifen ihrer sonnengebräunten, straffen Haut hervor. Das T-Shirt darüber ist in seiner Schlichtheit beleidigend aufreizend. Was hat diese polnische Kuh an meinem Rechner verloren?

Während ich auf sie zu stolpere, kann ich nicht umhin, ihre Zehensandaletten und ihre extrem schlanken, perfekt pedikürten Füße zu bemerken. Natürlich taucht vor meinem geistigen Auge sofort Franks Gesicht auf, der beim Anblick meiner lackierten Zehennägel meistens die Fassung verliert. Daran will ich auf keinen Fall denken, wenn ich das Kittelmädchen vor mir sehe.

Von dem Lärm aufgeschreckt, den mein Getaumel verursacht, fährt Ilina herum. Sie hat lediglich meinen Rechner eingeschaltet.

»Bist du da endlich«, haucht sie mit ihrer rauchigen Stimme. »Chef hat schon gerunzelt Augen.«

Unwillentlich muss ich lachen. »Die Stirn meinst du.«

»Was?«

Ihre blauen Augen gucken wie die eines kleinen, unschuldigen Kindes. Eine Sekunde lang denke ich, dass ich sie mögen könnte. Allerdings nicht mit *den* Füßen und *der* Taille!

»Dürri hat die Stirn gerunzelt.«

»Ach so! Gut.« Mit einer anmutigen Bewegung wirft sie die langen Haare auf den Rücken. »Hast du dir getan weh?«

»Bitte?« Perplex folge ich ihrer Handbewegung. Sie zeigt auf die rote Stelle an meinem Unterarm. »Nicht weiter schlimm.«

Ich ziehe am Bund meiner Hose und ärgere mich, weil ich eines der alten, viel zu kurzen T-Shirts angezogen habe. Bei jeder Bewegung werden meine Speckröllchen freigelegt. Ilina lächelt maliziös.

»Bist du sicher?«, fragt sie.

Weidet sie sich etwa an meinem Schmerz?

»Na, sind die Damen beim Plauderstündchen? Ich hoffe, ich störe nicht.«

Ilina erschrickt bei Dürris misstönendem Organ mindestens genauso wie ich. Wir fahren auseinander und starren unseren Chef an, der neben uns aus dem Boden gewachsen zu sein scheint. Offensichtlich hat er heute Morgen geduscht oder sein Hemd gewechselt, sonst hätte ich seinen typischen Geruch nach abgestandenem Kaffee, verschwitzten Klamotten und Zigarillorauch lange vor seinem Erscheinen gewittert. Er tippt mit dem Finger auf seine Uhr, eine Geste, die mich an Stromberg erinnert, diesen miesen kleinen Bürotypen aus der gleichnamigen Fernsehserie.

»Flott an die Arbeit. Sie ans Telefon und Sie in die ... ääh ... Küche.«

Es sieht aus, als wolle er Ilina einen Klaps auf das knackige Hinterteil geben. Sie blitzt ihn an und streckt angriffslustig den Kopf vor, woraufhin Dürri seine Hand ruckartig zu seiner Halbglatze führt, um sich dort an einer schorfigen Stelle zu kratzen. Ausnahmsweise fühle ich mich mit Ilina verbunden. Wir könnten Freundinnen sein, wenn sie nicht so doof wäre. Muss sie wirklich derart die Hüften schwenken, während sie auf ihren billigen Schuhen zum Kabuff tänzelt?

Unser Sklaventreiber von Chef findet selbstverständlich Genugtuung darin, mir eine der Horrorlisten aufzuhalsen. Kennen Sie die? Das sind Aufstellungen mit den schlimmsten Käufern, die man sich vorstellen kann. Dürri kocht seine Mitarbeiterinnen weich, indem er droht, ihnen diese aufs Auge zu drücken, wenn sie nicht spuren. Ich muss fast jede Woche eine seiner Spezialtabellen durcharbeiten. Da Dürri anscheinend nicht vollkommen unzurechnungsfähig ist, sucht er mir seit der Mordserie wenigstens Klienten aus, die weit, weit weg wohnen. So gesehen hatten Maurice' Taten ihr Gutes: Ich brauche nicht mehr Angst davor zu haben, den Horrorkunden in Saarlouis persönlich zu begegnen. Nein, sie können mich ungebremst beschimpfen, und keiner ist da, der ihnen einen Denkzettel verpasst, um mich zu schützen. Mit einem Seufzen lege ich eine Gedenkminute für Maurice ein und wähle die erste Nummer.

»Nowak«, blafft eine Männerstimme ins Telefon.

»Einen wunderschönen guten Tag, hier ist die Mediaboutique, Lucinda Schober am Apparat. Herr Nowak, wir hätten da ein Supersonderangebot für Sie.«

»Will ich nicht hören dein Angebot. Mache ich gleich dir Angebot.«

Mit dem dumpfen Gefühl eines Déjà-vu versuche ich, einen letzten Blick auf Ilina zu erhaschen, doch das blond gefärbte Gift ist soeben hinter der Tür des Kabuffs verschwunden.

»Herr Nowak, möchten Sie nicht zuerst hören, was ich Ihnen anzubieten habe?«

»Ja, sag, was bietest du mir an?«

»Ääh …« Sein Duzen und seine auffallend tiefe Stimme haben mich aus dem Konzept gebracht. Ich fürchte, Herr Nowak versteht da was falsch. »Wir haben die ›TVfix‹ in Verbindung mit der ›Kleine Katzen‹ im Probeabo …«

»Klingst *du* wie kleine Katze«, unterbricht er mich. Sein Kompliment löst bei mir unterschwellige Ängste aus. »Möchtest du nicht machen Job für mich? Suche ich ständig Frauen mit gute Stimmorgan. Wenn du weißt, was ich meine.«

Ich bin fassungslos. »Nein, Herr Nowak, vielen Dank, ich habe bereits einen Job.«

»Wo bist du? Will ich sehen dich. Macht mich an deine Stimme.«

Geht's noch? Herr Nowak hört sich an wie ein Zuhälter, und seine Aussprache nimmt mich nicht gerade für ihn ein.

»Na, was sagst du? Kannst du dir vorstellen, für mich zu arbeiten? Zahle ich dir viel mehr, als du verdienst jetzt.«

Der geht aber mächtig ran. Verwirrt schüttle ich den Kopf. Da zieht mir der Duft nach Kaffee und Vanille in die Nase, und ich sehe Ilina, die mit zielstrebigen Schritten auf meinen Platz zukommt, meine Tasse mit der Mohnblume in der Hand. Gleichzeitig höre ich Herrn Nowak mit dem Akzent auf mich einreden, den auch sie hat.

»Was zögerst du? Bin ich coolste Hengst von Hamburg. Werde ich dir besorgen, bis du hörst Englein in Himmel.«

Ilina steht inzwischen neben mir. Ihr Gesicht nimmt eine ungesunde Farbe an – oder ist es nur der bläuliche Schimmer vom PC-Bildschirm?

»Herr Nowak, vielen Dank für das Angebot, haben Sie noch einen schönen Tag. Auf Wiederhören.« Ich lege auf, bevor er reagieren kann.

Ilina starrt mich an. »Darfst du machen das?«

»Was?«

»So unfreundlich beenden Gespräch …«

»Danke für den Kaffee, und ja, das darf ich. Oder besser gesagt, es ist mir egal. Ich lasse mir keine Frechheiten mehr bieten.«

Ilina zieht ihre fein geschwungenen Brauen noch ein wenig höher, und dann geschieht etwas, womit ich nicht gerechnet habe: Sie lächelt! Mit einem Mal strahlt dieses zierliche, blond gefärbte Persönchen eine solch unwiderstehliche Weiblichkeit aus, dass mir klar wird, wie leicht diese Frau jemanden um den Finger wickeln kann. Mir bleibt die Luft weg. Im selben Moment erwacht in mir ein kleines, fieses Monster: der blanke Neid.

»Schon wieder beim Plausch?«, schneidet Dürris Stimme Ilinas Lächeln entzwei.

Mit einem Schlag sieht sie aus wie vorher, in einem normalen Maß hübsch. Mich wird von jetzt an eine Sorge umtreiben, das ist mir klar: Hoffentlich wird Frank dieses Mädchen mit den unglaublichen Füßen und der Hammerfigur niemals zu Gesicht bekommen. Geschmeidig schlängelt sie sich an Dürri vorbei, um sich einer anderen Arbeit zu widmen.

»Waren Sie erfolgreich?« Dürri wippt von den Fersen auf die Zehenspitzen und zurück.

»Nein, tut mir leid, aber ich versuche es sofort weiter.«

»Das will ich meinen.«

Er schnappt nach meiner Kaffeetasse, führt sie zu seinem Mund, und ich sehe noch die gelben Mausezähnchen, bevor er schlürfend genau an der Stelle seine Lippen ansetzt, an der das eine Blütenblatt der Mohnblume bis über den Rand nach innen reicht. Das ist meine Lieblingsstelle! Niemals mehr werde ich aus meiner Tasse trinken können, ohne Dürri vor Augen zu haben. Dieser Arsch macht das extra!

4. MORD UND NOCH MEHR MORDE

Manchmal fragte sich Frank, warum in den letzten Jahren die Morde stetig brutaler und verrückter wurden. Ließen die Menschen sich von amerikanischen Pathologieserien inspirieren? Die Tote, nach deren Mörder er im Moment suchte, war in Konfitüre erstickt worden. Man hatte sie in einem Waldstück an der Grenze zu Frankreich gefunden, um den Kopf einen mit Erdbeermarmelade gefüllten Plastikbeutel, der am Hals zugebunden war. Der Gerichtsmediziner Ringo Wachs erläuterte Frank später, man habe die Frau an den Füßen aufgehängt und ihr anschließend die Tüte umgebunden. Kein schöner Tod. Alle Spuren deuteten auf ihren Lebensgefährten.

Am Nachmittag fuhr Frank zu Herbert, um ihm den Fall zu schildern. Sein Partner hatte eine Schwäche für solch abgefahrene Mordfälle. Auf dem Weg zu ihm rief er Lucy an.

»Hallo, Frank!« Ihre Stimme klang müde.

»Wie geht es dir? Stress?«

Sie stöhnte. »Habe heute die Horrorliste aus Hamburg und Umgebung auf dem Rechner.«

»Hat dein Chef nichts dazugelernt? Das ist gefährlich …« Frank bog in die Felsberger Straße ein und hielt vor Herberts Haus.

»Immerhin wählt er keine saarländischen Kunden mehr für mich aus. Echt, heute ist nicht mein Tag!«

Er öffnete die Wagentür, stieg aus und blieb stehen. »Was ist heute Morgen eigentlich passiert?«

»Beim Joggen hat mich jemand in ein Feld mit Riesenbärenklau geschubst.«

»Bärenklau? Ist das nicht dieses Kraut, in das man Schwenker zum Grillen einlegen kann?«

Sie schnaubte empört, während er ein Lachen unterdrückte. Es war gemein ihr gegenüber, aber genau dieses Schnauben fand er unglaublich sexy.

»Nein, das ist *Bärlauch*! Ich bin in mannshohem *Bärenklau* gelandet, habe Atemnot bekommen und mir die Haut verätzt …«

Sie hielt inne. Ob ihr gerade auffiel, wie sich das anhörte? Er wusste, Lucy ließ sich nicht gerne als Heulsuse bezeichnen, legte jedoch durchaus eine leichte Tendenz zum Jammern an den Tag. Andererseits war das kein Wunder bei allem, was sie im Juni hatte durchmachen müssen.

»Das ist …« Was konnte er sagen, ohne sie vor den Kopf zu stoßen? »Und du hast keine Zweifel, dass dich jemand absichtlich geschubst hat?«

Sie belohnte ihn mit ihrem Schnauben. »Absolut. Jemand lief von hinten heran und stieß mich mit voller Wucht in dieses Feld. Er war verschwunden, als ich mich endlich befreit hatte.«

Die Tür von Herberts Haus öffnete sich. Sein Partner kam heraus. Mit einem fragenden Blick machte er ein paar unbeholfene Schritte auf Frank zu.

»Liebes, ich komme nachher zu dir, okay?«

Sie schmatzte ihm einen Kuss ins Ohr. »Bis nachher, Schatz.«

Wenige Minuten später saß Frank mit Herbert am Tisch in dessen Wohnküche und erzählte von dem aktuellen Fall.

»Wir müssen den Typ nur noch finden. Er hat unübersehbare Spuren hinterlassen. Die Kollegen sind an ihm dran«, schloss Frank seinen Bericht.

»Weißt du, worauf ich mich freue?« Herbert hatte für beide gut gekühlte Bier-Stubbis geholt. Er legte den rechten Unterschenkel über das linke Bein und massierte ihn oberhalb der Tennissocken, die in Sandalen steckten. »Auf einen komplizierten Mord, an dem wir richtig zu knabbern haben.«

Fasziniert bemerkte Frank den helleren Streifen um die wohl bekannte Narbe an Herberts Schenkel. Man hatte ihn rasiert, bevor man den Nagel einoperierte, um den gebrochenen Knochen zu fixieren. An dieser Stelle waren die Haare offensichtlich nur spärlich nachgewachsen, während die restliche Haut von einem dichten, schwarzen Gestrüpp überwuchert war.

Frank nahm einen Schluck aus der Flasche und grinste. »Es wird Zeit, dass du zurückkommst. Heute musste ich mit der Schlick zusammenarbeiten. Die ist zwar gut auf ihre Art, aber anscheinend nimmt sie es persönlich, wenn das Mordopfer eine Frau ist.«

»Ich weiß, was du meinst …«

Das Gespräch kam zum Stocken. Herbert stellte den Fuß zurück auf den Boden, schob sein T-Shirt nach oben und rieb sich den Rücken. Auch auf der Seite hatte man ihm einen Teil seines Pelzes geschoren. Die Faszination des Grauens veranlasste Frank, auf die kahle Stelle zu starren.

»Und wie läuft es mit deiner Liebsten?«

»Was meinst du?«

Herbert hielt in der Bewegung inne und musterte Frank aufmerksam. »Na, mit Lucy. Sie ist doch deine Liebste, oder?«

»Sie hatte heute Morgen einen kleinen Unfall. Sie ist in ein Feld mit Riesenbärenklau gefallen.«

Herbert sog scharf die Luft ein. »Autsch! Und weiter?«

»Wie und weiter? Lucy sagt, jemand habe sie absichtlich dort hineingeschubst.«

»Das ist übel!« Herbert griff nach seinem Stubbi und

nahm einen großen Schluck, danach leckte er ein paar Tröpfchen aus dem inzwischen gestutzten Schnäuzer. »Hat sie den Täter gesehen?«

»Täter?« Frank lachte auf. »Nein, als sie aus dem Feld rauskroch, war er verschwunden.«

Herbert ließ die Flasche in der kleinen Pfütze aus Kondenswasser auf dem Wachstischtuch rotieren. »Tja, das hilft uns nicht gerade. Vielleicht fallen ihr noch ein paar Details ein.«

Das bezweifelte Frank. Ob er wollte oder nicht, das Bild von Lucy als verwirrtes Häufchen Elend blitzte vor seinem inneren Auge auf. Doch das änderte nichts daran, dass er sie geradezu anbetete, vor allem diese Füße, mein Gott!

»Für eine Anzeige gegen unbekannt reicht es eh nicht.« Frank trank seine Flasche aus und stand auf. »Jetzt will ich los. Kumpel, es täte dir gut, zu arbeiten, anstatt hier rumzuhängen.«

»Bei mir rennst du da offene Türen ein, das kannst du glauben. Meine Mutter liegt mir auch in den Ohren.«

Herbert geleitete Frank zur Tür. Als er sie öffnete, fuhr draußen eine dickliche Frau erschrocken zurück. Sie trug trotz der Hitze einen Wollrock und eine Bluse, deren Farbe und Duft darauf schließen ließen, die Dame besitze sie seit den Siebzigern. Frau Grühnkool hatte offensichtlich Besorgungen gemacht und ihren Trolley in der stickigen Luft nach Hause gezogen.

»Ach, der Frank! Wie schön, dich zu sehen! Un?«

»Gut. Und selbst?«

»Wie es einer alten Tante halt geht bei der Affenhitze.«

Frank hakte nicht nach, warum sie ihre Einkäufe zu Fuß erledigte, ausgerechnet, wenn die Sonne erbarmungslos vom Himmel brannte.

»Mach's mo gut, mein Bub, nit? Herbert, hilfst du mir mit dem Karre?«

Frank winkte Herbert zu, bevor er sich auf den Heimweg machte.

Als er zu Hause an der Wohnungstür von Ellen und dem Dieter vorbeiging, wurde diese schwungvoll geöffnet. Seine Noch-Ehefrau trat heraus und lächelte. »Kann ich eine Sekunde mit dir reden?«

Perplex blieb Frank stehen. »Worum geht es?«

»Um die Scheidung.«

Er schluckte. Ein leidiges Thema. Ellen hatte ihn gebeten, alles in die Wege zu leiten, aber mehr als eine Unterhaltung mit dem Rechtsanwalt, Lucys Bruder, hatte er bisher nicht unternommen. Es war ein unverbindliches Gespräch gewesen. Sehr unverbindlich. Ohne Termin, und Rouwen Schober hatte keine Zeit gehabt. Er hatte lediglich seine Bereitschaft signalisiert, die Sache zu übernehmen. Und das war einige Wochen her.

»Weißt du, wir fänden es sinnvoll, wenn du und ich vor der Geburt geschieden werden.«

Noch vor der Geburt? Ellen war im vierten Monat.

»Ähm, okay. Ich kümmere mich darum.« Er verdrehte die Augen.

»Hey, was soll das? Du weißt immerhin schon länger Bescheid …« Sie errötete.

»… über euer Kind.«

Ihre Mundwinkel zogen sich in einem breiten Lächeln nach oben. »Nicht nur das, wir wollen bald heiraten. Es wäre schön, wenn ich und unser Kind von Anfang an ›Schimmelschnulze‹ heißen könnten.«

Frank verkniff sich ein Lachen. »Prima. Ich werde mich sofort mit dem Rechtsanwalt in Verbindung setzen.«

Unvermutet schimmerten Tränen in Ellens Augen. Versteh einer die Frauen! Vermutlich waren die Hormone schuld an ihren massiven Stimmungsschwankungen. Bloß fragte sich Frank, warum der Dieter ebenfalls derart skurrile Neigungen entwickelte. Im Gedanken an die Büroklammerketten und die Häkelmützchen schüttelte er leicht den Kopf.

»Ach?«, fragte Ellen. »Und mit welchem Rechtsanwalt?«

»Mit Rouwen Schober.«

»Aha!«

»Hast du irgendetwas dagegen, Ellen?«

Er bemühte sich, seine Stimme sanft klingen zu lassen. Mit schief gelegtem Kopf wartete er auf ihre Antwort. Ellen zupfte die weite Bluse vor dem kleinen Bauch zurecht und lachte verlegen.

»Nein, wieso sollte ich? Man hört ausschließlich Gutes von ihm. Aber dein Mäuschen ist nicht von der langsamen Truppe, wie mir scheint.« Sie spitzte den Mund.

»Jetzt hör auf. *Du* hast mich gebeten, mich darum zu kümmern. Lucy hat lediglich erwähnt, ihr Bruder gelte als guter Scheidungsanwalt.«

Ellen wischte mit der Hand durch die Luft. »Ach, egal. Hauptsache schnell. Unsere Angelegenheiten sind im Grunde geregelt, nicht? Du bleibst hier wohnen, weil du einen großen Anteil an der Renovierung des Hauses hattest, aber es ist in meinem alleinigen Besitz, daran ändert sich nichts. Deshalb haben wir damals den Ehevertrag geschlossen, obwohl ich es nicht wollte.« Sie hielt inne. Sie wirkte verunsichert. Franks Magen zog sich kurz zusammen, als Ellen fortfuhr: »Ähm, wir wollten dich noch fragen, ob du dir vorstellen könntest, zurück nach unten zu ziehen? Wir würden gerne das obere Stockwerk dazunehmen. Es eilt nicht«, beeilte sie sich zu versichern. »Bloß wenn unser Schnuffi ein Geschwisterchen bekommt, ist die Wohnung ratzfatz zu klein, und wir wollen früh genug die beiden Kinderzimmer einrichten.«

Er drehte sich auf dem Absatz um und ging die Treppe hinunter.

»Frank?«, rief Ellen ihm nach. »Was ist denn?«

Was sollte sein? Sie wollte sich schnellstmöglich von ihm scheiden lassen, und gut. Andererseits fühlte sie sich verletzt bei der bloßen Erwähnung von Lucys Namen! Und erst kürzlich hatten sie und der Dieter ihm großspurig erlaubt, ins Loft zu ziehen, wo er sich definitiv wohler fühlte als in der düsteren und kühlen Kellerwohnung.

Als Frank die Haustür hinter sich zuzog und per Fernbedienung den Mini aufschloss, war ihm eines klar geworden: Ellen, der Dieter und er – das war nicht mehr kompatibel. Mit Sicherheit würde er sich einiges an Ärger ersparen, wenn er früh genug die Kurve kratzte. Und die beiden hatten ihn als Paten haben wollen!

Mit einem Schnauben stieg er in seinen Wagen, startete den Motor und schaltete den CD-Spieler an. Lauthals sang er mit Roger Cicero: »Nimm das Kaffeeservice, die Kreditkarten auch, denn alles was ein Mann wirklich braucht, ist seine Ruhe …«

Lucy war noch bei der Arbeit; er würde sie überraschen und abholen. Duschen konnte er genauso gut bei ihr.

Just als er die große Glastür zum Bürogebäude aufzog, kam ihm jemand entgegen. Sein Blick fiel zu allererst auf einen zierlichen Frauenfuß in einer Sandale. Genau deswegen liebte Frank den Sommer: Er wartete ständig mit solchen Reizen auf. Dieses Exemplar war besonders ebenmäßig geformt. Der große Zeh war groß, gerade und schlank, genau wie die übrigen außergewöhnlich langen Zehen. Die Nägel waren nicht lackiert. Wie kleine rosa Blütenblätter wirkten sie. Die Lederriemchen des Schuhs waren mit Strasssteinen besetzt. Ausgesprochen reizvoll.

»Darf ich?«, erklang eine warme, dunkle Frauenstimme.

Frank fuhr zusammen und setzte ein entschuldigendes Lächeln auf. Da stand er und gaffte. Er blickte in das Gesicht der Person und erkannte, wie sehr es zu dem Rest passte: ein zierliches Antlitz mit hohen Wangenknochen und fein gezeichneten Lippen unter straff nach hinten gebundenen Platinhaaren. Die kleine Frau musterte ihn mit einem angedeuteten Lächeln aus himmelblauen Augen. Sie sah viel jünger aus, als ihre Stimme hätte vermuten lassen.

»Kennen wir uns?«, ließ sie ihn abermals in den Genuss ihres außergewöhnlichen Timbres kommen. Er glaubte, einen Akzent herauszuhören.

»Ich denke nicht, nein. Entschuldigen Sie bitte, ich wollte Sie nicht aufhalten.«

Er machte einen Schritt rückwärts und hielt ihr die Tür auf.

»Halten Sie nicht auf mich. Wollte ich sowieso zurückgehen, weil ich habe etwas vergessen.«

»Tatsächlich.« Er lächelte.

»War das Frage oder Feststellung?« Sie zog keck eine Braue hoch. Flirtete sie mit ihm?

Er räusperte sich. »Wohin möchten Sie?«

»Und Sie?«

Ja, sie flirtete mit ihm.

»Zur Mediaboutique.«

Sie griff mit schmalen Fingern nach seinem Arm, ihre Hand fühlte sich angenehm kühl an, und lenkte ihn auffordernd in Richtung des Fahrstuhls. »Welch ein Zufall. Arbeite ich dort oben.«

Während sie allein im Aufzug hinauffuhren, betrachtete Frank unauffällig die Kleidung der jungen Polin neben sich. Sie trug eine abgewetzte, hochgekrempelte Jeans, die locker auf ihren Hüften saß und einen Streifen Haut unter der kurzen, weißen Bluse mit Lochstickerei freiließ. Ihre Haut war leicht gebräunt und schimmerte samtig, wie es sonst nur bei Kindern der Fall ist. Nur die schlecht gefärbte Mähne passte nicht zu der restlichen Erscheinung … War das zu fassen? Er war auf dem Weg zu seiner Liebsten und dachte über die Frisur einer fremden Frau nach! Zwar einer sehr hübschen Frau mit besonders hübschen Füßen, aber trotzdem! Er straffte die Schultern. Wie lange dauerte diese Fahrt denn noch?

Gerade wandte die junge Frau ihm ihr Gesicht zu, da erlöste ihn das ›Pling‹ des Lifts. Erleichtert ließ er ihr den Vortritt und eilte auf Lucys Platz zu. Sein erster Blick fiel auf den Fuß seiner Liebsten, den sie in diesem Moment in den Gang reckte. Sie war offensichtlich mit ihrer Arbeit fertig und erhob sich soeben von ihrem Platz. Sie trug noch ihren blauen Nagellack. Der Anblick ihrer Zehen vertrieb sofort alle Gedanken an die blonde Frau aus seinem Kopf und ersetzte sie durch das Bild seiner Lucy mit den widerspenstigen braunen Locken, deren Duft er so liebte. An ihrem Knöchel baumelte heute ein Fußkettchen mit ein paar silbernen Anhängern. Bestimmt hatte sie es für ihn angelegt.

Noch hatte Lucy ihn nicht entdeckt. Sie griff nach zwei Tassen, die auf ihrem Schreibtisch standen. Als sie den Arm zurückzog, schwappte aus der weißen Tasse mit der Mohnblume braune Flüssigkeit.

»Ach, verdammt!« Hektisch rieb sie mit der freien Hand an ihrem Top herum.

Die Kaffeeflecken breiteten sich auf ihrem Bäuchlein aus, das sie sich in den letzten Wochen angegessen hatte.

Er fand diese neue Üppigkeit niedlich, da er wusste, wo sie herrührte, nämlich von ihrer Vorliebe für Trüffelpralinés und Schokolade zum Frühstück. Seit er ihre Schwäche kannte, konnte er sich nicht zurückhalten, sie damit zu überraschen. Und sie konnte nicht widerstehen, weder den Süßigkeiten noch ihm.

Plötzlich näherte sich ein heller Schemen und fuhr an Frank vorbei zu Lucy. »Was machen Sie?«

Die Blondine riss seiner Liebsten die beiden Tassen aus der Hand, wobei sie geschickt vermied, noch mehr Kaffee zu verschütten. Lucy zuckte zusammen, als habe ihr Chef sie gemaßregelt, dann erst sah sie nach oben und erkannte Frank. »Hallo, Fremder!« Er hörte die Freude in ihrer Stimme.

Die Frau aus dem Fahrstuhl hielt inne und ließ ihren Blick von ihm zu Lucy wandern.

»Ihr kennt euch?«, fragte sie.

Lucy schob das Kinn vor. »Das ist mein Freund.« Sie schmiegte sich an ihn und schob ihren Arm in seinen Rücken. »Frank«, hängte sie an.

Sofort änderte sich der Ausdruck in den azurnen Augen. »Wusste ich nicht das.«

Klang Bedauern mit? Einerseits fand er es doof, andererseits schmeichelte ihm ihr Verhalten. Er küsste Lucy auf das Haar. »Können wir gehen?«

»Ja.«

»Muss sie erst noch bringen ihr Geschirr in Kabuff.« Die Blondine streckte die Hand mit den beiden Tassen vor, und Lucy nahm sie folgsam entgegen.

»Danke, Ilina.« Sie löste sich von Frank, ging zum Kaffeekämmerchen und verschwand darin.

»Ist Lucy also Ihre Freundin?«

Er nickte amüsiert. Anscheinend waren die beiden

Damen sich nicht grün. Der Gesichtsausdruck dieser Ilina sprach Bände.

Lucy stürmte aus der Kammer und eilte den Gang entlang auf ihn zu. War es Eifersucht, die in ihren Augen blitzte? Na, das konnte heiter werden.

Ilina folgte ihnen beiden, als sie das Büro verließen und ging draußen in die entgegensetzte Richtung davon. Hatte sie nicht gesagt, sie hätte etwas vergessen? Jedenfalls eilte sie mit leeren Händen weg.

5. TO-DO-LISTEN

Sein Finger zitterte, als er die erste Taste drückte, doch mit jeder weiteren Ziffer beruhigte er sich. Es knackte, schließlich ertönte das Freizeichen.

»Ja.«

»Ich bin's.«

Ein atemloses Schnauben. »Dass du dich meldest, hätte ich nicht erwartet. Dachte, du bist endgültig geläutert.« Kratziges Lachen.

»He!«

Das Lachen hörte auf.

»Machst du dich lustig über mich?«

»Nein, nein, wie käme ich dazu? Was willst du?«

»Ich brauche deine Dienste.«

»Meine Dienste?«

»Ja, ich sende dir die Daten zu.«

»Okay. 15 Riesen.«

»Wie bitte?«

»Wenn du es billiger willst, geh woanders hin.«

Er zögerte und rieb seinen Oberschenkel. Nein, wenn schon, dann sollte es sauber und glatt über die Bühne gehen.

»Okay, aber kurz und schmerzlos, verstanden? Bist du online?«

»Klar, schick rüber.«

Er sandte die vorbereitete Mail und wartete. Durch das Telefon hörte er gedämpft die Geräusche einer Computertastatur.

»Angekommen?«

»Ja, hab sie. Bist du sicher, dass es die richtige Zielperson ist?«

»Seit wann stellst du Fragen? Mach deinen Job. Hinterher kriegst du dein Geld.«

»Nee. Die Hälfte vorher, den Rest hinterher, wie früher.«

Er zögerte. »Fünf vorher, zehn bei Erfüllung.«

Erneut dieses Schnauben. »Na gut, weil du's bist. Wann soll die Sache steigen?«

»Innerhalb der nächsten Woche, am besten am frühen Abend. Du hast die Adresse, kannst die Zielperson ausspähen. Es dürfte ein Klacks sein.«

»Okay. Wenn ich die Anzahlung habe, kann's losgehen.«

Ohne sich zu verabschieden, legte er auf, sprang vom Stuhl hoch und stampfte auf. Verdammter Krampf, verdammter.

Ich habe eine neue Leidenschaft entdeckt. Kennen Sie diese Managementtypen, die einem sagen, wie man seine Arbeit, seine Familie, seinen Alltag am besten organisiert, um Zeit zu gewinnen? Deren Patentrezept sind To-do-Listen. Man macht sich eine Aufstellung von allem, was zu tun ist, am besten nach Prioritäten sortiert. Wenn ich mir morgens auf einen Zettel kritzle, was ich heute unbedingt erledigen muss, was ich gerne erledigen will und was ich eventuell erledigen könnte, bin ich hinterher erleichtert, weil ich es mir quasi aus dem Kopf rausgeschrieben habe. Man darf selbstverständlich nicht den Fehler machen und sich unnötig unter Druck setzen. Nein, so voll knalle ich meine Listen nie. Wenn ich merke, dass ich mir zu viel vorgenommen habe, überdenke ich kurzerhand meine Prioritäten und schwupps, geht's wieder. Heute steht auf meiner Liste:

1. Arbeit
2. Frank anrufen, Einladung von Mutter verklickern
3. Bad und Fenster putzen
4. Entspannen
5. Versuchen, freundlich zu Ilina zu sein
6. Job suchen

Da ich an meinem Schreibtisch sitze und vor mich hinschwitze, kann Punkt 1 getrost als erledigt betrachtet werden. Das etwas mildere Septemberklima hat in unser Großraumbüro noch nicht Einzug gehalten. Doch obwohl es stickig und heiß ist, läuft heute alles prima. Sogar Punkt 5 konnte ich frühzeitig abhaken. Als ich mir einen Kaffee aus dem Kabuff geholt habe, grüßte ich Ilina und lobte das Vanillearoma. Das ist freundlich genug. Sie selbst muss sich offenbar überwinden, überhaupt ein Wort in meine Richtung zu knurren, wenn wir uns begegnen. Sie hat sich mittlerweile problemlos eingelebt. Dürri frisst ihr aus der Hand, alle anderen Kerle überschlagen sich vor Galanterie ihr gegenüber, und obendrein finden die Mädels sie klasse. Bloß ich kämpfe gegen einen Frosch im Hals, sobald ihre nachwachsenden, in natura honigblonden Haare an meinem optischen Horizont aufleuchten. Oder ihre schlanken Beine. Wenn mein Blick aus Versehen auf sie fällt, sehe ich rot. Mir ist keinesfalls entgangen, wie mein Frank auf die Polinnenfüße reagiert hat, als er Ilina vor zwei Wochen zum ersten Mal begegnet ist. Ich hätte niemals damit gerechnet, dass er außer meinen auch andere Frauenfüße anschaut. Wahrscheinlich sollte ich über der ganzen Sache stehen. Überhaupt – nicht mal Nagellack trägt sie.

»Was starrst du an meine Füße?«

Ich hebe ruckartig den Kopf. Oh nein, seit wann steht sie hier im Gang?

»Hast du abgearbeitet Liste?«

Will sie jetzt Dürri höchstpersönlich vertreten?

»Geht dich das was an?«, zische ich und unterstreiche im Geiste dick To-do-Punkt 6, den ich jeden Tag aufschreibe und dem ich jeden Tag unterste Priorität einräume.

Ilina lächelt. »Nein.«

Ihre Hand, die sie zu meiner Tasse ausgestreckt hatte, zieht sie zurück und schreitet weiter. Warum kriege ich es nicht hin, mich mit diesem Mädchen besser zu arrangieren? Vielleicht, weil ich in ihren Augen ein verräterisches Glitzern erkennen konnte, als sie Frank ansah?

Seufzend schiebe ich meinen Stuhl zurück und schaue neben meinem Bildschirm zu Lena rüber. »Kommst du mit in die Pause?«

Meine Kollegin gestikuliert, nickt und redet weiter in ihr Headset. »Wunderbar, Herr Trauensieck, wir schicken Ihnen eine Kiste des spanischen Roten und zwei Kisten Chardonnay. Herzlichen Dank für Ihre Bestellung.« Sie lauscht und lacht. »Immer gerne.« Dann errötet sie. »Oh, vielen Dank! Auf Wiederhören.«

Lena legt auf, zieht das Headset ab, greift ihre Tasche vom Stuhl und schiebt sich in den Gang. Hintereinander tippeln wir zum Fahrstuhl und steigen ein.

»War das der Trauensieck aus Sankt Wendel?«, frage ich.

»Eben selbiger.«

Sie grinst wie ein Honigkuchenpferd, bevor sie mit vorgestreckten Fäusten ihre runden Hüften kreisen lässt. Ich muss lachen.

»Den hast du weichgekocht? Alle Achtung.«

»Jo, ich geb dir ’nen Cappuccino aus. In letzter Zeit hab ich echt ’nen Lauf bei den Horrorkunden.«

Beschwingt öffnet sie die Tür, und einträchtig schlagen wir die Richtung zur Fußgängerzone ein.

»Hat der Dürri dir etwa die Horrorliste der Saarländer aufs Auge gedrückt? Du Arme.«

»Jo, hat er. Aber der Hammer: Ich mach ein' Abschluss nach dem anderen.«

Lena zuckt mit den Schultern und dirigiert mich zu unserer Lieblingsgelateria. Wir huschen zu einem Bistrotisch, der gerade frei wird.

»Woran liegt's?«, frage ich und blinzle gegen die Sonne an.

»Ich wäß ach nit. Momentan is änfach alles super.«

Mir geht ein Licht auf, als ich Lenas rundes Gesicht strahlen sehe. »Sag mal, hast du einen Freund?«

Ihr Leuchten schlägt in ein Schmunzeln um, bevor sich ein glucksendes Lachen aus ihrem Mund befreit. »Jo, hab ich tatsächlich!«

»Toll!«

Ich bestelle mir einen Karamelllatte, Lena einen ›Coppa amore‹, der eigentlich für zwei gedacht ist. Ich ziehe die Brauen hoch.

»Mei Freund mag mollige Frauen«, erklärt sie und streicht sich über die Oberschenkel.

»Mann, hast du ein Glück!« Das meine ich ehrlich.

»Un wie geht's dir mit deim Kommissar? Ihr seid doch noch ein Paar, ne?«

»Klar. Alles bestens. Ich bin wahnsinnig verliebt!«

»Ich aach …«, erklärt sie und stockt dann plötzlich.

Will sie noch etwas loswerden? In diesem Moment kommt unsere Bestellung. Lena bietet mir großzügig an, mit ihr vom Eis zu essen, aber da ich heute Morgen meinen Jeansrock nur unter äußerster Anstrengung zuknöpfen konnte und schließlich eine lockere Bluse anzog, um den Rettungsring zu verdecken, verzichte ich dankend.

Mein Handy klingelt, mit geübten Fingern ziehe ich es aus meiner Tasche und schaue auf das Display: Frank.

»Hallo, Fremder«, raune ich zur Begrüßung und werde mit seinem Lachen belohnt. Lena beobachtet mich amüsiert, ich zwinkere ihr zu.

»Hi, Schatz. Ich müsste dringend deinen Bruder kontaktieren. Hast du die Telefonnummer der Kanzlei im Kopf?«

Mit meinem Juristenbruder will er reden?

»Was ist passiert?«

»Es geht um die Scheidung. Ellen hat mir eine SMS mit der Bitte geschickt, endlich einen Termin zu vereinbaren.«

Richtig, vor zwei Wochen hat sie ihm bereits nahegelegt, die Dinge in die Hand zu nehmen. Seitdem hat Frank allerdings den ›Marmeladenmord‹ aufgeklärt und ist nicht dazu gekommen, einen Termin mit Rouwen zu vereinbaren. Auch ich musste in dieser Zeit erkennen, wie wenig man sich auf Verabredungen mit einem Kriminalbeamten verlassen kann.

»Ich sende dir Rouwens Nummer gleich per SMS.« Lenas Kopf ruckt herum, sie lauscht geradezu angespannt. »Du könntest allerdings am Sonntag mit ihm reden«, füge ich hinzu. Dies ist die Gelegenheit, Punkt 2 meiner Liste abzuhaken.

»Wieso am Sonntag?«, will Frank wissen.

»Meine Mutter feiert ihren Geburtstag und du bist herzlich eingeladen.«

»Oh. Okay. Wann?«

»Zum Brunch ab neun Uhr. Mutter liebt Sonntagsbrunch mit der Familie. Alle bringen ihren Anhang mit, sofern vorhanden, und meine Eltern setzen sich in Szene. Vor allem meine Mutter. Du brauchst dir keine Sorgen zu machen, es reicht völlig, wenn du anwesend bist und ihre Eleganz zu würdigen weißt.«

Frank grunzt. »Na, prima«, kommt es ziemlich trocken.

Ich würde ebenso wenig zum Antrittsbesuch zu meinen Eltern kommen wollen. Andererseits kennt er sie bereits von den Befragungen zu den Callcentermorden.

»Wir sehen uns heute Abend.« Er knutscht mir ins Ohr, ich knutsche zurück und lege auf.

Während ich die Telefonnummer meines Bruders eintippe, bemerke ich irritiert, wie Lena ihren ›Coppa amore‹, in riesigen Portionen wegbaggert, in dessen Anblick sie vertieft ist. Ich stecke mein Handy ein und mustere sie, bis sie endlich den Löffel neben der Schale ablegt und das kleine silberne Tablett mit dem fast vollständig aufgegessenen Eis von sich schiebt.

»Ich kann nimmeh«, stöhnt sie.

Ich lache. »Kann ich verstehen.«

Damit stockt das Gespräch, und während ich meine Freundin mustere, läuft sie abermals knallpink an. Da ist doch was im Busch!

»Lena?«

»Hm?«

»Spuck's aus.«

Gäbe es eine Steigerung zu knallpink, wäre es die treffende Beschreibung für Lenas Gesichtsfarbe.

»Was?«, fragt sie mit hoher Stimme.

»Keine Ahnung, aber du wirkst angespannt. Willst du mir etwas zu Frank sagen?«

»Nä, nit zu Frank.«

»Zu mir?«

»Nä, da gibt's nix zu sagen …«

Jetzt verstehe ich gar nichts mehr.

»Irgendwas beschäftigt dich die ganze Zeit, das kann ich sehen.«

Sie zieht eine Strähne ihres schulterlangen, dichten Haars aus dem Nacken nach vorn und zwirbelt es um den Zeigefinger, bis das vordere Fingerglied rot anläuft. »Wo fang ich an?«, fragt sie. »Es geht um … Rouwen.«

»Rouwen?« In meine Betonung lege ich drei Fragezeichen.

Mit einem Mal höre ich die Nachtigall trapsen! »Du … du kennst ihn?«

Sie lächelt selig wie ein Backfisch. Unfassbar, oder?

»Jo, mir han uns vor e paar Woche kenne'gelernt. Durch Zufall, uf der Wach. Mir ware beide zur Befragung dort.«

»Frank hat euch auf die Wache vorgeladen?«

Es muss um die Callcentermorde gegangen sein. In welchem Fall sonst hätten die beiden vernommen werden sollen?

»Jo. Aber dass mir zwei zu dir befragt wurden, hat sich erst später rausgestellt.«

Mir wird indessen klar: Rouwen ist der Mann, der Lenas mollige Formen mag. Das hätte ich beim besten Willen nicht gedacht! Bisher hat er ausschließlich langbeinige Gazellen mit nach Hause gebracht, die einen Hochschulabschluss vorzuweisen hatten. Nun gut, dumm ist Lena keineswegs. Sie hat ihr Studium abgebrochen, weil sie sich überfordert fühlte. Von ihrem Abidurchschnitt habe ich immer geträumt.

»Du und Rouwen?! Ich fasse es nicht!« Ich kann mich gegen mein Lachen nicht wehren.

»Is das so undenkbar?«, fragt sie spitz.

Ich tätschle ihren Unterarm. »Nein, Lena. Im Gegenteil, ich finde es großartig. Da hat er endlich eine bodenstämmige …« Jetzt ist es an mir, rot zu werden. »Ääh, ich meine selbstverständlich boden*ständige* Freundin. Ich find's genial!«

Mit schief gelegtem Kopf betrachtet sie mich. »Ob ich dir das glawe kann?«

»Lena, du bist mei Guddes! Hoffentlich weiß Rouwen, was er an dir hat.«

»He, nun mach dei Bruder nit schlecht. Er is ein *Traum.*« Verzückt dreht sie die Augen zum Himmel.

Mein Bruder ein Traum? Nun, jeder, wie er mag. Wer hätte gedacht, dass Rouwen eine Vorliebe für Rubensfrauen entwickelt?

»Also sehen wir uns am Sonntag bei uns!«

Jetzt wirkt meine Freundin verunsichert. Dachte ich mir's! Ich kann es ihr nicht verübeln. Die geballte Schober-Power kann definitiv eine einschüchternde Wirkung entfalten. Zudem kennt Lena die Horrorgeschichten über meine Eltern und die Juristengeschwister zu gut.

»Ähm, hast du eventuell 'nen Tipp, was ich deiner Mutter schenke könnt?«

Ich seufze. »Das ist eine schwierige Frage. Ich weiß selten, womit ich ihr eine Freude machen könnte. Sie ist da schwer einzuschätzen.«

»Ich han an Blümcher gedenkt, is zwar nit grad originell … Hat se 'ne Lieblingssorte?«

»Du, Blumen sind okay. Sie jammert zwar gerne, weil sie haufenweise welche zum Geburtstag bekommt …«

»Ach nee, dann lieber nit. Stattdessen was ›Geistreiches‹?«

»Hmm … Das ist heikel. Mein Vater hat einen gut sortierten Weinkeller.«

»Oh je, also keinen Alkohol.«

Wir stützen beide das Kinn in die Hände und grübeln nach. Ich habe auch noch kein Geschenk, und Frank wird mich ebenfalls nach einem Vorschlag fragen.

»Ich hab's! Ein Buch. Ich kaaf ihr e guddes Buch.«

»Du, das ist eine Idee. Mach das.«

»Un ich wääß ach schun, welches. Das is ein Megaseller, damit kann ich nit danebenliegen.«

»Habt ihr beiden vergessen Zeit?«, dringt eine volle Stimme an mein Ohr, als ich nach dem Titel fragen will.

Gleichzeitig drehen Lena und ich die Köpfe und erblicken Ilina, die mit dem rechten Zeigefinger auf ihre Armbanduhr tippt. »Ist vorbei eure Pause, wenn ich nicht irre.« Mit einer Geste, als wolle sie Hühner verscheuchen, hängt sie an: »Kss, kss, zurück zu Arbeit!«

Mir liegt eine sarkastische Antwort auf der Zunge, doch schließlich bin ich wohlerzogen und habe mir für heute notiert, nett zu sein, also lächle ich sie einigermaßen herzlich an. »Oh, danke, Ilina, was würden wir ohne dich nur machen?«

Meine Freundin und ich bezahlen und hasten durch die Fußgängerzone zurück zum Großen Markt. Ilina hingegen setzt sich auf meinen Platz, streckt die Füße aus, zieht einen Zigarillo hinter dem Ohr hervor und zündet ihn an.

»Haste das gesehn? Den hat der Dürri dem geschenkt! Oder meinst du, es hat ne geklaut?« Lena zieht die schwere Glastür auf und sieht mich abwartend an.

»Kann uns egal sein, oder?«, sage ich im Vorbeigehen. Im Aufzug frage ich: »Findest du Ilina ebenfalls ein bisschen seltsam?«

»Ich wääß nit. Im Grund find ich's süß. Trotzdem isses mir ach unheimlich.«

Die Türen öffnen sich, Dürri steht unmittelbar vor uns und wippt von den Zehenspitzen auf die Fersen. Angesäuert linst er zur Uhr, nickt mit verkniffenem Mund und setzt seinen Rundgang fort. Mit eingezogenen Köpfen eilen wir zu unseren Plätzen. Sofort springt mir der orangerote Zettel ins Auge, der neben meiner Tastatur liegt. Mist, meine To-do-Liste!

Noch während ich mich auf den Stuhl fallen lasse, greife ich danach, sehe sofort den Smiley neben Punkt 5 und höre ein leises Lachen. Dreimal Mist! Verstohlen sehe ich mich um, kann allerdings die Quelle des Kicherns nicht ausmachen. Ich werfe einen letzten Blick auf den Zettel. Angesichts des sechsten Punkts darauf muss ich trocken schlucken. Was, wenn Dürri den gesehen hat?

›Na und? Dann weiß er eben, dass du dir einen neuen Job suchen willst‹, sagt eine Stimme in meinem Kopf. Ehrlich, die kann ich jetzt nicht gebrauchen. Nach Kräften mühe ich mich, sie zu ignorieren. Seit Wochen komme ich ohne innere Einflüsterungen zurecht, und dabei soll es bleiben. Gerade deshalb fühle ich mich so himmlisch joghurtleicht!

Wider Erwarten verläuft der Rest des Arbeitstags ruhig und ohne nennenswerte Pöbeleien. Entspannt verlasse ich am späten Nachmittag das Büro und lächle sogar Ilina freundlich zu, die vor dem Erscheinen der nächsten Schicht die letzten Tassen einsammelt und in die Spülmaschine im Kabuff stellt. Da Frank heute Abend zu mir kommen möchte, beschließe ich, im ›Klopfer‹ eine Flasche unseres Lieblingsweins zu besorgen, kaufe außerdem Parmaschinken, Tomaten, Mozzarella und eingelegte Oliven. An der Brottheke staube ich das letzte Ciabatta ab. Beschwingt wie die Mädels in der Werbung meiner Lieblingsschoki steige ich zehn Minuten später in Beaumarais aus meinem Twingo, den ich leider ein gutes Stück entfernt von meiner Wohnung parken musste. Mit meiner Einkaufstasche in der einen, der Weinflasche in der anderen Hand und meiner riesigen uralten Handtasche über der Schulter tänzle ich in Richtung Haus. Wer sich den Namen für unsere Straße ausgedacht hat, hat gut gewählt! ›An den Friedenslinden‹ – so fühle ich mich hier und heute.

Die Schritte hinter mir irritieren mich zunächst nicht weiter. Erst, als sie zielstrebig näher kommen, fängt plötzlich mein Herz an, schneller zu pochen. ›Quatsch!‹, sage ich mir, schaue flüchtig über die Schulter und nehme einen leger gekleideten Mann wahr, der entschlossen in einen Vorgarten abbiegt. Na, bitte! Mein Puls beruhigt sich.

Ich gehe um die Ecke in die kleine Straße, in der ich wohne, als ich wieder die gleichen Geräusche in meinem Rücken höre. Nervös werfe ich einen Blick zurück. Dieses Mal nimmt mein Hirn nichts wahr, was mich beruhigen könnte – im Gegenteil, meine Füße fangen wie mein Herz zu rasen an. Der Mann hat sich eine Art Skimaske über das Gesicht gezogen und verfolgt mich! Mist, hier ist natürlich keine Menschenseele!

Ich laufe schneller, wage es trotzdem, noch mal nach hinten zu schauen. Der Typ hält ein Messer in der Hand! Unwillkürlich stoße ich einen Schrei aus, lasse alles fallen, reiße mir die Tasche von der Schulter, werfe sie von mir und renne, was das Zeug hält. Ich muss weitersprinten, um die nächste Ecke und ein kleines Stück die Gasse entlang, dann kann ich mich zwischen den Bäumen neben dem Sportplatz verstecken.

›Lauf, Lucy, beeil dich!‹

Seine Schritte klatschen laut auf den Verbundsteinen, zweifellos ist er viel schneller als ich. Meine Lunge droht zu bersten, ich zwinge mich weiter. Mich umzudrehen, traue ich mich nicht mehr. Schon höre ich sein lautes Atmen, obwohl ich selbst keuche wie eine Dampfmaschine. Der Geruch nach billigem Deo, das den Schweiß kaum übertüncht, steigt mir in die Nase. Er muss unmittelbar hinter mir sein! Das war's!

Ein Ruck durchfährt mich, als er einen Zipfel meiner Bluse erwischt und festhält. Ich stolpere nach hinten und stürze, er dreht mich mit einer groben Bewegung um, drückt mich an einer Schulter nach unten und beugt sich über mich. Vor mir blitzt ein Schnappmesser auf. Ich erkenne nur seine Augen, der Rest ist vermummt. Überdeutlich nehme ich die zweifarbige Iris wahr, innen braun und außen grau. Seine Brauen sind verdeckt, doch seine tiefen Krähenfüße sind nicht zu übersehen. Die Skimaske bewegt sich durch sein heftiges Atmen.

»Was wollen Sie?«, quietsche ich.

Er grunzt und drückt das Messer an meine Gurgel. Ich schließe die Augen. ›Mach schnell‹, denke ich. Blitzartig geht ein erneuter Ruck durch meinen Körper, ich fühle, wie ich am Arm hochgerissen werde, spüre an der Kehle einen brennenden Schmerz. Dann lässt mich der Kerl abrupt los, sodass ich auf den Boden falle. Ich setze mich auf, taste mit der Hand an meinen Hals und spüre dort einen Schnitt, aus dem Blut sickert. Panisch blicke ich mich um und kann nicht glauben, was ich sehe: Franks Partner hält meinen Angreifer mit zwei Händen am Schlafittchen und zerrt ihn grob zur Seite.

»Geht es dir gut?«, brüllt Herbert mir zu.

Auf einmal reißt sich der Vermummte mit unglaublicher Wucht aus Herberts Griff los und sprintet in den Wald.

»Scheiße«, stößt Franks Partner aus und hechtet ihm hinterher.

Langsam rapple ich mich auf die Beine und klopfe mir den Straßenstaub von den Kleidern. Mein Herz rast wie ein ICE, meine Knie sind weich wie Pudding und meine Zähne klappern. Ich brauche eine Weile, bis ich begreife, welch ein Glück ich gerade hatte! Der Typ wollte mich umbringen! Zitternd und unfähig, einen klaren Gedanken zu fassen, gebe ich dem Gefühl in meinen Beinen nach und lasse mich auf den Gehweg sinken. Erneut taste ich nach der Wunde an meinem Hals, die bereits verklebt ist, und erblicke das Blut auf meiner Sommerbluse. Viel ist es nicht, aber der ungleichmäßige Streifen tiefsten Rots, der sich zwischen den Blumenranken seinen Weg gebahnt hat, beunruhigt meinen Magen ebenso wie meinen Kopf. Während ich nach hinten sacke, nehme ich nur noch dunkle Wolken vor meinen Augen wahr. Dann spüre ich nichts mehr.

Undeutliche Stimmen dringen an mein Ohr, Satzfetzen, die keinen Sinn ergeben. »Waldstück neben dem Sportplatz … Beaumarais, verdammt. Soll ich es buchstabieren? … Bist du von hier oder nicht? … Ich hab ihn verloren …«

»Lucy«, drängt sich eine andere Stimme dazwischen, die wie Balsam auf mich wirkt.

Eine Hand berührt meine Wange. Im selben Moment bemerke ich, dass meine Unterschenkel auf etwas Warmem liegen.

»Bist du wach?«

Frank! Ich lächle wohlig.

»Öffne die Augen, Lucy.«

Ich tue, wie mir geheißen, und sehe sein geliebtes Gesicht über mir, hebe unwillkürlich die Hand, um die kleine Narbe an seiner Wange zu berühren. Seine besorgten Züge entspannen sich.

»Kannst du dich aufrichten?«

Ich versuche, mich zu setzen, mir wird sofort schwindlig und ich sinke zurück.

»Warte noch ein paar Minuten.« Frank dreht den Kopf zur Seite und spricht jemanden an. »Kommt die Verstärkung?«

»Ja. Soll ich einen Krankenwagen rufen?« Herbert tritt neben Frank und sieht auf mich herab.

»Nein!«, rufe ich so laut ich kann.

Mühselig richte ich mich nochmals auf, beiße die Zähne zusammen und warte einen Moment, bis der Schwindel vergeht. Frank hält meine Hand, während er unter meinen Beinen wegrutscht. Wie süß! Er hatte sich auf den Boden gekniet und meine Waden auf seine Schenkel gelegt.

»Mir geht's gut«, sage ich und stehe mit Franks Hilfe umständlich wie eine alte Frau auf, klammere mich an ihm fest, weil meine Knie wieder den Dienst zu versagen drohen. Mein Liebster legt mir den Arm um die Taille, um mich zu stützen.

Vor uns steht Herbert, sein Handy in der Hand, und mustert mich besorgt. »Ich konnte den Kerl nicht einfangen. Mein Bein hat nicht mitgemacht. Habe Verstärkung angefordert. Die werden gleich das Waldstück neben dem Sportplatz durchkämmen.« Mit einem Blick auf seine Armbanduhr fügt er hinzu: »Wenn die sich noch mehr Zeit lassen, werden sie allerdings nicht mehr viel finden. Wie geht es dir?«

»Gut, denke ich.« Ich schlucke. »Zum Glück warst du da!«

Herbert wirft einen Blick auf Frank und nickt grimmig. »Beinahe wären wir sogar beide zur Stelle gewesen, doch da Frank noch seinen Bericht beenden wollte, war ich alleine unterwegs. Habe im Nachbarhaus jemanden befragt.« Er winkt ab. »Hat nichts gebracht. Und als ich rauskam, hörte ich dich schreien.«

Ich deute mit der Hand auf die Stelle am Hals, an der mich das Messer verletzt hat. »Wie schlimm ist es?«

»Ein Kratzer. Muss desinfiziert werden. Das verheilt rasch«, sagt Frank. »Können wir zu dir gehen?«

»Wartet! Wir sollten einen Arzt rufen. Du stehst unter Schock.«

Lieb von Herbert, sich solche Sorgen zu machen, aber für eine ärztliche Untersuchung habe ich im Augenblick keinen Nerv. Wozu auch?

»Das legt sich gleich. Ist nicht das erste Mal, dass ich geschockt bin.«

In diesem Moment fährt ein Einsatzwagen um die Kurve und hält vor uns. Vier Uniformierte und eine Polizistin mit einem Hund steigen aus.

»Wo müssen wir hin?«, fragt der Fahrer in Herberts Richtung.

»Hier zwischen den Bäumen hindurch ist er verschwunden. Dahinter liegt ein Sportplatz. Lucy …«, wendet er sich an mich, »der Kerl hat dich berührt, nicht? Wo war das?«

Ich greife an meine Bluse und drehe mich zur Seite. Die Stelle, an der der Typ mich gefasst hatte, ist zerknittert. »Dort.«

Die Uniformierte lässt den Schäferhund daran schnuppern, bevor sie und ihre Kollegen mit ihm im Wald verschwinden. Er hat die Spur anscheinend sofort gefunden.

»Können wir jetzt reingehen?«, frage ich.

Ich habe das dringende Bedürfnis, mich zu setzen. Außerdem will ich aus diesen Klamotten raus. Franks Arm im Rücken, schlagen mein Liebster und ich den Weg zu meiner Wohnung ein. Ich sehe, wie Herbert sich bückt, um meine Sachen einzusammeln. Auf Höhe meines Hauses erblicke ich die Scherben der Rotweinflasche, die sich großflächig verteilt haben, und der Geruch nach Alkohol steigt mir Übelkeit erregend in die Nase.

»Das muss ich wegräumen«, murmle ich und deute auf die grünen Glassplitter.

»Ich mach das für dich«, erklärt Herbert.

Anscheinend stimmt, was Ellen und Frank von ihm erzählt haben. Ich revidiere meine Meinung, er sei ein zynischer und unzufriedener Zeitgenosse. Als wir meine Wohnung betreten, lasse ich mich auf einen Stuhl neben dem Esstisch fallen, während Herbert den Einkaufsbeutel und meine Handtasche auf den Tisch legt und Frank sofort ins Badezimmer geht.

»Hast du einen Handfeger?«

Ich deute auf die winzige Küchennische. »Unter der Arbeitsplatte hinter dem Vorhang.«

Herbert verschwindet mit der Kehrschaufel nach unten, Frank kehrt mit einer Mullbinde, Heftpflaster und Desinfektionsmittel zurück. Ich ziehe die Bluse aus und deute auf den Blutfleck.

»Die muss ich wegwerfen, anziehen kann ich die nicht mehr.«

Zehn Minuten später hat Frank meine Wunde versorgt und tröstet mich mit einem zärtlichen Kuss. Unerwartet klopft es an der Tür, ertappt fahren wir auseinander. Während ich in das obere Stockwerk meiner Maisonettewohnung laufe, um mir ein T-Shirt zu holen, höre ich, wie Frank unten seinen Partner hereinlässt. Um der Wahrheit die Ehre zu geben, habe ich im Moment keine gesteigerte Lust auf Herbert Groß-Grühnkool, auf seine grauen, verfilzten Haare und den Schnäuzer, den ich jedes Mal wie gebannt anstarren muss, wenn er isst oder trinkt. Wenn ich Herberts fettig glänzende Gesichtshaut betrachte, schleicht sich ungebeten die Vorstellung von winzigen Cartoonmännchen ein, die an den Wurzeln seines Schnurrbarts sitzen, sich ein Lätzchen umgebunden haben und erwartungsfroh Messer und Gabel wetzen.

Von unten höre ich Glas klirren – offenbar leert Herbert die Kehrschaufel in den Mülleimer -, und ich gestehe mir beschämt ein, wie undankbar ich bin. Schließlich hat der Gute mir das Leben gerettet und die Überreste der Weinflasche für mich entsorgt. Mein Spiegelbild offenbart mir indessen, wie sehr mich diese ganze Sache mitgenommen hat. Allerdings ist nach einem Überfall diese käsige Blässe wohl nachvollziehbar. Kurzerhand ziehe ich den Rock aus, werfe ihn aufs Bett und schlüpfe in eine legere, dreiviertellange Sporthose, bevor ich wieder nach unten gehe. Herbert und Frank sitzen am Tisch und schauen erwartungsvoll in meine Richtung. Und diese beiden unterschiedlichen Männer bilden ein erfolgreiches Ermittlerteam!

»Möchtet ihr etwas essen?«, frage ich, hänge meine Handtasche an die Türgarderobe und greife nach dem Einkaufsbeutel, um ihn in der Küche auszuräumen.

»Lass mich das machen, Liebes. Setz dich. Herbert wird dir noch ein paar Fragen stellen.«

»Fragen stellen?«

»Zu dem Mann, der dich überfallen hat.« Bei Franks Worten zucke ich unvermittelt zusammen. Ich lasse mich auf den Stuhl gegenüber von Herbert sinken.

Während Frank uns drei Gläser und eine Flasche Wasser auf den Tisch stellt, legt Herbert los. »Hast du den Typ wiedererkannt, der dich bedroht hat?«

»Nein.«

»Hast du seine Stimme erkannt?«

Ich schüttle den Kopf und nehme einen Schluck Wasser.

»Hast du eine Idee, wer es sein könnte? Hat jemand eine Rechnung mit dir offen?«

»N… nicht wirklich.«

Herbert zieht Notizblock sowie Bleistift aus seiner Hosentasche und leckt dessen Spitze ab. »Was heißt nicht wirklich? Gibt es jemanden, der wütend auf dich ist?«

Frank bringt das Geschirr herein und beginnt, den Tisch zu decken. Er nickt mir ermunternd zu. Herbert schiebt seinen Block ein Stück zur Seite, damit Frank ihm einen Teller hinstellen kann.

»Tja …«, druckse ich herum.

»Schieß los.« Herbert leckt abermals den Stift ab. Diese Geste habe ich bisher nur in alten Schwarz-Weiß-Filmen gesehen.

»Na, ich hatte bis vor Kurzem öfter mit den Horrorkunden zu tun. Da kann es schon sein, dass ich mich das eine oder andere Mal ein bisschen, ähm … daneben benommen habe.«

Frank lacht. ›Verräter!‹, geht es mir durch den Kopf.

Es kommt noch schlimmer, als er sagt: »Die sind entweder tot oder auf andere Weise nachdrücklich verwarnt worden.«

Die beiden brechen in Gelächter aus. Das gibt es nicht, oder?

Als Frank an meinem Platz vorbeigeht, boxe ich ihn in die Seite. »He!«

»Sorry. Ich weiß, das ist nicht witzig.«

»Könntest du dir sonst jemanden vorstellen, der mit dir ein Hühnchen zu rupfen hat? Denk nach, Lucy«, hakt Herbert nach.

Ich stöhne. »Null Ahnung.«

»Kannst du den Mann beschreiben?«

»Du hast ihn doch gesehen. Es ging alles wahnsinnig schnell.« Der Typ hatte sich losgerissen, bevor Herbert ihm die Maske vom Kopf ziehen konnte.

Herbert nickt. »Trotzdem. Beschreib ihn mir bitte.«

»Er war leger gekleidet. Jeans, dunkelblaue Sweatjacke mit Kapuze ohne Schriftzug oder Stickerei. Bevor er mir hinterherrannte, sah ich ihn in einem Vorgarten verschwinden und dachte, er wolle in das Haus gehen.«

»War er da bereits vermummt?«

»Nein, doch ich habe sein Gesicht nicht gesehen. Aber er hatte dunkle, angegraute Haare.«

»Hast du eine Vorstellung, wie alt er ist?«

Ich betrachte Herberts Augenpartie. »Ich denke, ungefähr in deinem Alter.«

»Okay. Wahnsinnig viel ist das nicht, allerdings besser als nichts. Fällt dir noch irgendetwas ein?«

»Der hätte mich gekillt, wenn du nicht gekommen wärst!«

In dem Moment, in dem ich es ausspreche, wird mir flau im Magen. Frank kommt mit dem Tablett, das er mit den gekauften Lebensmitteln beladen hat, und streichelt mir beruhigend über den Rücken.

»Herbert, wir danken dir, dass du da warst und Lucy gerettet hast!«, sagt er zu seinem Partner.

Herbert verstaut seinen Block und den Bleistift umständlich und nimmt einen Schluck Sprudelwasser, wobei er für eine Sekunde das Gesicht verzieht. »Brr!«, stößt er aus. »Ich dachte, ich sehe nicht richtig, als dieser Vermummte hinter dir her rannte. Mist, dass er mir entwischt ist.« Er streckt die Hand über den Tisch in den Brotkorb, bricht sich ein Stück Ciabatta ab und belegt es großzügig mit mehreren Schichten des hauchdünn geschnittenen Parmaschinkens. »Mahlzeit!« Er beißt genüsslich hinein.

»Mahlzeit«, murmle ich und picke mir ein paar Cocktailtomaten und zwei Scheiben Mozzarella von einem der Teller. Ich kann nicht begreifen, weshalb ich von einem Fremden angegriffen worden bin. Während Frank und Herbert mit erkennbarem Appetit die Platten leerputzen und sich über die Arbeit unterhalten, hänge ich meinen Gedanken nach.

»Meint ihr, es war Zufall?«, unterbreche ich die beiden. »Womöglich wollte er mich nur bestehlen?«

Frank schüttelt den Kopf. »In diesem Fall hätte er dir einfach die Tasche weggerissen.«

»Vielleicht ein Irrer«, wirft Herbert ein.

Mir kommt eine neue Überlegung. »Und die Sache letzten Monat, als mich jemand in den Bärenklau geschubst hat?«

Frank rückt mit seinem Stuhl neben mich und zieht mich an sich. Herbert lässt indes einen leisen Rülpser hören.

Auf morbide Art gebannt, beobachte ich, wie er mit der Spitze seines Messers zwischen den mittleren unteren Zähnen stochert, bevor er sich äußert: »Hmm … Du siehst darin mehr als unglückliche Umstände?«

»Frank hat auch eben gesagt, dass er einen einfachen Raubüberfall für unwahrscheinlich hält.«

Herbert legt das Messer aus der Hand. »Aber diese Sache mit dem Bärenklau – das war doch kein Mordanschlag!« Er zieht die Brauen tief über den Augen zusammen. »Nein, ich kann mir ehrlich gesagt nicht vorstellen, dass das dieselbe Person war.«

Ich drehe den Kopf zu Frank, weil ich seinen Gesichtsausdruck sehen will. Leider wirkt dieser völlig unbewegt und verrät nichts über seine Gedanken.

»Warten wir ab. Wenn wir Glück haben, fangen die Kollegen ihn ein, und dann hat das Rätselraten ein Ende«, beendet er in einem ruhigen Ton unsere Mutmaßungen.

Ich stehe auf und ziehe mich ins Bad zurück. Meine Hautfarbe hat sich mittlerweile normalisiert. Wie gerne würde ich mit Frank auf den Schreck Dinge tun, die mich trösten. Dort weitermachen, wo wir aufhören mussten, als Herbert an der Tür klopfte. Im Grunde wollten wir uns heute einen schönen Abend machen, zumal Frank in den letzten beiden Wochen sehr beschäftigt war. Ich will ihn für mich allein haben, verflixt!

Mit einem vorfreudigen Kribbeln tausche ich die Birkenstocklatschen gegen die Hawaii-Flipflops. Ich will ihn dezent darauf hinweisen, was alles möglich wäre, wenn sein Partner endlich ginge. Mit einem leisen Kichern suche ich in der Schmuckdose auf der Fensterbank nach meinem Fußkettchen. Kurz entschlossen steige ich wieder aus den Schuhen und wasche meine Füße in der Duschwanne. Zufrieden lege ich den Schmuck um den linken Knöchel. Herbert, jetzt ist Schluss mit der Arbeit! Raus mit dir, und zwar schnellstens!

Ich verlasse das Badezimmer, checke mit einem Blick, ob Herbert in meine Richtung sieht – tut er nicht – und gehe mit einem für mich recht ungewöhnlichen Hüftschwung auf meinen Angebeteten zu. Wie einst Scheherazade setze ich den geschmückten Fuß graziös mit der Spitze zuerst auf. Zumindest stelle ich mir das so vor. Als Frank mich sieht, werden seine Pupillen groß, was seine dunklen Augen geradezu schwarz erscheinen lässt, und er bekommt diesen unwiderstehlichen Blick, der meine Waden hinaufprickelt. Ich lege lasziv den Kopf schief, schiebe die Hüfte vor und bemerke in meiner Konzentration auf das Verführen dummerweise nicht, dass Herbert anscheinend Franks Blick folgt. Ruckartig fährt er zu mir herum. Sein Lachen hört sich an wie eine blecherne Gießkanne, die jemand mit einem gezielten Tritt quer über einen gefliesten Balkon befördert.

»Was ist denn mit dir los? Hast du Schmerzen?«

Frank, dieser Traumtyp, der meine Füße angeblich unwiderstehlich findet und mich liebt, wie er mir versichert hat … fällt wieder in Herberts Gelächter mit ein! In meinem Kopf ertönt dieses Geräusch, das entsteht, wenn man die Nadel eines alten Schallplattenspielers über die gesamte Scheibe schiebt, und reichlich ernüchtert stelle ich mich aufrecht hin, fühle mich bloßgestellt, beinahe gedemütigt. Das sieht Frank mir wohl an, denn er steht auf, haucht mir einen irgendwie entschuldigenden Kuss auf die Wange und geht zur Küche.

»Hast du nicht noch irgendwo eine Flasche Wein? Wir beide wollten es uns heute Abend doch gemütlich machen.«

Ich jubiliere innerlich. Er hat gezielt das Wort ›beide‹ verwendet, ein deutlicher Wink mit dem Zaunpfahl. Und er hat natürlich recht: Ich habe noch eine Flasche versteckt. Einen der edelsten Roten meines Vaters, den er mir vor drei Jahren zum Geburtstag mit der Bemerkung geschenkt hat, eine weitere Lagerung bekäme ihm gut. Sogleich habe ich ihn in den winzigen Kellerraum gebracht, den ich ausschließlich zum Verstauen nicht oder selten benötigter Utensilien verwende. Dort unten ist es kühl und ein bisschen muffig – kein Ort, den ich allzu gerne aufsuche. Doch wenn schöne Stunden mit meinem Liebsten winken …

»Ich habe noch eine Flasche im Keller, die hole ich gleich herauf. Herbert, dir sage ich nochmals Danke fürs Retten!«

Das kann Herbert nicht falsch verstehen, oder? Franks Andeutung und meine jetzige Bemerkung – noch deutlicher kann man nicht ausdrücken, dass der Gast jetzt freundlicherweise gehen möchte.

Leichtfüßig flitze ich hinunter, grusle mich kurz vor der fetten Kanalspinne, die quer über den Boden huscht, und ziehe mit spitzen Fingern die tatsächlich letzte Flasche Wein zwischen zwei Kartons hervor, in denen meine alten Plüschtiere ruhen. Wieder oben, öffne ich mit einem frohen Kribbeln in der Brust die Tür – und sehe als Erstes Herbert, der die benutzten Teller in die Küchenzeile trägt. Mit einem Blick registriere ich drei Weingläser auf dem Tisch! Sofort schaue ich zu Frank, der am Kühlschrank steht, und runzle die Stirn. Mein Süßer lächelt hilflos und deutet ein Schulterzucken an.

In diesem Moment dreht sich Herbert zu mir um. »Ach, Lucy, Schätzelein. Frank meinte, ich könne noch ein Glas mit euch trinken. Auf deine Rettung anstoßen, sozusagen.«

Herbert stellt die Sachlage leicht verfälscht dar, wie mir Franks aufgerissene Augen signalisieren. Ich lache komisch hell und husche mit einem gemurmelten »Flasche abstauben« zur Arbeitsplatte. Frank stellt sich mir genau gegenüber, sodass er mich von Herbert abschirmt, schaut mir tief in die Augen und spitzt die Lippen ein winziges bisschen.

»Halte noch aus«, flüstert er und streicht mir mit dem Daumen sacht über die Oberlippe.

Er hat gut reden! Innerlich vibrierend, hole ich den Korkenzieher aus der Besteckschublade. Zurück am Tisch beobachte ich, wie Franks schlanke Hände geschickt die Flasche entkorken, und muss mich zwingen, nicht an seine Finger auf meiner Haut zu denken. Er schenkt uns ein, wir heben die Gläser und stoßen an.

»Auf Lucys Rettung!«, sagt Frank.

Wir trinken einen Schluck. Vielmehr: Frank und ich trinken einen Schluck, lassen den Wein im Mund warm werden und sein Aroma entfalten. Herbert hingegen kippt das Glas in einem Zug, greift sich die Flasche und schenkt sich erneut ein. Ich schnappe nach Luft und will etwas sagen, als ich Franks Hand auf meinem Oberschenkel spüre, woraufhin ich meine Lippen zusammenpresse. Was ist mir wichtiger? Der zweifelsohne sündhaft teure Wein für spezielle Gelegenheiten oder Herberts Verschwinden? Innerlich Abbitte an meinen Vater leistend, beobachte ich, wie die köstliche Flüssigkeit in Herberts gierigem Schlund verschwindet. Mir blutet das Herz bei dem Gedanken, dass der edle vergorene Traubensaft nicht einmal Zeit zum Atmen hat, bevor er diese offensichtlich ganz und gar unfachmännische Kehle hinunterrinnt. Trotzdem entwickelt er sichtlich eine durchschlagende Wirkung. Herberts Blick trübt sich innerhalb der nächsten halben Stunde, sein Mundwerk wird lockerer und sein Mitteilungsdrang stärker. Franks Hand wärmt mich durch den leichten Stoff meiner Sporthose, während Herbert uns nach und nach seine Odyssee durch die saarländischen Kliniken und Rehazentren schildert. Wir beide haben unsere Gläser noch nicht geleert, als Herbert sich den Rest aus der Flasche nimmt, uns zuprostet und trinkt.

»Kurt hat die ersten drei Nächte neben mir gelegen, bis ich darauf bestanden habe, in ein Einzelzimmer verlegt zu werden. Mit dem in einem Raum zu schlafen, hält man nicht aus, der schnarcht für drei.«

Ich lasse den Kopf gegen Franks Oberarm sinken und atme seinen Duft ein. Unter dem Tisch lege ich meine Finger ebenfalls auf seinen Oberschenkel und spüre die Muskeln, die sich kurz anspannen.

Ich gähne laut. »Bin ich müde! Das war ein anstrengender Tag.«

Franks Hand wandert zur Innenseite meines Beins. Meine vorgetäuschte Müdigkeit ist wie weggeblasen. Ich nehme wahr, wie sein herber Duft sich intensiviert, prompt wird mir heiß.

Herbert stützt den Kopf auf und fixiert mich, sodass mir für eine Sekunde unbehaglich wird. Doch dann stülpt er die Oberlippe vor, was ihm das harmlose Aussehen eines Seehunds verleiht.

»Ich möchte auch gerne ins Bett«, sagt Frank, und mein Körper schüttet erfreut Hormone aus.

Herbert runzelt die Stirn und lacht, als hätten wir einen Witz gemacht. Er zeigt mit dem ausgestreckten Finger auf Frank. »Du bist heilfroh, dass du Ellen los bist, oder?«

Ernüchtert hebe ich den Kopf, ohne meinen Arm von Franks Schenkel wegzuziehen. Das leichte Zittern seiner Finger bei Herberts Worten entging mir keineswegs.

»Ähm …«

»Zum Glück will sie dir das Kind nicht anhängen!«

Welche Richtung schlägt das Gespräch denn jetzt ein? Ich will zurückzucken, aber Frank greift mit seiner Rechten nach meinen Fingern und schiebt sie auf seinem Schoß ein Stück nach oben. Schlagartig verlässt mich jegliche Konzentrationsfähigkeit, als er sie sacht zu kneten beginnt. Unglaublich, was dieser Mann da macht! Wie ferngesteuert begeben meine eigenen Finger sich auf Wanderschaft. Mit der Kuppe streiche ich zart über die Knopfleiste seiner Jeans. Spürt er das überhaupt?

»Es ist das Kind vom Dieter«, sagt er, und ich frage mich, ob Herbert den gutturalen Klang in seiner Stimme hören kann.

Der zupft nachdenklich an seinem Schnäuzer. »Hmm, ein Kind wäre das Letzte, oder?«

Ich bin mir nicht sicher, ob er die Frage an mich oder an Frank richtet, außerdem bin ich nicht mehr in der Lage, überhaupt zu verstehen, was er meint. Franks Hand ist inzwischen ebenfalls ein bisschen höher gewandert. Meine Güte, wir benehmen uns wie Teenies, doch ich finde es auf faszinierende Weise berauschend. Wenn Herbert nicht völlig blind ist, muss er bemerken, was hier gerade läuft. Sein bisschen Menschenverstand sollte ihm zu erkennen geben, dass es Zeit für den Abgang ist. Frank spreizt seine Oberschenkel leicht, und ich muss mich beherrschen, um nicht an den Knöpfen herumzunesteln, außerdem kann ich meinerseits nur mit Mühe ein Stöhnen unterdrücken. Ich finde die Situation unerträglich und genieße sie gleichzeitig.

Endlich kommt uns jemand zu Hilfe. Die Melodie von ›Das ganze Leben ist ein Quiz‹ erklingt, und Frank zuckt genauso erschrocken zurück wie ich.

Herbert kramt sein Handy hervor. »Hallo? Gut. Wo seid ihr? Hmm, kann man nix machen. Der ist über alle Berge. Klar, macht Schluss. Das bringt nichts mehr. Bis morgen.« Er legt auf.

Nachdem Franks Hand von meiner Körpermitte verschwunden ist, kann ich wieder klar denken.

»Waren das die Polizisten?«

»Exakt. Sie haben aufgehört. Der Kerl muss sein Auto am Sportplatz stehen gehabt haben. Er ist verschwunden.«

Diese Auskunft ernüchtert mich noch mehr. Da draußen läuft jemand frei herum, der mich überfallen hat. Ob ich mich je allein auf die Straße trauen kann?

Nach einem Seitenblick in meine Richtung steht Frank auf und geht um den Tisch herum. »Komm, wir sollten jetzt gehen. Lucy braucht ihre Ruhe.«

Wie bitte? Ich glaube, ich höre nicht recht. Frank zieht seinen Partner am Arm auf die Füße und zwinkert mir zu. Endlich fällt bei Herbert der Groschen! Er lässt den Blick zwischen Frank und mir hin- und herwandern, entblößt feixend seine schlecht sitzende Brücke, hebt die Hand zum Gruß und entzieht sich Franks Griff.

»Nee, Schätzelein, du bleibst ma schön hier. Deine Süße braucht im Augenblick sicher deine männliche Hand. Um sie zu trösten und zu stützen, meine ich.«

Er lacht grunzend. Damit bekommt das Ganze einen unangenehmen Beigeschmack. Doch Hauptsache, Herbert schiebt endlich ab! Frank geleitet ihn kommentarlos zur Tür und schließt sie hinter ihm. Keine Sekunde später dreht er sich zu mir um, reibt sich die Hände und grinst wie Kater Garfield, wenn er Lasagne wittert. Langsam kommt er auf mich zu und lässt seinen Blick betont demonstrativ zu meinen Füßen hinunterwandern. Ich lächle genauso breit wie er, stehe auf und streife die Flipflops ab. Endlich! Diese Zeit zu zweit wird uns keiner mehr klauen. Und Punkt 4 meiner To-do-Liste wäre hiermit auch abgehakt.

In der Nacht schrecke ich aus dem Schlaf hoch und stelle fest, dass ich allein bin. Erst nach einigen panischen Sekunden erinnere ich mich: Frank ist nach ein paar wunderschönen gemeinsamen Stunden am späten Abend nach Hause gefahren, weil er morgen früh aus den Federn muss. Etwas besänftigt lasse ich mich zurücksinken und ziehe das Kissen an mich, auf das er seinen Kopf gebettet hatte, um seinen Duft einzuatmen. Doch die Ruhe stellt sich nicht wieder ein. Zunächst schwelge ich noch in der Erinnerung an unser Beisammensein, doch schnell schiebt sich das Bild eines Vermummten vor mein inneres Auge, und ich fühle mich auf die Straße zurückversetzt, spüre die Beklemmung während der kopflosen Flucht vor meinem Verfolger. Mein Herz rast, und ein unterschwelliges, aber deshalb nicht weniger deutliches Zittern befällt meinen gesamten Körper. Ich male mir aus, wie es sein wird, wenn ich morgen zur Tür hinausgehe. Voller Angst werde ich den Blick schweifen lassen, um herauszufinden, ob mir jemand auflauert.

Wacklig auf den Beinen, taste ich mich durch die Dunkelheit hinunter zur Küche und suche mit flatternden Fingern nach etwas Alkoholischem. Den Wein hat Herbert ja weggesoffen. Zum Glück steht noch eine halb volle Flasche Ramazzotti im Schrank. Der muss dran glauben. Mit der Flasche und einem dickbauchigen Glas setze ich mich in meinen Lieblingssessel an den Couchtisch. Zur Ablenkung schalte ich den Fernseher ein und finde dort eine Folge von ›Vampire Diaries‹. Ich nehme einen Schluck und atme bewusst langsam und tief ein und aus, um mich zu beruhigen.

Ich kann mit Fug und Recht behaupten, in meinen Grundfesten erschüttert zu sein. Bevor sich in meinem Kopf eine innere Stimme erheben kann – oder gar zwei –, schnappe ich mir einen Zettel vom Notizklotz und den Kuli vom Tisch, lege die Zeitung darunter und kritzle ›To-do-Liste‹ darauf. Ich besinne mich eines besseren, nehme ein neues Papier und notiere den ersten Gedanken, der mir zu der Frage ›Was will ich unbedingt erleben, bevor ich sterbe?‹ einfällt.

Ich staune nicht schlecht, als ich lese, was es ist: ›Einem Chor beitreten‹.

Doch bereits das Fixieren dieses Vorsatzes hat mich ungemein beruhigt, deshalb schenke ich mir einen zweiten Ramazzotti ein und kippe ihn auf ex, bevor ich weitere To-do-Punkte notiere, jeden auf einen extra Zettel. Rasch erfasst mich eine Erregung, die mich beflügelt. Ich begreife, dass ich meine Prioritäten neu justieren muss. Mir wird klar, wie abrupt das Leben enden könnte. Und da man sich nie sicher sein kann, ob man mehr als dieses eine hat, sollte man es nutzen. Ganz einfach.

Voll Feuereifer fülle ich ein Blättchen nach dem anderen mit sinnvollen, erbaulichen und Freude stiftenden Plänen. Dann mit verrückten Dingen, die ich immer schon ausprobieren wollte, und mit Oberflächlichkeiten, die ich mir stets versagt habe und nun in Angriff nehmen möchte, bevor ich ins Gras beiße. Die Flasche wird leerer und leerer, der Notizklotz kleiner und kleiner, meine Ausgelassenheit größer und größer. Im Grunde fehlt nur noch jemand zum Kuscheln, damit ich mich rundum wohlfühlen kann.

Einer Eingebung folgend, schleiche ich mich aus meiner Wohnung die Flurtreppe hinunter, öffne die Haustür und rufe leise lockend: »Kusko, komm, miez, miez.«

Der Nachbarskater hat mich bereits öfter besucht, also ist der Gedanke, dass er auch heute zu mir kommt, nicht völlig abwegig. Um ihn vollends davon zu überzeugen, habe ich in der Küche eine Packung mit Gourmetfutter aus meinem Vorrat für alle Fälle eingesteckt, deren Deckel ich jetzt abziehe. Tatsächlich schießt ein schwarzer Blitz auf mich zu, und vor mir bleibt der schlanke Kater stehen, macht einen Buckel und faucht mich mit aufgestellten Schwanzhaaren an. Ich lasse ihn am Futter schnuppern, locke ihn herein und freue mich, als er mir bereitwillig in die Wohnung folgt. Ich lasse Kusko sein Menü verspeisen und räkle mich auf dem Zweisitzer, nachdem ich alle Blättchen eingesammelt und nach ihrer Priorität sortiert habe. Schließlich suche ich eine stabile Pappe in DIN-A4-Größe aus dem Altpapierkarton, hole den Klebestift aus der Schublade, setze mich an den Esstisch und beginne, eine Collage aus denjenigen Notizen zu erstellen, die mir am allerwichtigsten erscheinen. Oben lasse ich Platz für eine Überschrift, darunter klebe ich die Zettel. Den unwichtigen Teil lasse ich weg, nicht ohne mich darüber zu amüsieren. Aber ›A-Mis Haare raspelkurz schneiden, während sie schläft‹ oder ›Papas Feiertagspfeife mit Cannabis stopfen‹ ist doch ein bisschen kindisch. Mit einem Edding schreibe ich zu guter Letzt eine Headline auf die Pappe. Erst dann tappe ich zufrieden nach oben, lege mich mit dem Kater ins Bett und sinke in den wohltuenden und wohlverdienten Schlaf.

Den Wecker schalte ich am nächsten Morgen einfach ab, erst durch Kuskos Maunzen werde ich viel später geweckt. Mit brummendem Schädel wanke ich den Hausflur hinunter und entlasse den Kater in den Vorgarten, quäle mich wieder hoch und rufe im Callcenter an, um mich wegen Migräne zu entschuldigen.

Schon will ich zurück zu meinem Bett, da entdecke ich ein fröhlich buntes Plakat auf meinem Esszimmertisch. Ich nehme es in die Hand und lese: ›Zehn Dinge, die man tun sollte, bevor man ermordet wird‹. Überrascht gehe ich die Zettel in der Reihenfolge durch, in der sie aufgeklebt sind.

- Ein Kind kriegen
- Mann fürs Leben finden (Frank)
- Einem Chor beitreten
- Overknees von Manolo Blahnik kaufen, bevor ich zu dick, zu alt oder beides werde
- Mutter und Vater endlich die Meinung geigen
- Rouwen und A-Mi die Meinung geigen
- Rebellenkat zum Essen einladen und ihr für ihre schwesterliche Liebe danken

Mann, muss ich angetrunken gewesen sein! Neugierig lese ich weiter.

- Party geben, zu der ausschließlich erwünschte Gäste kommen dürfen
- Bei Dürri kündigen und richtige Arbeit suchen

Am nachhaltigsten beeindruckt mich Punkt 1 der Liste. Nie und nimmer wäre ich auf den Gedanken gekommen, dass ich Mutter werden möchte. Andererseits erscheint es mir auf einmal ganz einleuchtend. Schließlich könnte ich schon morgen gekillt werden. Dann lieber nicht lange fackeln und her mit dem Nachwuchs.

Mit einem Stöhnen greife ich an meinen Kopf, nehme die Pappe mit und schleiche hoch zu meinem Bett. Das Plakat lege ich in die oberste Schublade meines Nachttischchens, lasse mich in die Kissen sinken und bete nur noch, dieser Kater möge mich verlassen, ohne in echte Migräne umzuschlagen.

6. FAMILIENBANDE

Auch noch drei Tage nach dem Anschlag fehlte von Lucys Angreifer jede Spur. Frank versuchte, seine Liebste so oft wie möglich zu treffen und ihr das Gefühl von Sicherheit zu geben. Seit dem Angriff wagte sie nicht mehr, morgens zu joggen, und für alle Besorgungen benutzte sie ihr Auto. Lediglich in der Innenstadt bewegte sie sich noch zu Fuß. Doch nichts und niemand deutete darauf hin, dass ihr jemand auflauerte.

In all dem Stress hatte Frank es versäumt, für Lucys Mutter Gloria ein Geburtstagsgeschenk zu besorgen. Leider fiel ihm das erst am Sonntagmorgen ein, als er sich auf den Weg machte, um Lucy abzuholen. Kurz entschlossen fuhr er an einer Tankstelle vorbei, die sonntags Blumen im Verkauf hatte. Er entschied sich für einen Strauß mit einer Sonnenblume und orangefarbenen Gerbera, der in eine Art gelbes Metallkorsett gezwängt war. Die Zellophanhülle entfernte er noch vor Ort und hoffte, dass man dem Geschenk seine Herkunft nicht ansehen würde.

Bei Lucy angekommen, benutzte er den Hausschlüssel, den sie ihm vor zwei Tagen übergeben hatte, und eilte, zwei Stufen zugleich nehmend, die Treppe hinauf. Als er Lucys Wohnung betrat, konnte er sie nirgendwo sehen.

Leise rief er ihren Namen.

»Hier oben«, klang es hell von der ›Empore‹ herunter, wie er ihren Schlafbereich nannte.

Ihre Maisonettewohnung gefiel ihm, und er hatte sich in letzter Zeit einige Male dabei ertappt, wie er sich hier ein gemeinsames Leben mit seiner Liebsten vorstellte.

Während er den Fuß auf den ersten Tritt der hölzernen Raumspartreppe setzte, hörte er Lucy stöhnen. Er erklomm schnell die letzten Stufen und fand sie vor ihrem Kleiderschrank, den Rücken dem darin eingelassenen Spiegel zugewandt. Sie schaute über die Schulter und versuchte, bisher offenbar erfolglos, den Reißverschluss eines Kleides zuzuziehen. Eines sehr kurzen, sehr engen und sehr roten Kleides. Sie hatte den Zipper nur bis zur Hälfte geschlossen – er konnte im Spiegel ihren weinroten Spitzen-BH erkennen, den er ihr bei einer anderen Gelegenheit einmal mit den Zähnen ausgezogen hatte. Er setzte sein Grinsen auf, von dem er wusste, wie schwer sie ihm widerstehen konnte, und näherte sich ihr.

Als sie in dieser Sekunde sein Gesicht sah, schrie sie: »Oh, nein!«

Wie besessen zerrte sie an dem Reißverschluss herum, der sich jedoch weiterhin widersetzte, entfernte sich einen Schritt von ihm, ohne von ihrem zum Scheitern verurteilten Vorhaben abzulassen. Der Rock rutschte höher und enthüllte ihre glatten Beine, bis Frank schließlich das zum BH passende Höschen hervorblitzen sah. Er blieb stehen und ließ seine Blicke ihren Körper entlangstreichen.

Sie schüttelte den Kopf. »Nein, Frank! Wir sind spät dran. Schau mich nicht auf diese Weise an!«

Sie streckte einen Arm abwehrend in seine Richtung und versuchte weiterhin verzweifelt, den Zipper zuzuziehen. Er betrachtete den korallenroten Nagellack auf ihren frisch pedikürten Zehennägeln, die wie ein X verbogenen Beine und das über ihrem Busen spannende, schlicht geschnittene Seidenkleid und konnte nicht länger widerstehen. Er zog seine Jacke aus und ließ sie auf den Boden fallen, während er auf sie zuging. Sie runzelte die Stirn und wich zurück, noch immer die Hände im Rücken. Er nahm seine Brille ab und zog eine Augenbraue hoch, wohl wissend, welche Wirkung sein kurzsichtiger Blick auf sie ausübte. Dann lächelte er leicht und legte den Kopf schief, sodass sie, ob sie wollte oder nicht, seine Grübchen wahrnahm. Mit Vorfreude sah er, wie ihre Pupillen sich weiteten, während sie die Arme langsam nach vorn sinken ließ.

Kapitulierend zog sie die Schultern hoch. »Wir müssen uns beeilen, es ist fast neun Uhr.«

Er überzeugte sie davon, dass Zeit nicht der entscheidende Faktor war.

»Mir passt nichts mehr«, klagte sie später, nachdem das rote Kleid sich trotz seiner Hilfe nicht hatte schließen lassen und sie das edle Stück voller Wut auf das zerwühlte Bett geworfen hatte. »Was soll ich bloß anziehen? Sie werden garantiert einen Flunsch ziehen und an mir herumnörgeln!«

»Wer?«, fragte er verblüfft.

»A-Mi und Mutter. Es ist Sitte, zu Mutters Geburtstag in roten Kleidern zu kommen. Dieses Etuikleid trage ich seit fünf Jahren zu dem Anlass. Wenn ich heute etwas anderes anziehe, werden sie sofort wissen, dass ich zugenommen habe.« Sie strich sich über den kleinen Bauch, dann riss sie die Augen auf. »Am Ende werden sie noch annehmen, ich sei schwanger!«

Sein Magen zog sich zusammen, sein Augen huschten ungewollt zu ihrem Nachttisch, auf dem ihre Antibabypillenpackung lag. Sie folgte seinem Blick, woraufhin ihr Mund kurz einen verkniffenen Ausdruck annahm.

»Aber du bist nicht schwanger …«, stellte er fest. Oder meinte er es als Frage? Er war sich nicht sicher.

»Natürlich nicht. Das hier ist eine Folge der Schokolade, mit der du Schuft mich ständig verführst.« Ihr Lächeln strafte das Schimpfwort Lügen.

Sie sah zur Uhr und verfiel in Hektik, riss die Schranktüren auf und stellte sich mit den Händen in den Hüften davor. Die leichte Üppigkeit stand ihr ausgezeichnet. Ihre Haut war glatt und schimmerte seidig. Das Weinrot ihrer Unterwäsche passte zu dem Kastanienbraun ihrer Locken.

»Bitte hilf mir. Was soll ich anziehen?«

Er trat neben sie und scannte den Schrank nach passender Garderobe. Schließlich zog er eine rote Röhrenjeans hervor, ein burgunderfarbenes Top und eine transparente dunkelrote Spitzenbluse.

Erstaunt lächelnd betrachtete Lucy die Auswahl. »Auf diese Kombi wäre ich niemals gekommen. Die Hose ist bestimmt zehn Jahre alt und die Bluse hat meiner Uroma gehört. Ich habe sie noch nie getragen.«

Gott sei Dank passte sie noch in die Stretchhose hinein. Das Top stand ihr unglaublich gut und das Erbstück vervollständigte das Outfit. Der Nagellack harmonierte mit diesem Mix an Rottönen hervorragend, und aus Lucys nicht unbeträchtlichem Schuhsortiment wählte Frank mit sicherem Griff hochhackige Riemchensandaletten aus.

Doch als sie sie angezogen hatte, schüttelte er den Kopf. »Nein, die sind zu heiß. Nimm die flachen Goldenen.«

Wenig später ließ Lucy sich auf den Beifahrersitz seines Mini fallen, beugte sich nach hinten und griff nach dem Strauß. Mit einem vielsagenden Grinsen fingerte sie an der Metallmanschette herum.

»Warst du noch bei der Tanke?«

Er räusperte sich und schwieg.

Ihr Grinsen vertiefte sich, sie zuckte die Achseln. »Was soll's! Meiner Mutter kann man es eh nie recht machen. Sie weiß bestimmt nicht, dass die Blumen von der Tankstelle sind. Mit solch profanen Dingen gibt sie sich gar nicht erst ab.«

»Was für ein Geschenk hast du?«

»Ein Parfum aus dem Drogeriemarkt.«

Frank stimmte in ihr Lachen ein. Ganz sicher handelte es sich dabei nicht um ›Coco Mademoiselle‹.

»Sie wird es dem Hausmädchen schenken, das weiß ich. Zum Glück kenne ich deren Geschmack. Eine eindeutige Win-win-Situation.«

Als Lucy an der schweren Tür der elterlichen Villa klingelte, wischte Frank sich verstohlen die Handinnenflächen an seiner schwarzen Jeans ab. Auf den Geburtstag von Lucys Mutter eingeladen zu sein, mit einem Blumenstrauß in der Hand, das hatte einiges von einem klassischen Antrittsbesuch.

Lucy lächelte ihm zu. »Bereit für die Höhle des Löwen?«

Da wurde die Eichentür mit Schwung von Dr. Schober aufgezogen. ›Beeindruckend‹ war das Wort, das Frank am ehesten zu ihm einfiel. Er wusste von Lucy, dass ihr Vater Oberarzt in der Herzchirurgie war. »Wie Burke«, hatte sie gesagt, und Frank hatte mithilfe von Google herausgefunden, dass sie damit einen Chirurgen einer beliebten amerikanischen Krankenhausserie meinte. Und wie das personifizierte Klischee eines älteren Seriendoktors stand Dr. Schober jetzt vor ihm: groß, grauhaarig, breit, durchtrainiert. Seine Augen blitzten in einem Stahlblau und zogen, wenn er schmunzelte, die Haut drum herum in sympathische Falten. Ein Arzt, dem die Frauen vertrauten. Er strahlte Selbstbewusstsein aus, Verständnis und gleichzeitig eine gewisse Härte.

Lucys Vater hob beide Hände und lächelte, eine Augenbraue hochgezogen. »Da seid ihr ja endlich.«

Obwohl in seiner Stimme keinerlei Vorwurf lag, hatte Frank das Gefühl, sich rechtfertigen zu müssen. »Entschuldigung für die Verspätung, wir …« Er verstummte.

Dr. Schober musterte das Gesicht seiner Tochter und ihre Aufmachung, danach sah er Frank betont lange an.

»Sparen Sie sich jegliche Erklärungen, junger Mann.«

›Junger Mann‹ hatte ihn schon lange niemand mehr genannt. Automatisch musste Frank an die Hollywoodfilme denken, in denen die Väter ihren zukünftigen Schwiegersöhnen Schlimmes androhten, sollten sie ihr eigen Fleisch und Blut in irgendeiner Weise enttäuschen. Währenddessen stellte Lucy sich auf die Zehenspitzen, hauchte ihrem Vater ein Küsschen auf die Wange und schien vor Franks Augen eine eigenartige Wandlung zu durchlaufen: von der selbstbewussten, toughen Frau zu einem jungen, unsicheren Mädchen. Er blinzelte, um den Eindruck zu verscheuchen.

Sie traten in die Tür, als es just hinter ihnen hupte. Dr. Schober wirbelte herum. »Na so was, da kommen sie ja endlich.«

Frank sah einen großen, mattschwarzen Audi, der soeben zum Stehen kam. Lucys Bruder stieg aus, ging um den Wagen herum und öffnete die Beifahrertür.

Lucy stieß ein Kichern aus. »Sag bloß, mein Juristenbruder ist auch zu spät!«

»Allerdings.« Ihr Vater nickte und kniff die Augen zusammen, als eine füllige junge Frau aus dem Auto kletterte.

Frank erkannte Lucys Arbeitskollegin Lena und musste sich sogleich mehrere Dinge bewusst machen. An der Art, wie Rouwen seinen Vater mit einem kurzen Blick taxierte, bemerkte Frank, dass die Erschütterung seines Selbstbewusstseins aus dem gleichen Effekt herrührte, den er soeben bei Lucy beobachtet hatte: Offenkundig brachte der alte Herr seine Kinder dazu, sich klein zu fühlen, und sei es nur für einen kurzen Moment. Darüber hinaus hatte

Rouwen etwas Speck angesetzt. Es war zwar nicht zu übersehen, dass er, ganz wie sein Erzeuger, Sport trieb, trotzdem ließen seine Körperkonturen eine Neigung zur Fülligkeit erahnen. Ob da Lena dahintersteckte? Jedenfalls wirkte das Auftreten des Rechtsanwalts dadurch gelöster als vorher. Lucys Kollegin hingegen hatte sich außergewöhnlich chic angezogen. Der lange Rock und das wallende Oberteil, beides in dunklem Himbeerrot, betonten ihre Proportionen.

Die Schultern nach hinten gezogen, schritt sie auf Lucys Vater zu und streckte ihm die Hand entgegen. »Guten Morgen, Dr. Schober, ich bin Lena Kougelhupf.«

Sofern der alte Herr überrascht war, ließ er sich nichts anmerken. Sein Lächeln wirkte wohlwollend, als er ihre Hand ergriff und kurz drückte. »Freut mich, Fräulein Kougelhupf.« Kein Wort über die Verspätung der beiden.

Lucy begrüßte ihre Freundin mit einer herzlichen Umarmung. »Du siehst toll aus!«

»Gleichfalls«, gab Lena das Kompliment zurück.

Dr. Schober geleitete die vier in das große, lichtdurchflutete Esszimmer. Tausend Eindrücke stürzten auf Frank ein. Lucys Rebellenschwester Kat saß neben einer zierlichen, jungenhaft wirkenden Frau, die er erst auf den zweiten Blick als ihre Lebensgefährtin Susa identifizierte. Sie hatte ihre Haare in einem kräftigen Pumuckelrot gefärbt und raspelkurz schneiden lassen. Bei ihrer letzten Begegnung hatte sie sie noch honigblond und schulterlang getragen. Ob es einen Grund dafür gab? Ebenso wie ihre Partnerin trug Susa Rot – eine Jeanshose und ein ausgeleiertes Sweatshirt. Es war nicht zu übersehen, dass die beiden gegen das Kleidungsdiktat der Mutter aufbegehrten. Kat trug eine rote Latzarbeitshose und ein rotbraunes Tanktop. Frank schmunzelte, was die zwei mit verschwörerischem Nicken quittierten.

Beim Betreten des Zimmers hatten sich die Mutter und die andere Schwester von Lucy, Anna Maria, von den Stühlen erhoben. Beide trugen ein rotes Kostüm, sahen darin eingeengt aus und bewegten sich mit äußerster Vorsicht. Überraschenderweise hatte sich A-Mi, wie Lucy sie mit Vorliebe nannte, stark verändert. Während sich die roten Haare bei ihrem letzten Treffen noch bis auf ihren Rücken hinuntergekringelt und die Strenge ihres Gesichts etwas gemildert hatten, waren sie offenkundig nicht nur gekappt, sondern auch mit einem Glätteisen traktiert worden. Voller Glanz hingen sie nun, exakt wie die brünetten Haare ihrer Mutter, genau bis zur Spitze des Kinns herunter, als hätte jemand ein Lineal angehalten, um sie millimetergenau zu trimmen. Mutter und Tochter glichen sich derart, dass Frank zwei Mal hinsehen musste, um nicht A-Mi zum Geburtstag zu gratulieren.

Nachdem alle brav das Geburtstagskind beglückwünscht und ihre Geschenke auf einem kleinen Beistelltisch abgelegt hatten, verteilten sich die Anwesenden um den riesigen ovalen Tisch herum und schwiegen betreten. Frank rieb sich mit den Händen über die Oberschenkel. Zu seiner Erleichterung ergriff Lucy seine Linke.

Gloria Schober räusperte sich, schob ihren Stuhl zurück und stand auf. »Ihr Lieben, ich möchte mich herzlichst bei euch bedanken, dass ihr meiner Einladung gefolgt seid. Auch mein bescheidener Wunsch nach Kleiderordnung ist beachtet worden …« Sie sah von A-Mi, bei deren Anblick ihr Gesicht strahlte, weiter zu Lena, der sie ein herzliches Lächeln schenkte, bis zu ihren beiden anderen Töchtern und Susa, die es gewagt hatten, in Hosen zu erscheinen, und räusperte sich. »Nun, jedenfalls was die Farbe angeht. Mehr kann man heutzutage schlechterdings nicht verlangen … Lasst uns einen schönen Sonntagvormittag erleben und genießt, was ich euch aufgetischt habe.« Sie hob ihr langstieliges Glas mit Elsässer Crémant und wartete, bis alle anderen es ihr gleich taten, trank einen Schluck und setzte sich.

Frank beobachtete amüsiert, wie sie eine winzige Portion Müsli in ein Porzellanschälchen schüttete, mit Milch übergoss und zu löffeln begann, während alle um sie herum sich von den voll beladenen Platten mit Fisch, Käse und Wurst bedienten – alle mit Ausnahme von A-Mi, die sich von ihrer Mutter das Müsli hatte reichen lassen.

»Lucy, ist dein rotes Kleid in der Reinigung?« A-Mis Tonfall klang lieblich, als sie sich einen Schuss Milch in das fast leere Schälchen goss.

Lucy verschluckte sich an dem Bissen, den sie gerade kaute, und hustete. Sie würgte das Essen mühsam hinunter, atmete mit einem Pfeifen ein, trank einen Schluck Kaffee, woraufhin sie das Gesicht verzog, und beantwortete mit heiserer Stimme die scheinheilige Frage ihrer Schwester: »Nein.«

»Das ist doch die Bluse von Uroma, nicht? Steht dir super, Schwesterherz!« Das kam von Kat.

»Frank hat sie ausgewählt …« Lucy verstummte und nahm den Farbton ihres Oberteils an.

Aus A-Mis Richtung kam ein Schnauben. »Kein Wunder.«

»Was soll das denn bitte heißen?«, erwiderte Frank.

Bisher hatte Lucys Juristenschwester sich ihm gegenüber immer korrekt verhalten. In diesem Raum spürte er allerdings eine unterschwellige Aggression schwelen. Ob Lucys Mutter mit der Gesamtsituation unzufrieden war? Einzig A-Mi erfüllte mit ihrer Imitation der Mutter offensichtlich den Anforderungskatalog.

Lena versuchte das Thema zu wechseln. »Wann möchten Sie denn Ihre Geschenke auspacken, Frau Schober?«

Gloria Schober lächelte huldvoll. »Gleich nach dem Essen, meine Liebe. Dieses Rot steht Ihnen übrigens ausgezeichnet. Ich freue mich, dass Sie sich für diesen Anlass um …«, sie hüstelte, »eine Art Kleid bemüht haben. Das weiß ich zu schätzen.«

»Boah, Mama«, stöhnte Kat, und alle fuhren zu ihr herum. Frank lachte innerlich. Das versprach unterhaltsam zu werden.

»Sag mal, geht's noch?«, fuhr Lucys Rebellenschwester unterdessen fort und biss in ein Brot, das sie dick mit Leberpâté bestrichen hatte. »Lasch unsch in Ruhe. Jeder hat wasch Rotesch an. Und allesch dir zuliebe.«

Pikiert schüttelte Frau Schober den Kopf in einer indisch anmutenden Achterbewegung. Es grenzte an ein Wunder, dass keiner ihrer Halswirbel dabei knackte. Ihr Mund nahm einen noch verkniffeneren Zug an, wenn das überhaupt möglich war. Der Noch-nicht-Chefarzt sprang ihr zur Seite, legte seine Pranke auf ihre kleine Hand und reichte ihr das Sektglas.

»Ich finde es wunderbar, dass alle anwesenden Damen sich in Rot gekleidet haben, und bin mir sicher, eure Mutter rechnet euch das hoch an«, versuchte er die Situation zu retten. »Fräulein Kougelhupf, Ihnen darf ich versichern, das Kompliment meiner Frau trifft absolut zu.«

Die Augen von Lucys Mutter wurden groß wie Untertassen, aber sie enthielt sich jeglichen Kommentars. Die Miene des alten Herrn hingegen wies deutlich daraufhin, wie ansehnlich er für seinen Teil die dralle Lena fand.

»Wollen wir auf üppige Formen anstoßen?« A-Mis Stimme zerschnitt die Stille wie Glas, als sie ihrerseits ihre Sektflöte hob. »Lucys Mitte hat sich offensichtlich auch ein wenig – nun, sagen wir, geweitet.« Ihren inneren Triumph konnte sie nicht verhehlen.

Lena hingegen schien die Spitze nicht zu erkennen oder sie ignorierte sie bewusst, hob ihr Glas, ließ ihre zweite Hand unter den Tisch gleiten, wo sie sie zweifellos auf Rouwens Schoß bettete, und lächelte ein atemberaubendes Wa-wa-wa-wumm-Lächeln, das auch den letzten Dürre-Gazellen-Anbeter umstimmen würde.

»Uff die sinnliche Freude des Leibes!« Stumm beobachtete der Rest des Tisches, wie sie ihr Glas an die vollen Lippen führte und Sekt in ihre Kehle perlen ließ. Sie legte kokett den Kopf schief. »Wolle ihr nit?«, fragte sie unschuldig.

Lucy lachte auf, prostete ihrer Freundin zu und trank einen Schluck, Frank tat es ihr nach.

»Lena, wenn du nicht schon meine Freundin wärst, wärst du es spätestens jetzt.« Lucy nickte in Rouwens Richtung. »Ich habe es gewusst, du kannst meinem Bruder nur guttun.«

Rouwen hauchte seiner Liebsten einen Kuss auf die Wange und lächelte, wie Frank ihn vorher nie hatte lächeln sehen.

Nach einem mehr als üppigen, exquisiten Mahl und vielen anzüglichen Bemerkungen über Kleider und Körperformen lockerte sich die Atmosphäre endlich auf, und Frank nutzte die erste sich bietende Gelegenheit, um auf Rouwen zuzugehen.

»Ich möchte ein paar Worte mit dir reden, hast du einen Moment für mich?«, fragte er.

Lucys Bruder nickte. »Worum geht es?«

Frank checkte kurz den Abstand zum Rest der Familie und vergewisserte sich, dass alle zu vertieft in ihre Gespräche waren, um auf ihn und Rouwen zu achten. Lucy und Lena standen neben dem Tischchen und unterhielten sich anscheinend über die Geschenke.

»Ich würde gerne einen Termin mit dir vereinbaren. Meine Frau und ich wollen uns scheiden lassen, und das soll ziemlich zügig über die Bühne gehen.«

Rouwen runzelte die Stirn.

»Ich kann mich natürlich in deiner Kanzlei melden …«

Plötzlich lächelte Rouwen und wischte mit der Hand durch die Luft. »Ach was. Du kannst ja auch nicht frei über deine Zeit verfügen.«

»Was denkst du, wie lange wird es dauern?«

»Habt ihr einen Ehevertrag und darin den Versorgungsausgleich ausgeschlossen?«

»Ja.«

»Dann kann es schnell gehen. Ein paar Wochen Vorlaufzeit, Verhandlung, fertig. Denkst du, deine Frau spielt problemlos mit?«

»Sie drängt auf die Scheidung.«

»Ach, sie drängt darauf, und du nicht?«, schnitt eine Stimme dazwischen.

Frank fuhr herum und erkannte mit Schrecken A-Mi, die sich offenbar neugierig in ihre Nähe geschlichen und sie belauscht hatte.

»Das würde unsere kleine Lucy sicherlich brennend interessieren«, fügte sie spitz hinzu. »Gab es da nicht auch ein Kind?«

Frank spürte, wie ihm die Röte in die Wangen schoss, was wie ein Schuldeingeständnis auf die beiden Juristen wirken musste. Rouwen stand die Überraschung ins Gesicht geschrieben, als er Franks verlegene Gesten beobachtete.

»Was ist mit dem Kind?«, hakte er nach.

»Leute, das wissen wir doch alle längst«, mischte sich jetzt Kat ein, die ihren Standort nicht gewechselt, aber A-Mis grelle Stimme offenbar problemlos vernommen hatte. Erst in dieser Sekunde wurde Frank sich der Stille um ihn herum bewusst. Das Gemurmel der anderen war verstummt, alle verfolgten jetzt das Vieraugengespräch, das keines mehr war.

»Ellen bekommt ein Kind von ihrem neuen Lebensgefährten, dem Dieter.« Lucy trat neben ihn und hakte sich bei Frank unter. »Beide sind sich einig, dass sie die Scheidung wollen. Überhaupt keine Probleme!«

A-Mi lachte schrill. »Na, da solltet ihr aber langsam in die Gänge kommen. Wäre nicht das erste Mal, dass ein Baby ungewollt zum Kuckuckskind wird. Wenn ihr zum Zeitpunkt der Geburt noch verheiratet seid, bist du rechtlich sein Vater, Frank, und hast womöglich noch Unterhalt zu zahlen.«

Schlagartig wich die Röte aus Franks Wangen. Nur am Rande registrierte er ein entsetztes Schnauben aus Frau Schobers Richtung und sah die Bewegung, mit der sie nach ihrer Halskette tastete. Gleichzeitig zuckte Lucy spürbar zusammen und riss die Augen auf.

»Im Ernst? Wie meinst du das?«

»Ich habe da eine Bekannte«, A-Mi verdrehte theatralisch die Augen und genoss es offenbar, im Mittelpunkt zu stehen, »eine alte Freundin von mir, muss ich dazu sagen, sonst hätte ich mich nicht so lange um sie bemüht. Jetzt ist das erste Kind schon fünf, das zweite drei Jahre alt. Und noch immer haben sie die Verhältnisse nicht geregelt.«

Rouwen zog interessiert die Brauen hoch. »Erzähl!«

»Diese Freundin war verheiratet, dann hat sie sich auf einen anderen eingelassen. Alle fanden sich nett und ›supisympathisch‹«, mit einem sardonischen Grinsen deutete A-Mi an, dass das der Originalton der nicht näher benannten Freundin war, »und keiner achtete darauf, ob und wann man sich scheiden lassen sollte. Die ist noch mit ihrem ersten Mann verheiratet, lebt allerdings längst mit dem zweiten zusammen, und die wollen auch zusammen bleiben.« Sie hob beide Hände und zuckte die Achseln. »Bei jedem Klassentreffen weise ich sie auf die – rein rechtlich – ungeklärte Vaterschaft hin und dass, wenn es hart auf hart kommt, ihr Gatte unterhaltspflichtig ist.«

In Franks Magen dehnte sich eine mit Säure gefüllte Blase aus.

Lucys Bruder lachte auf. »Machst du neuerdings in Scheidungen, Schwesterlein?«

»Lenk nicht ab!« Frau Schober war mit wenigen Schritten bei ihrer Tochter. »Was bedeutet das für den leiblichen Vater?« Sie schüttelte den Kopf. »Wie naiv und leichtsinnig manche Menschen in den Tag hineinleben.«

Sie warf Lucy einen schnellen, strafenden Blick zu, der diese spürbar zusammensacken ließ. Unglaublich, welchen Druck Lucys Eltern auf ihre Kinder ausübten.

»Tja …«, A-Mi machte eine Kunstpause und strich sich den glänzenden, ohnehin perfekt sitzenden Rock glatt. »Wenn der Vater plötzlich versteht, dass er zwar Kinder hat und auch für sie zahlt, diese jedoch vor Gericht gar nicht als die Seinen gelten, bleibt noch eine Lösung: A-d-o-p-t-i-o-n.« Sie zog das Wort genüsslich in die Länge. »Und darüber hinaus sollte er die Kindsmutter vorher heiraten, wenn es ihm wichtig ist, dass sie weiterhin die Mutter bleibt. Durch eine Adoption endet nämlich die Verwandtschaft der Kinder zu beiden Eltern. Das lässt sich nur verhindern, wenn Mann die Sprösslinge seiner *Ehe*frau adoptiert, sie also vorher ehelicht.«

»Wie rückständig! Leben wir noch im Mittelalter, oder was?«, stieß Kat aus.

Rouwen wandte sich Frank zu. »Wann ist der Entbindungstermin?«

»Ellen ist im fünften Monat.«

Lucys Bruder winkte ab. »Schaffen wir. Locker.«

Lena stand noch immer neben den Gaben des Geburtstagskindes. »Könne mir jetzt das Thema wechseln? Wie wär es mit Geschenke auspacken, Frau Schober?«

»Mutter hasst Geschenke«, flüsterte Lucy Frank zu, als sie hinter den anderen zum Tischchen schlenderten. »Sie sagt, keiner erfüllt ihre wahren Wünsche. Lena hingegen liebt Geschenke und freut sich über alles. Sie ist so ein Guddes.«

Gloria Schober stand nun aufrecht neben dem Tisch, und ihre verkniffene Miene bestätigte Lucys Worte. Mit spitzen Fingern griff sie nach dem rechteckigen Päckchen, das Lena ihr überreicht hatte. Unschwer zu erraten, dass es ein Buch war. Aber welches? Und würde es zum Interieur des Hauses Schober passen, ihren Geschmack treffen? Die Bücherwand an der einen Seite des Zimmers schmückten unzählige Werke der Weltliteratur aus namhaften Verlagen neben mindestens einem Regalmeter medizinischer Fachschriften. Ob Lucys Eltern all diese Titel gelesen hatten?

Gloria Schober konnte ihre Überraschung nicht verhehlen, als sie das Buch auswickelte. Es hatte eine matte, in Brombeertönen gehaltene Oberfläche, auf dem Cover war eine dunkelrote Calla abgebildet, aus der der Blütenstempel gelb und haarig herausragte.

»Na, so was …« Sie verstummte. Und dann geschah etwas Unerwartetes: Ihr blasser Teint nahm ein Pink an, das Frank an Lucys peinlichste Momente erinnerte.

A-Mi stieß ein Quieken aus. »›Fifty Shades of Grey‹! Das will ich lesen. Leihst du es mir, Mutter?«

Als habe sie eine ekelhafte Kröte in der Hand, reichte ihre Mutter das Buch rasch an A-Mi weiter. »Kannst es sofort haben, meine Liebe. Herzlichen Dank, Lena, für dein Geschenk!«

Es war nicht zu übersehen, wie sehr sie sich um Fassung bemühte. Lena ihrerseits ließ den Kopf hängen.

Rouwen hingegen lachte. »Na, Schwesterlein, das interessiert dich, wie?« Er legte den Arm um Lenas Schulter. »Wir lesen es gemeinsam.«

In Lenas Augen konnte Frank mehr als deutlich den Wunsch ablesen, es möge sich ein Loch vor ihr auftun und sie verschlucken. A-Mi ließ das Buch ohne einen weiteren Kommentar in ihrer Handtasche verschwinden, nahm ein aufwendig mit viel Glitzer verpacktes Päckchen vom Tisch und reichte es ihrer Mutter.

Lucy stöhnte. »Auch Parfum.«

Sie behielt recht. Mit unverhohlener Begeisterung wickelte ihre Mutter eine kleine Flasche des neuesten Tom-Ford-Duftes ›Neroli Portofino‹ aus.

»Oh, wie wunderbar! Du hast es extra für mich bestellt, nicht wahr, meine Liebe?«

»Ja, stell dir vor, selbst in München ist es nur in zwei Läden erhältlich. Und es passt einzigartig zu dir. Es verkörpert den Glanz und die Tradition der alten Welt, sagen die Hersteller.«

Innerlich grinsend dachte Frank an die 15 Euro, die er für sein Geschenk investiert hatte. Lucys Parfum entlockte ihrer Mutter lediglich ein müdes Lächeln, die Herkunft des Blumenstraußes hingegen schien sie tatsächlich nicht zu erkennen, im Gegensatz zu Kat und Susa, die nach der Feier, als das Jungvolk gelöst die Villa verließ, ein paar gönnerhafte Bemerkungen über Präsente von der Tankstelle fallen ließen. Kurz entschlossen trafen sich alle Geschwister, außer A-Mi, mit ihren Partnern noch in der Saarlouiser Altstadt, um den Sonntag gemütlich ausklingen zu lassen.

Am meisten erfreute Frank Rouwens Bemerkung zum Abschied. »Leute, ich bin froh, dass ich gerade noch die

Kurve gekriegt habe. Stellt euch vor, ich würde genauso ein verknöcherter Juristenarsch wie A-Mi! Lena, davor hast du mich bewahrt«, säuselte er in Richtung Lena.

Auf dem Nachhauseweg erklärte Lucy, ihr Bruder habe heute den Namen seiner Juristenschwester zum allerersten Mal abgekürzt.

Am nächsten Morgen verließ Frank Lucy zeitig, um zu Hause seine Kleidung zu wechseln. Er bemühte sich, an der Wohnung von Ellen und dem Dieter vorbeizuschleichen, doch wie vor einigen Wochen schien seine Noch-Frau ihm aufzulauern. Sie riss die Tür auf, als er gerade die Treppe zum Loft hinaufgehen wollte.

»Frank, kann ich mit dir reden?«

Er drehte sich um und musterte sie abwartend. Ihre Haare hingen wirr herunter, und unter dem unvermeidlichen Herrenbademantel trug sie noch ihr Nachthemd, das über dem Bauch spannte.

»Was gibt es?«, fragte er sanft und stieg von der untersten Stufe hinunter.

Bei seinem Tonfall strömten Ellen die Tränen über die Wangen. Sie griff nach seiner Hand und zog ihn in die Wohnung, wo sie ihm einen Platz am runden Esstisch anbot.

Er setzte sich. »Ich muss allerdings gleich zur Arbeit und mich vorher noch umziehen.« Frank biss sich auf die Lippe, als er den schmerzerfüllten Zug in Ellens Gesicht sah.

»Ach Frank, es ist alles …« Sie schürzte die Lippen und blickte nachdenklich zur Seite.

»Was ist wie, Ellen?«

Sie wischte die Tränenspuren aus dem Gesicht. »Ich weiß, ich sollte dich nicht belämmern, und eigentlich will ich es nicht, aber siehst du … Ich bin nicht glücklich.« Sie schniefte und legte die Hand auf den runden Bauch. »Dabei ist das da mein innigster Wunsch … gewesen.«

»Gewesen?« Fassungslos starrte Frank seine Noch-Ehefrau an.

»Ja, nein, so kann ich es nicht sagen. Ich habe mir nichts sehnlicher gewünscht als ein Kind.«

»Wer sollte das besser wissen als ich?«

Seit fünf Jahren hatte Ellen bereits ihre ›innere Uhr‹ ticken gehört.

Sie machte eine beschwichtigende Geste mit der Hand. »Du hast recht. Im Grunde freue ich mich auf das Baby.«

»Im Grunde?«

»Es ist bloß … der Dieter!«, brach es aus ihr heraus.

Frank verkniff sich in der letzten Sekunde ein Stöhnen.

Da er nicht antwortete, seufzte sie und sprach weiter: »Gestern hat er stundenlang am PC gesessen, um nach Bastelmaterial zu suchen. Und danach hing er beim ›Tatort‹ einfach auf dem Sofa ab. Früher hat er mich immer in den Arm genommen. Mittlerweile hält er nur seine Häkelnadel und das Garn, nicht mich.«

Frank schluckte das Lachen runter, das in seiner Kehle hoch kam. »Immerhin häkelt er Sachen für euer Kind.«

Auf dem Couchtisch im Wohnzimmer entdeckte er tatsächlich einen Haufen bunter Wollsachen. Ellen, die seinem Blick gefolgt war, lächelte plötzlich, stand auf und brachte sie kurzerhand zum Esszimmertisch, wo sie vor ihm ein Mützchen und zwei winzige Fäustlinge ausbreitete.

Zärtlich strich sie über die flauschig wirkenden Kleidungsstücke. »Süß, oder?«

Den unzufriedenen Ausdruck hatte ihr Gesicht verloren. Sie steckte zwei Finger in einen der Fäustlinge und strich sich damit gedankenverloren über die Wange.

»Es ist alles gut, Ellen. Ich glaube, ein paar Zweifel und ein bisschen Angst sind in der Schwangerschaft normal.«

»Sicher. Aber mich nervt, dass der Dieter ausgerechnet jetzt in solchen Aktionismus verfällt. Würde er seine Energie doch lieber in das Kinderzimmer oben im Loft …« Sie verstummte und lief puterrot an.

Frank schluckte. Das war ein deutlicher Hinweis. Hatte Ellen das Gespräch aus diesem Grund angefangen?

Mit dem Fäustling noch an den Fingern, legte sie ihre Hand auf seine und schüttelte beschwichtigend den Kopf. »So ist das nicht gemeint, Frank. Deine Sachen sind ratzfatz runtergeräumt. Ich dachte, das könnten wir nächstes Wochenende in Angriff nehmen, was meinst du?«

›Na, vielen Dank‹, dachte er, sprach es aber nicht aus, sondern nickte vage.

»Zweimal wöchentlich trifft er sich mit den Häkeltanten, und am dritten Abend hält er seinen toleranten Bastelkurs ab. Doch das Schlimmste daran: Er plant wie besessen eine Ausstellung. Dabei fällt das Ende des Kurses in die Zeit, in der wir zur Geburtsvorbereitung gehen wollen. Verstehst du, mir macht der Gedanke Angst, ihm seien diese bescheuerten Hobbys wichtiger als unser Mini da drin.« Sie rieb sich die Augen. »Wärst du bereit, mit mir zu den Kursen zu gehen, wenn der Dieter es nicht schafft? Das würde mir echt guttun.«

»Zu welchen Kursen jetzt?«

»Zur Geburtsvorbereitung.«

Dieses Mal hielt Frank das Lachen nicht zurück. Ellen war schwanger von ihrem Traummann, doch er, ihr abgelegter Gatte, sollte dessen Rolle im Geburtsvorbereitungskurs übernehmen?

Zwischen zwei Prustern sagte er: »No way!«

Ellens Gesicht schien zu versteinern, weitere Tränen

ersparte sie ihm jedoch dankenswerterweise. Er brauchte eine Weile, bis er das alberne Gelächter ablegen konnte und sich um ein ausdrucksloses Gesicht bemühte.

»Ich habe eine Idee.«

»Welche?«

»Wie wäre es, wenn du dir ein eigenes Hobby suchst?«

Ellen schnaubte. »In dem Zustand? Ich kann dir sagen, womit ich mich bald beschäftigen werde: mit Windeln wechseln, Stillen und Schlafen, wann immer sich die Gelegenheit bietet.« Sie legte den Kopf schief. »Wobei – früher habe ich im Chor gesungen, weißt du noch?«

Die Erinnerung zauberte ein entspanntes Lächeln in ihr Gesicht, gerade als höre sie eines ihrer damaligen Lieblingslieder.

»Du hast nach unserer Hochzeit damit aufgehört. Warum eigentlich?«

»Na, wegen dir! Ich wollte jede freie Minute mit dir verbringen.«

In ihrer Stimme schwang ein Abklatsch des vorwurfsvollen Tons mit, in dem sie ihn jahrelang wegen seiner unregelmäßigen Arbeitszeiten kritisiert hatte.

Frank hob den Zeigefinger und machte eine verneinende Geste. »Oh nein, Ellen, diesen Schuh ziehe ich mir nicht an. Ich habe das niemals von dir verlangt, im Gegenteil. Du hast eine wunderbare Stimme und du solltest unbedingt singen.«

Eingeschnappt biss sie auf ihrer Unterlippe herum. »Du hast das zwar damals nicht geäußert, aber ich hatte den Eindruck, dass du es gut fandest, als ich nicht mehr in die Proben ging.«

Frank seufzte. »Ellen, das war eines unserer größten Probleme. Hast du mich jemals gefragt? Nein! Ich entsinne mich sogar, dir gesagt zu haben, du solltest weiter hingehen.«

Sie verschränkte die Arme vor der Brust. »Ach nee, du hast das falsch im Gedächtnis. Ich weiß genau, wie du dich gefreut hast … Ach, egal.« Sie winkte ab.

»Vielleicht ist es ein guter Zeitpunkt, um wieder in den Chor zu gehen, oder? Wenn das Baby da ist, gibt es eben einmal in der Woche einen Papa-Abend. Na, was hältst du davon?«

Ellen grinste. »Stimmt! Es kommt auf einen Versuch an. Die Truppe gibt es ja noch, ich gehe doch immer ins Adventskonzert in der Bettinger Mühle.« Sie riss aufgeregt die Brauen hoch. »Womöglich darf ich da mitsingen!« Ihre Wangen bekamen rote Flecken, sie sprang auf und redete munter vor sich hin. »Montags ist Probe. Ich schaue gleich im Internet nach. Frank, ich muss jetzt unter die Dusche. Danke für den Tipp!«

7. CHAOS

Frank ist vor einer Viertelstunde gegangen, nachdem wir eine superschöne Nacht verbracht haben. Die hatten wir beide nach dem Geburtstagsbrunch meiner Mutter bitter nötig. Obwohl der Rest des Sonntags richtig gut war. Außerdem scheint es, als ob die Scheidung von Ellen und Frank ohne große Probleme über die Bühne gehen dürfte. Wahrhaftig ein Grund, sich himmlisch joghurtleicht zu fühlen. Laut Uhr habe ich noch genügend Zeit für eine morgendliche Joggingtour. Dann kann ich auch aus gutem Grund den herrlichen Frank-Duft noch ein wenig länger an meinem Körper haften lassen …

Erst als ich die Haustür öffne, fährt mir die Angst mit voller Wucht in die Magengrube. Ich zittere am ganzen Leib, werfe einen Blick auf meinen unmittelbar vorm Gebäude geparkten Twingo, lasse ihn die Straße entlangschweifen und gehe rückwärts ins Haus. Hinter jedem dieser Vorgartenbüsche könnte er lauern. Wut erfasst mich, weil dieser verfluchte vermummte Mensch mir all meinen Schneid geraubt hat. Es ist völlig aussichtslos, ans Joggen auch nur zu denken. Unbegreiflich, wie ich für ein paar unbeschwerte Momente das Gefühl des Messers an meiner Kehle verdrängen konnte.

Mit gesenktem Kopf schlurfe ich die Treppe hinauf zu meiner Wohnung. Anstatt meinen Körper durch Bewegung zu ertüchtigen, nehme ich eine ausgiebige Dusche, und im warmen Wasserstrahl gelingt es mir endlich, das Zittern abzulegen. Immerhin bin ich für die Mittagspause mit Frank verabredet, das ist eine wunderbare Aussicht.

Während ich mein Haar trockne, fährt mir der Gedanke

durch den Kopf, dass ich den Bob nachschneiden lassen muss. Doch im nächsten Moment sehe ich A-Mi mit ihrem Pagenschnitt vor Augen. Zeit, meinen Style zu ändern. Damals hatte ich mich für den Lockenbob entschieden, weil A-Mi die längere, mondänere Frisur trug, und weil er herrlich unkompliziert war. Ich knete Schaum in mein Haar, föhne es mit dem Diffusor trocken und das Ergebnis gefällt mir. Damit ist es beschlossene Sache: den Bob rauswachsen und mir einen schönen Schnitt vom Friseur meines Vertrauens verpassen lassen. Frank wird es gefallen, das ist sicher. Alle Männer mögen langes Haar. Dummerweise fällt mir in dieser Sekunde sein Gesichtsausdruck ein, als er der vollmähnigen Ilina begegnete. Entschlossen schiebe ich ihr Bild zur Seite und gebe der Erinnerung an ihre zierlichen Füße erst recht keinen Raum. Das fehlte noch, dass sie mir den Tag schon versaut, bevor ich sie überhaupt zu Gesicht bekomme.

Das Glück ist mir hold: Ich erwische vor dem Büro einen Parkplatz, der nicht gebührenpflichtig ist. Heute also ausnahmsweise mal kein Parknöllchen! Wenn das kein gutes Omen ist – denke ich noch, als ich aus dem Fahrstuhl steige und geradewegs auf eine Erscheinung stoße.

Mitten im Gang steht eine Frau und wendet sich mir zu, und ich spüre sofort diesen Stich in der Brust. Kennen Sie das? Sie begegnen jemandem, bei dem Sie den bevorstehenden Ärger quasi riechen können? Weil dieser Jemand so scheißetoll aussieht, dass Sie sich daneben wie eine unscheinbare alte Schachtel fühlen, obwohl Sie gerade mal 33 sind? Um klarzustellen, was ich meine: Da steht ein junges Ding mit einem hübschen Gesicht, darin zwei leuchtende himmelblaue Augen, umrahmt von weichen, kinnlangen kastanienbraunen Locken, die nicht die Spur krisselig sind, davon abgesehen aber exakt meinem eigenen

Schopf entsprechen. Darunter ein fast überschlanker Körper, der in einem extrem kleidsamen roten Minikleid steckt, und an den Füßen goldene flache Riemchensandalen, die mich ebenfalls eklatant an meine eigenen erinnern. Die Zehen sind in einem dezenten, perlmuttern schimmernden Rosa lackiert. ›Konkurrenz‹, blinkt ein Warnschild in meinem Kopf auf. Diese Frau ist sogar noch schöner als die polnische Vanilla-Kaffee-Hexe, sie ist auf eine weniger aufdringliche Weise umwerfend. Hmm …

Langsam nähere ich mich dem Wesen, und ich kann Ihnen nicht beschreiben, wie groß mein Entsetzen ist, als ich schlagartig in der attraktiven Person eben jene polnische Vanilla-Kaffee-Hexe wiedererkenne! Kaum zu fassen: Ilina hat ihre Haare stutzen und färben lassen, und diese Locken sehen nach Natur aus. Wahrscheinlich hatte der straffe Pferdeschwanz, in dem sie ihre Platinsträhnen zu tragen pflegte, sie rausgezogen. Wenn ich mich recht erinnere, hatten die ausgefransten Spitzen sich in traurigen Wellen gebogen. Von Traurigkeit kann indessen in Bezug auf diese Frau, die vor mir steht, keine Rede sein. Sie ist betörend. Und sie trägt meinen Look! In diesem Moment unterschlage ich großzügig die Tatsache, dass sie mein zu enges Etuikleid genau genommen nicht kennen kann.

In mir braut sich einiges zusammen, während ich mit vorgerecktem Kopf auf sie zugehe. Sie steht lässig da, eine Kaffeetasse in der Hand, ein Bein leicht angewinkelt, sodass ihre Hüfte auf augenfällige Weise zur Seite kippt. Das durch die kürzeren, dunkleren Haare völlig anders wirkende Gesicht verzieht sich in einem strahlenden Lächeln. Ekelhaft, wie genial das kräftige Blau ihrer Augen zu den braunen Haaren passt! Dagegen wirken meine eigenen Augen bestenfalls wässrig. Die Welt ist ungerecht.

»Morgen!«, stoße ich aus.

»Wunderschönen guten Morgen«, antwortet sie.

Ich stutze, weil es sich glatt und singend anhört. Ist das nicht genau die Formulierung, mit der ich meine Kunden am Telefon begrüße?

Sie bemerkt mein Zögern, denn sie schiebt nach: »Hast du Problem, Lucinda?«

Ich runzle die Stirn. »Nein, habe ich nicht«, blaffe ich, hänge meine Tasche über die Lehne meines Schreibtischstuhls und lasse mich auf den Sitz fallen. »Neue Frisur?«, frage ich scheinheilig.

Ilina verwuschelt mit einer affektierten Geste die Locken und schüttelt den Kopf. Kennen Sie die Szene in ›Drei Engel für Charlie‹, in der Lucy Liu den Helm auszieht und ihre Haare ausschüttelt, schön in Zeitlupe aufgenommen? Daran muss ich bei Ilinas lasziver Bewegung denken, und mir entgeht keineswegs, wie alle im Büro sie anstarren. Jedenfalls die Männer. Allen voran Dürri, den ich noch nicht bemerkt hatte und der jetzt im Anmarsch ist.

Bevor er uns erreicht hat, flüstert sie mir noch zu: »Ist das meine Naturfarbe und sind Naturlocken das.«

Hatte ich es nicht befürchtet?

»Guten Morgen, die Damen«, mischt sich der Dürrbier ein. »Frisch ans Werk, ihr Hübschen, nicht wahr?« Er zwinkert mir und Ilina zu.

Sie geht damit deutlich cooler um als ich, die ich genervt das Gesicht verziehe. Ilina lässt Dürri in den Genuss einer wahrhaft aristokratischen Augenbrauenlinie kommen, deren Schwung keine Sekunde den Zweifel aufkommen lässt, ob er auch nur daran denken darf, sich ihr zu nähern. Dürri riskiert trotzdem einen langen Blick ihren Körper hinab bis zu den Füßen, bevor er mir sein zigarillogelbes

Lächeln schenkt. »Frau Schober, Sie müssen an Ihrem Output arbeiten. Zu wenige Abschlüsse in den letzten Tagen. Wo ist Ihre Konzentration hin verschwunden?« Er droht mir mit dem Zeigefinger.

Das hat mir gerade noch gefehlt! Ich nicke nur und schaue in Lenas Augen, als ich mein Headset überstreife und auf dem Bildschirm nach der Kundenliste suche. Sie blickt mich über den Computer hinweg mitleidig an.

Der Vormittag schleppt sich dahin, und Dürris Worte bewahrheiten sich leider. Das ist der Fluch der sich selbst erfüllenden Prophezeiung. Um 12 Uhr atme ich auf: Endlich Mittagspause! Als ich bereits im Fahrstuhl bin, schiebt sich Lena noch rasch herein, bevor die Türen sich schließen. Seit gestern ist sie mir noch viel näher als vorher. Wir lächeln uns verschwörerisch zu.

»Wohin gehste?«, fragt sie.

»Ins ›Tapas‹. Frank kommt auch.«

»Ach so, ei gut, dann kumm ich nit mit. Ihr wolle bestimmt allein sinn, gell?«

»Schon. Aber ich glaube, er hätte nichts dagegen, wenn du mitkommst …«

»Nee, eich Turteltäubcher loss ich lieber in Ruh!«

»Sag, ist dir an Ilina auch was aufgefallen?«

Die Türen öffnen sich, wir gehen durch die Halle zum Ausgang.

»Jo, klar. Dei Frisur, dei Schuh, dei Aussiehn. Jedenfalls fascht.«

Also doch! Ich sehe keine Gespenster!

Draußen trennen wir uns, ich gehe zur Fußgängerzone und treffe Frank vor der Wache. Kurz darauf sitzen wir vorm ›Tapas‹ und warten auf die Bedienung, eine junge Frau, die ich hier noch nie gesehen habe. Sie kommt mit eigenartig misstrauischem Gesicht zu unserem Tisch und legt uns mit einem kurz angebundenen »Gundach« die Speisekarten hin.

»Was darf es zum Trinken sein?« Abwartend hält sie ihr Blöckchen gezückt.

»Ein alkoholfreies Weizen, bitte«, sage ich.

Frank entscheidet sich für das Gleiche und legt den Kopf schief. »Ich glaube, wir können auch das Essen bestellen, oder, Lucy?«

»Stimmt, ›Pasta Inge‹ für mich, bitte extra scharf.«

»Für mich das Gleiche mit doppelt Käse.«

Die Bedienung nimmt die Karten an sich, betrachtet uns eine Weile, als wolle sie noch etwas sagen, entscheidet sich offensichtlich jedoch dagegen und geht in das Lokal. Einige Minuten später bringt sie unsere Getränke. Ihr »Bitte!« klingt unfreundlich, und als sie meines auf den Untersetzer stellt, schwappt die Flüssigkeit über, sodass meine Lieblingsjeans mit Weizenbier getauft wird. Erschrocken springe ich auf. Die junge Frau wirkt eher verwirrt als schuldbewusst. Sie wirft den Pferdeschwanz auf den Rücken, murmelt »Entschuldigung« und verschwindet in Richtung Wirtschaft. Ich glaube, noch »… bringe was zum Wegwischen« zu verstehen, bin mir aber nicht sicher.

»Die ist nicht bei der Sache, oder?«, frage ich Frank.

Er streicht sich über die Nase. »Ich überlege, woher ich sie kenne.« Während ich unnützerweise an dem feuchten Fleck meiner Hose reibe, nimmt er einen Zug aus seinem Glas. »Mein miserables Personengedächtnis nervt!«

In diesem Moment kommt die Bedienung zurück, legt mir ein gammeliges Geschirrtuch hin und stemmt eine Hand in die Hüfte, während sie Frank fixiert.

»Sie sind dieser Kommissar, oder?«

»Kriminalkommissar Frank Kraus. Warum?«

»Sie haben im Mordfall Mark Friskeel ermittelt.«

Ihr Gesicht nimmt eine beängstigend bleiche Farbe an. Mir wird bei ihren Worten ganz anders, immerhin ist Mark Friskeel eines der Opfer, die Maurice getötet hat, um mir einen Gefallen zu tun. Was hat diese junge, schwarzhaarige Frau mit dem zu tun?

Unvermittelt bricht sie in Tränen aus und versucht, ihr Gesicht zu verbergen. Frank springt auf und legt einen Arm um sie. »Geht es wieder?«

Endlich dämmert es mir. Mark Friskeel hatte eine Verlobte. Ob sie …?

Die Bedienung greift nach dem Papiertaschentuch, das Frank ihr hinhält, und schnäuzt sich.

»Sorry! Ich kann es noch immer nicht fassen …« Sie bricht ab, weil ich ein atemloses Ächzen ausstoße.

Wie ein Kleinkind schlage ich mir die Hand vor den Mund. Das perfekte Schuldeingeständnis. Entgeistert stiert sie zwischen Frank und mir hin und her. Ihre bleichen Wangen werden mit einem Mal von roten Flecken übersät. Sie lehnt den Oberkörper zurück, wie um Maß zu nehmen, kneift die Augen zusammen, was ihr einen Furcht einflößenden Zug verleiht.

»Sie sind das!«

Ich taste voller Angst über den Tisch nach Franks Hand, der meine beruhigend drückt. Er deutet ein Kopfschütteln an, und ich schließe den Mund. Vermutlich wäre es falsch, in Rechtfertigungen auszubrechen. Die arme Frau vor mir ist mit den Nerven am Ende, das ist nicht zu übersehen. Ich kann sie verstehen und vergehe in Mitleid. Aber das nützt nichts, das ist mir klar.

»Sie sind schuld!« Ihre Stimme kippt, die Leute an den Nebentischen starren neugierig zu uns rüber. »Sie sind schuld an Marks Tod.«

Sie zeigt mit dem ausgestreckten Zeigefinger auf mich. Mir bricht der Angstschweiß aus.

»Hören Sie«, versucht Frank, die Furie zu beschwichtigen, doch sie registriert ihn überhaupt nicht mehr, sondern hat einzig mich im Blick. Ich fühle mich wie das Kaninchen im Angesicht der Schlange.

»Wenn Sie nicht gewesen wären, hätte dieser Irre meinen Verlobten in Ruhe gelassen. Nur weil Sie gleich rumheulen mussten, hat er Mark vom Dach gestürzt.« Sie hält eine Sekunde inne, um zitternd einzuatmen.

Inzwischen ist der Betreiber des ›Tapas‹ herausgestürzt, er legt den Arm um die Schultern der jungen Frau. »Jenny, hör auf«, redet er auf sie ein, doch sie befreit sich aus seinem Arm.

»Lass mich! Sie ist schuld …«

Ihre Augen schießen Giftpfeile auf mich ab. Frank steht auf, um mich notfalls zu retten. Tatsächlich will sie sich auf mich stürzen, der Wirt und Frank halten sie zurück, während sie mit Krallenfingern nach mir angelt. »Mörderin!«

Ihr Chef zieht sie an sich und umklammert sie. »Jenny, beruhige dich. Sie hat nichts getan, der wahre Mörder sitzt ein.«

Anscheinend sind sie gute Freunde; seine Stimme und seine Worte lassen Jenny tatsächlich ruhiger werden. Ihr Schluchzen wird leiser, ihre Pupillen wirken abwesend.

Schließlich murmelt der Wirt in unsere Richtung ein »Bitte entschuldigen Sie«, und führt sie nach drinnen. Meine Knie schlottern, obwohl ich sitze.

Frank nimmt meine Hände und sieht mir tief in die Augen. »Lucy, du kannst nichts dafür«, sagt er beschwörend.

Ich breche unter dem Schuldgefühl fast zusammen, das

Jennys Worte in mir wachgerufen haben. Klar verstehe ich die Frau. Ich kann es ihr nicht übel nehmen, dass sie mich zutiefst hasst. Und just kommt mir ein weiterer beunruhigender Gedanke: Ist nicht zwei Mal ein Mordanschlag auf mich verübt worden? Was, wenn sie – Jenny – dahintersteckt?

Zunächst will ich Frank mit meiner Überlegung überfallen, als ich einen fragenden Zug in seinem Gesicht erkenne. Er wartet augenscheinlich auf eine Antwort.

»Ääh …«, stottere ich.

»Möchtest du nach Hause?«

»Nach Hause?«

»Anstatt ins Callcenter.«

»Ach so …« Ich denke kurz nach, bevor ich den Kopf schüttle. »Nein, ich gehe zur Arbeit.«

»Bist du sicher?«

»Ja. Zu Hause fällt mir die Decke auf den Kopf. Besser, ich lenke mich ab.«

Ängstlich versuche ich, durch die Fenster der Bar zu erkennen, ob Jenny da drinnen ist und mich mit mordlüsternen Blicken mustert. Vielleicht war ihr Unwissen vorhin nur gespielt, und in Wahrheit verfolgt sie mich schon seit zwei Monaten. Ich kneife die Augen zusammen, um die wirren Gedanken zu verscheuchen. Die Frau tut mir einfach leid. Ich kann mir nicht ansatzweise vorstellen, was sie durchmachen muss.

Ich spüre Franks Hand auf meiner, er wartet geduldig, bis ich ihm meine Aufmerksamkeit zuwende. »Sollen wir noch einen Kaffee trinken? Woanders?«

»Gerne.«

Wir bezahlen und schlendern die Fußgängerzone entlang, und in der Septembersonne beruhige ich mich langsam. Bei einem schnellen Cappuccino erzähle ich Frank schließlich von meiner verrückten To-do-Liste. Es ist eh am besten, mit Humor an die Dinge ranzugehen, nicht?

Wie erwartet, reagiert er mit herzhaftem Lachen darauf. »Dann zähl mal auf.«

Ich spule die Punkte ab, wie sie mir gerade einfallen: »Overknees von Blahnik kaufen …«, Franks Augen leuchten, was mich in diesem Vorhaben bestätigt, »Mutter und Vater die Meinung geigen, A-Mi und Rouwen die Meinung geigen. Wobei – das hat sich zur Hälfte erledigt. Rouwen ist geläutert.«

»Stimmt. Aber deinen Eltern und A-Mi die Meinung geigen, da hast du meine volle Unterstützung. Weiter, das waren erst drei.«

»Rebellenkat einladen und Danke sagen.« Frank nickt lächelnd.

Noch während ich darüber nachdenke, ob ich ihm von dem Punkt erzähle, der ihm besonders schmeicheln dürfte, platzt es schon aus mir heraus: »Mann fürs Leben finden.« Dabei ändert sich meine Gesichtsfarbe ebenso schlagartig. Bis über beide Ohren knallrot füge ich hinzu: »Dich habe ich in Klammern dahinter geschrieben.«

»Mhm …«

Mehr ist nicht aus ihm rauszukriegen. Aber es klingt hoffnungsvoll, was mich extrem beruhigt.

»Ich bin erst bei fünf. Was fehlt noch?«

Ich denke kurz nach. »Dürri kündigen und andere Arbeit finden.«

»Okay, allerdings in umgekehrter Reihenfolge, würde ich vorschlagen.«

Ich nicke. »Eine Party geben, zu der nur Gäste kommen dürfen, die ich wirklich dahaben will.«

»Verstehe ich.«

»Was war es noch? Wie viele fehlen?« In meinem Kopf

hängt einer der Punkte fest, weit hinten, und wagt sich anscheinend nicht nach vorn. Ich grüble und grüble, dann fällt mir ein: »Einem guten Chor beitreten.«

Frank lacht laut auf. »Im Ernst? Das will Ellen auch.«

»Ach, sie ist Sängerin?«

»War sie früher – bis sie angeblich mir zuliebe aufgehört hat. Obwohl ich das nie von ihr verlangt habe. Jedenfalls will sie zum Collegium Cantorum Saar zurückkehren.«

»Was für ein Chor ist das? Klingt interessant.«

»Ein Kammerchor. Soll sehr gut sein.«

»Wie kommt es, dass sie gerade jetzt wieder singen möchte?«

Frank runzelt die Stirn. Er bezahlt, weil unsere Mittagspause zu Ende geht. »Weißt du, diese Schwangerschaft macht sie fertig.« Er schüttelt den Kopf. »Kinderkriegen scheint die Leute an den Rand des Wahnsinns zu bringen. Sie hat sich bei mir über den Dieter und seine Hobbys ausgeheult.«

Ich denke an Dieters umhäkelte Büroklammern und muss unwillkürlich grinsen.

»Die Schwangerschaft hat aus ihr eine andere Frau gemacht. Ich muss zurück, Süße. Was war denn der letzte Punkt?«

»Der letzte Punkt?«

Was war es noch gleich? Ja, natürlich … Ganz oben auf meiner Liste in der Nachttischschublade steht fett: ›Ein Kind kriegen‹.

»Ich erinnere mich gerade nicht. War anscheinend nicht wichtig. Meinst du, ich kann Ellen anrufen?«, lenke ich ab, bevor er nachhaken kann.

»Warum?«, will er wissen.

»Um zu fragen, wann die nächste Chorprobe stattfindet.«

»Ich schicke dir ihre Nummer per SMS. Jetzt muss ich los.« Wir küssen uns zum Abschied und gehen in entgegengesetzte Richtungen davon. Ich grüble darüber nach, weshalb ich Frank nichts von Punkt 1 meiner Liste gesagt habe. Zum einen hat mir mein Unterbewusstsein an jenem Abend bestimmt einen Streich gespielt. Zum anderen erlebt Frank derzeit mit, wie die Schwangerschaft sich auf Ellen auswirkt. Und jung sind wir auch. Bestimmt wird Frank irgendwann seine Meinung zu Kindern ändern. Ganz gewiss.

Vor der Tür der Mediaboutique treffe ich auf Lena, und im Fahrstuhl erzähle ich ihr von meiner Begegnung mit Friskeels Verlobten. Sie schlägt sich die Hand vor den Mund und stößt voller Mitgefühl ein »Schrecklich« aus.

Komischerweise läuft es danach, was die Abschlüsse angeht, trotz aller Dinge richtig gut. Keine Ahnung, woran es liegt, doch sobald ich anfange, über Jenny nachzudenken, wähle ich rasch die nächste Nummer auf der Liste. Soeben höre ich das Freizeichen.

»Nowak!«, blafft eine Männerstimme ins Telefon.

»Einen wunderschönen guten Tag, hier ist die Mediaboutique, Lucinda Schober am Apparat. Herr Nowak, wir hätten da ein Supersonderangebot für Sie.«

»Ach … Habe ich doch schon gehört deine Stimme. Du bist geiles Kätzchen.«

Ach du Schande, der Hengst von Hamburg! Wie konnte der nochmals auf meine Liste geraten? Dann wird es mir klar: Ich sollte ihm zwei Zeitschriftenabos andrehen und habe damals das Telefonat unterbrochen. Was mache ich jetzt bloß?

»Ja, die bin ich«, höre ich mich sagen, und er reagiert mit einem sonoren Lachen auf meine Antwort.

Aha … Mit einem kurzen Blick auf Lenas Haaransatz beschließe ich, Herrn Nowak einfach mal über den Tisch zu ziehen. Ob ich das schaffe? Schließlich sitzt er weit, weit weg in Hamburg. Es besteht keinerlei Gefahr, dass er mir auflauern oder jemand ihn in meinem Namen umbringen könnte.

»Ich habe Ihnen ein unwiderstehliches Angebot zu machen.«

»Unwiderstehlich wie deine Stimme? Oder meintest du unmoralisches Angebot?«

Der lässt nichts anbrennen. Ich ignoriere das leichte Ekelgefühl, das in mir aufsteigt, und lache genauso verlogen-sinnlich, wie ich meine Begrüßung zu formulieren pflege.

»Unmoralisch? Wenn Sie es so nennen wollen …« Nach einer Kunstpause hauche ich »JA!« ins Telefon.

Er schnauft. »Lass hören!« Ich wusste nicht, wie tief eine Stimme rutschen kann.

»Ich biete Ihnen die ›TVfix‹ im Kombiabo mit ›Kleine Katzen‹ an.«

»Reicht mir nicht das. Überzeuge mich, los!«

Ich schlucke. Immerhin hat er nicht Nein gesagt. Und er hat mich nicht aufgefordert, in den Puff nach Hamburg zu kommen.

»Was möchtest du denn gerne wissen, hm?«

Lena linst über den Monitor zu mir rüber, die Augen zu Schlitzen geformt. Sie scheint zu grinsen.

»Wie siehst du aus, was du trägst?«

Ups, jetzt wird es peinlich. Ich bemühe mich, möglichst leise zu sprechen. »Ich habe lange, hellblonde Haare.«

Er grunzt zufrieden.

»Bin schlank und habe Körbchengröße D.«

Beinahe muss ich lachen. Welche schamlose Übertreibung! Langsam beginnt das Ganze, mir Spaß zu machen.

»Deine Augen. Welche Farbe du hast?«

»Grün wie der See, in den ich mit dir abtauche. Wir sind beide nackt, ich spüre deine Haut an meiner, und ich spüre auch noch etwas anderes …«

Hoffentlich sieht niemand, wie feuerrot mein Kopf leuchtet!

»Mach weiter. Bist du gut.«

Ursprünglich wollte er ja wissen, was ich trage, aber das habe ich verbockt, indem ich behauptet habe, wir seien beide nackt. Schön doof, jetzt fällt mir nichts mehr ein. Und vor allem: Wie kriege ich die Kurve zu meinen Abos?

»Sag mir, was du noch spürst. Was ist es?«

»Deinen … ääh …« Ich kriege es nicht raus. Meine Stimme klingt jetzt wie beim Zahnarzt, kurz bevor er den Bohrer ansetzt. »Zahnarzt«, sage ich schnell, wohl wissend, dass es nicht das ist, was er hören will.

Er stöhnt. Mist, für heute war's das!

»Das ist geil!«

Oh, doch nicht?

»Bist du scharfe Maus. Hast du überrascht mich. Was verkaufst du mir, kannst du haben alles für deine Stimme.«

»Wie jetzt?«

Kann man noch dämlicher nachfragen?

»Her mit Abo. Was hast du noch in Angebot? Könnte ich dir zuhören stundenlang. Willst du nicht kommen nach Hamburg? Träumst du nicht von Englein in Himmel?«

Ich suche in Windeseile eines unserer Weinangebote heraus. Diesen Stier muss ich melken, bis es wehtut. Schließlich bekomme ich meine Stimme wieder unter Kontrolle und schaffe es, das Timbre anzuschlagen, das der nordische Hengst sich wünscht. Damit verkaufe ich ihm spielend leicht den teuersten Wein, lege noch eine Kombipackung Erstgeborenenzubehör darauf – möglicherweise hat er nicht ganz genau verstanden, was ich mit ›buntes Spielzeug‹ meinte – und das Probeabo der beiden Zeitschriften nimmt er sowieso.

»Danke, Kätzchen, war es ein Vergnügen mit dir!«

»Immer wieder gerne, du wilder Hengst!«

Erst als ich auflege, bemerke ich die unnormale, geradezu beängstigende Stille im Büro. Langsam hebe ich den Blick vom Bildschirm, um als Erstes Lenas amüsiertes Grinsen zu sehen, dann drehe ich mich um und muss erkennen, dass alle ihre Arbeit unterbrochen und mit mehr oder weniger missbilligenden Gesichtszügen mein Tun verfolgt haben. Mist! Dreimal Mist! Wo habe ich mich da wieder reingeritten?

Im Stechschritt stürzt Dürri auf mich zu, doch Ilina, das nicht mehr blonde Gift, eilt ihm voraus. Ihre Schritte sind natürlich anmutig und geschmeidig wie die einer Raubkatze. Ihr Gesichtsausdruck hingegen könnte sauertöpfischer nicht sein.

»Bist du bescheuert?«, schleudert sie mir entgegen. »Was soll das?«

Schlagartig sackt mein Kreislauf ab, ich spüre, wie meine Knie weich werden. Ja, was zum Teufel habe ich da gemacht?

»Hast du geflirtet mit Hengst von Hamburg?«

Ilinas Fassungslosigkeit lässt mich keine Sekunde darüber nachdenken, woher sie weiß, wen ich gerade so schamlos abgezockt habe.

»Bist du noch viel dümmlicher, als ich dachte!«

Dürri schiebt sich vor sie, betrachtet sie dabei geradezu missbilligend und fällt vor mir auf die Knie. Nun, nicht wortwörtlich – er wirkt, als wolle er mir die Füße küssen und besinne sich in allerletzter Sekunde eines Besseren. Bei dem Gedanken von Dürris Lippen auf meinen Zehen schüttle ich mich kurz.

»Frau Schober, liebste Lucinda. Genial! Das nenne ich Einsatz! Liebe Mitarbeiter und -innen, Ihrer lieben Kollegin sind soeben drei Abschlüsse mit ein- und demselben Kunden gelungen. Herzlichen Glückwunsch, Frau Schober. Wenn Sie damit nicht zur Mitarbeiterin des Monats aufgestiegen sind, weiß ich gar nichts mehr!«

Ich kann mich nicht gerade freuen über diesen zweifelhaften Ruhm. Zu besseren Zeiten wurde ich auch schon zur Mitarbeiterin des Monats gekürt, allerdings musste ich dafür noch nie meine Seele verkaufen. Obwohl es mir um die Finanzen dieses Hamburger Scheusals nicht unbedingt leidtut – ich könnte mich vor mir selbst ekeln.

»Weiter so, Sie haben wahrhaftig verstanden, was die Kunden wünschen …«, Dürri fährt mit der Zunge über seine gelben Zähne, »nein, was die Kunden *brauchen*!«

Ich springe von meinem Stuhl hoch, murmle: »Ein Klo her, schnell«, und renne durch die Gasse, die sich für mich öffnet, hinaus zur Damentoilette und hinein in die erste freie Kabine. Zwar muss ich mich nicht übergeben, aber ich brauche eine Weile, bis mein Kreislauf sich normalisiert hat und das Gefühl der Übelkeit verschwunden ist. ›Nie wieder‹, beschließe ich in dieser Sekunde. ›Nie wieder werde ich am Telefon diesen Ton anschlagen. Höchstens für Frank.‹

Ich drücke die Spülung und gehe in den Vorraum. Dort werde ich bereits erwartet. Von wem? Genau, Sie raten richtig. Wie eine Rachegöttin steht die polnische Schönheitskönigin vor mir und blitzt mich mit unverhohlener Wut an.

»Hast du gekotzt? Kann ich beruhigen dich, legt sich das mit Zeit.«

Ich schaue sie fassungslos an. Sie wendet sich zum Spiegel, schiebt das Gesicht dicht davor und berührt mit dem kleinen Finger die Wimpern ihres rechten Auges.

»Wenn du willst verkaufen dich, kann ich nicht abhalten. Für Kommissar wird sein interessant.«

Irre ich mich, oder wird ihr Akzent mit jedem Satz stärker?

»Was soll das, Ilina? Was willst du von mir?«

»Ich?« Sie dreht sich zu mir um. »Will ich nix. Was willst du, ist Frage? Dich anbieten wie billiges Flittchen? Willst machen Männer heiß und danach abzocken? Hatte ich dich gehalten für intelligente Frau.«

Ich stöhne. »Falls es dich beruhigt, das war ein einmaliger Ausrutscher. Zufrieden?«

Wie komme ich dazu, mich vor ihr zu rechtfertigen? Und überhaupt – Braun ist gar nicht ihre Naturhaarfarbe! Ich hatte doch vor wenigen Tagen noch den honigblond nachwachsenden Ansatz gesehen.

»Außerdem bist du von Natur aus nicht brünett, du Lügnerin«, rutscht es mir völlig unnötigerweise heraus.

Erwischt! Mit meiner Ansage habe ich sie offensichtlich aus dem Konzept gebracht. Wie ertappt fasst sie sich in die Lockenmähne.

»Was meinst du damit?«

»Du hast deine Haare gefärbt, das ist mitnichten deine Naturfarbe!«

»Spielt eine Rolle das?«

Echt voller Rätsel, diese Frau. Ihr verschmitztes Blitzen in den Augen lässt mich die fehlende Freundschaft zwischen uns für einen Moment bedauern. Sie erinnert mich ein bisschen an meine geliebte Schwester Kat, in ihr leuchtet eine ebenso widerspenstige Rebellenseele hervor. Die plötzlich aufploppende Erinnerung an ihre Schwänzelei um Frank erstickt jedoch den Anflug von Sympathie im Keim.

»Du hast ausgerechnet meinen Farbton gewählt. Und

meinen Schnitt. Und sogar meinen Kleidungsstil. Das spielt eine Rolle, ja.«

Sie lacht hell auf und mir wird klar, wie lächerlich das klingt. Da stehe ich in meiner uralten Lieblingsjeans und dem dunkelgrünen Top, auf dem man einen Weinfleck erkennen könnte, wenn man wüsste, wo man suchen muss. Das Einzige, was Ilina und ich gemein haben, sind die goldenen Sandaletten und – nun – die Haartracht. Davon abgesehen … Ich brauche nicht nochmals zu erwähnen, dass uns Welten trennen, nicht wahr? Und diejenige, die dabei schlechter abschneidet, ist nicht Ilina.

Erstaunlicherweise antwortet sie nicht auf meine Vorwürfe – vermutlich, weil sie sie völlig haltlos findet. Jemand betritt den Vorraum der Toilette, woraufhin Ilina und ich auseinanderfahren, als hätte man uns bei einer konspirativen Besprechung ertappt. Dann erkenne ich Lena. »Lucy, der Dürri sucht nach dir«, sagt sie. »Is dir nit gut? Du bist e geschlani Viertelstunn hie uffem Klo!«

Ilina schiebt sich an ihr vorbei und entschwindet ohne ein Wort.

Während die Tür langsam ins Schloss fällt, betrachtet Lena mich sorgenvoll. »Alles in Ordnung, mei Guddes?«

Ich stöhne. »Nein. Ich schäme mich in Grund und Boden.«

Lena winkt ab. »Lucy, mach dir nix draus. Das is uns allegar schun mol passiert.«

»Was jetzt?«

»Uns zu so was hinreiße zu lasse.«

»Du meinst Telefonsex?« Ich erröte, während ich das unpassende Wort benutze.

»Ei jo. Mach's halt nimmeh, un gudd is.«

Ich reibe mir die Augen. »Du hast leicht reden.«

»Ach Fubbes, Lucy! Un jetzte muscht du zrick. De Dürri wart.«

Als mich Lena wieder ins Büro schiebt, steht Dürri bereits neben meinem Platz und tippt demonstrativ auf seine Armbanduhr. Kaum erwähnenswert, dass ich für den Rest des Nachmittags nicht mehr zu gebrauchen bin, oder? Ein paar Abschlüsse kann ich zwar noch machen … Die fallen jedoch kaum ins Gewicht. Zudem fühle ich mich die ganze Zeit beobachtet: von Dürri, von allen männlichen Mitarbeitern, von Ilina. Unter diesen Bedingungen kann kein Mensch arbeiten. Als würde das noch nicht ausreichen, fällt mir ausgerechnet jetzt Maurice ein. Der gudde Bub hätte mir längst einen riesigen Karamelllatte gebracht. Die polnische Grazie hingegen setzt mich bewusst auf Entzug.

Mein Gemüt wird zunehmend schwerer. Ich beschließe, entweder einen Trost-Trüffelpraliné-Kauf zu tätigen oder eine gute Tat zu begehen. Es heißt, eine gute Tat ist vor allem ein Geschenk an denjenigen, der sie verübt. Vielleicht hilft's. Meiner Taillenweite würde es auf jeden Fall besser bekommen als eine Packung Trüffelpralinés. Nach kurzem Zögern beschließe ich, Maurice nach der Arbeit zu besuchen.

Als ich nach sechs in der Klinik für Forensische Psychiatrie in Merzig ankomme, muss ich von dem Portier erfahren, dass ich zu spät dran bin. Außerdem sei für Station 2, auf der Maurice untergebracht ist, montags eh kein Besuchstag.

»Sie behandeln ihn ja wie einen Schwerverbrecher«, erwidere ich empört.

»Frollein, so vill wie ich wääß, is der Kerl weje mehrfachem Mord verurteilt genn.« Der rundliche Mann schiebt seine Mütze hoch und kratzt sich an der Stirn. »Do kann ma schun von Schwerverbrecher schwätze, oder? Ach wenn er aussieht, als kinnt er kääner Mick was andun.«

Eine Frau schiebt sich neben mich. »Gunomend, Herr Kuhn. Hie bring ich die Sache fir de Bub.«

»Ah, gudd, danke.« Die Frau reicht ihm eine Tüte durch das Pförtnerfenster. Er nimmt sie entgegen und stellt sie neben sich auf dem Boden ab. Bevor er das Fenster schließt, zeigt er auf sie und sagt zu mir gewandt: »Wenn Se wolle, froohe Se doch sie, wie's em geht.«

Die Frau fährt zu mir herum. »Wollte Sie zum Maurice?«, versucht sie, Hochdeutsch zu reden.

Wer ist diese Dame?

»Ich wollte ihm einen Besuch abstatten«, bestätige ich.

Sie kneift die Augen zusammen. »Sie sinn doch …«

Mir wird mulmig zumute. Habe ich nicht heute Mittag Ähnliches erlebt? Eine Ahnung keimt in mir auf, wer die Frau vor mir sein könnte. Mit ihren nächsten Worten wischt sie jeglichen Zweifel beiseite.

»Sie sinn diese Person! Weje Ihne is user Maurice im Bulles!«

Oh Gott, muss ich hier und heute Maurice' Pflegemutter über den Weg laufen? Ich mache ein paar hastige Schritte in Richtung Parkplatz.

»Halt, hie geblieb. So kummscht du mir nit davon, Frollein!«

Ich spüre, wie sie mein Top packt und nach hinten zerrt. Sofort rauschen die Ereignisse des Überfalls durch meinen Kopf. Das ist vermutlich der Grund, weshalb ich panisch reagiere. Ich fahre herum wie eine Furie, entreiße der Frau den Zipfel meines Shirts und starre ihr drohend ins Gesicht – um mir schlagartig dessen bewusst zu werden, dass sie nichts weiter als eine gutmütige ältere Riegelsbergerin ist, die sich jahrelang um Maurice gesorgt hat. Meine Aggression verpufft mit einem Mal. Ich lasse die Schultern hängen. Im Augenwinkel bemerke ich, wie jemand vom Parkplatz aus auf uns zukommt, schenke ihm allerdings keine weitere Beachtung, da die Frau meine ganze Aufmerksamkeit auf sich zieht. Sie mustert mich ihrerseits eingehend und scheint sofort zu begreifen, wie ich unter der Situation leide. Sie schweigt.

»Das is doch dieses Luder!«, höre ich da eine männliche Stimme. Ein Typ wie Heinz Becker steht vor mir, von der ausgebeulten Manchesterbux bis zur Batschkapp. Ein Duft nach einem Allerweltsaftershave steigt mir in die Nase. »Sie sinn dieses Weib, das wo de Maurice in die Klapsmühl gebrung hat!«

»Nää, Heinz, loss, das isse nit«, versucht seine Frau, ihm Einhalt zu gebieten.

»Dunnerlitsch noch mo, jetz mach mich nit wurres, Trien, isch wääß es hunnertpro!« Er greift nach meinem Oberarm, ich quietsche vor Angst und Schmerz. »Isch hann alles verfolscht. Isch wääß alles iwwer disch, du Gret!«

Trien greift dazwischen, und es gelingt ihr, ihren Mann von mir loszureißen. Ich nutze die Gelegenheit und renne, was das Zeug hält, zu meinem Twingo. Sobald ich drin sitze, verriegle ich die Tür, starte den Motor, stoße zurück und flitze von dannen.

Im Vorbeifahren höre ich undeutlich, wie Triens Mann mir »… kriehn disch, du Verbrescherin!« hinterherbrüllt.

Es grenzt an ein Wunder, dass ich trotz eines heftigen Tremors an allen Körperteilen wohlbehalten in Beaumarais ankomme. Wie von Furien gehetzt, sprinte ich zu meiner Wohnung hoch und schließe die Tür doppelt hinter mir ab.

Hier steh ich nun und weiß nicht weiter.

8. ARBEIT UND PRIVATES

Entnervt hämmerte Frank auf die Tastatur seines PCs ein. Was für ein Tag! Seit letzter Woche saßen er und Herbert an den diversen Berichten, die sie aufarbeiten mussten. Außerdem machte sein Partner aus seiner unterirdischen Stimmung keinen Hehl. Frank löschte den kompletten letzten Satz seines Reports und stieß sich vom Schreibtisch weg. Herbert, der mit gerunzelter Stirn ihm gegenüber vor seinem eigenen Rechner saß und Löcher in die Luft starrte, hob müde ein Lid.

»He, was ist mit dir los?«

»Ach, nichts. Ich bin nicht gut drauf.«

»Lass uns Schluss machen für heute.«

»Gute Idee.«

Tina rief aus dem Raum nebenan: »Leute, denkt bloß nicht, ich mache die Drecksarbeit für euch!«

Die miese Stimmung schien in der Luft zu liegen.

»Wetten doch?«, murmelte Herbert, zog sich den speckigen Trenchcoat über und winkte lapidar in Tinas Richtung. Gemeinsam verließen Frank und er die Wache.

»Kommst du noch mit in den ›Siebten Himmel‹?«, fragte Herbert und schlug sofort die Richtung zur genannten Kneipe ein.

»Hmm, ich weiß nicht. Ich glaube, ich muss zu Lucy.«

»Mit dir ist nichts mehr los. Lucy hier, Lucy da. Kannst du noch was ohne sie machen? Die hat dich ja fester im Griff als Ellen!«

Das saß. »Ach was, ich komme mit. Fahre ich eben eine halbe Stunde später zu ihr.«

Herbert lachte freudlos auf. »Eine halbe Stunde«, sagte er betont.

In der Kneipe war es wie gewohnt laut. Was zur Hölle tat er hier? Sein Partner saß missmutig neben ihm am Tresen und nuckelte an seinem Bier, während er selbst sich wegwünschte.

»Mann, Mann, Mann, dieser ganze Verwaltungskram ist echt für den Arsch.«

Die ewig gleichen Gespräche über die ewig gleichen Themen. Darauf hatte Frank keine Lust.

»Du bist aber auch nur noch mies drauf, Herbert.«

»Kein Wunder! Da kommt man aus der Reha und freut sich auf die Arbeit mit seinem Kollegen, und was ist …?« Er nahm einen tiefen Zug aus seinem Glas.

»Wirst du neuerdings melancholisch?«

Herbert winkte ab. »Von wegen. Lass mich einfach.«

Franks Handy vibrierte. Er zog es aus der Tasche und las die eingehende SMS: ›Friseur ist hier. Sehen wir uns später? <3 Lucy.‹

›Gerne! Wann?‹, tippte er unter Herberts missbilligendem Blick.

›Gegen neun bei mir.‹

›Okay <3.‹

Damit hatte er noch etwas Zeit hier abzusitzen. Doch kurz entschlossen brach er nach einem knappen Abschied von Herbert auf. Lieber fuhr er nochmals nach Hause, bevor er weiter die miese Laune seines Partners ertragen musste.

Vor der Haustür kam Ellen ihm entgegen, als er aus dem Auto stieg. Sie glich kaum der traurigen Schwangeren von heute Morgen, sondern wirkte energiegeladen und unternehmungslustig.

»Ich gehe in die Probe! Tschüssi!«

»Ellen, warte eine Sekunde.«

Sie hielt inne und drehte sich zu ihm um. »Lucy möchte eventuell auch in den Chor. Wäre das für dich okay?«

Seine Noch-Ehefrau verzog den linken Mundwinkel und schaute gen Himmel. »Klar, warum nicht? Lasst uns alle miteinander Freunde sein.«

Meinte sie das ironisch?

»Kann sie sich bei dir melden, um zu erfahren, wann und wohin sie kommen soll?«

»Ich muss zuerst den Leiter fragen. Wenn er nichts dagegen hat, kein Problem. Jetzt muss ich los, ich bin spät dran.«

Anderthalb Stunden später hatte Frank sich mit einer ausgiebigen Joggingrunde und einer ebenso ausgiebigen Dusche entspannt und parkte seinen Wagen hinter Lucys Twingo.

Er betrat ihre Wohnung. »Lucy?«

»Hier oben, eine Sekunde noch. Gieß uns schon mal ein Glas ein.«

Er sah den spanischen Rotwein auf dem Couchtisch und kam ihrer Bitte nach, bevor er sich auf den Zweisitzer setzte.

»Hi, Fremder«, hörte er Lucy leise sagen, und drehte sich lächelnd zu ihr um.

Erschrocken sprang Frank auf, stieß gegen das Tischchen und versuchte erfolglos, die beiden Gläser aufzufangen, die wie in Zeitlupe zur Seite kippten. Lucy quietschte, war mit wenigen Schritten neben ihm, konnte jedoch an dem Schlammassel nichts mehr ändern.

Fassungslos starrte er sie an. »Was …?«

Sie berührte mit einer Hand ihre Haare und riss ängstlich die Augen auf. »Es gefällt dir nicht!«

Ob es ihm gefiel? Das konnte er so auf den ersten Blick nicht sagen. Eine fremde Frau stand vor ihm, nicht die Lucy, die er heute Mittag getröstet hatte. Ihre Haare waren kurz geschoren und mit Gel stramm entgegen der Schwerkraft frisiert. Am meisten schockierte ihn allerdings die Farbe: Platinblond. Jetzt erst bemerkte er den beißenden Gestank des Färbemittels in der Wohnung.

»Wer hat das gemacht?«, fragte er matt.

Sie drehte sich vor ihm um die eigene Achse und legte den Kopf schief. Sie ignorierte völlig, dass sie mit ihren bloßen Füßen im Rotwein stand – ein Anblick, der in ihm Bilder wachrief, wie er ihre Füße davon säubern würde … Allerdings war er zu abgelenkt, um das, was er sah, in die Tat umzusetzen. Wie die Pop-Sängerin Pink stand Lucy vor ihm. Kein Zweifel, der Look stand ihr gut.

»Der Friseur meines Vertrauens. Ich habe ihn angerufen, er hatte Zeit, und weil es mir echt schlecht ging, ist er hergekommen. Er ist ein guter Freund.«

Er hob die Hand, um ihr durch die Haare zu wuscheln. Sie fühlten sich störrisch an. Ihr Gesicht wirkte durch den kurzen Schnitt knabenhafter und jünger. Die helle Farbe unterstrich ihre blauen Augen.

»Du siehst gut aus.«

»Ehrlich?«

Sie warf sich in seine Arme, er geriet ins Wanken und landete in der Rotweinlache. Der Alkohol stieg ihm in die Nase und vermischte sich mit dem Hauch von Ammoniak, der noch in der Luft hing, mit seinem eigenen Duschgel und Lucys frischem Duft. Eine unwiderstehliche Mischung.

»Dein Teppich ist ruiniert«, murmelte er und küsste Lucy auf die Stelle unterhalb des Ohrläppchens, an die er durch die neue Frisur viel besser herankam.

»Macht nichts, dann schmeiß ich ihn eben raus. Das Parkett ist sowieso viel schöner.« Sie ließ ihre Hand unter sein T-Shirt wandern. »Aber wir müssen die Kleider in Sicherheit bringen.«

Später drängten sie sich in Lucys kleiner Dusche, um

den Weingeruch loszuwerden. Nachdem sie den Flickenteppich zusammengerollt und in den Keller verfrachtet hatten, saßen sie endlich nebeneinander auf der Couch und genossen den Rest des spanischen Roten.

Nachdenklich deutete Frank auf Lucys Kopf. »Warum hast du das gemacht?«

Sie atmete tief ein. »Das ist eine komische Geschichte.«

»Lass hören.«

»Zuerst habe ich beschlossen, sie wieder wachsen zu lassen.« Sie zog eine Schnute. »Ich fand es nicht gerade prickelnd, dass Mama und A-Mi im Prinzip die gleiche Frisur haben wie ich.«

»Ist mir auch aufgefallen. Aber lang ist das nun wirklich nicht.«

»Nein, es geht noch weiter. Als ich heute zur Arbeit kam, traf ich auf Ilina. Sie hat sich einen Bob schneiden und ihn braun färben lassen.«

Lauernd blickte sie ihn an. Worauf wartete sie?

»Und?«

»Sie sieht jetzt fast genauso aus, wie ich heute Morgen noch ausgesehen habe.«

Er schnaubte belustigt.

»Lena hat das ebenfalls gleich bemerkt.« Sie runzelte die Stirn. »Na, egal. Jedenfalls hat mich das ziemlich genervt. Heute Mittag hatte ich ja diese unangenehme Begegnung …«

Er nickte.

»Auf der Arbeit lief es chaotisch …«

Sie blickte an die Decke und errötete allerliebst. Ob er ihr sagen sollte, welchen hervorhebenden Effekt die kurze Haartracht in dieser Hinsicht hatte?

Sie nahm einen langen Schluck aus ihrem Glas und kuschelte sich an ihn. »Ich wollte etwas Gutes tun und beschloss nach einigem Überlegen, zu Maurice zu fahren.«

Frank lachte abgehackt. »Zu Maurice in die Psychiatrische? Und das nennst du ›etwas Gutes tun‹?«

Sie zog die Schultern hoch. »Ich musste daran denken, wie er sich dort fühlen muss.« Sie seufzte. »Keine gute Idee.«

Frank runzelte die Stirn. »Die haben streng geregelte Besuchszeiten, soweit ich weiß. Da kann man nicht nach Lust und Laune aufkreuzen.«

»Das habe ich gemerkt. Allerdings traf ich dort auf Maurice' Pflegeeltern.«

»Oh-oh …«

Sie legte den Arm fest um seine Mitte. »Die beiden haben mich beschimpft. Ich bin mit wehenden Fahnen geflüchtet.«

»Da hast du echt einen Schokoladentag gehabt, du Arme.« Er strich über ihr Haar. Nach dem Duschen war es weich und flauschig, und die Naturkrause kam heraus. Der Anblick erfüllte ihn mit einem Gefühl der Zärtlichkeit.

»Und als Tim, mein Friseur, dann bei mir war, hatte ich diese abgefahrene Idee, alles anders zu machen. Auch wenn du es nicht verstehst, ist es für mich unerträglich, dass Ilina wie eine Kopie von mir herumläuft.«

Er küsste sie zärtlich auf den Kopf. »Du spinnst.«

»Apropos spinnen.« Lucy richtete sich auf und schien vor Anspannung zu vibrieren. »Während Tim mich frisierte, bekam ich eine Nachricht.« Sie stand auf und holte das Gerät vom Esstisch, schaltete es ein und suchte die Mitteilung. Dann schlug sie sich mit der Hand vor die Stirn. »Ach nein, ich habe sie gelöscht.«

Frank stöhnte. »Gelöscht? Worum ging es?«

»Es war eine Drohung. ›Ich krieg dich‹ oder so ähnlich.« Sie setzte sich neben ihn und sah ihn aus großen Augen an. »Es war dumm, sie zu löschen, oder?«

»Allerdings. Hast du wenigstens die Nummer erkannt?«

»Nein.«

»Gib mal her«, er nahm das Handy und durchsuchte ihre Nachrichtenordner. »Hast du diese SMS danach geschrieben?«

Er deutete auf die Mitteilungen, die sie an ihn geschickt hatte. Kurz zuvor hatte sie offenbar auch an Kat und an Lena gesimst. Sie nickte.

»Hmm, das macht es kompliziert. Kann ich es morgen mit zur Arbeit nehmen?«

Sie schaltete das Gerät ab und legte es auf den Tisch. »Wenn es sein muss, klar.«

Nach jener Drohung hatte Lucy ihr Handy nur noch an, wenn sie selbst jemanden anrufen wollte. Das machte es für Frank zwar schwer, sie zu erreichen, allerdings half es ihr, ihre Ängste abzubauen. Nach der ersten Drohbotschaft war keine weitere gekommen. Es blieb müßig, darüber nachzugrübeln, wer ihr die Nachricht geschickt hatte. Der Erkennungsdienst hatte die Mitteilung nicht wiederherstellen können. Solange der Absender sich kein weiteres Mal meldete, war nichts zu machen. Möglicherweise war die SMS ohnehin aus Versehen an Lucy gegangen. Generell wurde es in den letzten Wochen um sie herum ruhiger. Auf ihrer Arbeit gab es offenbar keine größeren Zwischenfälle mehr, mit Ilina schien sie sich auszusöhnen. Am Montag nach ihrer Radikalveränderung war sie mit Ellen in die Probe des Chores gefahren und begeistert zurückgekommen. Die beiden verstanden sich, wie es schien. Frank fragte sich gelegentlich, ob das gut für ihn war, fand aber keinen stichhaltigen Grund, der gegen eine Freundschaft der Frauen sprach. Er selbst hatte in der Zwischenzeit einen Termin in Rouwens Kanzlei vereinbart, und gemeinsam mit Ellen waren die Formalitäten der Scheidung besprochen worden. Der Verhandlungstermin stand allerdings bisher nicht fest. Anscheinend hatte Rouwen übertrieben, doch noch blieben drei Monate bis zur Entbindung. Auf dem Kommissariat war der September genauso ruhig zu Ende gegangen, wie er begonnen hatte. Diesen Monat hingegen häuften sich die Straftaten. Die Möglichkeiten, Lucy zu sehen, wurden seltener, da er keine festen Arbeitszeiten mehr einhalten konnte. Auch deshalb verschob er das Gespräch über ihre künftige Wohnsituation ein ums andere Mal. Dabei drängte ihn Ellen zunehmend, aus dem Loft auszuziehen.

Als Frank nach dieser langen Nacht in den frühen Morgenstunden nach Hause zurückkehrte, stürmte Ellen ein Stockwerk unter ihm ins Treppenhaus, bevor er seine Wohnung ganz aufschließen konnte.

»Frank«, rief sie atemlos und hastete schnaufend die Stufen herauf, »ich muss mit dir reden.«

Die Tür schwang auf. Scharf sog er die Luft ein. Sie brauchte es ihm nicht mehr zu sagen.

»Ihr habt die Zimmer leergeräumt.«

Sie errötete. »Ja. Der Dieter will unbedingt mit Renovieren anfangen. Und der Putz muss noch trocknen. Du willst bestimmt nicht, dass unser Kind krank wird, weil es in feuchten Räumen leben muss, oder?«

Er stöhnte. Die Holzvertäfelung im Loft hatte er vor fast zehn Jahren angebracht und, bevor er nach oben gezogen war, in Naturweiß neu gestrichen.

»Heißt das, ihr wollt das Holz herausreißen?«

Frank blickte in den Raum, den er als Wohn- und Esszimmer benutzt hatte. Leer geräumt wirkte er noch heller als sonst. Es gab keinen überzeugenden Grund, die Paneele zu entfernen.

»Warum? Ich dachte, wir sind uns einig.«

»Hmm, der Dieter meinte, es sei viel hygienischer, wenn wir alles abreißen …«

Frank schnaubte.

»Wir wollen es verputzen. Und in die Kinderzimmer kommt Tapete, die kann man problemlos nach ein paar Jahren austauschen. Wenn der Nachwuchs ins Teenie-Alter kommt, will er bestimmt keine Bärchentapete mehr haben.« Sie redete sich in Schwung. »Und dieser Raum hier ist groß genug für die Taufe und die Kommunion …« Sie warf ihm einen zweifelnden Blick zu und brach ab.

Frank bemerkte, dass ihm der Mund offenstand. War das noch Ellen, die coole Socke, die sich kaum um Konventionen scherte? Sie dachte bereits über die Kommunionfeier ihres noch ungeborenen Babys nach?

»Wow«, formten seine Lippen stumm.

Ellen zog ihren Streifenbademantel vor dem Bauch zusammen. »Besser zu früh als zu spät. Jedenfalls werden wir das alte Holz abreißen. Der Abschluss oben ist eh nicht ordentlich gemacht, das hat der Dieter mir gezeigt.«

Frank räusperte sich.

»Ich weiß, du hast damals einen ganzen Sommerurlaub investiert. Es war auch gut genug all die Jahre. Aber jetzt …«

»Gut genug«, murmelte er.

»Nun stell dich nicht an. Irgendwann mussten wir aktiv werden. Wenn du nicht in die Gänge kommst!« Sie verstummte.

»Und wo soll ich hin?«

Er war todmüde. Vielleicht sollte er darüber nachdenken, sich in den Innendienst versetzen zu lassen. Verwaltungsarbeiten erledigen, Ermittlungen am PC, so was in der Art.

Ellen lachte schrill auf. »Wir haben alles nach unten gebracht. Der Dieter hat sich an deiner alten Couch ganz schön abgeschleppt.« Sie spitzte die Lippen. »Eigentlich wollten wir das vor Wochen machen. Gemeinsam.«

Frank ließ die Schultern sinken. »Schon gut«, sagte er und schlurfte hinunter zur Kellerwohnung.

Nachdem er aufgeschlossen hatte, stöhnte er auf. Seine Sachen waren auf dem niedrigen Tisch und auf der Couch sauber in Stapeln aufgeschichtet. Er holte sich ein Handtuch und stieg unter die Dusche. Wieder zurück, fand er auf dem Bett sein Bettzeug. Lediglich die Matratze musste er neu beziehen. Dann ließ er sich darauf fallen und schlief sofort ein.

Ein lautes Rumpeln weckte ihn. Blinzelnd sah er zur Uhr – fünf Stunden Schlaf mussten reichen. Als er das Haus verließ, rumpelte es erneut. Der Lärm kam aus dem Garten. Frank ging zum Hof – und traute seinen Augen kaum: Da lag ein Stapel zerschmetterter Bretter, aus denen an einigen Stellen noch die Nägel herausragten. Er beugte sich über den Haufen und zog eines der Hölzer heraus, um es als eines der besagten Paneele zu identifizieren. Ob der Dieter sich für dieses zerstörerische Werk extra freigenommen hatte? Zwar war es ihm bislang nicht bewusst gewesen, doch jetzt musste Frank sich mit einem Ziehen in der Brust eingestehen, wie viel ihm die Arbeit am gemeinsamen Haus bedeutete … mehr, als er geglaubt hatte. Hatten sie das Recht, ohne seine Zustimmung solch massive Änderungen vorzunehmen, noch bevor er überhaupt ausgezogen war?

Frank hörte ein Zischen über seinem Kopf, instinktiv sprang er zurück. Gerade rechtzeitig, bevor ein weiteres Brett krachend auf den Haufen knallte. Splitter fetzten gegen seine Hose. »Autschn!«

Er blickte nach oben. Das Fenster stand offen, niemand war zu sehen. Offensichtlich entsorgte der Dieter die Vertäfelung praktischerweise auf dem kürzesten Wege, ohne vorher zu überprüfen, ob jemand im Hof stand.

»DIETER!« Frank erkannte seine eigene Stimme kaum.

Aus dem Fenster schob sich ein hochroter Kopf heraus, gefolgt von einer Hand, die sich vor den Mund legte. »Ups«, glaubte Frank zu verstehen.

»Hast du sie noch alle?«

»Jetzt habe ich ausnahmsweise nicht gecheckt, ob die Bahn frei ist! Ist dir was passiert?«

Na, wenigstens fiel ihm noch ein, dass eine Verletzungsgefahr bestand, wenn von oben Holz heruntersegelte!

»Nein, ich konnte rechtzeitig ausweichen.« Die Wut in seinem Bauch konnte Frank sich nicht recht erklären. »Warte, ich komme hoch!«

Der Dieter stand in dem Zimmer, das noch in den Morgenstunden einladend und gemütlich gewirkt hatte, und durch das jetzt ein Tornado gefegt zu sein schien. Im hellen Sonnenlicht wirkten die teilweise herausgelösten Bretter wie Schwerverletzte. Eigenartigerweise hatte ihr Anblick auf Frank eine vergleichbare Wirkung. Die Tatsache, dass er, Frank, hier aus dem Haus gekehrt und all seine Spuren beseitigt werden sollten, tat weh.

»Was zum Teufel machst du da?«, fragte er den Dieter, der ihn trotz seiner hängenden Schultern um einen halben Kopf überragte.

Eine dünne Schicht der abgeblätterten weißen Farbe ließ die Haare vom Dieter noch heller wirken. Der spitze Bauchansatz, der sich in den letzten Wochen entwickelt haben musste, war ebenso wenig zu übersehen wie seine immer höher werdende Stirn.

»Ich reiße die Vertäfelung ab, damit wir endlich diese Wohnung renovieren können.«

»Du lässt nichts anbrennen, oder? Dieser Aktionismus passt nicht zu dir.«

»Ach, nee!« Der Dieter machte einen halben Schritt auf Frank zu und wirkte plötzlich alles andere als schlaff. »Hast du ein Problem?«

Frank winkte ab. »Macht doch, was ihr wollt.« Mit einer ausholenden Armbewegung umschloss er die gesamte Wohnung. »Gehört eh alles Ellen.« Er konnte die Bitterkeit nicht verhindern, die in seiner Stimme mitschwang.

Der Dieter stützte beide Hände in die Hüften. »Exakt. Das Haus gehört Ellen. Und ich will dir nicht zu nahe treten, Kumpel, aber du hast hier ausgedient. Es wird langsam Zeit, dass du die Fliege machst.«

Fassungslos starrte Frank sein Gegenüber an.

»Gibt es Stress?«, erklang Ellens Stimme vom Treppenhaus herauf. Gleich darauf stand sie in der Tür und sah sich um. »Super, Dieter, du kommst richtig gut voran.«

Frank schluckte. »Dir ist schon klar, dass ich in allem, was unsere gemeinsamen Errungenschaften angeht, ein Wörtchen mitzureden habe?« War tatsächlich er es, der diese Worte sagte? »Von wegen Zugewinngemeinschaft.«

Befriedigt registrierte er das ängstliche Flackern in Ellens Augen.

»Willst du dich etwa querstellen, Frank? Wir sind uns doch in allem einig. Dachte ich jedenfalls.«

Er fuhr sich mit der Hand über die Augen. Eine Idee blitzte in seinem Kopf auf.

»Ich mache Spaß. Wir werden uns über alles einigen. Ich glaube, ich ziehe aus.«

»Echt jetzt?«

Ehrlich, einen Hauch Bedauern könnte der Dieter ruhig

in seine Stimme legen. Andererseits – wozu? Ellen hingegen sah hin- und hergerissen aus. Ob ihr dämmerte, dass ihr Abpassen auf der Treppe und die heimlichen Besprechungen über ihren Seelenzustand damit endgültig Geschichte werden würden? Er mochte Ellen nach wie vor, das war keine Frage, doch ihr Vertrauter in allen Lebenslagen wollte er keinesfalls sein. Erst recht nicht mehr, nachdem sie sich zu einem fremdbestimmten Wirtswesen entwickelt hatte, das einen Symbionten beheimatete. Er musste unwillkürlich grinsen. Als Symbiont hatte Ellen ihr Baby sicherlich noch nie betrachtet, selbst wenn sie mit ihm, Frank, in grauer Vorvergangenheit alle ›Deep Space Nine‹-Folgen verschlungen hatte.

Ellen interpretierte sein Lächeln möglicherweise falsch, denn ihre Züge verhärteten sich. »Bestimmt werden wir uns einigen. Was solltest du mit all dem Zeug anfangen, das wir im Lauf der Jahre angeschafft haben? Ein alleinstehender Mann …«

Sein Handy bewahrte ihn vor einer Antwort. Herbert war am Apparat. »Komm bitte zum Saaraltarm im Bereich der Holzendorfer Straße. Unter der Brücke haben wir eine Leiche.«

Eine Stunde später hatte Frank endgültig die Nase voll. Herberts miese Laune wurde anscheinend zum Dauerzustand. Jegliches Gespräch über die Familie unterband er mit zynischen Worten. War das noch sein Freund? Der unappetitliche Leichenfund trug zur schlechten Stimmung bei. Einer der alteingesessenen Stadtpenner hatte sich offenbar zu Tode gesoffen.

Kurz entschlossen klinkte Frank sich für die Mittagspause aus und fuhr zum Callcenter am Großen Markt. Die Glastür öffnete sich, als er nach dem Griff fassen wollte, und heraus kam Lucy. Sie trug ein Kleid, das er noch nicht kannte. Sein Blick haftete unwillkürlich ein paar Sekunden auf ihren Zehensandaletten, die ihre perlmuttfarbenen Nägel wunderbar hervorhoben.

»Nanu, Herr Kommissar?«, erklang eine Stimme, die zum Körper nicht passte, und erst im nächsten Sekundenbruchteil erkannte Frank seinen Irrtum. Vor ihm stand die kleine Polin.

Sie legte den Kopf schief und schaute ihn mit großen Augen an. Und riesigen Pupillen. Sie flirtete wieder mit ihm.

»Kann ich helfen Ihnen?«

Wenn er nicht mit der wunderbarsten Frau in Saarlouis liiert wäre, durchaus.

»Nein, vielen Dank.«

Sie verzog die Lippen zu einem angedeuteten Schmollmund. »Schade. Wenn Sie von mir wünschen etwas, Sie wissen, wo Sie finden mich.« Sie beugte sich näher. »Egal, was.«

In diesem Moment wurde die Tür unsanft aufgestoßen, traf Ilina im Rücken, woraufhin diese nach vorn taumelte. Frank fing sie auf, und sie schmiegte sich kurz an ihn. Die Berührung reichte, um ihn ihren festen Körper spüren und den Hauch von ›Coco Mademoiselle‹ riechen zu lassen.

»Ilina«, zischte es erbost hinter ihr.

Erst auf den zweiten Blick erkannte er Lucy mit ihrem Blondschopf. Auch sie trug ein Kleid, das ihr hervorragend stand. Die hellblauen Augen schossen tödliche Giftpfeile in seine und Ilinas Richtung. Erschrocken ließ er die zierliche Polin los und streckte die Hand nach Lucy aus, um sie von einem tätlichen Angriff auf die Rivalin abzuhalten.

Ilina ihrerseits reckte das Kinn und zog eine Braue hoch. »Verschwinde ich ja schon.« Sie klopfte mit der flachen

Hand auf Franks Brust. »Zu schade!«, sagte sie und entfernte sich leichten Fußes.

Bisher hatte er noch keine Frau mit flachen Schuhen derart elegant laufen gesehen.

Ein unsanfter Schlag gegen seinen Oberarm ließ ihn herumfahren. »He! Nur schauen, nicht anfassen«, spie Lucy hervor.

Sie sah unwiderstehlich aus in ihrer Eifersucht. Jeglicher Gedanke an die Polin verflüchtigte sich. Wer sah einer Ilina hinterher, wenn er Lucy vor sich hatte? Erfreut registrierte er die roten, hochhackigen Sandaletten und grinste sie vielsagend an.

»Hast du Mittagspause?«

»Ich wollte zu den Kasematten. Kommst du mit?«

Er blickte betont auf ihre Füße. »Wie wäre es, wenn wir zu dir fahren?«

Ihre Augen leuchteten auf. »In einer Stunde muss ich zurück sein. Dürri ist in letzter Zeit gnädig gestimmt, und das soll so bleiben.«

Sie waren bereits im Twingo auf dem Rückweg zum Großen Markt, als er endlich sein lang gehegtes Anliegen hervorbrachte. »Lucy, was ich dich fragen wollte …«

»Ja?«

Er legte die Hand auf ihr nacktes Bein. »Wir hatten doch schon darüber gesponnen, ob wir zusammenziehen sollen.«

Sie warf ihm einen Seitenblick zu.

»Ich frage mich die ganze Zeit, ob ich vorerst in deine Wohnung einziehen könnte.«

Lucy bremste ruckartig und fuhr an den Straßenrand. »Ist was passiert?«

»Ellen und der Dieter renovieren bereits das Loft.«

Sie sog zischend die Luft ein. »Du wohnst doch noch dort oben!«

»Tja, seit heute Nacht nicht mehr. Sie haben meine Sachen hinuntergeschafft. In die Kellerwohnung.«

»Autsch! Und jetzt?«

»Ich fühle mich dort nicht mehr wohl …« Er unterbrach sich.

Lucy biss auf der Unterlippe herum. Mist, sie wollte es nicht!

»Wenn dir das zu früh ist, suche ich mir etwas anderes.«

»Nein, nein! Das kommt zwar überraschend, aber warum nicht? Komm zu mir. Ja, ich freue mich.«

9. RUHE

Er hörte sie vor sich hin fluchen und stöhnte. Wenn er geahnt hätte, wie es sich entwickeln würde, hätte er dem Zusammenziehen niemals zugestimmt. Weil sie für ihn kochte und seine dreckigen Kleider wusch, bildete sie sich ein, sie könne ihm alles sagen. Sie war anscheinend der Meinung, er schulde ihr etwas.

Mit einem Grunzen erhob er sich und verließ den Raum. Sorgfältig schloss er hinter sich ab und ging durch den dunklen Flur zur Treppe. Dort oben stand sie.

»Da bist du ja endlich. Wie oft muss ich noch nach dir rufen, bevor du reagierst? Hast du dich wieder in deiner Gruft eingegraben?«

Sie verglich ihn mit einem Maulwurf, seit er sich die Werkstatt eingerichtet hatte und halbe Nächte darin verbrachte. Sie verstehe nicht, wieso er ein fensterloses Zimmer mit künstlichem Licht der freundlichen Wohnung vorziehe, nörgelte sie ständig. Kürzlich hatte sie die Bezeichnung ›Gruft‹ gefunden und beibehalten.

Er schwieg und setzte beim Erklimmen der Stufen zuerst das linke Bein auf, das rechte zog er hinterher. Sie beobachtete ihn von oben mit Adleraugen.

»Ich begreife einfach nicht, warum du dir das antust mit diesem Bein.«

›Und ich begreife nicht, warum ich dich nicht längst über den Jordan geschickt habe mit diesem Gift und Galle speienden Mundwerk.‹ Er sprach die Worte nicht aus. Wie seit Jahren schon.

Kaum zu glauben, es ist Ruhe eingekehrt. Seit der verirrten SMS und dem Zusammenstoß mit Jenny Lammick sowie Maurice' Eltern an ein und demselben Tag ist mein Leben in ruhiges Fahrwasser geraten. Gerade stehe ich vor dem Badezimmerspiegel und knete mir Wachs ins Haar, als sich die Tür öffnet. Noch bin ich nicht an meinen Mitbewohner gewöhnt und erschrecke, wenn Frank selbstverständlich ins Bad kommt.

Mit vom Schlaf verknautschtem Gesicht stellt er sich hinter mich, legt seine Arme um meine Taille, schmiegt den Kopf an meine Schulter und schnuppert. »Hmm, wie gut du riechst.«

Ich lege meinen Kopf gegen seinen. Er schiebt die Hände unter das Handtuch, das ich mir umgebunden habe. »Möchtest du mit mir duschen?«

Wie sollte ich da Nein sagen? Ich brauche nicht zu erwähnen, was er mit ›Duschen‹ wirklich meint, was ich allerdings nicht weniger entspannend finde.

Ziemlich unentspannt hingegen reagiere ich später auf den Stuhl am Esstisch, auf dem sich die getragenen Klamotten meines Herzbuben türmen. Diese Duftnote ist nun nicht gerade das, was ich beim Frühstück in der Nase haben möchte.

»Wir müssen uns unbedingt etwas wegen der Wäsche einfallen lassen«, sage ich vorsichtig und fühle mich wie meine eigene Mutter – oder vielmehr wie unser Hausmädchen.

Frank runzelt die Stirn und blickt abwesend auf seine Kleidung. »Mach ich gleich weg, Lucy.«

Bis wir zur Arbeit aufbrechen, hat er es allerdings vergessen. Genauso wie den Deckel der Zahnpasta, der neben der Tube liegt. Ich gönne mir noch einen Spritzer ›Coco Mademoiselle‹ und schiebe Franks Rasierwasserflasche zur

Seite. Sein Geruch steigt mir in die Nase, und der kleinliche Ärger über die Wäsche verraucht.

Während ich neben ihm in seinem Mini Platz nehme, wird mir bewusst, dass ich überhaupt keine Angst mehr habe. Frank ist seinerseits viel entspannter, seit der Verhandlungstermin für die Scheidung auf Ende Oktober festgelegt wurde. Obwohl auf seiner Arbeit derzeit die Hölle los ist.

Mein Liebster lässt mich am Großen Markt raus, und ich spüre in meiner Brust die kribbelnde Leichtigkeit des Seins, während ich in der Glastür der Mediaboutique mein eigenes Spiegelbild sehen kann: eine toughe, junge Frau – der eine ebenso große, jedoch ungleich zierlichere und elegantere junge Frau folgt. Meine Mundwinkel sacken nach unten, und ich weiß auch ohne den Klang ihrer widerlich sonoren Stimme, wer es ist. Als sie sich mir nähert, komme ich nicht umhin, das Parfum zu erkennen, das sie aufgelegt hat. Unglaublich: Ilina benutzt ›Coco Mademoiselle‹! Immerhin hat sie es nicht gewagt, ihre Haare auf Blond umzufärben, sondern trägt nach wie vor brünett und lockig, inzwischen bereits länger.

»Bist du hergekommen mit deine Kommissar, Lucy?«

Widerwillig halte ich ihr die Tür auf. »Wer will das wissen?«

Sie zieht ihre aristokratischen Brauen hoch und spitzt den Mund.

Mir wird klar, wie kindisch ich mich benehme, und ich lenke ein. »Ja, ich bin mit Frank gekommen.«

»Ist er netter Mensch.«

»Weiß ich das«, imitiere ich ihre Ausdrucksweise.

Sie steigt vor mir in den Fahrstuhl, drückt den Knopf und mustert mich mit zu Schlitzen verengten Augen, als ich einsteige. »Wage ich zu bezweifeln das.«

Warum hört sich dieser Satz aus ihrem Mund wie eine Drohung an?

Ich baue mich vor ihr auf und hebe den Zeigefinger. »Lass die Finger von Frank, sonst …«

Sie legt kokett den Kopf schief. »Sonst?«

›Pling‹, öffnet sich die Fahrstuhltür. Wie gewohnt, schreitet sie selbstverständlich vor mir hinaus und dreht sich zu mir um.

»Rate ich dir, nicht zu drohen Menschen, die dir sind überlegen!«

Während der Arbeit registriere ich am Rande, wie das Wetter sich eintrübt. Da Frank mir in der Mittagspause in einem knappen Telefonat mitteilt, dass er keine Zeit hat, weil er in einem neuen Fall vor Ort ermitteln muss, trübt sich meine Stimmung ebenso ein. Dummerweise kann Lena nicht mit mir in die Pause gehen, weil sie eine Verabredung mit ihrem ›Mr. Grey‹ hat, was mich irrsinnigerweise eine Sekunde lang mit Neid erfüllt. Zu guter Letzt entscheide ich mich um meines eigenen Wohlbefindens willen für einen Spaziergang. Allein und ungestört, ungeachtet des wolkenverhangenen Himmels. Die Saar und die Vauban-Insel sind bei jedem Wetter wunderschön. Ich grüße den vergessenen Soldaten, der da ebenso einsam auf seinem Sockel steht, wie ich mich gerade fühle.

Plötzlich höre ich einen dumpfen Knall, spüre einen heftigen Luftzug, und neben dem Sockel spritzt ein Klumpen mit Gras aus dem Boden. Noch bevor mein Hirn bewusst begreift, was das zu bedeuten hat, setzen meine Füße sich in Bewegung. Völlig kopflos renne ich neben dem schwarzen Soldaten vorbei, der weiterhin stoisch zur Seite blickt, selbst noch, als erneut ein Fetzen grasbewachsener Erde hochschießt, nachdem ein weiterer dumpfer Knall die Mittagsruhe zerplatzen lässt. Ich lege noch einen Gang zu und bereue zugleich, dass ich in den letzten paar Wochen nicht mehr regelmäßig gejoggt habe.

Endlich gelange ich um die Ecke und springe hoffentlich aus dem Sichtfeld meines Verfolgers hinaus. Ich lande auf Mund und Nase. Vor mir bricht ein Höllenlärm los. Als ich vorsichtig den Kopf hebe, sehe ich mich einem speienden Monster gegenüber und höre sein aggressives Knurren und Bellen. Brennende Augen blitzen mich an, und ein mit Fangzähnen bewehrtes Maul klappt vor mir auf und zu. Dann gibt es einen Ruck, die Kreatur wird zurückgezerrt und hört sofort auf zu bellen.

»Akki, still!«, höre ich eine männliche Stimme, und jetzt sehe ich das Herrchen, der die Höllenkreatur in Schach hält. Es ist ein älterer Mann mit Mantel und Hut, unter dem weiße Haare hervorlugen.

»Haben Sie sich wehgetan? Entschuldigen Sie bitte, aber mein Akki hat sich erschrocken. Normalerweise tut er nichts.«

Bei den Worten des Mannes setzt sich die schwarze Dogge friedlich auf die Hinterläufe und beobachtet mich mit offen stehendem Maul. Ein Sabberfaden spult sich von ihren Lefzen ab, während sie hechelnd die Zunge heraushängen lässt.

Ich rapple mich auf die Füße und schaue hektisch über die Schulter, kann jedoch niemanden sehen. Mit zitternden Händen klopfe ich den Schmutz von meinen Knien und widerstehe dem inneren Drang, wie von Furien gehetzt wegzulaufen.

»Haben Sie die Schüsse gehört?«, frage ich atemlos und betaste meine Nase, die sich anfühlt, als sei sie binnen Sekunden auf ihre doppelte Größe angeschwollen.

Der Mann tätschelt den Schädel seines Hundes. »Schüsse? N-nein. Sind Sie sicher?«

Mit einer fahrigen Geste zeige ich auf den Hügel hinter mir. »Genau dort war es. Jemand hat auf mich geschossen. Sie *müssen* das gehört haben!«

Der Mann greift nach meinem Oberarm. »Beruhigen Sie sich. Ich habe Geräusche gehört, aber es klang mehr nach der Baustelle da hinten.«

Er deutet vage in Richtung City. Tatsächlich kann ich von dort aus rumpelnde Geräusche hören. Allerdings klingen die nicht wie Schüsse!

Ich ziehe mein Handy hervor und wähle Franks Nummer. »Ich bin wieder angegriffen worden!«

»Wie bitte? Wo bist du? … Nein, noch nicht bewegen, es ist noch nicht alles gesichert«, schreit er jemanden an.

Mir wird klar, dass es gerade nicht gut passt.

»Im Stadtpark auf der Vauban-Insel. Jemand hat versucht, auf mich zu schießen.«

Er schnaubt. »Wo bleibt die Spusi? … Lucy, entschuldige, hier ist die Hölle los. Wir haben zwei Leichen.«

»Kannst du mir jemanden schicken, Frank?«

»Geschossen? Mitten am Tag, mitten in der Stadt? Bist du sicher?«

Was sind das bloß für Fragen?

»Und ob! Das bilde ich mir nicht ein.«

Der Mann vor mir blickt abwechselnd von dem Hügel hinter mir zu meinem Gesicht. Ich sehe genau, wie er das Gespräch verfolgt und bei meinen Worten die Mundwinkel verzieht.

Frank seufzt. »Ich schicke dir einen Polizisten, okay?«

Während ich ihn bitte, sich zu beeilen, höre ich, wie er zu jemandem sagt: »Herbert soll rasch in die City, bevor er zu uns kommt. Lucy ist auf der Vauban-Insel, und sie sagt, man hat auf sie geschossen.« Zu mir sagt er: »Gib ihm zwei Minuten.«

»Kommen Sie, wir schauen uns dort oben um«, will der Hundemann mich bewegen, zum vergessenen Soldaten zurückzugehen.

Ich entziehe ihm meinen Arm und schüttle den Kopf. »Das kennt man doch aus dem Fernsehen. Man soll sich vom Tatort fernhalten, damit man keine Spuren verwischt.«

»Wir verwischen schon keine Spuren! Wir wollen bloß gucken.«

Ich bleibe beharrlich. Am ganzen Körper zitternd, erkenne ich nach und nach, dass ich keinen klaren Gedanken mehr fassen kann. Mit einem Mal geben meine Knie nach und ich sacke zusammen.

»Sie sollten nach Hause gehen, Kind«, sagt der Mann und beugt sich über mich. »Soll ich einen Arzt rufen?«

Ich schüttle den Kopf.

Er zeigt auf mein Handy. »Da drin haben Sie die Nummer Ihrer Eltern gespeichert, oder?«

Ich schüttle den Kopf. »Nicht meine Eltern, lieber meine Schwester.«

Wegen meiner zitternden Finger brauche ich mehrere Anläufe, um das Telefonbuch aufzurufen und Kats Nummer anzutippen.

»Kat Schober?«, meldet sich ihre geliebte Stimme nach dreimaligem Läuten.

»Ich bin's! Ich brauche deine Hilfe!«

»Lucy? Was ist los? Du hörst dich grauenhaft an.«

Ich lache abgehackt. »Jemand hat auf mich geschossen.«

»Oh Gott! Bist du verletzt?«, schreit sie in mein Ohr. Wenigstens sie erkennt den Ernst der Lage.

»Nein, es geht mir gut. Also, nicht gut, aber er hat mich nicht getroffen.«

»Wer? Wo bist du?«

»Weiß ich doch nicht, wer auf mich schießt! Ich bin in

der City, auf der Vauban-Insel. Kannst du kommen? Ich bin total fertig.« Meine Stimme klingt weinerlich, was mir im Moment völlig egal ist.

Kat sagt, sie mache sich sofort auf den Weg, und legt auf. Wie lange dauert es, bis endlich die Polizei da ist? Wenigstens lässt der Mann mich nicht allein da hocken, sondern hilft mir im Gegenteil auf die Beine, nachdem weitere gefühlte zehn Minuten vergangen sind und mein Puls sich normalisiert hat. Wir gehen Arm in Arm ein paar Schritte auf dem Kiesweg, der zur Statue führt.

»Ihr Hund hat mir womöglich das Leben gerettet«, erkläre ich meinem Gegenüber und spüre eine Tränenflut meine Wangen hinabstürzen.

Der Mann kratzt sich unter seinem Hut an der Stirn. »Ich kann mich nicht an irgendwelche Schüsse erinnern. Womöglich haben Sie das Geräusch falsch interpretiert.«

Ich ziehe die Nase hoch und warte mit finsterer Miene auf das Eintreffen der Polizei.

Kurz darauf höre ich: »Hallo, ist da jemand?«

Herberts Stimme! Wir gehen ein paar Meter in die Richtung, aus der ich ihn gehört habe, und jetzt kann ich auf die Stelle sehen, von der ich vorhin kopflos geflüchtet bin. Herbert kniet vor der Statue und tastet auf dem Boden herum. Genau dort muss das Projektil eingeschlagen sein!

»Hast du die Kugel gefunden?«

Ich laufe zu ihm, er richtet sich halb auf und macht eine abwehrende Handbewegung. »Bleibt stehen, Herrgott noch mal. Sonst finden wir gleich gar nichts mehr.«

Herbert steht auf. Er hält ein Stückchen Erde mit Gras in der Hand und nähert sich uns, scannt dabei den Boden mit den Augen.

»Da ist die Kugel eingeschlagen, nicht wahr?«, sage ich.

Herbert mustert mich mit schief gelegtem Kopf,

betrachtet den Hundemann und hebt entschuldigend beide Hände, über die er Gummihandschuhe gezogen hat.

»Kommt die Spurensicherung noch?«, frage ich ungeduldig.

Herbert räuspert sich. »Es gibt derzeit viel zu tun …«

Es dauert eine Weile, bis die Bedeutung seiner Worte in meinen Kopf vordringt. Für solche Lappalien wie einen Mordversuch mit einer Schusswaffe steht niemand zur Verfügung.

Franks Partner betrachtet ein letztes Mal das Stück Gras, bevor er es achtlos fallen lässt. »Da hat sich ein wenig Erdreich gelöst, mehr ist nicht zu erkennen. Es sieht aus, als habe ein Hund gescharrt.«

Erbost stemme ich die Hände in die Hüften. »Das ist aufgespritzt, als ich gerade vorbeikam. Da war kein Hund!«

»Da ist nichts von einem Projektil zu sehen. Ich suche die Umgebung noch ab … Anscheinend hat der Täter es höchstpersönlich entfernt …«

Herbert runzelt die Stirn. Auf mich wirkt es, als bedaure er die Zeitverschwendung. Schließlich muss er zu einem *echten* Mordopfer. Zwei Mordopfern. Da kann ich natürlich nicht mithalten.

»Falls da je welche waren«, fügt er noch hinzu.

»Lucy«, höre ich Kats Stimme aus der Ferne.

»Hierher, Kat, zum vergessenen Soldaten.« Wütend blinzle ich die beiden Männer vor mir an. »Wollt ihr mir weismachen, ich hätte mir das alles eingebildet?«

Herbert grunzt. »Wo ist die andere Kugel deiner Meinung nach denn eingeschlagen?«

Ich überhöre die Ironie in seiner Bemerkung und gehe zu besagter Stelle. Ich knie mich hin, um sie zu betrachten. Da ist eindeutig ein Loch.

Herbert lässt sich neben mir auf den Boden nieder und tastet mit den behandschuhten Fingern in der braunen Erde herum. Er schüttelt den Kopf. »Seltsam.« Er richtet sich auf. »Nichts zu finden, Lucy.«

»Lucy!« Kat läuft zu uns, geht neben mir in die Knie, und umarmt mich. »Wie geht es dir?«

»Da *müssen* irgendwelche Spuren sein«, beharre ich.

Herbert zeigt mit einer weit ausholenden Geste um sich. »Sag mir wo! Hier ist nichts.« Er steht auf, und Kat hilft mir auf die Beine.

»Komm«, Kat zieht mich hoch. »Du kannst hier nichts tun, Lucy. Ich begleite dich.«

Mit einem zweifelnden Blick auf Herbert und den Hundemann nicke ich schließlich. Meine Rebellenschwester legt den Arm um meine Taille und führt mich zur Straße, wo sie ihren Wagen widerrechtlich am Rand geparkt hat. Sie bringt mich heim, und ich rufe zuerst bei der Arbeit an, um mich für den Rest des Tages zu entschuldigen, während Kat uns einen Kaffee kocht. Im Anschluss suche ich im Kühlschrank nach meiner Gelbrille, mit der ich normalerweise gegen geschwollene Augen vorgehe, und befestige sie mithilfe der Ohrengummis auf meinem pulsierenden Riechorgan.

»Geht es dir gut?« Kat reicht mir eine Tasse, wir lassen uns auf der Couch und dem Sessel nieder.

Ich schnaube. »Das kann ich nicht gerade behaupten. Das war der dritte Mordanschlag.«

Sie nickt bedächtig. »Bei der Bärenklaugeschichte habe ich noch nicht an Absicht gedacht, aber die Attacke im September war eindeutig. Deshalb glaube ich dir.«

Ich nippe an meinem Kaffee, und während ich schlucke, fällt mir auf: Zwischen den einzelnen Überfällen liegt jeweils ein Monat. Im August wurde ich in die Giftpflanzen geschubst, im September fast vor meiner eigenen Tür niedergestochen und im Oktober hat man auf mich geschossen.

Ich stelle die Tasse auf dem Tisch ab und bleibe nach vorn gebeugt sitzen. »Kat, das ist unglaublich: Jeden Monat versucht jemand, mich umzubringen.«

»Du hast recht!« Sie trinkt einen Schluck. »Dann hast du vielleicht wieder für vier Wochen Ruhe«, sagt sie lakonisch und zieht komisch-verzweifelt die Schultern hoch.

Ich brüte vor mich hin. Es gibt zwar ein paar Leute, die ich nicht mag, allerdings niemanden, dem ich Mordabsichten zutrauen würde.

»Meinst du, die Verlobte von Mark Friskeel könnte dahinterstecken?«

»Das glaube ich nicht. So wie du sie mir beschrieben hast, scheint sie todunglücklich, aber nicht jemand zu sein, der einen kaltblütigen Mord planen könnte.«

»Maurice' Eltern traue ich es genauso wenig zu. Sie hätten zwar ein Motiv, das passt jedoch nicht zu ihnen … Denke ich jedenfalls.«

Bei der Erinnerung an die Drohungen des Vaters bin ich nicht mehr sicher. Ich versuche, mit einem Kopfschütteln sein Bild vor meinem inneren Auge zu vertreiben. Stattdessen schiebt sich Ilinas Anblick davor.

»Die kleine Polin«, murmle ich.

»Wer?«

»Ilina«, spucke ich ihren Namen aus. »Sie hasst mich.«

»Warum das?«

»Weil sie Frank toll findet.« In dem Moment, in dem ich es ausspreche, wird mir klar, wie sehr das der Wahrheit entspricht. »Sie ahmt mich in allem nach, kannst du dir das vorstellen?«

Kat senkt die Brauen. »Ach, komm …«

Mir wird bewusst, wie krank sich das anhört. Warum sollte jemand mich kopieren wollen?

›Weil sie deinen Freund will.‹

Ich stöhne. Ist es jetzt so weit? Höre ich wieder meine inneren Stimmen?

Dazu muss ich etwas weiter ausholen: Mein Sternzeichen Zwilling hat einige Auswirkungen auf meine psychische Stabilität. Ich fühle mich oft hin– und hergerissen und kann nur schwer Entscheidungen treffen. So weit, so normal. Leider habe ich auch eine kleine mentale – sagen wir – Eigenart. In Zeiten großen Stresses nehmen die beiden Seiten meiner Zwillingsseele in meinem Kopf Stimmen an. Ein Zwilling, ich nenne ihn Lady Tough, ist eiskalt, selbstbewusst und autark, der wahre Blaustrumpf in mir. Der zweite hingegen lässt sich wie ein junges Reh von allem und jedem erschrecken und ins Bockshorn jagen. Ihn nenne ich Heulsuse. Als ich im Frühsommer in diese Mordgeschichten verwickelt war, haben die beiden lautstark auf sich aufmerksam gemacht und mich an den Rand eines Nervenzusammenbruchs getrieben. Die sich in diesem Moment äußert und mir selbstverständlich in meiner Annahme über Ilina zustimmt, ist natürlich Lady Tough.

›Ich sehe das genauso‹, erklärt sogleich Heulsuse.

»Weißt du, einer der Gründe für meine geänderte Haarfarbe ist Ilina. Als sie hier ankam, trug sie die Haare lang und platinblond gefärbt. Urplötzlich taucht sie eines Tages mit einem brünetten Wuschelbob auf, trägt ein Kleid und Schuhe in meinem Stil. Und die Krönung: Sie benutzt sogar ›Coco Mademoiselle‹! Jetzt sagst du nichts mehr, oder?«

Kat lacht und fährt ihrerseits durch ihre störrischen kurzen Haare. »Und wer trägt nun Platinblond?«

›Touché!‹

»Ja, aber noch heute Morgen hat sie mir gedroht!«

›Genau, sag es ihr. Sie muss uns einfach glauben.‹

Wenigstens meine Zwillinge stehen geschlossen hinter mir.

»Womit hat sie dir gedroht?« Kat beugt sich vor. Ihre Miene drückt Empörung aus.

»Ääh, warte, wie hat sie sich gleich ausgedrückt? Sie fragte nach Frank und deutete an, wie superklasse sie ihn findet.«

»Nun, da ist sie nicht die Einzige. Wenn ich Jungs mögen würde, fände ich ihn auch total klasse.«

Ich runzle die Stirn. »Darauf sagte ich ihr, sie solle die Finger von ihm lassen …«

Kat lacht laut auf. »Jetzt mal ehrlich, Lucy: Wer hat da wem gedroht?«

Ich ziehe einen Flunsch. »Sie sagte noch so was wie, ich wüsste nicht zu schätzen, was ich an ihm habe.«

In meinem Kopf stöhnen unisono zwei Frauenstimmen auf, und in dieser Sekunde bemerke ich selbst, wie wenig sich das als Beweis heranziehen ließe, um Ilina des Mordes anzuklagen, wenn sie mich um die Ecke bringen würde.

Meine Rebellenschwester spitzt die Lippen in gar untypischer Weise, beinahe wirkt sie dadurch mädchenhaft. Sie spart sich jeden weiteren Kommentar.

Ich seufze. »Jedenfalls fühle ich mich nicht mehr wohl in meiner Haut. Offensichtlich ist jemand hinter mir her. Und keiner glaubt mir.«

Kat beugt sich über den Tisch, ihr Gesicht wird ernst. »Ich glaube dir, auch wenn ich nicht annehme, dass Ilina dahintersteckt. Es muss einen anderen Grund für die Anschläge geben. Besprich mit Frank, ob du Personenschutz haben kannst.«

»Das ist eine gute Idee. Weißt du, noch heute Morgen hatte ich gedacht, es ist endlich vorbei. Ich habe mich beinahe frei gefühlt. Nur deshalb bin ich ohne Bedenken zur Saar spaziert.« Ich trinke den inzwischen kalt gewordenen Kaffee aus. »Man dreht sonst langsam durch. Du kommst auf die verrücktesten Ideen, wenn du das Gefühl hast, es könnte jederzeit mit dir zu Ende gehen.«

Kat steht auf und greift beide Tassen. »Das glaube ich dir. Noch einen?«

Ich ziehe die Beine hoch und umschlinge meine Knie mit den Armen. »Gerne. Letztens habe ich mir meine Gedanken gemacht. Stell dir vor, du hättest nur noch kurze Zeit zu leben. Was würdest du unbedingt noch machen wollen?«

Kat hat die Maschine geladen und auf den Knopf gedrückt. Sie steht in der Küchenzeile und wartet, während das braune Gebräu in die Tassen läuft.

»Das ist eine gute Frage«, ruft sie, nimmt die Tassen und bringt sie her. »Ich würde alles daran setzen, Susa zu heiraten.«

Ich springe auf. »Warte einen Moment, ich hole rasch etwas.«

Gleich darauf zeige ich ihr meine To-do-Liste. Mit einem überraschten Grinsen liest sie die Überschrift und dann die einzelnen Notizen halblaut vor. Bei ›Rebellenkat zum Essen einladen und ihr für ihre schwesterliche Liebe danken‹ lacht sie auf und sieht mich an.

»Schwesterherz, das kannst du hiermit als erledigt betrachten.«

Ich springe auf und umarme sie heftig. Sie legt den Finger auf den ersten Punkt der Liste. »Weiß Frank davon?«

Ich verziehe das Gesicht und schleiche mit hochrotem Kopf zu meinem Sessel zurück. »Nein. Ich habe ihm alles andere verraten, aber das nicht. Kinderkriegen ist für ihn wie ein rotes Tuch, weil er miterlebt, wie chaotisch es in

Ellens Hormonhaushalt gerade zugeht. Außerdem kann er sich Kinder in seinem Leben nicht vorstellen. Er sagt, er sei selbst noch ein halbes.« Mein Blick wandert hinüber zu dem Stuhl mit seinen dreckigen Klamotten. »Das stimmt leider.«

Kat schaut in dieselbe Richtung und rümpft die Nase.

»Allerdings hat er mir versprochen, dass er sie wegräumt«, gebe ich dem sofortigen Impuls nach, Frank zu verteidigen.

»Hier ist jedenfalls ein Vorhaben auf deiner Liste, das wir sofort in Angriff nehmen können.«

»Welches meinst du?«

»Die Party. Wir haben doch noch den unbenutzten Hühnerstall. Den haben Susa und ich in den letzten Wochen komplett ausgemistet, entkernt und angestrichen. Wir wollen ihn neu einrichten. Der müffelt nicht mehr nach Mist und ist von dem neuen Stall weit genug entfernt.«

»Klingt toll«, sage ich wenig überzeugt.

»Glaub mir, da riecht man nichts. Zur Sicherheit können wir Duftlampen aufstellen und Räucherstäbchen abbrennen.« Sie redet sich in Begeisterung. »Ich sehe es quasi vor mir. Wir stellen Stehtische auf und dekorieren sie mit bunten Tüchern, Kerzengläsern mit Dekosand, Blumenväschen … Du wirst sehen, das ist der ideale Ort für eine richtig geile Party.«

Langsam entsteht ein Bild, das mir gefällt.

»Wann?«, frage ich.

»Nächstes Wochenende. Wozu warten?«

Unvermittelt spüre ich ein Kribbeln der Vorfreude. »Außerdem weiß keiner, wann ich ermordet werde.«

Kats Lachen bleibt ihr im Halse stecken. »Boah, hör auf damit! Wen willst du einladen?«

»Du und Susa seid sowieso da …«

»Wir wären auch auf deiner Liste gewesen, oder?«

»Klar! Und Frank natürlich. Außerdem … warte …«

Ich lasse im Kopf meine Studienkolleginnen Revue passieren und zähle nach einigem Zögern die meisten davon auf. Bei einigen verzieht Kat das Gesicht.

»Echt jetzt? Diese Zicken willst du einladen?«

Ich zögere. »Ohne Kinder. Das schreiben wir auf die Einladungen drauf. Das wird eine Party komplett ohne Kiddies.«

Kat runzelt die Stirn. »Meinst du, das kann man durchsetzen?«

Ich ziehe eine Schnute. »Wenn nicht, lassen wir alle weg, die Kinder haben.«

›Sagt die, die Kinderkriegen auf Punkt 1 ihrer Liste gesetzt hat.‹ Heulsuses Worte treffen mich in der Magengegend.

›Sie will ein letztes Mal die Sau rauslassen.‹

Danke, Lady Tough, du verstehst mich!

›Ein letztes Mal?‹

›Bevor sie ermordet wird.‹

›Oder bevor sie einen dieser nervigen kleinen Menschen auf dem Arm hat.‹

Ich muss mich über die Ausdrucksweise von Heulsuse doch sehr wundern. Leicht pikiert reagiere ich, als ich die beiden einträchtig lachen höre.

Kat beobachtet mich indessen mit steigendem Interesse. »Sag, hörst du Stimmen?«

Ich winke ab. »Keine Angst, das sind nur Lady Tough und Heulsuse. Was dir krank vorkommen mag, ist ein reiner Schutzmechanismus meines Hirns …«

»Lady Tough und Heulsuse?«, unterbricht Kat mich fassungslos. »Du hast den Stimmen Namen gegeben?«

Ich sehe, wie es hinter ihrer Stirn rattert.

»Keine Angst, ich habe mit einem Psychologen darüber gesprochen, und der hat mir versichert, alles sei im grünen Bereich.«

Habe ich tatsächlich, kürzlich erst. Mit einem Mitglied des Chors, in dem ich seit drei Wochen mitsinge. Er lächelte wie eine Sphinx und tröstete mich mit den Worten, alles sei gut, solange ich Realität und Fiktion auseinanderhalten könne.

»Zurück zu der Gästeliste«, mühe ich mich, Kat von den Zwillingen abzulenken. »Ich möchte, dass alle richtig auf die Kacke hauen, sogar die Zicken aus dem Studium nebst ihren Liebsten.«

Wir lachen einträchtig und schreiben die Namen der Freunde auf.

»Lena Kougelhupf«, sage ich. »Sie ist inzwischen wie meine beste Freundin.«

»Was ist mit Rouwen?«, fragt Kat.

Instinktiv will ich ablehnen. Doch sein Lächeln kommt mir in den Sinn, wenn er Lena ansieht – und Lenas Worte, sie verbringe die Mittagspause mit ihrem ›Mr. Grey‹. In und um Rouwen hat sich in den letzten Wochen vieles geändert ... Ja, ich denke, er gehört dazu.

»Aufschreiben!« Ich kichere. »Er hat einiges nachzuholen. Ich hab vor Jahren zu ihm gesagt, er sei der einzige Jurastudent, der an keiner Semesterfete teilgenommen habe, und er hat es nicht geleugnet. Für A-Mi gilt eins zu eins das Gleiche.«

»Heißt das etwa, du willst A-Mi einladen?«

»Um Himmels willen, nein!« Ich lege den Zeigefinger an die Unterlippe. »Meinst du, das kann ich bringen? A-Mi und unseren Altvorderen nicht Bescheid geben?«

Kat seufzt. »Wenn wir dein Vorhaben ernsthaft durchziehen wollen, sollten wir uns diese Gedanken nicht machen.«

Sie schreckt auf und angelt in der Tasche ihrer Cargohose nach ihrem Handy, das gerade vibriert haben muss. Mit einem entschuldigenden Lächeln geht sie ran. »Hallo? … Ich bin bei Lucy. Sie ist heute überfallen worden …«

Bei ihren Worten ist die Erinnerung an die Schüsse schlagartig zurück, die ich bei unserem Gespräch über die Party tatsächlich vergessen konnte. Ich ziehe abermals meine Beine hoch und lege die Arme darum. Diese Haltung gibt mir ein Gefühl der Sicherheit.

»Nein, es geht ihr gut«, beruhigt Kat Susas aufgeregtes Nachfragen. »Wir planen eine Party für sie. Ich habe unseren Stall vorgeschlagen … Finde ich auch. Es kommen nur Gäste, die sie unbedingt dahaben will. … Absolut. Geiler Vorschlag.« Sie lauscht eine Weile, ein Lächeln breitet sich in ihren Gesichtszügen aus. »Sie wird begeistert sein. … Nein, ich verrate nichts.« Kat schmatzt ein Küsschen ins Telefon und legt auf.

»Susa findet unseren Plan total klasse.«

Als Kat wenig später geht, breitet sich in mir die Vorfreude aus. Ich werde eine richtige Party haben, ausschließlich mit Leuten, die ich tatsächlich mag! Cool.

10. DAS LEBEN IST KEIN HÜHNERHOF

An diesem Samstag ging Frank kurz nach Mittag in der Altstadt auf die Suche nach einem Geschenk für Lucy. Die Idee mit der Party war genau nach seinem Geschmack. Mit Lucys Erlaubnis hatte er ein paar Kollegen eingeladen sowie seine Schwester Sophie und natürlich Herbert. Was Lucy und ihre Schwester bei der Planung nicht bedacht hatten: Der 20. Oktober war der letzte Samstag vor den Herbstferien. Nicht nur Sophie hatte mit Bedauern abgesagt und nebenbei die kritische Bemerkung fallen lassen, man müsse halt ein kleines bisschen auf Familien mit Kindern und deren Lebensrealität Rücksicht nehmen. Auch die meisten Kollegen hatten sich mit ähnlichem Wortlaut entschuldigt. Die Krönung von allem war allerdings die teils pikierte, teils bedauernde Reaktion der ehemaligen Studienkolleginnen von Lucy und Susa, die mit ihrer Meinung zu einer ›Ü30-OKiddies‹-Party nicht hinterm Berg gehalten hatten: »So was von weltfremd!«

Frank stand in dem kleinen Lädchen mit Modeschmuck und betrachtete nachdenklich die Auslagen. Eine lange, silberne Kette mit einem Herzanhänger gefiel ihm besonders gut, dennoch zögerte er.

»Ihre Frau oder Freundin wird sie lieben«, schwärmte die Verkäuferin.

»Wen, mich oder die Kette?«, fragte er grinsend.

Sollte er, sollte er nicht? Was würde Lucy aus dem Anhänger ablesen? ›Ach was‹, ging es ihm durch den Kopf. Das war kein Verlobungsring, sondern bloß eine Kette.

»Soll ich sie als Geschenk verpacken?«

»Ja, bitte.«

Zehn Minuten später parkte Frank seinen Mini hinter Lucys Twingo und spürte ein freudiges Kribbeln in der Brust, als er die Tür aufsperrte. Lucy stand oben vor dem Spiegel am Schrank und betrachtete sich ratlos, als er zu ihr kam. Sie trug eine Jeans und die dunkelrote Bluse.

»Ich habe nichts zum Anziehen«, klagte sie.

Er trat hinter sie, legte einen Arm um ihre Taille und hielt das Schächtelchen hoch. Mit einem Leuchten in den Augen drehte sie sich zu ihm um.

»Was ist das?«

»Für dich. Für die Party heute Abend. Und zum Trost, weil ich kaum Zeit für dich hatte, während du solche Angst ausstehen musstest.«

Sie schmiegte sich an ihn. »Das wäre aber nicht ... unnötig gewesen.« Dann packte sie mit fliegenden Fingern das Geschenk aus und zog die Kette hervor. Sie ließ das Herz in ihre Hand gleiten und streichelte mit dem Zeigefinger darüber. »Oh, Frank, es ist wunderschön!« Sie hängte sich die Kette um, beugte sich vor und küsste ihn. »Danke, ich freue mich! Ich werde es heute Abend tragen.«

»Nicht mit diesen Kleidern, Schatz. Komm, ich helfe dir beim Aussuchen.«

Er entkleidete sie, sorgsam darauf bedacht, die Kette nicht zu zerreißen. Als sie in Unterwäsche vor ihm stand, schmunzelte er.

»Ich möchte gerne sehen, wie es wirkt, wenn du nichts als den Schmuck trägst.«

Wie erwartet, huschte ein erfreutes Lächeln über ihr Gesicht, und sie öffnete den BH mit der einen Hand, schob mit der anderen ihr Höschen hinunter und ließ es kurz darauf von ihrem gestreckten Fuß baumeln. Der Anblick haute ihn um.

Später stand er nackt vor dem Schrank und suchte nach dem Kleid, das ihr noch vor sechs Wochen nicht gepasst hatte. Er hielt es ihr hin.

»Wie wäre es damit? Es ist deine Feier, du sollst großartig aussehen.«

Sie legte den Kopf schief. »Warum nicht? Seit Mutters Bemerkungen habe ich schließlich auf Schokolade und Pralinen verzichtet. Wollen wir mal sehen, ob es sich ausgezahlt hat.«

Nach einer gemeinsamen Dusche saßen beide gemütlich auf dem Zweisitzer und sprachen über die Party, die um acht Uhr steigen sollte.

»Wie viele Leute sind es denn jetzt?«, fragte Frank.

Lucy verzog das Gesicht. »Nur noch Kat und Susa, Lena und Rouwen, Sophie mit Chris und deine Kollegen.«

»Oh, habe ich dir das nicht gesagt? Meine Schwester ist nicht da, und von meinen Kollegen kommen Tina und Herbert, jeweils allein. Alle anderen sind auf der Flucht oder im Dienst.«

Lucy stöhnte enttäuscht. »Na super! Dann lohnt sich die Mühe kein bisschen. Ich rufe Kat an und geb ihr Bescheid, dass wir gerade mal mit acht Leuten rechnen können, uns eingenommen.«

Während sie mit ihrer Schwester sprach, verfinsterte sich ihre Miene weiter. »Sagen wir das Ganze am besten ab. … Nein, meinst du? … Okay, das sehe ich ein. Wo ihr euch die ganze Arbeit gemacht habt.« Sie seufzte. »Nein, ich rufe sie an. Machen wir das Beste daraus. Bis nachher, Schwesterherz!«

Sie kuschelte sich an Frank und spielte mit der Kette.

»Was hat sie gesagt?«

»Alle Welt fährt in den Urlaub!«

»Findet die Party nun statt oder nicht?«

»Die beiden haben sich so vieles einfallen lassen, dass es einfach schade wäre, alles abzublasen. Na ja, und um Ärger zu vermeiden, falls es herauskommt, laden wir nun doch den Rest der Familie ein.« Sie richtete sich auf. »Ich rufe A-Mi und meine Eltern an. Wenn du magst, kannst du deinen Eltern auch noch Bescheid geben.« Sie zog resigniert die Schultern hoch. »Wird es eben eine Ersatzparty.«

Frank verhielt sich still, als Lucy die Nummer ihrer Eltern wählte. »Schober, guten Tag?«, hörte er leicht scheppernd die Stimme ihrer Mutter.

Durch Lucys Körper ging ein Ruck, gerade als nehme sie für das Gespräch mit der Apothekerin Haltung an.

»Hallo, hier ist Lucy.«

»Ach, meldest du dich mal …«

Lucy verdrehte die Augen. »Folgendes, Mutter. Wir veranstalten heute Abend eine kleine spontane Party auf Kats Hühnerhof, und ich möchte dich und Paps herzlich einladen.«

Schweigen.

»Mutter, bist du noch da?«

Räuspern. Unglaublich, welche Arroganz man selbst in ein Räuspern legen konnte. Frank zog Lucy sacht an sich. Sie dankte ihm mit einem kleinen, verzweifelten Lächeln.

»Nun, da muss ich zuerst mit deinem Vater reden. Auf dem Hühnerhof, sagtest du, habe ich das richtig verstanden?«

»Exakt. Wir feiern im renovierten, derzeit leer stehenden Hühnerstall. Es darf auch getanzt werden.«

»Tatsächlich?«

Lucy zwinkerte Frank zu. Er grinste und hauchte ihr ein Küsschen auf die Wange. Er wusste, dass Lucys Eltern, so oft es ihre spärliche Zeit erlaubte, gemeinsam zum Tanztee gingen.

»Und gibt es etwas zu essen?«

»Klaro. Wir bestellen Pizza.«

Gloria Schober drückte ihre Abneigung gegen Pizza, die in Pappkartons geliefert wurde, mit deutlichen Worten aus. »Dein Vater isst sie ja gerne, aus mir völlig unerfindlichen Gründen. Wir werden pünktlich da sein.«

»Prima, ich freue mich, Mutter.«

»Hast du A-Mi schon erreicht?«

Frank biss sich auf die Unterlippe, um nicht laut auflachen zu müssen.

»Nein, ich rufe sie sogleich an.«

Mit einem tiefen Seufzer legte sie auf. »Mann, das ärgert mich maßlos. Ich wollte ein einziges Mal im Leben eine Party feiern, auf der nur Freunde eingeladen sind. Ist das zu viel verlangt?«

»Mach dir nichts draus, Liebes. Wir werden dafür sorgen, dass es trotzdem ein wunderschöner Abend wird.«

»Versprochen?«

»Versprochen.«

Mehrere Telefonate später fuhren sie nach Altforweiler zum Ökohühnerhof von Kat und Susa. Vor dem wolkenlosen Abendhimmel sah der alte Bau grandios aus. Frank wusste, dass das Scheunengebäude ursprünglich ein Pferdestall gewesen war, errichtet aus Natursandstein. Die Erkrankung des Geflügels vor einigen Monaten war unerwartet gekommen. Der Stall war leer geräumt und die gesunden Hühner in einem modernen, kurz vorher erst errichteten Stall untergebracht worden.

»Ah, da ist ja unsere Gastgeberin«, erklang Susas Stimme. Lucys Quasi-Schwägerin kam vom Wohnhaus herüber, ein großes Tablett mit Gläsern balancierend.

»Ich nehme dir das ab«, bot Lucy an.

»Okay, drüben haben wir ein Büffet aufgebaut, dort kannst du es abstellen. Ich bringe noch mehr Geschirr. Schaut euch um.« Sie hauchte Lucy und Frank ein Küsschen auf die Wange und verschwand in Richtung Haus.

Frank nahm Lucy das Tablett ab, gemeinsam traten sie durch die offene Tür ins Innere. Lucy blieb stehen, und ein Lächeln breitete sich auf ihrem Gesicht aus. In den Fensternischen, aus denen einst die Pferde nach draußen hatten schauen können, waren Windlichter aufgestellt, die den ganzen Raum in schummriges Licht hüllten. Als zusätzliche Beleuchtung hatten Susa und Kat in den Ecken Deckenfluter aufgestellt. In der Nähe des Büffets standen zwei Biertischgarnituren und ein paar runde Stehtische. Alle waren mit sonnengelben Läufern überworfen, die um die Beine verknotet waren. Darauf waren Deckchen drapiert, die in kräftigem Orange leuchteten und durch Kerzengläser und durchsichtige Dekosteine gehalten wurden. Zahlreiche Töpfe mit kleinen Orchideen in passenden Farbtönen schmückten die Tische, das Büffet und die kleine Theke. Letztere mitsamt Zapfanlage und riesigem Kühlschrank mussten die beiden irgendwoher organisiert haben. Das Sandsteinmauerwerk und die vereinzelten Kiefernholzpfeiler, die den ehemaligen Heuboden trugen, bildeten den idealen Rahmen für die gemütliche Einrichtung. Als musikalische Untermalung erklang ein Song von Beth Ditto aus der Anlage.

»Gefällt es euch?« Kat schneite herein, in der einen Hand eine Getränkekiste mit Wasser, in der anderen mehrere Beutel Knabberzeug. Sie huschte hinter die Theke und stellte die Flaschen in den Kühlschrank.

»Wunderschön«, schwärmte Lucy.

»Das höre ich gerne.« Susa brachte zwei weitere Tabletts und stellte sie auf dem Büffet ab. Sie waren voll beladen mit Fingerfood: Käsespießchen, Blätterteigröllchen, Hackbällchen und diverse Schalen mit Gemüsesticks und Dips.

»Womit können wir euch helfen?«

»Ihr könntet die Kerzen auf den Tischen anzünden und Knabbereien verteilen.«

Zehn Minuten später war alles hergerichtet, und Lucy schloss Kat und Susa in die Arme. Ein Auto fuhr auf den Hof. Beide Schwestern drehten sich um und zuckten zusammen.

»Mutter und Vater«, murmelte Kat.

Frank stellte sich neben Lucy. Dr. Schober und seine Gattin traten ein und schüttelten allen die Hände.

»Vielen Dank für die Einladung«, sagte Frau Schober und klang zum ersten Mal, seit Frank sie kannte, ein wenig unsicher. Sie hielt ein riesiges Bukett Sonnenblumen und wusste augenscheinlich nicht, wem sie es in die Hand drücken sollte. »Wer ist die Gastgeberin?«

Kat lachte auf und sagte gleichzeitig mit Lucy: »Sie.« Beide zeigten auf die jeweils andere.

»Ursprünglich war diese Party Lucys Idee«, erklärte Kat, nahm ihrer Mutter die Blumen aus der Hand und gab sie Lucy.

»Ich hole eine Vase.« Mit diesen Worten lief Susa zum Wohnhaus hinüber, während Kat mit einer einladenden Geste die Eltern zu einer der Biertischgarnituren führte.

Pikiert sah sich Lucys Mutter im Raum um. »Gibt es keine richtige Sitzgelegenheit?«

»Ich hole dir einen Stuhl«, beeilte Kat sich zu sagen und verschwand nach draußen.

»Möchten Sie sich nicht setzen?«, forderte Frank Dr. Schober auf. »Darf ich Ihnen ein Getränk holen?«

Lucys Vater ließ sich auf der Bank nieder. »Alle Achtung, das haben die Mädels gut gemacht. Trinken Sie ein Pils mit?«, fragte er Frank.

»Und für mich bitte Wasser«, sagte Frau Schober, während sie die Dekoration in Augenschein nahm. »Hübsch geworden«, ließ sie sich herab zu äußern.

Lucy legte den Strauß auf dem Büffet ab, holte je ein Glas für sich und ihre Mutter, stellte sie auf den Tisch und nahm von Frank, der hinter die Theke gegangen war, um das Bier zu zapfen, einc Wasserflasche entgegen. Kat trug keuchend einen Klappliegestuhl herein, und Susa brachte eine große, mit Wasser gefüllte Vase, in die sie die Sonnenblumen stellte. Den Stuhl rückte Kat für ihre Mutter an das Kopfende des Tisches, woraufhin diese sich huldvoll auf dem bunten Polster niederließ.

»Ach«, Gloria Schober zeigte mit dem ausgestreckten Zeigefinger auf Lucys Etuikleid, »es passt wieder?« Eigenartigerweise warf sie ihrem Mann einen Blick zu, der einerseits Stolz, andererseits Enttäuschung ausdrückte.

Lucy stieg über die Bank, wobei Frank nicht umhinkam, ihre Beine zu bewundern, und setzte sich ihrem Vater gegenüber. »Warum betonst du das so?«

»Ach nichts, Kind. Es steht dir gut.« Sie trank einen Schluck Wasser, und da niemand ein Wort sagte, fuhr sie fort: »Es geht eben nichts über Disziplin. Meine Schwangerschaften hat man mir immer erst in den letzten beiden Monaten angesehen.«

Lucy verschluckte sich und hustete.

Kat lachte auf. »Dachtest du, Lucy ist schwanger?«

Frank schnaubte.

Und dann geschah etwas beinahe Undenkbares: Die elegante und stets unterkühlte Apothekerin errötete bis unter ihren straff frisierten Pagenkopf.

Lucy beugte sich zu ihrer Mutter vor. »Im Ernst, Mutter, hast du geglaubt, ich bin schwanger?«

Gloria Schober bewegte den Kopf in einer Geste, die

darauf schließen ließ, dass ihr der Kragen des Kostüms zu eng war. »Wir sind nicht mehr die Allerjüngsten, und ein Enkelkind …« Der plötzliche Lärm eines Autos, das mit quietschenden Reifen auf dem Hof anhielt, schien ihr durchaus willkommen, um vom Thema abzulenken. »Da kommt jemand. Sicherlich nicht Anna-Maria, bei der Fahrweise.«

Kat lief zum Scheunentor, um den Ankömmling zu begrüßen, während die anderen gespannt warteten. Kurz darauf führte Lucys Rebellenschwester zwei Personen herein. Frank erkannte die beiden sofort: die leicht behäbig gewordene Ellen sowie den unbeholfen hereinstapfenden Dieter.

Lucy warf ihm einen fragenden Blick zu und stand rasch auf. »Hast du sie eingeladen?«, flüsterte sie aus dem Mundwinkel.

»Nein!«, zischelte er zurück, war sich allerdings nicht sicher, ob er die geplante Party Ellen gegenüber erwähnt hatte.

Lucy lächelte, als Ellen ihr einen Herbstblumenstrauß überreichte mit den Worten: »Die sind aus unserem Garten.«

»Sie sind wunderschön, danke, Ellen.« Sie verstummte.

Für eine Sekunde wirkte Ellen verunsichert, straffte dann die Schultern und streckte Lucys Mutter die Hand hin. »Guten Abend, Sie müssen Frau Schober sein, nicht wahr? Ich bin Ellen Kraus, die baldige Exfrau von Frank.«

Verdutzt erhob Gloria Schober sich von dem Stuhl und schüttelte Ellens Hand. Diese begrüßte Dr. Schober auf die gleiche Art, deutete auf den Dieter und stellte ihn vor: »Und dies ist mein Lebenspartner und Kindsvater Dieter Schimmelschnulze.«

Frank versorgte alle mit Getränken, nachdem sie sich am Tisch niedergelassen hatten, Kat holte eine weitere Vase herbei, und Ellen machte aus ihrer Begeisterung für den schön geschmückten Stall keinen Hehl.

»Euer Besuch ist eine nette Überraschung …«, fragend ging Lucy mit der Stimme hoch.

»Nicht wahr?« Ellen lachte. »In der letzten Chorprobe habe ich am Rande mitgekriegt, wie du Bärbel von der Party erzählt hast.«

»Chorprobe?« Gloria Schobers Stimme klang schrill.

»Ich bin jetzt Mitglied im Collegium Cantorum Saar, einem Kammerchor, der in Schmelz und Heusweiler probt und jedes Jahr mehrere Konzerte aufführt.« Frank hörte aus Lucys Worten ihre Begeisterung heraus.

»Ha!«, stieß Gloria Schober geringschätzig aus. Ob sie damit den Chor oder die Sangeskünste ihrer Tochter meinte, war allerdings nicht eindeutig zu erkennen.

»Unser Schäfchen singt«, stellte Dr. Schober gönnerhaft fest.

Frank runzelte die Stirn, während Lucy aufstand, hinter die Theke lief, eine Flasche Rotwein entkorkte und mitsamt Glas an den Tisch brachte, wo sie sich großzügig einschenkte und einen ebenso großzügigen Schluck trank. Mit dem vermutlich beabsichtigten Erfolg: Ihr Vater, Weinkenner höchster Güte, verzog das Gesicht, als habe er sich auf die Zunge gebissen.

»Sie macht sich gut«, erklärte Ellen. »Unser Chordirektor hat ihren Alt gelobt.«

Überrascht fuhr Lucy zu ihr herum. »Im Ernst?«

»Klar. Du hast eine angenehme Stimme.«

»Chordirektor …«, murmelte Dr. Schober betont.

Lucy ignorierte seine Äußerung. »Ähm … Das freut mich …«

»Entschuldigung bitte«, erklang es sonor von der Stalltür her.

Lucy riss die Augen auf und drehte sich um. Auch Frank erkannte den Akzent sofort. Wer um alles in der Welt hatte Ilina eingeladen?

Dr. Schober und der Dieter sprangen auf, während Ilina sich hereinschob und mit unschuldig-verlegen wirkendem Lächeln stehen blieb. Zu einem kurzen schwarzen Bleistiftrock trug sie eine eng geschnittene weiße Bluse, die ihren streng wirkenden Typ unterstrich und erst auf den zweiten Blick transparent war. In den BH darunter hatte sie vermutlich ein kleines Vermögen investiert. Die Krönung des Ganzen waren die anthrazitfarbenen Peeptoe-High-Heels aus Lackleder, auf denen sie sich äußerst geschickt vorwärts bewegte. Lucy stieß einen winzigen Laut des Missfallens aus.

Während Ilina an Ort und Stelle verharrte, ließ ihre Haltung keinen Zweifel daran, wie sehr sie sich ihrer Wirkung bewusst war und diese beabsichtigt hatte. »Habe ich gehört, hier steigt Party. Bin ich gekommen und habe mitgebracht bescheidenes Präsent.«

Mit anmutigen Schritten stöckelte sie näher und stellte eine bunte Papiertüte mit einer Flasche auf dem Tisch ab. Dann verehrte sie den anwesenden Männern ein atemberaubendes Lächeln und wandte sich an Gloria Schober, um ihr die Hand hinzustrecken. »Bin ich Kollegin ihrer Tochter Lucy. Sie müssen sein die Mutter, nicht wahr? Nicht zu verkennen.« Gloria Schober ergriff ihre Hand und Ilina deutete einen kleinen Knicks an. »Ilina Kowalska, sehr erfreut.«

Ganz gegen ihre Gewohnheit verlieh Lucys Mutter mit keinem Zucken ihrer Augen- oder Mundwinkel ihrem Missfallen über die Arbeitsstelle ihrer Tochter Ausdruck.

Nachdem Ilina alle begrüßt hatte, ließen die anwesenden Herren sich auf ihre Plätze sinken. Lucy griff nach dem Geschenk und zog eine Flasche polnischen Wodkas hervor. Frank brachte die von Ilina erbetenen Gläser an den Tisch. Lucys Kollegin erhob sich, goss für jeden einen großzügig bemessenen Wodka ein und reichte die Gläser weiter. Mit wenigen Bewegungen erreichte sie dadurch eine unglaubliche Präsenz und stahl sich elegant in den Mittelpunkt des Interesses.

»Na zdrowie!« Dunkel klang Ilinas Stimme, sie hob das Glas an die Lippen und kippte den Wodka in einem Zug.

Der Dieter schnalzte anerkennend mit der Zunge, und mit ihm prosteten sich auch die anderen zu und tranken. Lediglich Gloria Schober und Ellen entzogen sich dem Gruppenzwang. Ilina griff die zwei noch vollen Gläser und nickte den beiden Frauen verständnisvoll zu, hielt das eine Glas Lucy hin und behielt das zweite für sich. Langsam setzte sie sich, fixierte Lucy mit einem langen Blick, der beinahe wie eine Kampfansage wirkte, und lächelte mit hochgezogenen Brauen. Lucys Pupillen verengten sich, wodurch ihre Iris metallisch blau hervorstachen. Wie eine Amazone wirkte sie auf Frank, der beim Anblick der rivalisierenden Frauen einen eigenartigen Thrill verspürte. Ungläubig beobachtete er, wie beide ihren zweiten Wodka hinunterkippten und die Gläser mit lautem Knall absetzten. Lucy stieß einen einzelnen atemlosen Huster aus, Ilina schmunzelte.

»Gut, das Zeug«, keuchte Lucy mit rauer Stimme. »Und jetzt sag, wer hat dir von der Party erzählt?«

»Habe ich gehört, wie Lena sprach an Telefon und sagte, soll sein besondere Party. Ausschließlich mit erwünschten Gästen. Auf Ökohühnerhof.« Sie prustete.

Lena hatte bestimmt mit Rouwen darüber gesprochen, dachte Frank. Wie nicht anders zu erwarten, folgte auf Ilinas Worte zuerst Schweigen. Lucy schenkte sich nach und trank, ohne darauf zu achten, ob noch jemand wollte. Gleichzeitig schnalzte ihre Mutter missbilligend mit der Zunge und Kat lief zum Büffet, um eine der Platten mit Häppchen zum Tisch zu bringen.

»Möchte jemand ein kleines Amuse-Gueule?«

Außer dem Dieter griff niemand zu, alle beobachteten die Szene, die sich zwischen Lucy und Frau Schober abspielte. Frank entging keineswegs das angedeutete Lächeln auf Ilinas Gesicht.

»Ausschließlich erwünschte Gäste? Was ist das für eine Formulierung, Tochter?«

Lucy sparte sich eine Erwiderung.

Dr. Schober sagte: »Du bist doch auf Lucys Einladung hin hier, Gloria.«

Die Apothekerin verschränkte die Arme. »Die Einladung kam heute, ich betone: *heute*. Das legt einen Verdacht nahe … Deine Zweitgeborene, lieber Thomas, ebenso wie ihre kleine Schwester haben lange gebraucht, um zu entscheiden, ob du und ich zu den erwünschten Gästen gehören.«

Ihre Worte standen im Raum, und niemand wagte zu widersprechen.

»Ich glaube, da kommt jemand«, erklang Susas ungewöhnlich hell klingende Stimme, sie lief zur Tür. »Anna-Maria.« Sie legte Begeisterung in den Ausruf. Frank hatte noch nie gehört, wie Susa die älteste der Schober-Schwestern mit vollem Namen rief.

A-Mi stöckelte herein und schien für eine Sekunde zu erstarren, als sie bemerkte, dass alle sie anguckten. Die Musik hatte aufgehört zu spielen, es wirkte gespenstisch still. A-Mi näherte sich dem Tisch, der inzwischen voll besetzt war, und stellte eine Flasche Crémant darauf.

»Guten Abend alle zusammen.« Sie lächelte Lucy zu. »Ich konnte leider nichts anderes besorgen, weil deine Einladung *ein wenig* spät kam.« Sie sah sich um. »Wo gibt es einen Platz für mich?«

Frank bedeutete Lucy, sitzen zu bleiben, und ging zu A-Mi, nahm ihr die Jacke ab und zeigte auf den zweiten Tisch, der völlig verwaist stand.

»Das geht ja gar nicht«, erklärte überraschend der Dieter, stand auf und ging zu Gloria Schober. »Darf ich Ihren Stuhl ans andere Tischende tragen? So können wir beide Tische zusammenstellen, und niemand braucht alleine zu sitzen.«

Frank hatte A-Mi gerade ein Rotweinglas gebracht, als bereits die nächsten Gäste in den Stall eintraten. Rouwen und Lena brachten eine riesige, gefüllte Bowle-Schüssel mit und stellten sie auf einem der Tische ab, bevor sie sich setzten.

Frank übernahm die Arbeit des Kellners und fing hie und da Gesprächsfetzen auf. Alle schienen sich gut zu amüsieren, nur Lucy verhielt sich überraschend schweigsam. Sie trank jedes Mal, wenn Frank zu ihr hinsah – Rotwein, Wodka, Bowle. Ob sie diese Mischung vertrug? Ilina saß in Lucys Nähe und schien geradezu auf eine Gelegenheit zu lauern, um mit ihr in Kontakt zu treten, in welcher Form auch immer. Rouwen, der eine graue, eng karierte Krawatte trug, und Lena tranken ebenfalls mit Genuss von ihrer Bowle, und es war vor allem Lucys Bruder, der nach und nach seine Hemmungen fallen ließ und seine Freundin ohne Unterlass berührte und küsste. Eine Handlungsweise, die ihm zweifellos früher vollkommen fremd gewesen war. Das ließen zumindest die irritierten Blicke A-Mis und ihr Wegrücken vermuten.

Die Häppchen verringerten sich ab einer bestimmten Uhrzeit schlagartig, und auch Frank verspürte wachsenden Hunger. Es war nach neun, als Lucy aufstand und um Aufmerksamkeit bat. »Wie ist es, wollt ihr essen?«

»Keine schlechte Idee«, sagte ihr Vater. »War nicht von Pizza die Rede?«

Seine Frau stieß ein missfälliges Geräusch aus, das Frank hören konnte, der ihr gerade Bowle reichte.

»Wir sollten warten, bis alle da sind«, erklärte Kat, stand auf und ging zum Tresen, auf dem die Speisekarte eines Pizzadienstes lag.

»Fehlt noch jemand?« A-Mis Stimme klang erstaunt.

»Herbert und Tina. Das sind Franks Partner und eine weitere Kollegin.« Lucy lächelte Frank zu. »Meinst du, sie kommen noch?«

Frank sah auf die Armbanduhr. »Ich denke, wir können die Pizzen ruhig bestellen.«

Die unterschiedlichen Wünsche der Gäste unter einen Hut zu bekommen, stellte sich schwieriger heraus als angenommen. Zu guter Letzt stöhnte Lucy genervt auf.

»Dann bestellen wir jetzt eben keine Familienpizzen, sondern jeder sagt, was er will, und kriegt seine eigene.«

Am Ende hatte Kat elf verschiedene Bestellungen auf der Liste stehen. Vor allem Gloria Schober hatte lange überlegen müssen. Letzen Endes entschied sie sich für eine ›Pizza alla casa‹.

»Aber bitte ohne Pilze, es sei denn, sie sind frisch. Oliven nur schwarz und in Streifen, keine Artischocken, keine Kapern, aber Sardellen. Ach, und bitte frische, aufgeschnittene Tomaten, nicht diese dünne Brühe, die sonst immer darauf ist. Und an Käse ausschließlich frisch geriebenen Mozzarella. Kein Spiegelei, keine Paprika. Hast du das, Katharina?«

Kat lachte auf. »Eine Pizza Margherita mit frischen Pilzen, Sardellen, in Streifen geschnittenen, schwarzen Oliven und rohen Tomaten. Richtig?«

»UND frisch geriebenem Mozzarella.«

Kat verschwand, um vom Wohnhaus aus den Lieferservice anzurufen, und kehrte kurz darauf mit Herbert und Tina im Schlepptau zurück. Frank eilte ihnen entgegen. »Immer herein in die Höhle des Löwen. Schön, dass ihr da seid und den Haufen ein bisschen auflockert.«

Tina zupfte an ihrer Jeans herum. »Hättest mir ruhig was über den Dresscode sagen können«, grummelte sie. »Ich bin die Einzige mit Jeans und Chucks.«

»Du bist eine wohltuende Ausnahme und außerdem siehst du klasse aus!« Auf Tinas »Pfff« ging er nicht weiter ein. »Seid ihr aufgehalten worden?«

»Tja, komische Sache.« Herbert kratzte sich an der Stirn. »Erinnerst du dich an Kurt?«

»Den Kurt, der mit dir in der Reha war?«

»Den Kurt, der wegen mehrfachen Diebstahls vorbestraft ist, dem das Dach über dem Kopf abgebrannt ist, der nach langer Reha-Zeit in Frührente ging und jetzt in einer winzigen Mietwohnung haust, weil er sich mehr nicht leisten kann. Und der mich in der Klinik genervt hat. Exakt.«

»Was ist mit ihm?«

»Sein Vater hat ihm überraschenderweise ein kleines Vermögen vermacht.«

»Das ist doch gut.«

»Durchaus … Jetzt wollte Kurt das abgebrannte Haus renovieren lassen.«

Frank nahm Herberts Arm, um ihn zu den Tischen zu führen, wo man ihnen erwartungsvoll entgegenblickte.

Sein Partner schüttelte den Kopf und Tina raunte: »Das müssen nicht alle hören.« Mit gesenkter Stimme fuhr Herbert fort: »Die Arbeiter rückten ein paar Tage früher an als geplant. Und sind auf eine Leiche gestoßen. Verkohlt. Sie war im Keller versteckt.«

Frank sog laut die Luft ein. »Gibt es erste Ergebnisse der Spusi?«

»Die Leiche ist nur gefunden worden, weil die Erde aufgebaggert wurde. Die muss da ’ne ganze Weile gelegen haben. Mehr weiß man noch nicht, ob Männlein oder Weiblein, wie alt, wann und wie – alles noch unklar.«

»Und dieser Kurt?«

»Der ist ziemlich von der Rolle. Weiß überhaupt nicht, was Sache ist. Zuerst verbrennt das Haus mitsamt dem Vater, dann sieht es für ihn endlich besser aus, und jetzt stößt man auf eine alte Leiche.« Herbert schüttelte den Kopf. »Manchmal hasse ich unseren Job!« Laut sagte er: »Gibt es hier was zu trinken?« Er schlug Frank auf den Rücken und marschierte zu den Tischen.

»Ah, da ist ja die Gastgeberin!« Er reichte Lucy die Hand. »Guten Abend.« Als er Ellen und den Dieter entdeckte, feixte er: »Wie schön, eine Familienidylle, wo die Verflossene mit dem neuen Stech…« Das Räuspern, mit dem er sich unterbrach, endete in seinem typischen Grunzen. Falls jemand erwartete, seine missglückte Ausdrucksweise sei ihm peinlich, irrte er gewaltig. Herbert gab dem Dieter einen Klaps auf die Schulter und klopfte auf den Tisch. »Ähm, das Händeschütteln sparen wir uns, was? Guten Abend in die Runde.«

Tina, die unschlüssig daneben gestanden hatte, beugte sich ebenfalls unbeholfen zum Tisch, wiederholte Herberts Geste und murmelte: »Guten Abend.«

Lucy stand auf, bedeutete Tina, sich hinzusetzen, und sagte: »Darf ich bekannt machen? Das sind Tina Kunz und Herbert Groß-Grühnkool, Arbeitskollegen von Frank.« Dann wies sie mit offener Hand nacheinander auf ihre Familienmitglieder und stellte sie vor.

Ellen, die nun neben Tina saß, hängte noch an: »Mich

kennt ihr ja, und das ist der Dieter, mein Lebensgefährte und Kindsvater.«

Herbert grunzte abermals und zeigte mit dem Finger auf Ilina, die Tina gegenübersaß. »Und dieses elfengleiche Wesen?«

Lucy runzelte die Stirn. »Das ist Ilina Kowalska, sie arbeitet mit mir zusammen.«

»Freut mich außerordentlich«, kramte Herbert den letzten Rest seiner Erziehung hervor, die er sogleich mit einem Schlag wieder zunichtemachte, als er kurzerhand nach der fast geleerten Wodkaflasche angelte. »Kommen Sie, wir trinken dahinten zusammen ein Glas.«

Komischerweise stand Ilina folgsam auf und stöckelte mit Herbert zu einem der runden Stehtische. Kurz darauf hörte man von beiden ein kerniges »Na zdrowie«.

Wollte Herbert sich gezielt einen antrinken? Und wie viel vertrug dieser kleine Frauenkörper? Ilina wirkte absolut nüchtern und bewegte sich in ihren High Heels noch genauso souverän wie vor dem mehrfachen Genuss des Wodkas. Lucy hingegen wirkte etwas ramponiert. Zwar sprach sie noch klar, allerdings schlichen sich gelegentlich unkoordinierte Bewegungen ein.

Frank ging zu ihr und legte die Hand unter ihren Ellbogen. »Möchtest du dich woanders hinsetzen?«

»Wann kommt die Pizza? Ich muss was essen.«

Rouwen und Lena rückten ein Stück zur Seite. »Komm hierher, Lucy.«

Sie ließ sich neben Lena auf die Bank fallen und legte die Hand auf ihren Magen. »Ich glaube, ich trinke nichts mehr. Das war ein bisschen viel auf einen Schlag.«

Frank setzte sich Lucy gegenüber, nachdem A-Mi für ihn zur Seite gerutscht war.

Zu später Stunde breitete sich eine gewisse Mattigkeit aus. Herbert und Ilina hatten sich zum Essen an den noch freien Teil des langen Tisches gesellt und dort der Wodkaflasche endgültig den Garaus gemacht. Ilina wirkte indes nach wie vor frisch wie ein Frühlingsmorgen, während Herberts Schnauzer müde herabhing und von dem fettigen Pizzakäse offenkundig touchiert worden war. Lucy musterte Frank unverwandt, mit aufgestütztem Kinn und laszivem Blick, dass es ihm wohlig-warm wurde. Wenn es nach ihm ging, konnte die Party enden.

Doch dann wandte sich Lucy unvermittelt zum anderen Ende des Tisches und streckte den Rücken durch. Frank folgte ihrem Blick: Ilina erwartete offensichtlich eine Antwort von ihr. Wegen seiner Tagträumerei hatte er die Frage nicht verstanden, Lucys Körperhaltung wirkte jedoch alarmiert.

»Was meinst du?«, stieß seine Liebste in einem gepressten Ton aus, der nicht zu ihrer normalen Stimme passte.

»Na, ob ist wahr, was sagt Komissarchen hier? Hat man versucht zu töten dich?« Sie wirkte keineswegs mitfühlend oder gar entsetzt.

Frank musterte Herbert vielsagend. Dieser Dussel verquasselte sich oft, wenn er einen über den Durst trank.

Lucy griff sich an den Hals. »Allerdings.«

Ilina lachte kehlig. »Warum sollte jemand wollen das?«

»Weiß ich's?« Lucys Tonfall wurde noch spitzer. »Womöglich aus Eifersucht?«

Herbert prustete. »Kennst du jemanden, der ein solches Motiv hätte?«

»Lass gut sein, Herbert«, griff Frank ein, bevor er laut fragte: »Noch jemand einen Getränkewunsch?«

Doch Herbert legte sein übliches Feingefühl an den Tag. »Worauf eifersüchtig, wenn ich fragen darf?«

Lucys Mundwinkel rutschten nach unten. »Auf mein

Leben, was weiß ich.« Nachdenklich griff sie nach Lenas Weinglas und nahm einen tiefen Schluck.

Jetzt lachte nicht nur Ilina, sondern auch A-Mi hielt sich nicht zurück. Ihre glänzenden Augen und die roten Wangen ließen auf einen gewissen Pegel schließen.

Überraschenderweise erhielt Lucy von Rouwen Schützenhilfe, der die ganze letzte Stunde abwesend gewirkt hatte. »Lasst mein Schwesterchen in Ruhe. Die Mordversuche sind nicht das passende Thema für heute Abend.«

Lucys Augen füllten sich mit Tränen. »Danke, Bruderherz.«

»Sind nicht richtiges Thema? Sind sie *überhaupt nicht* Thema.« Die kleine Polin konnte eine wahre Giftspinne sein.

Lucy fuhr von ihrem Sitz auf und fuchtelte mit dem Zeigefinger in Ilinas Richtung. »Was willst du damit sagen, du Miststück?«

Ilina erhob sich ebenfalls. Die beiden hübschen Furien standen einander schräg gegenüber, und es war nicht zu übersehen, wer von beiden deutlich mehr Contenance wahrte. Während Lucys Gesicht gerötet, nass von Tränen und ihre Haltung mittlerweile ins Wanken geraten war, stand Ilina fest wie eine junge deutsche Eiche, das Gesicht kühl, der Blick ohne Flackern.

»Dass du vielleicht ein winziges bisschen unter Paranoia leidest, Herzchen?« Ilina stutzte, dann fuhr sie fort: »Bildest du dir ein viele Dinge, wenn Tag ist lang.«

»Was für Dinge denn noch?« Gloria Schober hatte sich in ihrem Stuhl aufrecht hingesetzt. »Das interessiert mich.«

Lucy stöhnte. »Nicht zu fassen«, murmelte sie kaum hörbar.

Frank versuchte erneut, die Situation zu retten. »Jemand noch einen Nachtisch? Wir haben Melone und Schinken hier hinten.«

Gespannte Stille breitete sich aus.

»Denkt sie immer, Kunden sind scharf auf sie. Ist lächerlich das. Dabei sie gibt sich alle Mühe, um zu flirten mit Männern, wie Hengst von Hamburg.«

Holla, jetzt ging sie definitiv zu weit. Frank erhob sich. »Ilina, das reicht.«

Lucy schluchzte auf. »Ich bin im falschen Film«, greinte sie, neigte sich bedenklich zur Seite und stützte sich in der letzten Sekunde auf Lenas Schulter ab. »Du hast wohl nicht mehr alle Tassen im Schrank, du Zicke!«

Ilina stieß ein empörtes »Oh!« aus, kletterte über die Bank, stapfte energisch um den Tisch herum zu Lucy, die sich zu ihr drehte und sie schwankend erwartete. Ilina stellte sich breitbeinig vor sie, die Bank zwischen ihnen, stützte die Hände in die Hüften und zischte: »Du bist größte Zicke, was ich kenne! Noch eine Beleidigung, und ich verkloppe dich.«

Lucy hob die Fäuste und funkelte Ilina angriffslustig an. »Ich hab früher Kickboxen gemacht. Komm, wenn du dich traust!«

Rouwen sprang auf, um Ilina beherzt in die Arme zu greifen, als sie sich auf Lucy stürzen wollte. »Langsam, junge Dame. Wenn ich mich nicht irre, ist das hier die Party meiner Schwester, zu der Sie nicht eingeladen waren, wie mir ein Vöglein gezwitschert hat.«

Ilina beruhigte sich sofort, und auch aus Lucys Körper wich die Spannung. Unsicher kletterte sie über die Bank zu Ilina. »Stimmt. Du hast hier gar nichts verloren. Hättest du die Freundlichkeit, dich mit deinen Scheißschuhen vom Acker zu machen?«

Herbert hatte sich in dem Aufruhr den beiden Frauen genähert. »Kommen Sie, Ilina, wir empfehlen uns gemeinsam. In einem Haus mit solchen Sitten macht es eh keinen Spaß.« Er grunzte zufrieden.

Ilina legte den Kopf schief und lächelte mit gespitzten Lippen, straffte die Schultern und bedachte Herbert mit einem Blick, den Frank gerne bekommen hätte, wie er sich mit schlechtem Gewissen eingestand.

»Ganz recht, Kommissarchen, ist dies unter unserer Würde. Lassen Sie uns verduften.«

»Moment mal, Herbert, wir sind mit meinem Wagen gekommen«, rief Tina.

»Macht das gar nichts«, erklärte Ilina. »Können wir sowieso nicht mehr fahren und müssen nehmen Taxi.«

Sie ließ sich von Herbert abführen, der das offensichtlich genoss. Der Kontrast zwischen seinem speckigen Trenchcoat und dem eleganten Outfit von Ilina hätte größer nicht sein können.

Lucy füllte sich ein Glas mit Bowle und setzte sich ans Tischende, wo sie mit hängendem Kopf vor sich hinbrütete. »Sie ist doch die, die alle anmacht, nicht ich«, grummelte sie undeutlich.

Dann begann Lucy zu singen, und während ihr die Tränen die Wangen hinunterliefen, erkannte Frank die Melodie von ›It's my party, and I'll cry if I want to‹.

»Merkst du es jetzt?«, hörte Frank Gloria Schobers Stimme, die sich nicht gerade darum bemühte, ihre Meinung dezent zum Ausdruck zu bringen. »Sie kann definitiv nicht singen! Das bildet sie sich nur ein. Collegium Cantorum Saar, dass ich nicht lache!«

Frank hoffte inständig, Lucy möge dieses Statement ihrer Mutter überhören, allein – vergebens. Wie von der Tarantel gestochen sprang sie auf, hechtete überraschend behände über die Bank und rannte auf ihre Mutter zu.

»Was?«, brüllte sie.

»Lass gut sein, Kind, deine Mutter meint es nicht so.«

Jedoch hatte der Herzchirurg, dem die Patientinnen vertrauen, seiner Gattin gegenüber kein allzu großes Durchsetzungsvermögen. Gloria Schober meinte es durchaus so und das tat sie mit Nachdruck kund.

»Lucinda, bereits als Kind hast du in der Badewanne gesungen, und schon damals sagte nicht nur ich dir, dass du wie eine quietschende Gartentür klingst. Daran hat sich offenbar nichts geändert, und das solltest du dir eingestehen. Deine Stimme ist bestenfalls dazu angetan, jedweden Chorgesang zu boykottieren.«

»Moment …«, wandte Ellen ein, Lucy registrierte diese hilfreiche Äußerung aber nicht, sondern stemmte, wie Ilina kurz zuvor, die Hände in die Hüften und stellte sich breitbeinig auf. Auf den ersten Blick merkte man ihr den derangierten Zustand kaum an.

Als nächstes verrannte sie sich heillos in eine Misere, die sie allen Anwesenden besser erspart hätte. Noch besser wäre es gewesen, diese unglückselige Party sofort abzublasen, nachdem im Grunde fast ausschließlich unerwünschte Gäste übrig geblieben waren. Doch nun musste der Krug bis zur bitteren Neige geleert werden.

»So, Mutter, jetzt geige ich dir mal die Meinung, dass dir Hören und Sehen vergehen. Und dir gleich mit, Herr Dr. Schober!«

Frank, Kat und Susa stöhnten, während Ellen und der Dieter sich gespannt in Positur setzten, um kein Sterbenswörtchen zu verpassen. A-Mi stand auf, eilte hinter den Stuhl ihrer Mutter, um ihr unterstützend die Hand auf die Schulter zu legen, welche diese ungehalten abschüttelte. Rouwen und Lena ließen angesichts der gesteigerten Spannung voneinander ab, und auf Tinas Stirn standen beinahe sichtbar die Worte geschrieben: ›Wer holt mich hier raus?‹

»Ihr habt nichts Besseres zu tun, als mich abzukanzeln. Immer schon. Ist dir überhaupt klar, Mom«, sie benutzte die Abkürzung vermutlich mit voller Absicht, »wie weh du mir damals mit deiner Bemerkung getan hast?«

»Bitte …?«, setzte ihre Mutter an.

Lucy unterbrach sie mit einer herrischen Geste, die der sonst üblichen Bestimmtheit Gloria Schobers in nichts nachstand und dementsprechend Wirkung zeigte.

»Nie mehr habe ich in der Badewanne gesungen, und du Ignorantin hast es nicht einmal bemerkt. Jahre später sagte meine Musiklehrerin, ich hätte eine gute Stimme – ich habe ihr nicht geglaubt. Schließlich klang ich ja ›wie eine quietschende Gartentür‹.« Mit beiden Händen deutete sie in der Luft Anführungszeichen an. »Aber das ist noch lange nicht alles. Studieren sollte ich. Unbedingt. Am besten Medizin oder Jura. Ist euch überhaupt klar, wie tief ihr in mein Leben eingegriffen habt mit euren snobistischen Forderungen? Meine Wahl war reine Rebellion. Grundschulpädagogik, mein Gott! Die wählte ich, um euch eins auszuwischen.« Sie machte eine wegwerfende Handbewegung. »Ging ja auch gründlich daneben.«

Gloria Schober stieß ein pikiertes Lachen aus, in das sie all ihre Geringschätzung legte.

Bevor sie sich äußern konnte, schrie Lucy: »Ich weiß, Mom!«, um ruhiger fortzufahren: »Callcenter-Angestellte ist alles andere als ein Traumjob. Aber immerhin hat es dazu getaugt, euch eins auszuwischen.«

»Willst du etwa uns beiden die Schuld …«

Lucy unterbrach sie: »Still, jetzt rede ich. Nein, Mutter, ich kann euch nicht dafür verantwortlich machen, dass ich mein Leben in den Sand gesetzt habe. Eines allerdings mache ich euch zum Vorwurf: Ihr seid ein elitärer Sauhaufen! Steigt endlich von eurem Elfenbeinturm herab und gesteht den Menschen zu – vor allem euren Kindern, verdammt –, ihren eigenen Weg zu gehen.«

Bei diesen Worten ging ein Ruck durch A-Mi, mit offenem Mund starrte sie auf ihre kleine Schwester, und der Ausdruck in ihren Augen wechselte von selbstgerechter Empörung zu Unsicherheit und Verwirrung. Langsam schlich sie vom Stuhl ihrer Mutter weg zum anderen Ende des Tisches, um sich dort auf ihren Platz fallen zu lassen.

Lucy ließ in einem langen Seufzen die Luft heraus. Mit hängenden Schultern blickte sie von der Mutter zum Vater. »Letzten Endes könnt ihr wahrscheinlich selbst nichts dafür. Ach, Mist, verdammter!« Sie trottete zu ihrem Platz zurück, griff im Vorbeigehen eine Flasche Obstler von der Theke, schenkte sich einen guten Schluck davon ins Bowleglas und stürzte ihn in einem Zug hinunter.

Der Rest der Party verlief in brütendem Schweigen; alle tranken stumm aus, dann verabschiedeten sich als Erste Ellen, der Dieter und Tina. Schweigend füllte Frank alle Gläser nochmals auf, genehmigte sich selbst jedoch nichts mehr, sondern beobachtete mit fatalistischer Gelassenheit, wie alle Anwesenden zusehends besoffener wurden, und legte schließlich die Sperrstunde auf ein Uhr fest. Er rief für alle, die noch fahren mussten, ein Taxi, und wartete mit ihnen vor der Tür, nachdem sie sich mit tränenreichen Umarmungen und unter Liebesbezeugungen voneinander verabschiedet hatten.

Im Anschluss fuhr er mit Lucy nach Beaumarais. Glücklicherweise schrie sie rechtzeitig: »Halt an!«, sodass sein Mini von ihrer Übelkeitsattacke verschont blieb. Zu Hause zog Frank seine Liebste aus, putzte ihre Zähne und trug zuerst sie und dann den großen Eimer nach oben, den er neben ihrem Bett postierte. Diese Party würde ohne Zweifel ein paar Nachwehen haben.

11. THE DAY AFTER

Ich laufe durch den Saarlouiser Stadtpark, eine unerwartet warme Oktobersonne scheint herab – der Grund dafür, dass ich das Joggen wieder aufnehme, ganz gleich, wie viele Mörder mir auflauern mögen. Ich renne ihnen davon! Immerhin bin ich richtig fit, habe abgespeckt (als Folge von Stress, nicht von Willensstärke) und auf Trüffelpralinés verzichtet (wegen der finanziell angespannten Lage; eine Party will finanziert sein). Es wäre also plemplem, wenn ich diesen positiven Effekt nicht mit körperlicher Ertüchtigung zu verstärken suchte.

Mein MP3-Player spielt das Kyrie aus Schuberts Messe in B. Das Collegium Cantorum Saar wird im Januar mit anderen Chören zusammen ein großes Konzert aufführen, und mir hilft es, wenn ich die neue Messe höre, um die Altstimme in den Kopf zu kriegen. Möglicherweise fragen Sie sich jetzt, wie ich derart naiv sein kann, mit Stöpseln im Ohr durch den Stadtpark zu joggen, in dessen Nähe ich attackiert worden bin? Hmm, objektiv betrachtet muss ich Ihnen da recht geben. Falls ich verfolgt werde, bemerke ich es nicht, weil ein brausender Chor in meinen Ohren alles übertönt …

Ich falle aus allen Wolken, als ein heftiger Stoß mich nach vorn katapultiert, meine Kopfhörer durch die Wucht aus den Ohren ploppen und ich nach ein paar hilflosen Versuchen, mich abzufangen, auf Mund und Nase im Schotter lande. Panisch drehe ich mich nach meinem Angreifer um und sehe mich meinem Ebenbild gegenüber. Beinahe. Sie ist drahtiger als ich und trägt die Frisur, die ich früher hatte. Ilina steht breitbeinig über mir und grinst auf mich herab. Will sie mich mit bloßen Händen killen?

Vorerst steht sie jedoch nur da und kostet meine wachsende Angst aus. Mit einem Schlag wird mir klar, dass sie es sein muss, die mich die letzten Male attackiert hat. Aber warum?

»Weil du hast Mann, was ich will!«

Habe ich etwa laut gedacht?

»Machst du ständig das, Heulsuse.«

Wie bitte?

Empört rapple ich mich auf und klopfe mir die Steinchen von der Kleidung. Ich trage meinen Pyjama, wie ich entsetzt feststelle. Ilina registriert meine Verwirrung und lächelt so zahnreich, dass ich zwangsläufig an die Grinsekatze aus ›Alice im Wunderland‹ denken muss.

»Mit Bärchen …«, spuckt sie geradezu aus.

Wundern Sie sich auch über meine Aufmachung und bangen um meine mentale Gesundheit? Völlig zu Recht, finde ich. Trotz alledem ermächtigt sich meiner eine unbändige Wut, die ich noch nicht kannte.

»Schnauze, Fury!«, herrsche ich Ilina an. »Und wag es nicht, Hand an mich zu legen. Oder an Frank …«

Plötzliche Übelkeit zwingt mich, mich zusammenzukrümmen. Ilina greift nach meiner Schulter, schiebt mich sanft zur Seite und hält mir einen Eimer unter, den ich in der nächsten Sekunde dankbar ergreife, weil er mein Bett vor Grausigem bewahrt. So schlecht war mir noch nie.

»Geht es wieder?«, höre ich eine besorgte Stimme und blicke überrascht auf.

»Frank«, krächze ich, »wie kommst du hierher?«

Erst jetzt nehme ich bewusst wahr, wo ich bin – keineswegs im Stadtpark, sondern in meinem Schlafzimmer. Ein saurer Geruch hängt im Raum, der mich Böses ahnen lässt.

Frank hält den Eimer weit von sich, schenkt mir nichtsdestotrotz ein herzliches Lächeln. »Du hast geträumt, Liebes. Und du hast die ganze Nacht … na ja, gespuckt.«

Ich springe auf und sacke augenblicklich zurück, halte meinen Kopf. »Oh, Entschuldigung«, jammere ich. Nie war ich in einer peinlicheren Lage.

»Das war unsere Feuertaufe, würde ich sagen.«

Mein Held!

Es dauert eine Weile, bis die Übelkeit nachlässt. Frank schicke ich höchstselbst zur Arbeit – und habe den Eindruck, er ist erleichtert, den Nebelschwaden meiner Wohnung zu entkommen. Erst nach und nach stellen sich die Erinnerungen an den gestrigen Abend ein: die missglückte Party, die Gäste, die ich hatte vermeiden wollen, der Krach mit Ilina und der mit meinen Eltern. Nachdem ich alle Fenster weit geöffnet habe, krame ich in meinem Nachtschränkchen die To-do-Liste hervor. Obwohl ich mich noch reichlich zittrig fühle, setze ich ein paar Häkchen.

›Einem Chor beitreten‹ – abgehakt.

›Mutter und Vater endlich die Meinung geigen‹ – glorreich ausgeführt.

›Rouwen und A-Mi die Meinung geigen‹ – da bin ich mir nicht schlüssig. Anscheinend hat sich dieser Plan von allein erledigt. A-Mi hat gestern nach meinem ›Geigensolo‹ ausgesprochen nachdenklich gewirkt. Dahinter setze ich also ein Fragezeichen.

›Rebellenkat zum Essen einladen und für ihre schwesterliche Liebe danken‹. Ich male ein Herzchen dahinter.

Meine Party – die ging ordentlich in die Hose. Ich hake sie trotzdem ab.

Fünf von zehn Punkten habe ich mehr oder weniger grandios geschafft. Wie steht es mit den restlichen fünf?

›Ein Kind kriegen‹ – das setze ich vorläufig in Klammern und überprüfe gleich anhand der Pillenpackung, ob ich keine Einnahme vergessen habe.

›Mann fürs Leben finden (Frank)‹ – für mich keine Frage, aber da hat er ein Mitspracherecht. Ich setze ein Herzchen und ein Fragezeichen.

›Overknees von Manolo Blahnik kaufen, bevor ich zu dick, zu alt oder beides werde‹ – na, das hat sich relativiert, denn ich bin so schlank wie lange nicht. Trotzdem ist es ein Punkt, dem ich gerne mehr Dringlichkeit einräumen möchte.

›Dürri kündigen und richtige Arbeit suchen‹ ... Ich beschließe, gleich morgen die Stellenanzeigen zu sichten.

Erst jetzt bemerke ich: Auf meiner Liste stehen gar nicht zehn, sondern nur neun Punkte! So was von typisch! Ich muss lachen und registriere zugleich, dass die latente Übelkeit nachgelassen hat. Zeit für einen Anruf bei Kat.

»Kat Schober?«, meldet sie sich nach mehrmaligem Läuten.

»Hi, Schwesterchen, wie geht es dir?«

»Puh, frag nicht.«

Ihre Stimme hört sich rau an. Hat es sie ebenfalls erwischt?

»Ist dir nicht gut? Möglicherweise ein Magen-Darm-Virus; ich habe auch die ganze Nacht und den halben Tag ...«

Kats Lachen unterbricht mich. »Oh nein, Schwesterherz, da steckt kein Virus dahinter. Mann, haben wir gesoffen!«

Kat kann durch das Telefon zum Glück nicht sehen, wie rot ich werde.

»Hmm, hast recht«, lenke ich ein und versuche, gegen das schlechte Gewissen anzukämpfen, das in mir das Gefühl hervorrufen will, ich sei allein verantwortlich dafür, dass die Party aus dem Ruder gelaufen ist.

›Das bist du definitiv‹, vernehme ich die toughe innere Stimme und kann mir ein heftiges Nicken des zweiten Zwillings lebhaft vorstellen.

»Tut mir echt leid«, höre ich mich sagen.

»Ach was«, wiegelt Kat ab. »War trotzdem eine coole Feier. Außerdem hast du einen deiner To-do-Punkte abgehakt, wenn ich nicht irre. Alle Achtung, gut gebrüllt, Löwe!« Sie kichert und unterbricht sich mit einem leisen: »Autsch.«

»Ich komme, um beim Aufräumen zu helfen«, erkläre ich. »Bis gleich.«

Schnell werfe ich mich in meine Klamotten, überziehe mein lädiertes Bett neu und mache mich in meinem Twingo auf den Weg zum Hühnerhof. Meine Übelkeit verschwindet mit jedem Meter, den ich zurücklege, und schließlich habe ich auch keine Kopfschmerzen mehr – es spricht also nichts dagegen, mit Frank heute Abend die blütenfrische Bettwäsche einzuweihen. Und ab morgen kann alles wieder seinen Gang gehen. Gott sei Dank war die Begegnung mit Ilina nur ein Traum.

Sie finden, mein Leben verläuft seltsam? Sehe ich genauso. Manchmal habe ich das Gefühl, ich mache nicht das, was ich will oder was ich kann. Aber wie ist es so weit gekommen?

Klar, meine Eltern sind schuld, darüber brauchen wir nicht groß zu diskutieren. Der Arzt und die Apothekerin haben meine zarte Kinderseele nicht richtig zu pflegen gewusst … zumindest war ich davon bisher überzeugt. Komischerweise funktioniert meine Argumentation seit vorgestern nicht mehr richtig. Den gesamten Montag ertappe ich mich, wie ich in Gedanken zu dem Streit zurückkehre und mich jedes Mal ein bisschen mehr der

Vorwürfe schäme, die ich meinen Eltern vor den Latz geknallt habe. Auch wenn es stimmt, was ich gekreischt habe – und es stimmt definitiv! –, hat meine Mutter mit der Ansage, ich könne ihr nicht für mein gesamtes Leben die Schuld geben, ein bisschen recht. Fürchte ich. Ich merke ja, dass ich den Allerwertesten nicht hochkriege. Ich habe mich in diesen ungeliebten Job hineinmanövriert und bin da kleben geblieben.

Auf der Arbeit erlebe ich heute Erstaunliches: Ilina scheint meine Verwirrung zu spüren. Oder wird sie ebenfalls von einem schlechten Gewissen geplagt? Sie versorgt mich ungefragt mit dem vanilligsten Kaffee, den es auf dieser Welt geben kann.

»Sind wir manchmal ein bisschen neben Spur, nicht wahr, Lucy?« Sie zwinkert mir zu.

Ich nehme das als Entschuldigung und stimme ihr mit einem gönnerhaften Lächeln zu.

Erst beim Abendessen mit Frank stelle ich fest, dass ich vergessen habe, nach passenden Stellenanzeigen zu suchen. Jetzt muss ich zeitig zur Chorprobe los, die heute in Heusweiler stattfindet.

Als ich fast auf dem Sprung bin, klingelt das Telefon, und Frank hält mich zurück. »Lucy, für dich!«

Er reicht mir den Hörer. »Hallo?«, frage ich.

»Hier ist Ellen. Sollen wir zusammen zur Probe fahren?«

»Gerne.«

Habe ich erwähnt, wie viel die Musik mir bedeutet? Möglicherweise hätte aus mir eine große Sängerin werden können, hätte nicht eine völlig unberufene Stimme in meiner frühen Kindheit die boshafte Formulierung ›quietschende Gartentür‹ benutzt – aber, ach, ich merke, dass ich abermals in die Opferrolle abgleite. Ich liebe die

Musik und merke in diesen Wochen erst richtig, wie das Singen mich befreit. Stress und Angst fallen von mir ab. Jedenfalls, wenn wir es als Chor schaffen, die Stücke annähernd so zu singen, wie die Komponisten und/oder unser Chordirektor es sich vorgestellt haben. Als wir das Credo aus der Schubert-Messe proben, begleitet er uns am Flügel und dirigiert zugleich. Mir ist schleierhaft, wie er das hinbekommt und dabei auch noch alle vier Stimmen auseinanderhalten kann. Was ihm hingegen nicht gelingt, ist, Fachsprache gänzlich zu meiden. Aufgrund einer negativen Beurteilung meiner frühkindlichen musikalischen Bestrebungen habe ich dummerweise nie Noten lesen gelernt und kenne nicht alle Termini, die ein Homo musicus zu benutzen pflegt. Wenn er von Moll- und Durtonarten spricht, habe ich eine ungefähre Vorstellung, aber ein a zu finden, einen Quartsprung oder einen Quintfall in 56 – ähm, das sind böhmische Dörfer für mich. Dafür kann ich mir etwas darunter vorstellen, wenn er die Frauen bittet, »nicht so schlundig in den Hals hinein zu singen.« Auf welche Art und Weise wir Altstimmen uns »beköstigend einbetten« sollen, ergibt sich an der Stelle im Stück mehr oder weniger von allein.

Meine Sitznachbarinnen registrieren mit wissendem Lächeln, wie ich mir Anmerkungen und Zeichen in die Partitur kritzle und murmeln: »Darüber könnte man ein Buch schreiben. Wir haben ganze Notizkladden voll.«

Beinahe zwangsläufig kommt nach der gelungenen Probe die Idee auf, in einer Gaststätte noch einen zu trinken. Ich sitze neben Ellen und traue mich, von ihr ermutigt, den Chorleiter zu fragen, was er meint, wenn der Bass »sich chromatisch nach oben schieben soll« und wenn er »zu sandmännchenartig singt, wo doch die Welt untergehen soll«.

Er lacht und fragt: »Habe ich das gesagt? Das weiß ich gar nicht mehr.«

Monika, eine Sopransängerin ungefähr im gleichen Alter wie ich, legt mir die Hand auf den Arm. »Hast du Kinder, Lucy?«

Ich schüttle den Kopf. »Nein, ich bin nicht verheiratet.«

»Na, das eine hat zwar nichts mit dem anderen zu tun, aber okay.« Ellen lächelt, reibt sich den Bauch und sieht mir in die Augen. »Möchtest du einmal fühlen?«

Sie nimmt meine Hand und legt sie an die feste, runde Kugel. Plötzlich spüre ich eine Delle, als rühre sich ein kleines Geschöpf unter meiner Hand. Erschrocken zucke ich zurück, um gleich darauf nochmals nach der Bewegung zu tasten. Ein irres Gefühl.

»Tut das weh?«, frage ich Ellen.

»Meistens ist es einfach schön, wenn du merkst, wie dein Baby in dir herumturnt.«

Ich empfinde einen winzigen Stich in der Herzgegend.

Sie mustert mich, deutet ein Nicken an. »Hast du jemals übers Kinderkriegen nachgedacht?«

Bestimmt verrät mich meine Gesichtsfarbe. Trotzdem druckse ich herum. »Nicht wirklich …«

»Ich habe mich nie so großartig gefühlt wie jetzt. Na ja, die meiste Zeit. Manchmal leide ich unter starken Stimmungsschwankungen, das ist nicht schön.« Ellen reibt sich über die Nasenwurzel. »Du weißt, wie Frank dazu steht? Er ist dem Thema stets ausgewichen. Als ob wir nicht alle älter würden und uns irgendwann entscheiden müssten.«

»Darüber will ich mir keine Gedanken machen. Noch nicht jedenfalls …« Irritiert halte ich inne.

Wie schräg ist es, mit der Noch-Ehefrau seines Freundes übers Kinderkriegen zu sprechen? Ich bin dankbar, als die ersten gehen wollen, und zücke meine Geldbörse, um ebenfalls zu zahlen. Der Besitzer des Lokals, Franco, kommt zum Glück sofort, sodass wir zügig aufbrechen können.

»Ich muss noch für kleine Mädchen.« Ellen hastet zur Toilette.

Ich ziehe in Ruhe meine Jacke an und gehe mit den anderen zur Tür. Beinahe hätte ich Herbert übersehen, der offenbar die ganze Zeit am Tresen gehockt hat. Sein Blick trifft mich, und überrascht gehe ich zu ihm.

»Hallo, was machst du denn hier?«

Er zeigt seine schlecht sitzende Brücke mit einem Lächeln und reicht mir die Hand. »Ich komme gerne her. Habe ein paar Jahre in Heusweiler gearbeitet.«

»Die Welt ist klein«, äußert sich Franco über den Tresen, während er Biergläser abtrocknet. »Vor allem im Saarland.«

Ich nicke und lächle, sage: »Tschüss«, und gehe hinaus, wo Ellen bereits auf mich wartet.

Als wir auf die Autobahn auffahren, frage ich: »Sag mal, du kennst Herbert doch seit Ewigkeiten, oder?«

»Hmhm.«

»Wie verstehst du dich mit ihm?«

»Gut so weit. Vor allem seit ich von Frank getrennt bin.« Sie lacht. »Hört sich komisch an, oder?«

»Stimmt. Ich weiß nicht recht, wie ich ihn einschätzen soll. Ist er verheiratet?«

»Er ist geschieden. Das ist lange her. Seit er mit Frank arbeitet, lebt er solo. Frauen gegenüber ist er recht unbeholfen.«

»Wie lange sind sie schon ein Team?«

Ellen schaltet zurück und überholt einen LKW, bevor sie antwortet: »An die zwölf Jahre. Frank und ich waren damals frisch verliebt.«

Ich grüble nach. »Damals war Frank 25. Findest du, dass sie als Partner gut zueinanderpassen?«

Ellen wirft mir einen Seitenblick zu. »Auf jeden Fall. Was Frank mit seiner Schusseligkeit nicht auf die Reihe kriegt, macht Herbert. Und umgekehrt.« Sie lacht. »Die beiden ergänzen sich.«

»Mögen sie sich auch? Magst *du* Herbert?«

»Ich glaube schon. Beides. Natürlich ist Herbert ein bisschen eigen, aber er hat ein gutes Herz.« Sie kichert kurz, wohl wegen der altmodischen Ausdrucksweise. »Immerhin hat er dir das Leben gerettet. Und soweit ich das beurteilen kann, gibt er sich alle Mühe mit den Ermittlungen, obwohl die beiden gerade viel anderes zu tun haben.«

»Du hast recht. Ich verdanke ihm mein Leben.«

Komisch, so deutlich habe ich das noch nie gesagt oder gedacht. Ich verstehe nicht, warum ich mich in Herberts Gegenwart trotzdem unwohl fühle.

Als mich Ellen vor meiner Tür absetzt, sagt sie zum Abschied: »Also, wie abgemacht. Nächste Woche bist du mit Fahren dran. Wir proben dann in Schmelz. Ciao.«

Die Wohnung liegt im Dunkel, ich schleiche mich leise hinein, um Frank nicht zu wecken. Beinahe stolpere ich über die Kleidungsstücke, die vom Stuhl heruntergefallen sein müssen, und kicke genervt einen Pullover weg. Ich mache mich im Bad fertig, lösche das Licht und tapse vorsichtig durch das Wohnzimmer. Plötzlich strauchle ich über einen Gegenstand, und erst nachdem ich der Länge nach hingeschlagen bin, kann ich ertasten, dass es sich um einen Schuh handelt. Sein Pendant liegt unter meiner Hüfte. Fluchend stehe ich auf, als die Deckenlampe angeschaltet wird. Nun erkenne ich die Übeltäter: Franks Sporttreter. Anscheinend hat er sie einfach dort liegen lassen, wo er aus ihnen gestiegen ist.

»Oh, Lucy, das tut mir leid! Hast du dir wehgetan?«, höre ich Frank von der Treppe sagen.

Er eilt zu mir, rafft die Schuhe zusammen und stellt sie in die Zimmerecke, bevor er die Kleidung vom Boden aufsammelt. Mit verknautschter Boxershorts, Pyjamashirt und ohne Brille steht er vor mir. Die braunen Augen blicken schuldbewusst, und sofort verflüchtigen sich die Gedanken an irgendwelche Befindlichkeiten. Als er mit schelmischem Grinsen Besserung gelobt, schiebe ich seine Arme auseinander, sodass die Kleider auf den Boden fallen, und ziehe ihn hinter mir hinauf zu unserem Schlafzimmer.

12. ÄRGER IN DER LUFT

War es möglich, mit der Leiche der eigenen Mutter unter einem Dach zu wohnen und es nicht zu wissen? Diese Frage hielt die Saarlouiser Polizei in Atem. Zwar stand die Todesursache noch nicht fest, doch die Obduktion des verkokelten Skeletts aus Kurts Keller hatte ergeben, dass der Leichnam seit 15 Jahren im Lehmboden verscharrt gewesen sein musste. Ungefähr zu diesem Zeitpunkt war Kurt Neccer, damals Anfang 40, auf dessen Bitte zu seinem Vater gezogen. Tina, die das Verhör verfolgt hatte, erzählte Frank, es sei dem Vater damals offenbar gelungen, jeden davon zu überzeugen, seine Frau habe ihn im Stich gelassen und sei über alle Berge verschwunden.

»Echt strange«, meinte sie, hob die Kaffeetasse, mit der sie ihre Finger wärmte, an die Lippen und trank einen Schluck. »Mir wird eiskalt, wenn ich so was höre. Und dieser Kurt – ich weiß echt nicht, was von dem zu halten ist.«

»Haha, davon kann ich ein Liedchen singen.« Herbert gesellte sich zu Frank und Tina. »Ich kenne den mein halbes Leben. Ein richtiger Ganove. Nach dem Brand hatte ich das sichere Gefühl, er gehört eingewiesen.« Er wischte mit der Hand vor seiner Stirn durch die Luft. »Aber dann hat er sich einigermaßen berappelt.«

»Was heißt Ganove?« Frank schenkte Herbert einen Kaffee ein. »Mir ist er noch nicht untergekommen.«

Herbert winkte ab. »Kleinkrimineller. Ich bin ihm das erste Mal in Heusweiler begegnet, früher hat er dort gewohnt. Er ist wegen Diebstahls vorbestraft.«

Tina stellte ihre Tasse neben der Kaffeemaschine ab. »Ich gehe noch mal rüber das Verhör verfolgen. Ich will echt wissen, ob er etwas mit dem Mord zu tun hat.«

»Ich komme mit, mich interessiert das auch.« Herbert folgte seiner Kollegin aus dem Raum.

Nachdem Frank noch einigen Papierkram erledigt hatte, verließ er die Wache, um sich mit Lucy in der Fußgängerzone zu treffen. Als er ins Freie trat, erwartete sie ihn bereits, stürmte auf ihn zu und begrüßte ihn mit einem Kuss. Die Tür in Franks Rücken fiel ein zweites Mal ins Schloss, Lucy blickte an seiner Schulter vorbei und runzelte die Stirn. Er drehte sich um und sah Neccer, wie er, einen Stock in der Rechten, leicht schwankend über das Kopfsteinpflaster auf sie zukam. Frank legte den Arm um Lucys Schulter und wollte sich mit ihr in Richtung Sonnenstraße entfernen, da war Neccer, überraschend behände, bereits neben sie getreten. Mit schief gelegtem Kopf fixierte er Lucy, als müsse er sich besinnen, ob er ihr schon einmal begegnet war. Frank spürte, wie sich ihr Körper anspannte.

»Was will der von mir?«, fragte Lucy leise. Neccer riss bei ihren Worten die Augen auf.

»Hat man Sie gehen lassen?«, fragte Frank mit fester Stimme und versuchte gleichzeitig, sich vor seine Liebste zu schieben.

»Klar! Ich kann nicht mehr sagen, als die eh wissen. Wie hätte ich ahnen sollen, dass unter unserem Haus eine Leiche liegt?«

»Es geht immerhin um Ihre Mutter.«

Neccers linker Mundwinkel zog sich für einen Moment wie in einem Krampf zur Seite, wodurch die Narbe auf seiner Wange noch kräftiger hervortrat. Ein erschreckender Anblick, der Frank unwillkürlich nach Brandverletzungen auf Neccers Armen und Beinen suchen ließ. Da dieser jedoch lange Kleidung trug, konnte Frank nur welche auf seiner Hand am Knauf des Gehstocks erkennen. Dieser Mann war buchstäblich durch die Hölle gegangen.

»Pah«, spuckte er aus, »meine Mutter! Wie mein Vater mich damals anrief und mir erzählte, sie hat sich aus dem Staub gemacht, hat mich das nicht überrascht.« Sein Blick huschte zu Lucy und zurück. »Warum hätte ich denken sollen, sie wurde gekillt?«

Er schob das Gesicht dichter vor Frank. An den narbigen Partien schienen die Poren ineinander verschmolzen zu sein.

»Ich hab mit meinem Vater das Haus in Reih' gehalten, und dass die Mutter weg war, hat keinen gestört.« Ein weiteres Mal sah er Lucy an. »Ich geh jetzt. Wiedersehen.« Auf den Stock gestützt, verschwand er in Richtung Silberherzstraße.

»Was für ein unheimlicher Typ«, murmelte Lucy und schüttelte sich.

Da das schöne Wetter der letzten Tage weiter anhielt, führte Frank seine Liebste zu einem Tisch im Freien vor einem der Gasthäuser in der Stiftstraße.

»Ich bin froh, dass du deine Klamotten gewaschen hast«, sagte Lucy beim Essen. Ein aufgespießtes Salatblatt in den Mund schiebend, zwinkerte sie ihm zu. »Der Stuhl ist auf die Dauer ein bisschen zu klein, nicht?«

Verlegen blies er die Wangen auf. Er legte das Besteck beiseite und berührte Lucys Arm. »Ich kümmere mich schon um meine Wäsche, in Ordnung?«

»Prima. Alles bestens.« Sie strich ihm über den Handrücken. »Ich will nicht nerven, Frank. Ich glaube, ich bin ziemlich durch den Wind. Sorry.«

Er drehte die Hand um, damit ihre Finger ineinandergreifen konnten. »Macht nichts, Liebes. Warum bist du durch den Wind?«

Unverständnis lag in ihrem Blick, als sie ihre Hand zurückzog, um weiterzuessen. »Wegen allem. Ich leide beinahe an Paranoia. Ständig habe ich das Gefühl, verfolgt zu werden. Und jetzt die Begegnung mit dem komischen Kauz vorhin …« Sie kniff die Augen zusammen. »Hast du bemerkt, wie der mich angeglotzt hat?«

Er nickte.

»Richtig furchterregend!«

»Ich halte ihn nicht für einen Mörder.«

Sie zuckte zusammen. »Du machst mir Angst. Dem möchte ich nicht mehr begegnen.«

Sie sah an Frank vorbei die Straße entlang und verzog die Mundwinkel. Frank drehte sich um, doch es war nicht Kurt Neccer, der sich mit wiegenden Schritten näherte, sondern Herbert. Dessen Gesichtsausdruck ähnelte dem von Lucy – er wirkte beinahe verstockt. Mit Mühe unterdrückte Frank ein Stöhnen.

»Ach, da sind ja unsere Turteltäubchen«, erklang Herberts Krächzen.

Legte er diesen Ton eigentlich nur an den Tag, wenn Lucy in der Nähe war? Frank runzelte die Stirn und wartete, bis sein Partner an ihrem Tisch war. Dieser setzte sich unaufgefordert auf einen der freien Stühle, legte einen Fuß über das Bein und begann, sich den Knöchel zu massieren. Lucy aß mit hochgezogenen Brauen weiter. Es war ihr anzusehen, dass sie an einer tadelnden Bemerkung beinahe erstickte. Eine gewisse Feindseligkeit schien greifbar in der Luft zu liegen.

Die Bedienung kam und fragte, ob Herbert die Speisekarte wünschte, was dieser barsch ablehnte. Stattdessen bestellte er sich ein ›Gespritztes‹. Demonstrativ sah Frank auf seine Armbanduhr.

»Ey, das ist nur zur Hälfte Bier, und die Hälfte Cola wird mich wach halten.« Herbert fuhr sich mit der Hand, mit der er eben noch unter seiner Socke herumgetastet hatte, über die Augen. »Heute ist alles für'n Arsch … Oh, Pardon.« Er ließ einen leisen Rülpser entweichen und blinzelte Lucy an, was sein Bedauern nicht gerade glaubhaft erscheinen ließ. »Die Sache mit Kurt gefällt mir nicht. Ob der nicht noch viel mehr ausgefressen hat, was meinst du?«

Frank hielt es für nicht geschickt, in Lucys Anwesenheit weiter über Neccer zu reden. Schon biss sie nervös auf der Unterlippe herum.

»Nicht jetzt, Herbert«, murmelte er.

»Ich darf doch wohl meine Meinung über Kurt äußern, oder willst du mir das verbieten?«

Frank griff nach Lucys Hand. »Wir haben im Moment Pause, Herbert.«

»Ach …« Herbert nahm sein ›Gespritztes‹ vom Tablett des Kellners und trank das Glas auf einen Zug halb leer. »Ihr habt Pause. Seit wann sprechen wir in der Pause nicht mehr über unsere Fälle?«

»Das ist nicht unser Fall.«

Herbert winkte ab. »Scheißegal. Morgen steht es eh in den Zeitungen: ›Durchgeknallter Krimineller killt Mutter und verscharrt sie im Boden ihres eigenen Kellers‹.« Er beugte sich über den Tisch zu Lucy, die spürbar angespannt ihre Gabel neben den Teller legte und sich den Mund mit der Serviette abwischte. »Wer weiß, was der noch alles auf dem Kerbholz hat. Oder wen?«

Lucy stieß ein atemloses Geräusch aus, Herbert grunzte und kippte sein restliches Cola-Bier hinunter.

»Lass gut sein«, versuchte Frank erneut, seinen Partner zum Schweigen zu bringen.

»Wollen wir bezahlen?« Lucy zog ihre Tasche auf den Schoß und kramte nach dem Geldbeutel.

»Wollt ihr verschwinden? Trinkt noch einen mit mir.«

Herbert gab dem Kellner mit zwei ausgestreckten Fingern zu verstehen, dass er noch zweimal das Gleiche ordern wollte. »Lucy, was möchtest du?«, fragte er nach einer Minute unangenehmen Schweigens.

»Nichts. Ich zahle und gehe.«

»Völlig humorlos die Kleine, oder?«, sagte Herbert und betrachtete Frank, als sei Lucy nicht anwesend.

»Hast du heute Morgen was eingeworfen?« Die Worte kamen schnell über Franks Lippen, und im nächsten Moment wünschte er, er könnte sie ungeschehen machen.

»Dir geht es wohl zu gut, was?« Herbert stierte in sein leeres Glas, bevor er sich ruckartig zum Eingang des Lokals umdrehte. »Wie lange dauert das denn noch?«, brüllte er.

Lucy schnaubte. »Das ist so was von peinlich.«

»Halt du dich da raus«, fuhr Herbert sie an. »Was weißt du schon? Mach erst mal unseren Job, danach reden wir weiter.«

Lucy starrte Frank mit offen stehendem Mund an.

Herbert stöhnte auf und legte erneut den Fuß über das Bein, um ihn zu massieren. »Shit«, murmelte er angestrengt. Offensichtlich litt er unter Schmerzen.

»Ich zahle für dich mit«, sagte Frank zu Lucy, aber sie reagierte darauf nicht wie erhofft.

»Kommt nicht infrage«, erwiderte sie empört. Wie ein Kind, beugte sie sich näher zu ihm und flüsterte in sein Ohr: »Wir lassen uns von dem nicht die Mittagspause versauen.« Laut sagte sie: »Immerhin arbeitet ihr noch den Rest des Tages zusammen.«

»Ach, der Dame passt meine Anwesenheit nicht, sehe ich das richtig?« Herbert stampfte mit dem Fuß auf und verzog das Gesicht. »Ich will dir was sagen, Mädchen. Wenn ich nicht wäre, säße dein Frank hier nicht fröhlich herum, sondern müsste statt mir diese Scheißschmerzen aushalten.«

Nochmals stampfte er mit dem Fuß auf, ohne dass ihm dies jedoch Linderung zu verschaffen schien. Er stöhnte. »Aber so ist das halt. Undank ist der Welten Lohn.«

Frank schloss die Augen und hörte, wie Lucy mit der Zunge schnalzte. Mist. Hätte er bloß nicht über den damaligen Zwischenfall mit ihr gesprochen. Doch das Unglück ließ sich nicht mehr aufhalten.

»Wirklich?«, stieß sie aus. »Da habe ich eine andere Version gehört.«

Frank legte die Hand auf Lucys Oberschenkel, doch leider ließ sie sich genauso wenig aufhalten wie Herbert.

»Du hast den Retter gespielt und dich unnötigerweise in Gefahr gebracht!«

Frank öffnete die Augen, nur um zu sehen, wie Herberts Gesicht sich mit einem fleckigen Rot überzog, das in Kontrast zu seinem grauen Schnäuzer stand. Konnten die Zwei nicht einfach die Klappe halten?

Herberts übliches Grunzen war ausnahmsweise nicht scherzhaft gemeint. »Nicht zu fassen«, stieß er aus. »Hörst du, was sie da sagt, Frank?«

»Hört auf. Beide. Bitte.«

»Zufällig ist mir zu Ohren gekommen, dass Frank sich gegen seinen Angreifer allein hätte wehren können. Deine Heldentat hat euch *beide* gefährdet!«

»Frank …?« Herbert wartete mit schief gelegtem Kopf darauf, dass sein Partner ihn verteidigte.

Frank stöhnte. »Bitte, wenn ihr es nicht lassen könnt, fetzt euch. Aber haltet mich da raus.«

Lucy zog inzwischen einen 20-Euro-Schein aus der Geldbörse, reichte ihn dem Kellner, nachdem er die zwei neuen Cola-Bier auf dem Tisch abgestellt hatte, und zischte: »Stimmt so.« Mit blitzenden Augen blickte sie anschließend von Herbert zu Frank. »Frank?«

Mit zusammengekniffenen Lippen wartete sie auf irgendetwas. Wie war er in diesen unsinnigen Streit geraten?

»Nee, nee, mein Lieber, so kommst du uns nicht davon«, schwadronierte Herbert. »Nun mal Butter bei die Fische. Wer hat hier wem das Leben gerettet? Und wer hat seitdem nicht mal den Anstand bewiesen, sich bei seinem Partner zu bedanken?«

Mit einem leisen Fauchen ließ Frank den Atem entweichen. Lucy und Herbert saßen wie Geier am Tisch, die sich auf ihn stürzen wollten. Im Gegensatz zu Herbert war Lucy allerdings im Recht.

»Es ist nicht komplett falsch, was Lucy gesagt hat. Du hättest uns allen viel Ärger und dir große Schmerzen erspart, wenn du dich damals nicht dazwischengeworfen hättest.« Herbert streckte den Rücken durch und blies die Wangen auf; Frank sprach schnell weiter. »Das ist heute doch völlig egal. Es ist passiert, und du wolltest nur das Beste für mich. Ich weiß das zu schätzen, Kumpel.«

Herbert sackte zusammen wie ein Ballon, dem die Luft entwich. Sein Gesicht war verzerrt, allerdings konnte Frank nicht sagen, ob wegen der physischen Schmerzen oder der unschönen Wahrheit, die er ihm gerade offenbart hatte.

Lucy stand auf und küsste Frank auf den Haaransatz. »Ich gehe, wir sehen uns heute Abend. Herbert.« Mit einem kurzen Nicken in Richtung Franks Partner stöckelte sie weg.

Herbert schüttelte mit ruckenden Bewegungen den Kopf. »Du raffst einfach gar nichts, Frank.« Er trank sein Cola-Bier aus, legte zehn Euro auf den Tisch und humpelte davon.

Mit einem Seufzen leerte auch Frank sein Glas aus und bezahlte. Tolle Mittagspause, ganz toll!

Als er sich umdrehte, um zur Wache zurückzugehen, winkten ihm Ellen und der Dieter zu. Beide Bäuche hatten sich stattlich weiterentwickelt, was Ellen durchaus gut stand, den Dieter allerdings kleiner wirken ließ. Frank verspürte einen unerwarteten Stich, als er registrierte, wie glücklich die beiden aussahen. Er wartete, bis sie zu ihm gewatschelt waren, und begrüßte Ellen mit einem Wangenkuss, den Dieter mit einem Schlag auf den Oberarm.

»Unn?«

»Unn selwer?« Sie lachten.

»Na, du siehst ja«, Ellen deutete mit einer Geste auf ihre Kugel.

»Alles klar da drin?«, fragte Frank und verzog gleich darauf das Gesicht.

Verfiel er jetzt bereits in das übliche Mami-Papi-Baby-Idiom?

Ellen rieb über ihren Bauch, was Frank an die Geste erinnerte, mit der manche Fußballer den Ball vor einem Spiel streichelten.

»Alles bestens«, erklärte sie. »Hast du noch Zeit für einen schnellen Kaffee? Wir wollten mit dir reden.«

Sie nahmen an demselben Tisch Platz, an dem Frank vorher mit den beiden Streithähnen gegessen hatte.

»Lucy hat uns gesagt, wo wir dich finden.«

Nachdem der Kellner Kaffee vor ihnen abgestellt hatte, herrschte Schweigen. Ellens Bewegung, mit der sie einen Schluck trank und sich dabei den Mund verbrannte, wirkte verlegen.

»Worüber wollt ihr sprechen?« Frank warf einen Blick auf seine Uhr.

»Es geht um unsere Sachen.«

»Eure Sachen? Ich verstehe nicht …«

»Um deine und meine Sachen, unseren Hausstand. Wir hatten uns ja geeinigt, dass wir alles aufteilen wollen.«

Frank nickte. »Natürlich. Wann soll ich kommen, um meine Hälfte abzuholen?«

»Es ist Folgendes: Der Dieter und ich benutzen schon die ganze Zeit unser Geschirr und unsere Möbel. Ich meine, was willst du mit einem kompletten Essservice anfangen? Oder mit einem Teil der Couchgarnitur? Du hast eh keinen Platz für all das Zeug.«

Frank nahm einen großen Schluck Kaffee zur Beruhigung. Natürlich, wie konnte es auch anders sein? Der Horror der Mittagspause nahm nicht nur kein Ende, nein, er steigerte sich auch noch.

»Wir haben nächste Woche unseren Verhandlungstermin, nicht?«

»Mhm.«

»Ist es für dich in Ordnung, wenn der Dieter und ich das große Service behalten, das meine Paten uns zur Hochzeit geschenkt haben? Du kannst das kleine mitnehmen, das wir damals gekauft haben, als wir noch kein Geld hatten.«

Beinahe musste er laut lachen. »Ach, du meinst das Geschirr von Villeroy und Boch, das inzwischen nicht mehr hergestellt wird? Das wir gemeinsam ausgesucht haben?«

»Das würden wir gerne behalten, weil es für eine ganze Familienfeier reichen würde …«

»Stimmt, die Schüsseln und Fleischplatten haben *meine* Paten beigesteuert. Wegen dieses Geschirrs haben wir keine anderen Hochzeitsgeschenke bekommen, weil es das gesamte Budget der Gäste aufgefressen hat.«

Ellen lachte schrill. »Bist du damit einverstanden?«

»Lass mich nachdenken …«

Für wie blöd hielten die beiden ihn?

»Klar bin ich einverstanden. Dann nehme ich die Esszimmermöbel, die Hi-Fi-Anlage und die Ledercouchgarnitur. Ihr könnt den Wohnzimmerschrank behalten. Was ist mit den Autos?«

Ellen war blass geworden. »Ich, ähm, ich dachte, du nimmst die Ente.«

Frank lachte laut. »Die Ente gehört dir. Warum sollten wir tauschen?«

»Na, sieh mal«, mischte der Dieter sich ein, »in so einer Ente ist ein Baby nicht sicher untergebracht. Für die kriegen wir auch nichts mehr. Der Mini bringt wenigstens noch was ein, wenn wir ihn verkaufen.« Er verstummte, nachdem Ellen ihm mit der flachen Hand auf den Bauch geschlagen hatte.

Franks Handy klingelte.

»Wo bleibst du?«, blaffte Herbert. »Es gibt Arbeit. Man hat in Saarlouis die zerhackte Leiche einer Frau in ihrer Tiefkühltruhe gefunden. Schwing deinen Hintern hierher.«

»Ich muss los«, sagte Frank zu Ellen.

Sie runzelte die Stirn. »Genau das ist es, was uns das Genick gebrochen hat. In fünf Tagen ist die Verhandlung. Bis dahin sollten wir uns geeinigt haben.« Sie stöhnte und presste die Hand auf den Bauch. »Halt Ruhe da drin!«

Frank legte das Geld für seinen Kaffee auf den Tisch und stand auf. »Tut mir leid, den Mini bekommst du nicht. Und wenn ihr tatsächlich dachtet, ich überlasse euch den gesamten Hausstand, irrt ihr euch. Darüber müssen wir auf jeden Fall noch mal reden.«

Er ging los.

»Wann denn, bitte? Du hast doch nie Zeit«, rief Ellen ihm hinterher, aber zu mehr als einem Abwinken hatte Frank nicht mehr die Energie.

13. DER NOVEMBER IST DUNKEL, UND DUNKEL IST ES IN MIR

Mein Leben ist eine einzige Katastrophe. Sie meinen, ich übertreibe? Versetzen Sie sich in meine Lage. Drei Mordanschläge in drei Monaten! Meine To-do-Liste kriege ich nur halbherzig abgearbeitet, und dabei ist es so wichtig, diese Dinge zu erledigen, damit ich wenigstens das Gefühl habe, nichts zu verpassen, bevor der Mörder erneut zuschlägt. Und jetzt haben wir November! Ich mag diesen Monat sowieso nicht besonders. Und nun muss ich mich auch noch vor dem nächsten Überfall fürchten, sodass ich das Haus nur in Franks Begleitung verlasse.

Doch das ist bei Weitem nicht alles. Nein, auf der Arbeit läuft es ziemlich bescheiden. Dürris Begeisterung hat sich in Frust aufgelöst. Was bedeutet, dass ich in schöner Regelmäßigkeit die Horrorlisten aufgebrummt bekomme. Ich weiß nicht, wie oft ich in den letzten beiden Wochen mit dem Hengst von Hamburg telefonieren musste, der auf einer dieser Aufstellungen gelandet ist, weil er sich strikt weigert, noch etwas zu bestellen, bevor er mich nicht im wahren Leben kennengelernt hat.

Nach wie vor ist mir Ilina nicht geheuer. Mit ihrer toughen Art überspielt sie in Wirklichkeit eine verletzte Seele, glaube ich. Na, wer weiß, was sie ausgefressen hat. Ohnehin ziemlich zugeknöpft mir gegenüber, vor allem seit der Party letzten Monat, zieht sie, sobald das Gespräch andeutungsweise persönlicher wird, die Augenbrauen hoch und sagt: »Wer will wissen das? Geht an niemanden nicht.«

Und dann rauscht sie davon, gewöhnlich gefolgt von den Blicken der Männer. Ich habe es inzwischen aufgegeben. Kann mir egal sein, habe ich doch meine eigenen Probleme, und die scheinen eher zu wachsen, als sich zu verkleinern. Noch immer habe ich nichts gefunden, das als Alternative zum Callcenter für mich infrage käme. Dabei habe ich bestimmt zwei Mal in der ›Saarbrücker Zeitung‹ nach Stellen gesucht.

Wenigstens mit Frank ist alles gut. Wobei, nicht wirklich alles. Wir lieben uns, immerhin. Der Scheidungstermin wurde verschoben, weil er und Ellen Krach bekommen haben. Nicht zu fassen, sie zoffen sich darüber, wer was behalten darf. Egal, worum es geht – Autos, Geschirr, Möbel, die alte Plattensammlung. Und das trotz Ehevertrag, den sie damals abgeschlossen hatten, um Streitigkeiten im Falle eines Falles zu vermeiden. Wenn sie sich richtig blöd anstellen, schaffen sie die Scheidung nicht mehr vor der Entbindung. Und zu guter Letzt hat mir Juristenschwester A-Mi natürlich beim obligatorischen Familientreffen an Allerheiligen lang und breit Beispiele aufgezählt, in denen Eheleute im Verlauf der Scheidung zu erbitterten Feinden wurden.

Als ob all dieser Knatsch noch nicht ausreichen würde, ist meine Angst vor meinem Mörder durch einen Fall gewachsen, an dem Frank mittlerweile arbeitet: Man hat die Leiche einer jungen Frau gefunden, in Kleinteile zerlegt und in der Tiefkühltruhe ihrer Wohnung versteckt. Der eigene Vater stieß bei einem Überraschungsbesuch auf die leiblichen Überreste seiner Tochter – bis dahin nicht im geringsten ahnend, dass ihr etwas zugestoßen sein könnte. Eine furchtbare Geschichte. Das Opfer lebte seit einigen Monaten allein am Rande von Saarlouis in einem kleinen Appartement – genau wie ich. Seit ich davon gehört habe, frage ich mich unablässig, ob der Mörder der jungen Frau genauso aufgelauert hat wie mein Attentäter mir, als er mich mit dem Messer bedrohte. Und ob es am Ende derselbe war? Hätte ich in meiner Gefrierkühlkombi geendet, wenn Herbert nicht rechtzeitig gekommen wäre?

›Dort findet sich überhaupt kein Platz für dich, die ist doch bis an den Rand vollgestopft.‹

Es ist nicht etwa Lady Tough, die sich derart despektierlich äußert, sondern die zartbesaitete Heulsuse. Nicht zu glauben, oder? Anstatt meine Todesangst entsprechend zu estamieren, regt sie sich über meine Tiefkühlvorräte auf! Lady Tough kichert leise. Unerhört! Doch sehen Sie, in welch erbarmungswürdigen Zustand mich all dies katapultiert hat?

Frank ist an diesem Abend noch unterwegs; er holt seine Schallplattensammlung ab, die wohl oder übel im Keller landen muss, da in der Wohnung kistenweise Geschirr gestapelt ist. Mir wird ewig schleierhaft bleiben, warum er auf dieses Service bestanden hat. Irgendeine sentimentale Erinnerung muss daran geknüpft sein. Inzwischen sucht er nach einer weiteren Möglichkeit, die sperrigen Gegenstände zu lagern.

Ich muss diese unschönen Gedanken endlich loswerden und wähle aus meiner DVD-Kollektion ein paar Folgen von ›Grey's Anatomy‹ heraus. Bisher hat die amerikanische Krankenhausserie mich zuverlässig trösten können. Zu spät bemerke ich, dass es die Staffel ist, in der Izzie Stevens sich in einen todkranken Patienten verliebt, der durch ihre Schuld stirbt. Obwohl mir das im Augenblick nicht gerade guttut, schaffe ich es nicht, den Fernseher abzuschalten, stattdessen sehe ich mit flauem Gefühl im Magen zu, wie Izzie in einem umwerfenden Ballkleid auf dem Boden der Toilette liegt und abgedriftet ins Leere starrt.

Dann backt sie tage- wenn nicht wochenlang Muffins, um ihre Trauer zu verarbeiten. Und dies ist der Moment, in dem ich mir denke: ›Muffinbacken hilft bestimmt auch gegen Paranoia.‹ Natürlich erwarte ich den Widerspruch wenigstens einer meiner Zwillinge, da ich nicht an Paranoia leide. Es sind *tatsächlich* Mordanschläge auf mich verübt worden! Aber wie es so ist: Wenn man sie braucht, verkrümeln sie sich. Nicht einmal auf die eigenen inneren Stimmen ist Verlass!

Während ich Schokomuffinteig anrühre, versuche ich, meine morbiden Gedanken in eine fröhlichere Richtung zu lenken, und endlich komme ich auf eine gute Idee: meine To-do-Liste hervorkramen und schauen, welche Punkte noch offen sind. Gedacht, Blech in den Ofen geschoben, getan.

Nun sitze ich auf meinem Sessel, eingekuschelt in meine Fleecedecke, wie früher, als ich noch allein hier wohnte, und halte meine Aufstellung in Händen. Welcher der unerledigten Pläne könnte mir in der jetzigen Lage am besten helfen? Infrage kämen entweder die Sache mit den Overknees oder der neue Job … Da braucht man nicht lange nachdenken, oder? Selbst wenn Sie mir vorwurfsvoll das Wort ›Klischee‹ um die Ohren fetzen werden, entscheide ich mich fürs Shoppen. Und halte Ihrem Einwand entgegen: Klischees sind deshalb Klischees, weil sie sich immer wieder bestätigen. Ich liebe Schuhe, und die Tatsache, dass es mir peinlich ist (nun gut, nur ein bisschen), ändert nichts daran. Ich träume von Manolo Blahniks, seit ich als sehr junge, sehr schlanke und sehr hoffnungsvolle Studentin die erste Ausstrahlung von ›Sex and the City‹ gesehen habe. Dank der damaligen Großzügigkeit meiner Mutter habe ich mir das eine oder andere Paar dieses Labels leisten können. Seither bin ich süchtig danach.

Ach, weshalb verteidige ich mich überhaupt? Ich beschließe, dass die Overknees als Nächstes auf dem Plan stehen. Es kribbelt wohlig in meinem Bauch, wenn ich mir vorstelle, wie Frank mit mir durch die Geschäfte streift und mir unterschiedlichste Stiefel anzieht. Andererseits – wie wäre es, wenn ich ihn damit überrasche?

Der Küchenwecker piept, ich springe auf und nehme die fertigen Muffins aus dem Herd. Schön sind sie geworden. Und wie sie duften! Gerade lasse ich mich auf meinen Sessel fallen, da klingelt das Telefon. Frank.

»Lucy, es gibt einen neuen Fall. Du brauchst nicht extra aufzubleiben, okay?«

Ich stöhne enttäuscht. »Na gut. Hier warten ein paar Schokomuffins auf dich.«

Damit ist es klar: Frank plane ich lieber nicht zum Shoppen ein. Das will sorgfältig organisiert sein, und das braucht Zeit. Am besten wäre es, in den nächsten Tagen nach Trier zu fahren. Ich denke, dort werde ich am ehesten fündig. Aber mit wem, das ist die Frage?

Kat und Susa sind derzeit mit ihren neuen Hühnern beschäftigt, und Kat hat ohnehin nichts für Schuhe übrig. A-Mi? Nein, das muss ich mir nicht antun. Außerdem hat sie selbst bereits Overknees von einem teuren Designer, und ich kann mir ihre spitzen Bemerkungen lebhaft vorstellen, wenn sie mich nach den Preisschildchen schielen sieht. Die Finanzierung des Ganzen wird ohnehin noch ein Problem darstellen. Doch hier geht es um eine Art letzten Wunsch, da muss die Kreditkarte eben in die Knie gehen. Meine ehemaligen Studienkolleginnen? Die sind alle viel zu sehr mit der Pflege und Aufzucht ihrer Kiddies beschäftigt.

Lena! Wieso bin ich nicht gleich auf die Idee gekommen? Lena ist zwar, was Mode angeht, ganz anders gepolt als ich – was ich gelegentlich bewundere, ich gebe es zu –, trotzdem kann sie sich auf eine gelassene Art dafür begeistern, wenn sie merkt, wie bestimmte Schuhe meine Stimmung heben. Ich denke, sie ist die Richtige. Womöglich wird sie mir noch ein paar interessante Details aus ihrer und Rouwens derzeitiger Lektüre von ›Shades of Grey‹ erzählen. Damit ist es beschlossene Sache: Wenn sie Lust und Zeit hat, fahre ich mit Lena nach Trier.

Wie sich herausstellt, habe ich gut entschieden. Am Sankt-Martins-Wochenende löst Frank nämlich ein Versprechen vom letzten Jahr ein und geht mit seinen beiden Neffen zum Laternenumzug. Lena und ich haben längst beschlossen, mit dem Zug zu fahren, am verkaufsoffenen Sonntag. Damit wir trotzdem noch einigermaßen gemütlich mit unseren Liebsten frühstücken können, haben wir uns für die Verbindung um 9.20 Uhr entschieden. Dann sind wir kurz nach zehn in Trier und können den Tag gemeinsam genießen.

Als ich an besagtem Sonntagmorgen aufwache, drehe ich mich zu Frank um und beobachte ihn im Schlaf. Er liegt auf dem Bauch, ein Bein angewinkelt, die Hand unter das Kissen geschoben. Mit geschlossenen Augen und leicht offen stehendem Mund sieht er verletzlich aus. Der Anblick seiner Bartstoppel, die über Nacht gesprossen sind, erfüllt mich mit Zärtlichkeit. An seinem geraden Nasenrücken erkenne ich die Stelle, an der seine Hornbrille normalerweise sitzt. Wie bei den meisten Menschen, hat sein Gesicht sich der Brille angepasst, und wenn er sie absetzt, wirkt er beinahe nackt. Ich kann mich nicht zurückhalten und berühre mit der Fingerspitze die winzige Narbe auf seiner Wange. Noch bevor ich dazu komme, sie zu streicheln, fährt Frank wie von der Tarantel gestochen auf, dann erkennt er mich und lässt sich grinsend zurücksinken.

»Tschuldige«, murmelt er, dreht sich auf den Rücken und zieht mich an sich, sodass ich mich in seine Armbeuge kuscheln kann. »Lazy Sunday.«

Er gräbt mit der Nase in meinen kurzen Haaren, die ich in meiner eigenen Farbe nachwachsen lasse, was mir einen interessanten Streifenhörnchenlook beschert hat. Seine warme Hand wandert zu meiner Brust und bleibt dort liegen, bevor er sie sacht bewegt. Er hat natürlich längst herausgefunden, dass mich diese subtilen Bewegungen viel stärker erregen als heftiges Herumgeknete. Ich schnurre wohlig und drehe mich noch mehr zu ihm, damit ich mit der Hand unter sein Shirt gleiten und seinen Bauch streicheln kann. Es überrascht mich stets aufs Neue, wie weich die Haare unter seinem Nabel sind, bevor sie ins Schamhaar übergehen. Plötzlich will er mich über sich ziehen und hebt mich an den Hüften hoch. Wie üblich, bin ich seinem Plan alles andere als abgeneigt, aber gerade, als es uns gelungen ist, seine Boxershorts und meinen Slip hinunterzuschieben und ich da unten bereits seine und meine Hitze spüre, quillt etwas von meinem Magen nach oben, und ich kann in allerletzter Sekunde verhindern, dass es den Weg durch meinen Mund nach draußen findet. Ich schlucke und schlucke und verstehe nicht, woher diese plötzliche Übelkeit kommt. Ernüchtert steige ich von Frank hinunter, der mich irritiert beobachtet.

»Was ist los?« Seine Stimme klingt besorgt.

Derartiges habe ich noch nie erlebt. Ich schüttle den Kopf. »Komisch, mir war für eine Sekunde schlecht.«

Frank schürzt die Lippen, was ihm einen geradezu unwiderstehlichen Schmollmund verleiht. »Ernsthaft? Ist das eine Art Morgenübelkeit?«

»Morgenübelkeit?« Meine Stimme rutscht ziemlich hoch.

Im Kopf überschlage ich, wann ich die letzte Pille eingenommen habe und komme darauf, dass ich eigentlich schon meine Periode haben müsste. Mir wird heiß, ich rechne nach. Nein, ich bin bloß ein paar Tage überfällig, das kommt gelegentlich vor, besonders in stressigen Phasen. Und momentan durchlebe ich eine solche Phase.

Ich gebe ihm einen Klaps auf den Arm. »Mach mir keine Sorgen, du!« Dann lache ich angestrengt fröhlich. »Nix da, Morgenübelkeit.«

»Das hätte mir gerade noch gefehlt«, ist seine lapidare Antwort.

»Denkst du, mir nicht?«, stimme ich ihm zu, bin allerdings innerlich weit weniger überzeugt, als ich ihn mit meiner Stimme glauben machen will.

Da dieser unglaublich kuschelige Mann mit den Haselnussaugen noch immer neben mir im Bett liegt, beschließe ich, dort anzuknüpfen, wo wir vor ein paar Minuten aufgehört haben. Diesmal findet Frank *meine* Idee genial.

Später beim Frühstück frage ich ihn nach den Langspielplatten, die er aus Ellens Haus geholt hat. »Wolltest du die nicht unten im Keller deponieren?« Ich werfe einen beredten Blick zur Zimmerecke, in der Geschirrkartons übereinandergestapelt eine Höhe von anderthalb Metern erreichen, obendrauf liegen die LPs. Es sieht ständig aus, als würden sie gleich herunterrutschen.

»Im Keller ist es zu feucht, da wellen sich die Hüllen, und das wäre schade, oder?«

»Stimmt. Das sieht nicht besonders schön aus.«

Er blickt sich um und bleibt bei meinen Gilde-Clowns auf dem Sideboard hängen. Ich beiße in mein Brötchen und harre kauend der Dinge, die da kommen mögen. Frank stützt das Kinn auf und schaut mich an, unbeweglich, mit großen, runden Pupillen. Mir fällt auf, was für unverschämt lange, geschwungene Wimpern dieser Kerl hat. Peinlich genug, laufe ich tatsächlich puterrot an. Meine Gefühlsregung bewegt ihn wiederum zu einem Lächeln, und das Grübchen wird hervorgezaubert, das mich unaufhaltsam in die Knie zwingt.

»Wenn wir die Clowns zusammenrücken, hätten meine LPs auf dem Regal Platz. Und wir hätten sie gleich in der Nähe deiner Anlage.«

»Na gut, aber darum kümmerst du dich bitte, ja? Und pass auf meine Clowns auf, die mag ich sehr.«

»Ich hüte sie wie meine Augäpfel. Außerdem weiß ich nun wenigstens, was ich an diesem einsamen Sonntag tun werde.«

Womit er meine Aufmerksamkeit auf die Uhr lenkt, ich erschrocken aufspringe, meine Sachen zusammenraffe und mit einem knappen »Tschüss« aus der Tür rausche.

Lena wartet vor dem Hauptbahnhof auf mich. Wir gehen hinein und schlendern auf dem Bahnsteig auf und ab. Es sind nur wenige Menschen da.

»Der Zug kommt erst in ein paar Minuten.« Lena kramt in ihrer Handtasche. »Ich glaube, ich hole mir noch einen Schokoriegel. Bin heute nicht zum Frühstücken gekommen.«

Ihr Kichern und die frische Farbe auf ihren Wangen lassen mich den Grund dafür erahnen.

»Okay, ich warte hier.« Während sie sich mit schnellen Schritten von mir entfernt, um zum Hauptgebäude mit dem Automaten zu gelangen, blicke ich die Gleise entlang in die Richtung, aus der ich den Zug erwarte. Bahnhöfe wirken auf mich trostlos, und fröstelnd verschränke ich die Arme vor der Brust, nicht nur wegen des regnerischen Novemberwetters.

Schließlich wird die Verbindung nach Trier aufgerufen, ich schaue über die Schulter, kann Lena jedoch nirgendwo entdecken. Die Wartenden treten näher zum Bahnsteigrand, und die Lok taucht am Horizont auf. ›Mann, Lena, beeil dich!‹, denke ich, und will mich nochmals nach der Treppe umsehen, als ich einen heftigen Stoß im Rücken spüre. Ich gerate ins Taumeln, stürze nach vorne und über die Kante auf die Gleise. Mit der Wange knalle ich auf das kalte Metall, das vom einfahrenden Zug erbebt. Die Vibration spüre ich ebenso am restlichen Körper.

Was es ist, das mich sofort aufspringen lässt, weiß ich nicht, doch ich reagiere so schnell wie noch nie in meinem Leben. Die Lok nähert sich, die Bremsen quietschen laut. Ich glaube, hinter den schrägen Fenstern des Führerhauses den Lokführer stehen zu sehen, die Augen weit aufgerissen. Es scheint, als stoße er Schreie aus. Vielleicht bin aber auch ich diejenige, die laut und schrill brüllt. Genauso wie Lena und zwei weitere Personen, die an der Kante stehen, nach vorn gebeugt, und mir die Hände entgegenstrecken. Lena wirft mir beherzt ihre Tasche zu, ich kann sie fassen, sie zieht daran, Hände greifen nach meinen Armen, man zerrt mich über den kalten Steinrand nach oben, und ich lande auf den Knien – gerettet, gerade noch rechtzeitig, bevor der Zug dicht hinter mir vorbeiwalzt und mit ohrenbetäubendem Quietschen erst viel, viel weiter zum Stehen kommt. Ich kippe wie in Zeitlupe zur Seite, liege auf dem Bahnsteig, zittere am ganzen Leib, unkontrollierte gurgelnde Geräusche kommen aus meinem Mund, mein Brustkorb scheint zu bersten beim Versuch, zu Atem zu kommen. Ich glaube, spätestens jetzt weiß ich, wie sich Panik anfühlt.

Um mich herum herrscht furchtbarer Lärm. Das Kreischen der Bremsen hat wohl aufgehört, sicher bin ich mir nicht, denn ich habe das Gefühl, es gellt in meinen Ohren. Ich sehe die Münder der Menschen um mich herum, deren Zahl immer größer wird. Zwei Männer in Uniform und seltsamen Mützen kommen hinzu, beugen sich über mich und machen ebenfalls die Münder auf und zu, auf und zu. Ich weiß nicht, wie viele Hände nach mir greifen, grapschen, mich hochzerren, bis ich auf den Beinen stehe. Mir sacken sofort die Knie weg, Lena fängt mich auf, legt mir ihren starken Arm um die Taille und bedeutet dem aufgewiegelten Pöbel mit ausholenden Bewegungen ihres zweiten Arms, mir von der Pelle zu rücken. In meine Ohren rauscht ungefiltert der grelle Lärm hinein, menschliche Töne kann ich darunter nicht ausmachen, geschweige denn einzelne Wörter verstehen. Ein seltsames kakofonisches Gebrumm umweht mich. Reflexartig will ich meine Tasche an mich ziehen, da bemerke ich, dass sie verschwunden ist. Vor meinem inneren Auge taucht eine Bildfolge in Zeitlupe auf: Ein kurzer Blick in den Himmel, dann unaufhaltsam nach unten, das Gebäude, der gegenüberliegende Bahnsteig, die Gleise kommen näher, und bevor ich aufschlage, sehe ich noch in einem Bogen meine riesige, abgewetzte, geliebte Handtasche fliegen und auf dem Gleis landen.

»Meine Tasche«, stoße ich aus.

»Es is wieder da«, verstehe ich plötzlich einzelne Worte der menschlichen Sprache.

Lena ist es, die spricht. Aber mit ›es‹ meint sie nicht meine Tasche, sondern mich.

»Lucy, was is passiert? Gott sei Dank, dass mir dich rechtzeitig heraufziehen konnten!«

Verständnislos starre ich sie an. »Meine Tasche, wo ist meine Tasche?«

»Jemand muss den Notarzt rufen«, höre ich eine andere Stimme sagen. »Die hat bestimmt einen Schock erlitten.«

»Die Polizei«, sage ich, »rufen Sie die Polizei!«, und greife nach Lenas Arm. »Wo ist meine Tasche, verdammt?«

Lena wirft einen Blick zur Seite auf den Zug, und ich verstehe.

»Meine Liste ist drin«, murmle ich.

So lange der Zug dasteht, kann ich nichts sehen. Wann verschwindet er verdammt noch mal? Ich suche nach dem Schaffner oder Lokführer. Ich glaube, Letzteren erspäht zu haben, wie er sinnlos herumsteht, anstatt nach Trier zu fahren und meine Tasche freizugeben!

»Wann fahren Sie weiter?«, frage ich. »Ich will meine Tasche holen, die liegt da unten auf den Gleisen.«

Er gafft mich mit offen stehendem Mund an. Ich höre Sirenen näher kommen. Einige Minuten später eilen ein Notarzt und ein Sanitäter herbei, dicht gefolgt von zwei Kontaktpolizisten. Der Notarzt leuchtet mir in die Augen und fragt mich komische Sachen, er will meine ungeteilte Aufmerksamkeit und beschließt, ich solle mit ins Krankenhaus kommen. Blödsinn, mir fehlt nichts außer ein paar Abschürfungen im Gesicht und vermutlich haufenweise blauer Flecken am Körper.

Die Polizisten befragen die Leute, nachdem ich ihnen erklärt habe, dass mich jemand gestoßen hat. Sie machen Fotos und vernehmen das Zugpersonal. Ich bekomme irgendwann die Erlaubnis, mich zu entfernen. Der Arzt will mich immer noch mitnehmen – aussichtslos: Ich rühre mich nicht vom Fleck. »Meine Tasche! Ich will meine Tasche wiederhaben!«

Lena spricht auf mich ein. »Lucy, du krigscht deine Sachen noch, keine Angst. Jetzt muscht du erst mol ins Krankehaus, damit ma dich eingehend untersuche kann.«

Ich stemme die Beine in den Boden und weigere mich mitzukommen. Wie viel Verspätung der Zug mittlerweile hat, weiß ich nicht; jedenfalls warte ich hier, bis er weg ist. Genau das erkläre ich den Polizisten, dem Notarzt und dem Zugpersonal. »Ohne meine Tasche gehe ich nirgendwohin.«

Endlich erlaubt die Polizei die Weiterfahrt – ob mein Insistieren dabei eine Rolle spielt, kann ich nicht sagen –, und endlich kann ich nach meiner Tasche sehen. Vielmehr nach den Überresten davon: Auf den Gleisen liegen Fetzen des alten Leders. Ich starre nach unten, erkenne meinen Kamm, der in der Mitte durchgebrochen ist und von dem mehrere Zinken in die Luft stehen. Weiter vorn könnte eine Damenbinde liegen, und die weißen Flöckchen in ihrer unmittelbaren Umgebung dürften Tampons gewesen sein. Mit zusammengekniffenen Augen mache ich sogar den uralten, angenagten Kauknochen aus, den ich bereits vor Wochen aus der Tasche nehmen wollte. Selbst ein zermatschter Schokoriegel ist zu sehen. Und dort, zerrupft in mehrere Bestandteile, identifiziere ich schließlich meine Liste. Um dem ganzen die Krone aufzusetzen, macht sich just in diesem Moment der Wind einen Spaß daraus und hebt die Schnipsel in die Luft, lässt sie tanzen und springen und sich weiter verteilen. Mir versetzt es einen Stich ins Herz! Ich schluchze auf.

»Hören Sie, das lässt sich alles neu beschaffen. Sie müssen bloß Ihre Karten sperren lassen«, redet der Sanitäter auf mich ein und greift energisch nach meinem Oberarm. »Aus der Tasche ist offenbar nichts mehr zu retten. Die Polizei wird alle Spuren sichern.«

»Welche Karten meinen Sie?« Ich ziehe die Nase hoch und runzle angestrengt die Stirn.

»Ihre Konto- oder Kreditkarten.«

»Nee, die sind hier.« Ich fasse in meine Manteltasche. Dort habe ich mein Portemonnaie hineingesteckt, nachdem ich meine Fahrkarte gelöst habe. »Meine To-do-Liste ist viel wichtiger! Die kann mir niemand ersetzen.«

Dass meine Aufstellung vom Zug überfahren worden ist, ist für mich geradezu ein Sinnbild meines bevorstehenden Todes. Was soll Gutes auf mich warten, wenn meine Pläne in Stücke gerissen sind?

›Lucy, pass auf‹, höre ich unverhofft die Stimme von Lady Tough, ›sonst halten sie dich für bekloppt, und du landest in der Klapse. Bei Maurice.‹

Lena beugt sich vor, um mir genauer ins Gesicht sehen zu können. »Ich helf dir, die Lischt neu zu schreibe, okay? Das krien mir hin, keine Angst.«

Warum spricht sie so betont und langsam?

14. WAR DAS LEBEN EINST SCHÖN UND LEICHT?

Bereits beim ersten Klingeln des Telefons – eine gute halbe Stunde, nachdem Lucy aufgebrochen war – ahnte Frank: Es würde Ärger geben. Beinahe widerwillig nahm er den Hörer ab.

»Frank, du muscht kumme, es is ebbes Schlimmes passiert.«

Es dauerte einige Sekunden, bis er die aufgeregte Frauenstimme als die von Lena identifizierte. Sein Stammhirn begriff schneller als der Rest von ihm, was das bedeutete: Lena war mit Lucy auf dem Weg nach Trier. Wenn etwas Schlimmes passiert war, betraf es zweifellos Lucy.

Er keuchte. »Was ist los?«

»Es Lucy is vom Bahnsteig uff die Gleise gestürzt, mir fahre jetz ins Krankehaus.«

»Hat jemand sie gestoßen?«

»Das wisse mir nit.«

»In welches Krankenhaus fahrt ihr?«

»Elisabeth-Klinik.«

»Ich komme.«

Auf dem Weg in die Innenstadt malte er sich aus, wie Lucy aussehen mochte. Warum hatte er nicht gefragt, wie schlimm ihre Verletzungen waren?

Frank parkte seinen Wagen auf einem der Ärzteparkplätze – dies war ein Notfall – und stürmte zur Info. Wenig später betrat er das genannte Zimmer. Eine junge Ärztin versorgte seine Liebste, die auf einer Liege saß. Ihr Gesichtsausdruck wirkte beinahe, als wäre sie sediert worden und noch nicht bei sich. Die Ärztin klebte ihr ein weißes Pflaster auf die Wange. Ein paar Kratzer an der Schläfe hatte sie offenbar mit Jod behandelt, das Auge erblühte in einem saftigen Veilchen.

»Lucy, wie geht es dir?«

Lena trat zur Seite, er nahm Lucys Hand. Sie hielt den Kopf ruhig, bewegte lediglich die Augen, um ihn ansehen zu können, und deutete ein missglückendes Lächeln an.

»Bloß ein paar Prellungen und Abschürfungen.«

Die Ärztin schob mit dem Zeigefinger die Brille auf ihrer Nase hoch. »Wir würden sie gerne noch einen Tag zur Beobachtung hier behalten.«

Lucy drückte Franks Hand. »Das ist absoluter Quatsch, mir fehlt nichts. Die reden von Gehirnerschütterung. Mir ist aber schon seit heute Morgen schlecht, nicht erst seit dem Sturz.«

Frank sah das wissende Lächeln im Gesicht der Ärztin. »Sie hat mit Sicherheit eine Gehirnerschütterung, daher die Übelkeit.« Sie versuchte, Lucy an den Schultern dazu zu bewegen, sich hinzulegen. »Und nun ruhen wir uns schön aus, Sie bekommen gleich ein freies Bett in einem Zimmer. Frau Schober, Sie werden sich übergeben müssen, wenn Sie nicht achtgeben.«

Übergeben wegen Gehirnerschütterung. Ein beruhigender Gedanke.

Frank wandte sich an Lena. »Erzähl, was ist passiert?«

»Ich hann es nit genau mitkrit, sondern kam erscht dazu, wie es gefall is. Ich hann de Schrei geheert und bin zum Bahnsteig, als sie grad dahinter verschwand. Der Zuch fuhr schun in.« Sie erschauerte. »Die Leit drum herum wirkte wie erstarrt, awwer wie ich uff die Knie ging, sinn se sofort zu Hilfe geeilt. Ich hann mei Tasch über die Kant geworf, damit es Lucy sich daran hochziehen konnt, und gemeinsam hann mir's gerettet, grad wie der Zug vorbeirauschte.«

Sie verschränkte die Arme vor der Brust, um das Zittern einzudämmen, das ihren ganzen Körper erfasst hatte.

»Hast du jemanden gesehen, der sie gestoßen haben könnte?«

»Nää, keine Ahnung, ich hott jo nur Augen fürs Lucy. Die Leit, wo do ware, sinn all verheert gänn. Von denne war's jedenfalls kääner.«

»He, ihr beiden, ich bin hier, neben euch. Ich kann euch hören.« Lucys Lebensgeister schienen zurückzukehren.

Bevor Frank antworten konnte, beendete die Ärztin ihren Bericht, den sie in der Zwischenzeit an dem kleinen Tisch an der Wand ausgefüllt hatte, klickte mehrfach mit dem Kugelschreiber und sagte: »Frau Schober, Ihr Bett ist sicher gleich fertig.« Sie reichte ihr die Hand. »Ich muss weiter. Sonntags ist viel los. Gute Besserung, wir sehen uns auf Station.«

Während sie hinausging, trat ein Pfleger herein. »Sind Sie Frau Schober? Kommen Sie, ich bringe Sie auf Ihr Zimmer.« Er schob einen faltbaren Rollstuhl.

»Ich mach das«, erklärte Frank und half Lucy, sich zu setzen.

Seine Liebste wechselte beim Aufstehen die Farbe und musste heftig schlucken. Während Frank sie auf die Station brachte, verabschiedete Lena sich und verschwand. Nachdem Lucy ohne Zwischenfälle ihr Bett erobert hatte, bat sie Frank, nach Hause zu fahren und Sachen für die Nacht zusammenzusuchen.

»Morgen komme ich heim«, erklärte sie.

Als Frank nach draußen trat, fielen ihm sogleich die gelben Blinklichter auf, und er beschleunigte seinen Schritt, nur um zu erkennen, dass sein Verdacht sich bestätigte: Ein Abschleppwagen stand vor dem Ärzteparkplatz, und ein Mann in orangefarbener Warnweste befestigte den Haken bereits an seinem Mini. Er stürzte hinzu und überzeugte den Mann, er werde sein Auto sofort wegfahren und nie mehr widerrechtlich abstellen. Nach zehn Minuten zäher Diskussionen fuhr der Abschleppwagen unverrichteter Dinge davon, und Frank konnte den Arzt, dessen Parkplatz er belegt hatte, in weiteren zehn Minuten besänftigen, bevor er endlich nach Beaumarais aufbrach.

Gerade hatte er in Lucys Wohnung einen Schlafanzug und Unterwäsche in ihre kleine Reisetasche gepackt, da klingelte das Telefon.

Ellen war dran. »Wir müssen reden!«

»Nicht jetzt. Ich bin auf dem Weg ins Krankenhaus.«

»Was ist passiert?« Ihre Stimme klang besorgt, immerhin.

»Lucy hatte einen Unfall, ich fahre gleich zu ihr.«

»Wünsch ihr gute Besserung! Was fehlt ihr?«

»Ich muss los.« Er hatte keinerlei Lust, mit seiner Exfrau über Lucy zu sprechen. Er hatte keinerlei Lust, über irgendetwas mit ihr zu sprechen.

Bevor er auflegte, hörte er, wie sie »Warte!« rief, und hob den Hörer erneut an sein Ohr. »Wann können wir reden?«

Er stöhnte.

»Es ist wichtig, Frank. Wir haben nicht mehr alle Zeit der Welt, verstehst du?«

»Ich komme nachher vorbei, okay?«

Lucy empfing ihn in unterirdischer Stimmung. Er bemühte sich nach Kräften, sie aufzuheitern. Trotzdem jammerte sie ohne Unterlass über den Verlust ihrer uralten Handtasche und der darin befindlichen To-do-Liste. Außerdem forderte sie, die Polizei solle sich endlich Mühe geben, um den Täter zu finden, der sie in schöner Regelmäßigkeit um die Ecke bringen wollte.

Während Frank ihr in den Pyjama half, erklärte er: »Wir untersuchen alle Spuren; bisher gibt es keinerlei Anhaltspunkte.«

»Das weißt du nicht oder hast du etwas unternommen wegen heute Morgen?«

»Das mache ich, sobald ich dazu komme, okay?«

Sie stieg zurück ins Bett und blickte ihn mürrisch an. »Fahr am besten gleich zur Wache und frage nach. Die müssen irgendwelche Spuren finden, das kann alles nicht wahr sein!«

Sie beharrte darauf. Er sollte sich auf den Weg machen, um mehr über den Unfall herauszufinden.

Noch während er draußen vergeblich nach seinem Mini suchte, klingelte sein Handy. Ellen!

»Wann wolltest du kommen?«

Er stieß einen Fluch aus. »Gleich, verdammt noch eins!«

»Ich wollte sichergehen, dass du es nicht vergisst!«

Den Weg vom Krankenhaus zur Wache bewältigte er zu Fuß. Wie erwartet, bestätigte ein Telefonat seine Vermutung: Sein Wagen war abgeschleppt worden.

Der Kollege von der Streife feixte. »Mensch, du solltest wissen, wie wenig sinnvoll es ist, an einem Sonntag zwei Mal hintereinander auf einem Ärzteparkplatz zu parken, nachdem du beim ersten Mal schon fast weggeschleppt worden bist.«

20 Minuten später verließ Frank die Dienststelle. Wie vermutet, war am Bahnhof rein gar nichts gefunden worden, das auf den Täter hindeutete, darüber hinaus hatte niemand Hilfreiches beobachtet. Entweder bildete Lucy sich ein, gestoßen worden zu sein, oder der Täter war extrem geschickt. An keinem der Orte, an denen sie attackiert worden war, hatte die Polizei Spuren sichern können. Lei-

der alles in allem unzureichend, um Lucy unter Personenschutz zu stellen.

Für den Weg zu Ellen ließ er sich Zeit. Dieser Sonntag hätte ein gemütlicher freier Tag werden sollen. Lucys Idee, sich in Trier Schuhe zu kaufen – die To-do-Liste vage im Kopf, tippte er auf Overknees –, war ihm mehr als gelegen gekommen, zumal er ein paar Stunden für sich gebrauchen konnte. Ihm fehlten in den letzten Wochen die Augenblicke, in denen er mit niemandem reden musste.

Beinahe fühlte er eine Spur von Wehmut, als er den Schlüssel herauszog und das Haus in der Ludwigstraße aufschloss. Kurz zögerte er. Sollte er in der Kellerwohnung nach dem Rechten sehen? Dann zuckte er mit den Schultern. Im Grunde konnte es ihm egal sein, wie es dort aussah.

Als hätte Ellen hinter der Tür auf ihn gewartet, öffnete sie, noch bevor er anklopfen konnte. »Da bist du ja.«

Sie ging einen Schritt zurück. Auf dem runden Esszimmertisch sah er Stapel neuen Geschirrs. Ellen folgte seinem Blick.

»Das ist von dem Dieter, er hat es vom Speicher seiner Eltern geholt.«

Mit einem Grinsen nahm Frank einen der Teller und fuhr das knallige Muster auf dem Rand mit dem Zeigefinger nach.

»Schön ist es nicht gerade.« Sie zog die Achseln hoch. »Da du unser Service unbedingt an dich raffen musstest, hatten wir keine Wahl.«

In diesem Moment kam der Dieter aus dem Badezimmer. »Hi, Frank, wie geht's?« Er wirkte unsicher.

Frank stellte den Teller zurück. »Geht so. Und euch?« Versöhnlich deutete er auf Ellen. »Was macht der Kleine?«

Sie legte die Arme auf den Bauch und lächelte. »Sie wächst und gedeiht. Alles, wie es sein soll.«

»Ein Mädchen?«

»Ja. Setz dich, wir müssen über den restlichen Hausstand reden.« Sie ließ sich schwerfällig auf einen Stuhl sinken und wartete, bis der Dieter und er ebenfalls saßen.

»Schieß los«, eröffnete Frank das unliebsame Gespräch.

»Also, die Regelung unserer Hausratssachen steht noch aus, wie du weißt.« Sie funkelte ihn an. »Ich habe den Anwalt angerufen und ihn gefragt, wie das alles weiterlaufen soll. Er hat gesagt, wir können das beim Scheidungstermin endgültig klären.«

»Welchen Anwalt? Hast du dir inzwischen einen eigenen genommen?«

»Nein.« Sie strich sich die Haare aus dem Gesicht. »Ich begreife nicht, wie es überhaupt zu dem Ärger kommen konnte. Doch eines nach dem anderen. Ich habe Rouwen Schober um einen neuen Termin gebeten, und er meinte, wir könnten uns noch im Dezember scheiden lassen. Vorausgesetzt wir sind besonnen genug, uns endgültig über die Dinge zu einigen, die noch ausstehen.« Sie drehte sich zum Wohnzimmer um. »Wie zum Beispiel die Couchgarnitur.«

»Die Couchgarnitur und vielleicht diese Esszimmermöbel, die wir gemeinsam angeschafft haben, nicht?«

Ellen stöhnte. »Frank, ich verstehe nicht, warum du querschießt.«

»Ich schieße quer? Habt ihr allen Ernstes angenommen, ich lasse all das einfach zurück? Die Dinge gehören mir genauso wie dir.«

Der Dieter stand wortlos auf, ging zur Küche und kam mit zwei Bierflaschen zurück. Nachdem er sie geöffnet hatte, stellte er eine vor Frank auf den Tisch. »Wir sehen das ein und wollen abklären, was du dir nimmst und was hier bleibt.« Er stieß mit seiner Flasche gegen die von Frank und sagte: »Prost.« Als Frank seine Geste nicht erwiderte, zuckte er mit den Schultern und trank einen Schluck. »Es ist niemandem gedient, wenn wir das Ganze weiter hinauszögern.«

»Nein, ist es nicht. Ihr erklärt euch mit meinen Wünschen einverstanden?«

Ellen legte den Kopf schief und atmete laut durch. »Im Prinzip. Aber mal ganz ehrlich, Frank, warum willst du unbedingt die Récamière haben? Wie sieht unser Wohnzimmer hinterher denn aus, wenn sie fehlt?«

Frank erinnerte sich, wie er vor drei Jahren um dieses Möbelstück hatte kämpfen müssen. Sie war, wie der Dreisitzer, aus Leder. Ellen hatte die Form nicht gefallen, sodass sie lieber noch einen weiteren Sessel zur Garnitur gekauft hätte. Erst nach langen Gesprächen hatte sie sich einverstanden erklärt. Innerhalb kürzester Zeit war die Récamière zu ihrem Lieblingsplatz avanciert. Im ersten Jahr hatten sie abends noch gemeinsam darauf gesessen, danach war es zu einem heimlichen Wettstreit gekommen, wer das Möbelstück als Erster eroberte. War es kindisch von ihm, auf der Herausgabe der Récamière zu bestehen? Andererseits würde sie perfekt in Lucys Wohnung passen.

»Das ist mein persönliches Möbelstück, das weißt du. Du wolltest sie nicht haben. Kauft euch einen Sessel, wie du es ursprünglich wolltest.« Während er es sagte, fühlte er Widerwillen und dachte eine Sekunde daran, um des Friedens willen nachzugeben.

»Ich liebe die Récamière. Deine Lucy hat doch alles in ihrer Wohnung. Echt, Frank, ich weiß nicht, was das soll!«

»Lass Lucy da raus, sie hat nichts damit zu tun.«

Ellen kniff die Augen zusammen. »Wenn ich mich nicht täusche, wird sie dich noch heftig überraschen, das kann ich dir sagen, mein Lieber!«

Misstrauisch runzelte er die Stirn. »Was meinst du damit?«

»Letztens, nach der Chorprobe, hat sie mir gestanden, dass sie sich ein Kind wünscht.«

»Das hat sie nicht«, sagte er matt.

Ellen verschränkte die Arme über dem Bauch. »Wohl. Ich habe es genau verstanden.«

Frank schob die unangetastete Bierflasche zum Dieter über den Tisch und erhob sich. »Ich gehe jetzt. Das mit der Scheidung habt ihr in der Hand. Ich will die Récamière, den Rest könnt ihr von mir aus behalten. Wenn euer Baby nicht als Kuckuckskind zur Welt kommen soll, können wir gerne nächsten Monat alles über die Bühne bringen.« Er beugte sich vor. »Ich bitte Rouwen gleich morgen, den neuen Termin zu vereinbaren. Je eher wir geschieden werden, desto besser.«

Nachdem er mit Wut im Bauch nach Beaumarais gelaufen war, zog Frank sich um und griff nach seinem MP3-Player. Als er losjoggte, ließ er Metallica abspielen, um den Kopf frei zu kriegen. Er benötigte allerdings eine ganze Weile, bis er alle Gedanken an Kinder, Frauen und Möbel vertrieben hatte. Erst spät bemerkte er, dass er bis nach Wallerfangen gelaufen war, und beschloss kurzerhand, Herbert aufzusuchen. Ein Bier würde ihm jetzt guttun. Den Gedanken an Lucy, die auf ihn wartete, schob er nach hinten. Das hatte Zeit bis zum Abend.

Als er an Herberts Tür klingelte, dachte er kurz darüber nach, ob dessen Mutter seinen Besuch in Laufshorts und Sportshirt möglicherweise unpassend finden würde, doch als er sich Herberts Freizeitkleidung vor Augen führte, schüttelte er den Gedanken ab. Sie war Kummer gewohnt, was das anging. Die Tür öffnete sich nach ein paar Minuten, und tatsächlich stand Herberts Mutter dahinter, mit glühenden Wangen und in einer riesigen Schürze. Aus der

Diele drang ein verführerischer Duft nach Rinderbraten und Rotkraut.

»Ach, Frank, wie schön, dass du mol kummscht! Willscht de grad mit uns esse? Ich hann Rindfleisch un Schneebällcher mit Blaukabbes gemacht.«

Schneeballen? Da konnte er nicht widerstehen. Er liebte die Klößchen aus gekochten Kartoffeln, eine aufwendige Speise, die eigentlich nur seine eigene Mutter perfekt beherrschte.

»Da sage ich nicht Nein, Frau Grühnkool. Wenn ich Ihnen nicht zur Last falle.«

»Ach was, Bub, das bringt e scheeni Abwechslung. Dann kummt de Herbert ach endlich aus seinem Loch raus.«

»Loch?«

Sie schnalzte mit der Zunge und ging in ihrem behäbigen, leicht wiegenden Gang vor ihm her durch den Flur, zeigte auf die Tür, die offensichtlich zum Keller führte, und bedeutete ihm, in die Wohnküche zu gehen, wo auf dem kleinen Tisch anstatt des sonst üblichen welligen Wachstuchs eine weiße Damasttischdecke lag.

Geschäftig wackelte Frau Grühnkool zum großen Schrank, um Geschirr herauszuholen, und redete ununterbrochen, während sie den Tisch deckte. »Jo, der Bub verbringt ball sei komplett Freizeit do unne. Bestimmt hängt der rund um die Uhr im Internet«, schloss sie vorerst ihren Monolog. Sie zog ein betrübliches Gesicht, strich sich über die mit Spitze verzierte Schürze, deren Rüschen offenbar lange nicht mehr gebügelt worden waren, und ging zum Herd, wo sie mit einem hölzernen Löffel in einem Topf rührte. »Se sinn gleich gutt.« Sie drehte sich zu Frank um. »Wenn du dir schun mol e Bier aus'm Kühlschrank hollscht, ruf ich grad de Herbert.«

»Ich würde noch schnell ins Bad gehen, um mir die Hände und das Gesicht zu waschen«, erklärte er, was Frau Grühnkool ein zustimmendes Lächeln entlockte.

Als Frank kurz darauf seine Hände in dem alten, beigefarbenen Waschbecken unter den Wasserstrahl hielt, fragte er sich, wie man mit einem dunkelbraun gefliesten Badezimmer überleben konnte. Und Herbert schien es nicht weiter zu stören, dass sein Rasierpinsel und das übrige Zubehör mitten auf der Ablage vor dem Spiegel standen.

»Kumm esse«, hörte er Frau Grühnkool rufen, nachdem er den Hahn zugedreht hatte.

Als er zur Tür hinaustrat, stand Herbert im Flur. Er grinste überrascht. »Ei, wer ist denn das? Tag, Frank!« Er schlug ihm gegen den Oberarm und musterte ihn von oben bis unten, blieb eine Sekunde an seinen Beinen hängen. »Stramme Waden!«

»Ich war joggen und dachte, ich schau bei dir vorbei. Wusste nicht, dass ihr noch nicht gegessen habt.«

»Sonntags lassen wir uns Zeit.« Herbert holte zwei Stubbis und öffnete sie. Die beiden Biergläser, die seine Mutter auf den Tisch gestellt hatte, platzierte er auf der Arbeitsplatte.

Seine Mutter war derweil damit beschäftigt, die Klöße aus dem Wasser zu heben. »Herbert, kannscht du es Fleisch schneide?«, fragte sie.

Kurz darauf ließen sie sich den Festtagsbraten schmecken. »Fein«, lobte Frank die Kochkünste von Frau Grühnkool. »Das rettet mir den heutigen Tag.«

Herbert wies kauend mit der Gabel in Franks Richtung. »Warum, was ist passiert?«

»Zuerst hat Lucy erneut einen Unfall gehabt. Sie ist im Hauptbahnhof auf die Gleise gestürzt und konnte gerade noch gerettet werden, bevor der Zug sie erwischte.«

Frau Grühnkool stieß ein entsetztes Quieken aus. »Wie furchtbar! Wie geht es ihr?«

»Ganz gut, sie ist noch im Krankenhaus, hat es aber bis auf ein paar Kratzer und Prellungen unbeschadet überstanden.«

Herbert runzelte die Stirn. »Wie ist das passiert? War jemand anderes involviert?«

»Sie sagt, sie sei gestoßen worden. Es gibt keine Zeugen.«

»Irgendwelche Spuren?«

»Nichts.«

Frank schob ein Stück Fleisch in den Mund. Der Braten war, wie er sein sollte, herrlich zart. Die Soße schmeckte ebenfalls hervorragend, und das Rotkraut enthielt die perfekte Menge Nelken. Lediglich die Schneebällchen waren für Franks Geschmack einen Tick zu fest.

»Mann, die hat ein Wahnsinnstalent, sich in die Kacke zu reiten«, erklärte Herbert, das Schnauben seiner Mutter ob seiner Wortwahl ignorierend. »Toller Sonntag, was?«

»Das ist noch nicht alles. Ellen hat mich zum Appell gerufen, wir haben gestritten.«

»Nee, oder? Was hat se zu meckern gehabt?«

Frank zögerte kurz bei Herberts schnoddriger Ausdrucksweise, doch letzten Endes hatte er recht. »Ach, es geht um unseren gemeinsamen Besitz. Wir müssen aufteilen, und die Meinung von Ellen und dem Dieter deckt sich nicht unbedingt mit meiner.«

»Es Ellen kritt doch ebbes Kläänes, oder?«, fragte Herberts Mutter. Auf Franks zustimmendes Nicken lächelte sie verklärt. »E Schwangerschaft kann e Frau schun veränneře. Weißt du, die zwei müsse es Nest fürs Küken baue, das muss ma verstehen.«

Herbert stöhnte. »Oh, Mudder!«

»Motz du nur. Du hascht's nit zustann gebrung. Ach, was hätt ich mir e Enkelsche gewünscht! Und du, Frank, wärscht du nit ger Babba genn?«

Dieses Mal stöhnten Frank und Herbert unisono. Herbert legte die Hand auf Franks Unterarm. »Tja, Kumpel, das nennt man ›vom Regen in die Traufe kommen‹. Musst dir erst das Genöle von deiner Ex anhören, und nun kommt meine Mutter mit den gleichen Parolen.«

»Ach was, so war das nit gemännt«, versuchte Frau Grühnkool, ihre Worte abzuschwächen. »Es muss halt jeder selber wisse, ob er Nachwuchs will oder nit.«

»Richtig, Frau Grühnkool, das muss jeder für sich entscheiden. Ich gönne Ellen und dem Dieter, dass sie ihren Kinderwunsch erfüllen. Aber mir geht es langsam auf den S… die Nerven.«

»Weißt du was, wir beide fahren in die Stadt und trinken dort einen zusammen, einverstanden?« Herbert schob seinen leer gegessenen Teller von sich.

Wie der Rest des Tages im Detail verlief, konnte Frank hinterher nicht rekapitulieren. Herbert musste ihn mit seinem uralten Wagen, den er selten benutzte, zu Lucys Wohnung gebracht haben, damit er sich umziehen konnte, danach waren sie wohl in die Innenstadt zu einer der Kneipen gefahren. Immerhin hatten beide genug Verstand bewiesen, zu Fuß nach Hause zu gehen. Da die nächstgelegene Adresse von der Fußgängerzone die Ludwigstraße war, hatten sie offenbar entschieden, in seiner alten Kellerwohnung zu nächtigen.

Am nächsten Morgen weckte ein Pochen Frank aus seinem Tiefschlaf. Es dauerte eine Weile, um zu erkennen, dass das Hämmern in seinem Kopf herrschte, und noch ein wenig länger dauerte es, bis Frank trotz des Schmerzes die Augen öffnete. Nur langsam wurde die Sicht klar, als er die bleischweren Lider hob. Er konnte nicht deuten, was er vor sich auf dem Kissen sah: einen verschwommenen beigen Gegenstand, rund. Etwas darauf glänzte. Über dem hellen Fleck erkannte er einen Knubbel, auf dessen beiden Seiten zwei Streifen Härchen und darüber buschige graue Augenbrauen … Mit einem Schlag hellwach, versuchte er, sich aufzusetzen, gab rasch auf und ließ sich zurücksinken. Herbert lag neben ihm im Bett! Unter dem Schnurrbart stand sein Mund offen und ließ kernige Geräusche sowie eine nicht zu verkennende Geruchsspur frei. Sein Gesicht war gerötet, Frank konnte deutlich die Äderchen auf den Wangen erkennen. Nur mit äußerster Willensanstrengung war Frank in der Lage, seine Augen weit genug nach unten zu bewegen, um zu begreifen, dass sein Partner mit freiem Oberkörper neben ihm lag. Einen Arm hatte er um Frank gelegt, dessen Rumpf – zu seinem eigenen Entsetzen – ebenfalls entblößt war.

Frank zwang sein Gehirn, den Dienst wieder aufzunehmen. Was zur Hölle war gestern geschehen, wie waren er und Herbert hier gelandet, zusammen in seinem Bett?

Eine Wolldecke bedeckte ihre Unterkörper. Wenigstens brauchte Frank nicht nach seiner Hose zu tasten, er konnte sie an seinen Beinen spüren. Wie es damit um Herbert bestellt war, wollte er lieber nicht wissen. Vorsichtig schob er dessen Arm zur Seite, woraufhin dieser sich grunzend auf den Rücken drehte. Sein Kinn sackte nach unten, und seinem Schnarchen waren damit Tür und Tor geöffnet. Frank stöhnte vor Schmerz und vor ungläubigem Entsetzen.

Als er aufstand und gebeugt, die Hände am Kopf, zum Bad schlich, in dem zum Glück noch ein paar Handtücher lagen, kehrte die Erinnerung an den gestrigen Tag zurück, zumindest teilweise … Lucy! Seine Liebste lag im Krankenhaus, und er hatte sie nicht mehr besucht. Stattdessen hatte er sich offenbar mit Herbert in seinem Ehestreitfrust hemmungslos besoffen und war anschließend hier versackt.

In Ermangelung von Seife wusch Frank sich mit heißem Wasser, stieg in die Kleidung von gestern und stand wenig später, deutlich erfrischt, nichtsdestotrotz mit hämmerndem Schädel, vor Herbert, der einen traurigen Anblick bot. Seine grauen Haare waren ebenso verstrubbelt wie der Schnurres, die Rumpfbehaarung, die mittlerweile offenbar flächendeckend nachgewachsen war, wies viel Silber auf und ließ seine Haut käsiger wirken, als sie ohnehin war. Die braune Wolldecke war noch ein Stück weiter hinuntergerutscht, und voller Widerwillen musste Frank nun erkennen, dass Herbert allem Anschein nach seine Unterhose ausgezogen hatte. Vermutlich war er es gewohnt, nackt zu schlafen, und hatte sich nicht weiter daran gestört, seinen Kollegen neben sich zu haben. Frank stieß einen tiefen Seufzer aus. Saufen war schlecht fürs Wohlbefinden, das stellte er regelmäßig fest, wenn er sich die Kante gab. Der Hangover fiel jedes Mal heftiger aus.

Er beugte sich über das Bett, zog die Decke ein Stück hoch und rüttelte vorsichtig an Herberts Schulter. »He, Schlafmütze!«

Sein Partner fuhr hoch, Frank beglückwünschte sich dazu, die Decke über seine Hüften gezogen zu haben, und musste bei Herberts zweifelndem Blick beinahe laut lachen.

Dieser zuckte zusammen, legte die flache Hand auf die Stirn und stöhnte. »Jessesmarja, was ist passiert?« Blinzelnd betrachtete er Frank, tastete mit der Hand unter die Decke und riss die Augen auf.

»Tja, Kumpel, wenn du es nicht weißt … Ich habe keine Ahnung. Mein Schädel dröhnt genauso wie deiner vermutlich.«

Herbert blickte sich um, entdeckte neben dem Bett seinen Kleiderhaufen und angelte nach der Feinrippunterhose. Er räusperte sich. »Ich zieh mich an.«

»Kannst die Dusche benutzen. Ist zwar keine Seife da, aber das Wasser wirkt Wunder.«

Herbert schälte sich umständlich unter der Decke hervor und hielt die Unterhose vor sich. Er warf Frank einen Blick zu und griff nach den übrigen Kleidern, den Schlüpfer ließ er zur Seite baumeln.

Indigniert wandte Frank sich ab und murmelte: »Im Bad liegt ein Handtuch.«

Zehn Minuten später traten sie aus der Wohnung und stiegen die Treppe hinauf ins Erdgeschoss. Keiner von beiden sagte ein Wort, viel mehr litten sie still vor sich hin.

»Das glaub ich jetzt nicht«, erklang eine erboste Frauenstimme von oben, und Frank erblickte Ellen im Hausflur. Sie starrte ihn und Herbert an, wobei ihr Mund aufklappte. »Habt ihr zusammen hier geschlafen?«

Herbert stieß einen seltsamen Laut aus, den Frank als Ergebnis der Kopfschmerzen interpretierte.

»Das geht dich nichts an, Ellen«, erklärte Frank so ruhig wie möglich, öffnete die Haustür und ließ Herbert den Vortritt.

Gemeinsam verbachten sie den Rest des Vormittages ähnlich wie sie ihn gemeinsam begonnen hatte – jammervoll und schweigend. Wie sich auf der Wache herausstellte, hatten die Kollegen sich bereits Gedanken über eine Weihnachtsfeier im Advent gemacht. Tina hatte in den letzten paar Jahren bemängelt, sie seien immer viel zu spät dran gewesen, und die Sache frühzeitig in die Hand genommen.

Mit seinem durch das Schmerzmittel leicht vernebelten Hirn begriff Frank, dass alle damit einverstanden waren, im Dezember einen Ausflug zur Saarschleife zu machen, wenn möglich Boot zu fahren und zum Abschluss in ein Lokal einzukehren. Ihm sollte es recht sein. Die Vorstellung schien sogar verheißungsvoll, da die Familien und Partner mit eingeladen werden sollten. Er würde versuchen, Lucy zu überreden. Nur mühsam konnte Frank sich auf seine Arbeit konzentrieren. Er verschanzte sich hinter seinem PC und tat, als sei er mit dem Schreiben der liegen gebliebenen Berichte vollauf beschäftigt.

Am Nachmittag gesellten sich Lucys vorwurfsvolle Fragen, warum er sie gestern nicht mehr besucht und wieso es so lange gedauert hätte, bis er sie endlich nach Hause holte, zu einem Haufen unangenehmer Geschehnisse. Dabei war die Tatsache, dass er beim Abholen seines Mini eine ansehnliche Summe Geldes zahlen und sich obendrein dumme Bemerkungen gefallen lassen musste, noch das harmloseste Ereignis. Herbert hingegen schien nach dem Vorfall in Franks alter Wohnung noch mehr durch den Wind zu sein als vorher. Anscheinend war ihm das Ganze höchst peinlich, was er mit völligem Totschweigen der durchzechten Nacht zu überspielen versuchte – womit er für Franks Begriffe die ideale Strategie wählte.

15. ALLES WIRD BESSER

Es war ein Fehler gewesen. Zum Glück hatten sie keine Spuren gefunden und keiner hatte ihn gesehen. Langsam wurde dieses Weibsstück zur Obsession. Sie ließ ihn leichtsinnig werden. Noch nie hatte er derart nahe am Abgrund gestanden. Womöglich sollte er sich selbst den Garaus machen, anstatt ihr hinterherzujagen. Am besten jetzt gleich.

Er zog die Schubladen der Werkbank auf, um ein geeignetes Hilfsmittel zu finden. Seine Waffe lag oben, sie wäre ohnehin zu laut. Nein, niemals hatte er mit der Waffe getötet. In der dritten Schublade stieß er auf einen Gegenstand, der ihn zusammenzucken ließ. Hatte er ihn mitgenommen, ohne es zu bemerken? Während er danach griff, durchflutete ihn erneut das Gefühl grenzenloser Macht. Dieses Gefühl war es, das ihn süchtig machte. Er war Herr über Leben und Tod. Es hatte lange gedauert und wehgetan, zu begreifen, dass man um seine Eigenständigkeit kämpfen musste. Wenn man nicht Scheiße fressen wollte, musste man das Notwendige dagegen tun. Töten oder getötet werden, so lautete das Gesetz. Alles andere war vorgetäuschter, schöner Schein.

Er drückte den Knopf des Feuerzeugs und spürte den Rausch der Macht, als die Flamme aufleuchtete. Und sie wusste nicht, dass er es besaß! Er hielt die Flamme unter seinen Daumen, bis die Haut sich rötete und spannte. Den Schmerz fühlte er nicht. Das Wissen, dass sie jetzt irgendwo saß und sich vor Angst kaum noch vor die Tür wagte, ließ das Blut kraftvoll durch seine Adern rauschen und füllte seine Brust mit Wärme. Nein, sich selbst zu töten gehörte nicht zum Gesetz. Wie war er auf diesen blödsinnigen Gedanken gekommen?

Er stellte das Feuerzeug auf den kleinen Rahmen, der die Werkbank umlief, griff nach dem schwarzen Edding in der Stifteschale und malte eine Fratze auf das Foto in der fünften Reihe an der Wand.

»Dummes Stück Scheiße, so siehst du in Wirklichkeit aus«, murmelte er. »Und ich bestimme über dich!«

In der Schule haben wir irgendwann die vier Temperamente durchgenommen. Ich versuche, mich daran zu erinnern, um Ihnen zu erklären, wohin mein Gemütszustand sich entwickelt. Meine Zwillingsseele lässt mich manchmal hin und her springen, je nachdem, ob Lady Tough oder Heulsuse gerade die Oberhand hat. Ich zweifle nicht zum ersten Mal an meiner eigenen mentalen Stabilität. Und doch bin ich tief in meinem Innern, dort, wo es keine Worte gibt, sondern reine Emotion, völlig klar: Ich drehe nicht am Rad.

Zurück zu den Temperamenten. Lady Tough, da stimmen Sie mir bestimmt zu, könnte man als Cholerikerin bezeichnen. Sie ist aufbrausend und schnell mit Strafvorschlägen bei der Hand. Heulsuse wirkt dagegen eher phlegmatisch, sie kreist ausschließlich um ihr eigenes Wohlbefinden und schert sich kaum darum, wie ich mich persönlich dabei fühle. Ich habe in den letzten Monaten von jedem Temperament einen Teil mitgenommen und bin jetzt, nach einer Phase der Melancholie, beim Sanguinismus angelangt. Wenn es stimmt, was ich davon in Erinnerung habe, kennzeichnet mich genau das: Ich habe mir eine Unbekümmertheit zu eigen gemacht, mit der ich das über mir schwebende Damoklesschwert ignoriere und stattdessen jeden Strohhalm dankbar ergreife, der mir entgegengestreckt wird. Und zunehmend besser gelingt es mir, heiter zu bleiben. Hat man erst begriffen, dass der Tod so oder so mit seinen kalten Klauen nach einem greifen wird, wird es unerwartet leicht, den Tag zu pflücken und sich jeder Sekunde des Lebens zu freuen.

Sehen Sie es? Ich bin gereift! Der Bahnhofunfall liegt nun über zwei Wochen zurück, meine Aufregung hat sich gelegt, manchmal frage ich mich, ob ich nicht durch meine eigene Unachtsamkeit den Bahnsteig hinuntergestürzt bin. Klingt das glaubwürdig? Mir völlig egal. Die Polizei hat übrigens ein Auge auf mich, ist das nicht nett? Jeden Tag fährt mehrfach ein Streifenwagen durch unsere Straße. Außerdem ist Frank bei mir, mein geliebter, schöner Kommissar. Was soll ich mir also ins Hemd machen?

Wie jeden Morgen frühstücken Frank und ich heute gemeinsam. Er liest den Sportteil der Saarbrücker Zeitung, ich die Regionalseiten. Ich entdecke voller Freude eine Ankündigung unseres Adventskonzerts, das wir in der Bettinger Mühle in Schmelz aufführen werden. Kurz darauf verabschieden wir uns, doch gerade, als ich Frank küssen möchte, habe ich diesen komischen, schalen Geschmack im Mund. Fast jeden Morgen steigt der inzwischen hoch und verursacht mir eine latente Übelkeit. Ob ich krank bin?

»Fahr vor, Frank, ich muss noch mal ins Bad.«

»Hast du keine Angst, wenn du allein los musst?«

»Nein, ist okay. Ich passe auf mich auf.«

Meine Übelkeit behalte ich für mich, sie beunruhigt mich nämlich ziemlich. An diesem Tag ist es noch schlimmer als sonst. Kaum im Bad, muss ich mich übergeben. Steckt dahinter die unterdrückte Angst oder ist es am Ende etwas anderem geschuldet? Ich setze mich auf den Klodeckel und warte, bis das Zittern verschwunden ist, das mich bei diesen Attacken regelmäßig überfällt. Soll ich mich der Wahrheit in Form eines Schwangerschaftstests endlich stellen? Eines Schwangerschaftstests, den ich bereits seit zwei Wochen mit mir herumtrage – seit ich mir die knallbunte neue Tasche gekauft habe, die meinen kultigen, alten Beutel trotzdem nur unzureichend zu ersetzen vermag.

Ich gehe also hinaus, krame das längliche Päckchen aus der Tasche und kehre ins Bad zurück. Ein Blick auf die Uhr sagt mir, ich sollte mir nicht allzu viel Zeit lassen, sonst wird es Ärger mit Dürri geben. Natürlich arbeite ich nach wie vor im Callcenter und nein, ich habe keinen anderen Job gefunden. Kurz stehe ich vor dem Spiegel und versuche, mein Gegenüber davon zu überzeugen, besser gleich zur Arbeit zu gehen und den Test auf später zu verschieben. Die Packung hält mir entgegen, dass ich eine einzige Minute auf das Ergebnis zu warten brauche. Ein bisschen überrascht bin ich trotzdem, als ich wenig später auf der Toilette sitze und das Plastikstäbchen in den Urinstrahl halte. Welcher Temperamentsbestandteil hat mich das jetzt konsequent durchziehen lassen?

Unglaublich, welche Macht ein Stück Plastik hat. Diese Minute ist die längste meines Lebens. Ich starre das Teil an und sehe, wie ein erster Streifen entsteht, der anzeigt, ob der Test funktioniert hat, und danach ein zweiter, der mir sagt, was ich definitiv nicht wissen will.

›Soll ich laut lachen, Herzchen?‹, erklingt sofort eine ungebetene Stimme, um mich sogleich nachzuäffen: ›Definitiv nicht wissen …‹.

›Oh, wie wunderbar‹, jubelt die zweite.

Ich zittere noch am ganzen Körper und starre auf die beiden Streifen. Der eine ist ausgesprochen blass, oder?

Kaum zu sehen! Ich zerre die Packungsbeilage hervor und lese, dass das Ergebnis fast hundertprozentig sicher ist. Ich kann mich darauf verlassen, und herzlichen Glückwunsch, ich bin schwanger!

Ich röchle atemlos: »Hhhhh«, bis Lady Tough mich anfährt, ich solle mit der Show aufhören. ›Das ist es, was du willst, Herzchen, verarsch uns nicht.‹

Hat sie recht?

›Und ob, oder erinnerst du dich nicht mehr an den allerersten Punkt auf deiner Liste?‹, klärt mich Heulsuse auf.

Wenn sie unterschiedlicher Meinung sind, sind die beiden kaum zu ertragen – noch schlimmer ist es bloß, wenn sie das Gleiche sagen und wollen! Sie brechen in Gelächter aus, als sich dieser Gedanke in meinem Kopf formt. Und ich?

Bin durch den Wind. Habe ich eben davon gefaselt, wie heiter und gelassen ich bin? Pustekuchen! Was mache ich bloß?

Das Klingeln des Telefons reißt mich aus meinen verzweifelten Überlegungen. Ich eile hinaus und gehe ran, ohne mir im Klaren zu sein, wie viel Zeit inzwischen verstrichen sein mag.

»Lucy Schober«, melde ich mich mit matter Stimme. Mit Schrecken erkenne ich die Nummer auf dem Display: das Callcenter.

»Is bei dir alles klar?« Lenas Stimme klingt besorgt, die Gute!

Bei mir öffnen sich die Schleusen. »Lena, du bist dermaßen *lieb*«, schluchze ich ins Telefon.

Ich höre ihr Keuchen, bevor sie mit ängstlicher Stimme fragt: »Was is passiert?«

»Ich … Ich … Ich …« Ich kann es nicht aussprechen.

Komischerweise bemerke ich allerdings, wie sich meine

Körperchemie ändert. Das Heulen ist nicht etwa Ausdruck von Angst, Trauer oder Frustration, nein, es dreht sich hier eher um dieses gerührte, emotionale Glücksheulen. Kennen Sie das?

»Lucy!« Lenas Frequenz steigt nun ziemlich hoch. »Was is'n? Saa mol!«

Wenn sie damit mal nicht das gesamte Büro auf sich aufmerksam macht. Und als hätte ich es nicht geahnt, höre ich stante pede eine zweite Stimme. Eine verhasste Stimme, eine, die sich überall einmischen muss.

»Hat sie gehabt weiteres Unfall?«

»Hört die scheinheilige Schlange etwa mit?«, zische ich. »Ich kann es dir im Augenblick nicht sagen, Lena, aber ich komme heute später.«

Ohne auf die Antwort zu warten, lege ich auf. Setze mich auf einen der Stühle und starre in die Luft. Schwanger.

Überrascht bemerke ich, dass ich eine Hand auf meinen Bauch gelegt habe – der übrigens noch immer flach ist. Komisch. Trotzdem fühlt es sich an, als beginne meine Handinnenfläche zu kribbeln. Da drinnen wächst jemand heran, der aus Frank und mir entstanden ist. Ein Winzling, der zu seinem und meinem Kind werden wird. Unfassbar, wie intensiv das Gefühl ist, das sofort all meine Nerven- und Sinneszellen überflutet. Ich fühle mich, als würden sämtliche Körperzellen neu justiert. Verstehen Sie? Als würde man die Festplatte eines PCs löschen und alle Programme neu installieren. Ach, ich kann es nicht angemessen beschreiben. Es ist eine heimliche Sensation, die sich da vollzieht, und ich genieße es, sie allein zu erleben.

›Du musst es Frank sagen‹, erklärt Lady Tough kategorisch, und Heulsuse stimmt mit einem lauten ›Ja!‹ zu.

»Es Frank sagen«, murmle ich. »Unbedingt.«

Und jetzt zieht sich mein Bauch zusammen. Mist, ich

habe Angst davor! Hat er mir nicht deutlich gezeigt, dass er kein Kind haben will? Ich Abziehbild der typischen Chick-Lit-Tussi erfülle mit Pauken und Trompeten ein weiteres Klischee, wenn nicht das Klischee schlechthin: Ich bin schwanger mit dem Kind eines Mannes, der noch verheiratet ist und der sich darüber hinaus kein Kind wünscht!

›Schert dich das etwa?‹ Lady Tough, wer sonst?

Schert es mich? Was überhaupt? Dass ich schwanger bin, dass ich alle Klischees erfülle, die je erfunden wurden, oder dass Frank kein Kind will? Meine liebe Lady Tough, würden Sie Ihre Fragen ein bisschen konkreter stellen, bitte?

›Hahaha, ich lache mal laut. Ich kann nur formulieren, was du mir vorgibst, das ist dir hoffentlich klar, Herzchen?‹

Herzchen! Habe ich jemals zu irgendjemandem ›Herzchen‹ gesagt? Na bitte!

›Sie hat trotzdem recht, Schnucki. Wir beide sind Teil von dir, und es ist allein deine Hirnmasse – oder was da oben Gedanken produziert –, die uns die Worte in den Mund legt.‹

»Pah, lasst mich in Ruhe, ihr beiden.«

Die Zwillinge brechen in Gelächter aus! Einmütig, in amüsierter Tonlage – eben ›äner Kopp unn äner Arsch‹, wie der Saarländer es ausdrücken würde. Sie lassen sich nicht von mir beeindrucken, mag meine Sprache auch in den Fäkalbereich abrutschen. Sie beharren auf einer Antwort, und zwar auf alle drei Fragen.

Nun denn: Natürlich schert es mich, dass ich schwanger bin – derart doof kann man gar nicht fragen. Und ich freue mich darüber. Natürlich schert es mich *nicht*, ob ich Klischees erfülle, und wenn ja, auch nicht, wie viele.

Und drittens: Natürlich schert es mich, wie Frank dazu steht. Ihn betrifft das schließlich nicht nur peripher.

›Ergo musst du es ihm schnellstmöglich sagen!‹

Muss ich das? Geistesabwesend habe ich meine Daunenjacke angezogen und lege mir einen Schal um. Unter Umständen bekommen wir einen richtigen Winter, und ich muss ab heute Fürsorge tragen, nicht mehr allein für mich, sondern für mein Baby. Unglaublich, wie sich ein solcher Gedanke anfühlt. Wenn Sie das noch nie erlebt haben, kann ich es Ihnen herzlichst empfehlen.

Auf dem Weg zum Großen Markt bin ich noch fest entschlossen, mich mit Frank zum gemeinsamen Mittagessen zu verabreden, um ihn in die wunderbare Neuigkeit einzuweihen. Meine Füße haben die Richtung zum Callcenter bereits eingeschlagen, zehn Minuten später ertappe ich mich jedoch dabei, eine andere Tür aufzuziehen. Es ist die zum Ärztehaus, in dem meine Gynäkologin ihre Praxis betreibt. Obwohl ich keinen Termin habe, empfängt man mich voller Verständnis. Ich darf eine Urinprobe abgeben.

Während ich im Wartezimmer sitze, zittern meine Hände und mein Herz wummert. Was, wenn mein Test falsch war? Ich gestehe mir ein, ich wäre enttäuscht! Unter gesenkten Lidern hervor beobachte ich die Frau auf dem Stuhl mir gegenüber, die entspannt in einer Zeitschrift blättert und gelegentlich ihren Bauch streichelt. Sie bemerkt anscheinend meine Blicke und lächelt mir zu, da wird die Tür aufgerissen und eine schwarzhaarige Patientin tritt herein. Augenblicklich wird mir mulmig zumute. Ich erkenne sie sofort, und auch sie braucht nur wenige Sekunden, bevor ihre Augenbrauen sich zusammenziehen und der resignierte Zug um ihren Mund sich verhärtet. Mit durchgestrecktem Rücken dreht sie sich zur Garderobe, wo sie ihren Mantel auf einen Bügel hängt, bevor sie sich den von mir am weitesten entfernten Sitz aussucht und sich ohne ein Wort darauf fallen lässt. Meine Euphorie und Vorfreude auf das Ergebnis des ärztlichen Schwangerschaftstests werden erheblich getrübt durch das schlechte Gewissen Jenny Lammick gegenüber. Hätte ich geahnt, dass sie zur selben Gynäkologin geht, hätte ich mir flugs einen anderen Frauenarzt gesucht.

Erneut öffnet sich die Tür. Die Arzthelferin, die mir den Urinbecher gegeben hat, lächelt mich mit dem Ausdruck einer Glücksgöttin an, und mein Impuls, sie mit Handzeichen zum Schweigen zu bringen, verpufft, da sie ohne Rücksicht auf Anwesende und deren mögliche Schicksale sofort mit der freudigen Nachricht herausplatzt: »Frau Schober, herzlichen Glückwunsch, Sie sind schwanger!«

Jenny Lammick stößt einen erstickten Laut aus. Sie sitzt da mit weit aufgerissenen Augen und hält die Faust vor den Mund. Als die andere Patientin mir erfreut quiekend »Herzlichen Glückwunsch« entgegenjubelt, springt Jenny auf und hastet zur Garderobe, zerrt ihren Mantel herunter und schiebt sich an der Arzthelferin vorbei, um die Praxis fluchtartig zu verlassen.

»Was war das denn?« Die junge Helferin starrt auf die langsam ins Schloss fallende Glastür der Praxis.

Ich erhebe mich mit zitternden Knien. »Eine entfernte Bekannte. Sie hat ihren Mann verloren.«

»Stimmt, das war Jenny Lammick. Schreckliche Sache. Zuerst stirbt der Verlobte und dann verliert sie ihr ungeborenes Kind.« Sie schüttelt den Kopf. »Eine furchtbare Tragödie.«

Sprachlos starre ich die freimütige Arzthelferin an. Die hat ja Nerven! Das hätte sie mir doch überhaupt nicht erzählen dürfen! Und wollte ich etwa wissen, dass Jenny Lammicks Schicksal noch schlimmer ist als befürchtet? Sie muss mich hassen, jetzt, wo sie live mitbekommen hat … Ich schlucke.

»Ist Ihnen nicht gut? Brauchen Sie eine Spuckschale?«

»Nein, danke. Können wir einen Termin vereinbaren?«

Zehn Minuten später verlasse ich die Praxis und fühle mich wie in Watte gepackt. Klares Denken ist nicht mehr möglich.

Dieser Zustand bleibt die nächste Zeit vorläufig bestehen. Ich glaube, auf meine Umwelt wirke ich ein bisschen konfus. Wenn Sie finden, ich hätte ohnehin ein bisschen konfus gewirkt, darf ich Ihnen versichern: Es ist steigerbar. Ich fühle mich unsicher, gleichzeitig überglücklich. Und denke täglich daran, Frank in das Wunder einzuweihen. Aber … Ach, die passende Gelegenheit ergibt sich nicht. Darüber hinaus sehe ich in den Augen meines Liebsten nur zu deutlich, dass er es mir längst angemerkt hat. Noch dazu, wo ich seit Wochen keine Pille mehr schlucke. Einen positiven Nebeneffekt der Schwangerschaft genießen wir beide in vollen Zügen: Ich fühle mich viel attraktiver als früher, und mein Schatz sieht das offenbar genauso.

Was soll ich sagen? Die Zeit vergeht, die Arbeit wird in der Vorweihnachtszeit stressig, während meine innere Ruhe sich durch das Ausbleiben weiterer Mordanschläge immer mehr einpendelt. Möglicherweise fühle ich mich unangreifbar, weil mein Körper mir unglaublich stark vorkommt. Was er jetzt alles leistet!

Das Proben mit dem Chor steigert zusätzlich meine positive Gemütslage, die am heutigen 16. Dezember mit unserem Konzert ihren Höhepunkt erreicht. In der Mühle vor den Leuten zu stehen, inmitten der Sangesfreunde und -freundinnen, um mitzuerleben, wie das Publikum am Ende einfach da sitzt und uns gespannt anschaut, bevor es in begeisterten Applaus ausbricht – all das versetzt mich in eine Hochstimmung, wie ich sie noch nicht kannte. Ich könnte die ganze Welt umärmeln!

Frank und Herbert – der Gute ist mitgekommen! – müssen sich leider verabschieden, weil sie zu einem Fall gerufen werden, so bleibe ich mit den Sängerinnen und Sängern auf dem Speicherboden der Mühle zurück, wo wir Tische hingestellt haben, um Pizza zu essen und ausgelassen unseren Erfolg zu feiern. Ich trinke Apfelschorle, was den Argusaugen von Ellen nicht entgeht. Sie kneift die Lider zusammen und schürzt die Lippen, sagt allerdings nichts. Trotzdem ist mir klar, was sie denkt. Ich zwinkere ihr zu, woraufhin sie sich jäh zusammenkrümmt und die Hände über dem Bauch verschränkt. Bitte, diese Reaktion ist ein wenig übertrieben!

»Ellen, was ist los? Hast du Schmerzen?«

Der Dieter sitzt neben ihr und beugt sich erschrocken vor, legt den Arm um ihre Schultern, während Ellen einen dumpfen Laut von sich gibt.

»Es tut weh«, ächzt sie.

Wie ich erkennen muss, hat ihr Verhalten nichts mit mir zu tun, sondern sie verzieht das Gesicht vor Schmerz. In ihren Augen breitet sich Angst aus. Ich springe auf und laufe um den Tisch herum, lege ebenfalls den Arm um ihre Schulter. Ich spüre, wie sehr sie zittert, und mein Herz will überlaufen vor Sorge.

Der Dieter stammelt vor sich hin. »Schatz, sag, was ist los? Was tut dir weh?«

»Der Bauch, du Idiot! Mach was!«

Ich ziehe mein Handy aus der Tasche und wähle die Nummer des Elisabeth-Krankenhauses. Man sagt mir, wir sollen schnellstens zum Kreißsaal kommen. In der Ambulanz ist die Hölle los, weil es alle paar Minuten irgendwo kracht. Wie in jedem Winter haben die heute einsetzenden Schneefälle die Autofahrer und die Räumdienste kalt erwischt. Die Krankenwagen sind rund um die Uhr im Einsatz.

Der Dieter beruhigt sich, nachdem ich ihm klare Anweisungen erteilt habe. Zusammen stützen wir Ellen auf dem Weg zum Auto. Sie hat regelmäßig auf- und abebbende Schmerzen. Kurz entschlossen setze ich mich hinter das Steuer von Dieters Wagen, und glücklicherweise schaffen wir die Strecke von Schmelz nach Saarlouis relativ problemlos.

Bis wir in der Klinik angekommen sind, ist der Dieter in der Lage, zusammenhängende Sätze zu formulieren und erklärt dem Krankenpfleger, dass Ellen in der 36. Schwangerschaftswoche ist und bisher keine Beschwerden hatte. Ich darf mit hinauf in den kleinen Raum, in den Ellen geführt wird. Sie wird an einen Wehenschreiber angeschlossen. Zum ersten Mal höre ich die Herztöne ihres Kindes. Erschreckend, wie schnell das winzige Herzchen wummert, aber man sagt uns, das sei normal. Ellen entspannt sich sichtlich, seit sie hier ist. Die Wehen werden seltener, dann schwächer, und nach zwei Stunden kehrt Ruhe ein. Das Kind im Bauch bewegt sich einige Male sichtbar, was mich gerührt schlucken lässt, dann wird sein Herzschlag gleichmäßiger, und eine seltsame Stille breitet sich aus, einerseits gespannt, andererseits gelassen.

Es ist bereits nach Mitternacht, als eine füllige, freundliche Hebamme Ellen in ein normales Zimmer führt, wo sie noch ein paar Tage zur Beobachtung bleiben soll. Man sagt ihr, es sehe nicht danach aus, als wolle das Kind vor der Zeit auf die Welt kommen.

Nachdem Ellen eingeschlafen ist, bringt mich der Dieter nach Hause. Den Gedanken, noch mal zur Mühle zu fahren, damit ich meinen Twingo abholen kann, verwerfen wir angesichts des stärker werdenden Schneegestöbers. Es ist dunkel, aber der Schnee reflektiert das Licht, vor der Frontscheibe sieht man die dicken Flocken herunterschweben. Ich muss daran denken, dass in mir ein kleines, heranwachsendes Geheimnis schlummert, und gerade erst konnte ich miterleben, wie glücklich es eine Frau machen kann, ein Kind im Leib zu tragen und zu wissen, dass es ihm gut geht. Auch Ellen ist mir heute ein Stückchen mehr ans Herz gewachsen. Tatsächlich, ich fühle mich den beiden verbunden, als wären es Verwandte.

Mit einem Lächeln streichle ich mir über den nicht gewölbten Bauch und bemerke erst, als es kälter wird, dass der Dieter das Auto angehalten und den Motor ausgeschaltet hat. Er beobachtet mich mit großen Augen, dann breitet sich ein Grinsen auf seinem freundlichen Gesicht aus. Mist!

»Sag, Lucy, bist du etwa auch schw…?«

»Nein, Quatsch«, unterbreche ich ihn. »Ich hätte nicht so viel Pizza essen sollen. Danke fürs Heimbringen, Dieter!«

Ich öffne die Tür, steige aus und schaue die Straße entlang. Sternchen wie aus Watte trudeln vom Himmel herab, der Schnee liegt bestimmt an die zehn Zentimeter hoch. Franks Mini ist nirgendwo zu sehen, in meiner Wohnung ist alles dunkel. Unwillkürlich fröstle ich und ziehe die Jacke fester zusammen, bevor ich die Autotür zuschlage.

Der Dieter beugt sich herüber und öffnet die Tür nochmals. »Alles klar, Lucy? Du wirkst angespannt.«

Ist er nicht ein Lieber? Ich krame mit zitternden Fingern in meiner Tasche nach dem Schlüssel und traue mich noch nicht, vom Wagen wegzugehen.

»Ähm, Dieter, kannst d-du mich noch b-bis zur T-tür b-begleiten?« Meine Zähne klappern vor Kälte.

Der Dieter lässt sich nicht lange bitten, sondern steigt aus und bringt mich zum Haus. Ich schließe auf und bedanke mich bei ihm. Er zögert.

»Könnte ich mit dir reden?«

Ich starre ihn an.

»Ähm, ich …«, druckst er herum und wirft einen Blick über die Schulter. »Frank ist doch nicht da. Ich müsste unbedingt offen mit jemandem sprechen, und ich habe niemanden. Es geht um … na ja, um Ellen … und Frank … und mich.« Er verschränkt die Arme vor der Brust. »Und um das Baby.«

Mir wird flau im Magen. Dieters Blick ist so unglücklich und zugleich aufrichtig, dass ich beschließe, ihn hereinzubitten. Während wir im Flur die Treppe hochgehen, beruhigt seine Anwesenheit mich tatsächlich.

Ich biete dem Dieter Wein an, den er mit einem Hinweis darauf, er müsse noch Auto fahren, klugerweise ablehnt. Mit einem Glas Wasser setzen wir uns auf die Couch.

»Schieß los«, sage ich, gespannt, was er auf dem Herzen hat.

»Hmm, das ist jetzt ein bisschen komisch, ich wollte dich fragen, ob du irgendwie … Ja, also, ob du weißt, wann Frank und Ellen das letzte Mal miteinander …« Er verstummt und läuft puterrot an.

Fragt er mich allen Ernstes, wann die beiden ihren letzten Verkehr hatten?

›Wieso? Dich interessiert das auch brennend oder warum denkst du dauernd darüber nach, ob Ellens Baby wirklich vom Dieter ist?‹ Lady Tough. Schon klar, oder?

Irgendwann ist der letzte Tropfen aus meinem Glas aufgeleckt, und ich kann meine Antwort nicht länger hinauszögern. »Das ist eine sehr persönliche Frage. Warum stellst du sie nicht Ellen?«

»Habe ich gemacht. Sie sagt, seit fast zwei Jahren nicht mehr … dass sie fast zwei Jahre getrennt leben sozusagen.«

Das deckt sich mit dem, was Frank mir gesagt hat.

Ich nicke. »Das stimmt. Glaubst du ihr nicht?«

Der Dieter kratzt sich an der Stirn und lacht. »Das beruhigt mich.«

»Hast du befürchtet, das Baby …« Ich halte inne, weil diese Äußerung mir nicht über die Lippen will.

»Nein. Nein, das nicht … Ähm, doch. Nein. Es ist bloß …«

Er sieht mir in die Augen, und mit einem Mal tut der Dieter mir leid. Ich erkenne einen ehrlichen, gutmütigen Menschen, der rettungslos verliebt ist. Er kratzt einen nicht vorhandenen Fleck von seiner guten Hose, die er für das Konzert extra angezogen hat.

»Manchmal zweifle ich, ob Ellen mich meint.« Er hebt den Blick und sieht mir geradewegs in die Augen. »Ich meine, sieh dir Frank an. Manchmal denke ich, sie liebt ihn noch.« Den letzten Satz flüstert er, ich kann ihn nur mit Mühe verstehen. »Und er sie.«

»Nein, Dieter, mach dir keine Sorgen. Frank liebt Ellen nicht mehr, das weiß ich. Und ich glaube«, ich lege die Hand auf sein Knie, »Ellen ist über diese Ehe ebenfalls hinweg. Sie liebt dich, das hat sie mir gesagt.«

Seine Augen leuchten auf. »Tatsächlich?«

Ich nicke langsam und stehe auf, um eine frische Flasche Wasser aus der Küchenecke zu holen. Mein Erröten braucht er nicht zu sehen. Keineswegs hat Ellen etwas Derartiges gesagt. Andererseits lassen ihre Äußerungen über die Vorbereitungen auf die Geburt und Dieters Rolle keinen anderen Schluss zu. Damit wollen wir es bewenden lassen.

Als ich zurückkomme, wirkt der Dieter viel gelöster. Angeregt unterhalten wir uns über seinen Bastelkurs, der jetzt bald zu Ende geht, und mit begeisterten Worten erzählt er mir von den Babysachen, die er in der Zwischenzeit gehäkelt hat. Das Thema Scheidung und Gütertrennung umschiffen wir geschickt. Bei Frank landen wir dann aber doch noch – über den Umweg des ungeklärten Mordfalles in Saarlouis. Der Mörder der zerstückelten jungen Frau ist bislang nicht gefunden. Allerdings wurden Parallelen zu einer ganzen Serie von Frauenmorden in Rheinland-Pfalz entdeckt, die sich im Laufe von nahezu 15 Jahren ereignet haben. Soweit ich weiß, hatte sich Herbert mit dem Fall beschäftigt, obwohl er nicht zur entsprechenden Kommission gehört.

Der Dieter nickt vielsagend. »Der Herbert kennt sich aus bei den richtig schlimmen Buben.«

»Wieso?«, frage ich arglos.

»Er hat früher bei der Sitte gearbeitet.«

»Na und? Was hat das eine mit dem anderen zu tun?«

»Ach, nix, er hat halt um seine Versetzung gebeten.« Der Dieter trinkt sein Glas aus, stellt es ab und macht Anstalten aufzustehen.

»Warum?«

»Man hat ihm nachgesagt, er sei da verstrickt gewesen. Also amourös ...«, der Dieter zwinkert, »du verstehst.«

»War Herbert etwa in eine Verdächtige verliebt?«

Beschämt gestehe ich mir ein, dass er da nicht der Einzige wäre.

»So ungefähr. Aber von mir hast du das nicht.« Der Dieter geht zur Tür. »Ich muss los, es ist spät. Danke fürs Zuhören.«

Ich bleibe zurück wie vom Donner gerührt. Herbert hatte was mit einer Verdächtigen …

16. ES KÖNNTE ALLES SO EINFACH SEIN

In den frühen Morgenstunden, nachdem er endlich von den Ermittlungen im neuen Fall heimgekommen war, erzählte Lucy Frank, man habe Ellen mit Wehen ins Klinikum eingeliefert. Noch vor der Arbeit machte er sich auf den Weg dorthin, um sie zu besuchen. Unterwegs zermarterte er sich den Kopf, weshalb sie noch nicht geschieden waren. Spielte es denn eine Rolle, in wessen Haus am Ende die Récamière stand?

Voller guter Vorsätze stellte Frank den Wagen auf einem Besucherparkplatz in der Nähe ab, besorgte am Kiosk einen kleinen Blumenstrauß und suchte die gynäkologische Station auf. Einer gewissen Beklemmung konnte er sich angesichts der bunten Säuglings- und Kinderbilder an den Wänden sowie der vollbusigen und -bäuchigen, meist blassen Frauen im Flur nicht erwehren. Alles in ihm drängte ihn dazu, schnellstmöglich zu verschwinden. Einzig der Gedanke, dass es hier um das Kind seiner Ex ging, und nicht etwa um seines, ließ ihn relativ entspannt die Tür zu Ellens Zimmer öffnen.

Im ersten Krankenbett saß eine junge Frau, die ein Baby an der Brust hängen hatte und deren strahlender Gesichtsausdruck den übrigen Eindruck völliger Erschöpfung Lügen strafte. Die Wangen des Winzlings bewegten sich in einem eifrigen Saugrhythmus. Ein süßlicher Geruch nach Milch bescherte Frank leichte Übelkeit. Trotzdem konnte er nicht anders, als der abgekämpften jungen Mutter ein Lächeln zu schenken. »Herzlichen Glückwunsch«, murmelte er und wunderte sich selbst über die Worte aus seinem Mund.

Im zweiten Bett setzte Ellen sich auf, deutlich behäbiger als sonst, aber mit frischer Farbe im Gesicht. »Frank«, rief sie aus.

Die stillende Mutter starrte ihn einen Moment interessiert an, hatte dann aber nur Augen für ihr Neugeborenes.

»Ich habe Blumen für dich.« Er blickte sich suchend nach einer Vase um.

»Nehmen Sie diese hier, mein Strauß ist bereits verwelkt.«

Ellens Bettnachbarin griff nach einer Vase auf dem Nachtkästchen neben sich. Durch die Bewegung flutsche ihre dunkelbraune Brustwarze aus dem Mündchen des Babys. Das Kleine verzog das Gesicht, schmatzte anschließend und entspannte sich sichtlich. Sein Mund öffnete sich leicht, und gleichmäßige, leise Atemzüge verrieten, dass es eingeschlafen war. Dieser Säugling musste sich wie im Paradies fühlen. Beneidenswert.

Die Mutter zog den Ausschnitt des Nachthemds über ihren Busen, griff erneut nach dem Gefäß und hielt es Frank hin. Frank warf die welken Blumen im Badezimmer in den Abfalleimer, füllte die Vase mit frischem Wasser und stellte sie neben Ellen ab.

»Ups«, sagte er. Da stand bereits ein fast identischer Strauß.

Ellen lachte auf. »Der ist vom Dieter. Ihr habt offenbar den gleichen Geschmack.«

Frank räusperte sich. »Scheint so. Wie geht es dir und dem Kind?«

Ellen zeigte auf ein Gerät, das hinter ihrem Bett stand und aus dem leise ein rasch und gleichmäßig pochender Rhythmus drang. Erst jetzt registrierte Frank den breiten elastischen Gürtel um ihren Bauch, unter dem an zwei Stellen flache Metallteller mit Kabeln festgehalten wurden.

»Was du da hörst, ist der Herzschlag meines Babys. Es schläft gerade.«

»Das freut mich. Ich habe mir Sorgen gemacht.«

Ellen betrachtete ihn eine Weile prüfend. »Lucy hat den Dieter und mich begleitet, das finde ich großartig von ihr ...« Sie hielt inne, ein Moment der Verlegenheit entstand.

Die junge Frau legte ihren Säugling vorsichtig in das fahrbare Bettchen neben sich, zog es dicht zu sich heran und streckte sich auf ihrer Matratze aus, brachte die Rückenlehne in eine beinahe waagerechte Position und seufzte wohlig, die Hand an der Wange ihres Kindes. Erschöpft schloss sie die Augen, wenig später erfüllte ihr leises Schnarchen das Zimmer.

»Also, Ellen, was ich sagen wollte: Ich bin dafür, die Scheidung schnellstmöglich hinter uns zu bringen.« Frank stockte, als Ellen die Augenbrauen hochzog.

»Meine Rede«, sagte sie.

»Du kannst die Récamière behalten, wenn sie dir so wichtig ist. Ich möchte am 28. einen endgültigen Strich unter unsere Ehe ziehen. Lucys Bruder kümmert sich um alles.«

»Einverstanden. Aber die Récamière kannst du haben. Der Dieter und ich haben den Sessel von damals zum halben Preis bestellen können, stell dir vor!« Sie tastete nach Franks Hand, er drückte sie. »Mich nervt, dass wir in den letzten Wochen über diesen ganzen Krampf gestritten haben. Der Dieter und du könntet Freunde sein.«

Frank hustete. Lucy hatte heute Nacht etwas Ähnliches über den Dieter gesagt.

»Heißt das, du bist dir inzwischen sicher, was den Dieter und eure Beziehung angeht?«

Sie ließ seine Hand los, fuhr sich damit durch die strubbeligen Locken und lachte. »Ich verstehe nicht mehr, wieso ich an ihm gezweifelt habe.« Sie schüttelte den Kopf. »Du musst verstehen – dich als Partner zu verlieren ist eine Sache. Dich mit einer anderen Frau zu sehen, ist eine andere.«

»Das verstehe ich nicht, Ellen.«

»Na, solange du als einsamer Wolf in meiner Nähe gestreunt bist, war es leicht, mir ein neues Leben aufzubauen. Als ich dich jedoch mit Lucy sah, wurde das alles so endgültig, verstehst du? Anscheinend hatte ich vorher im Hinterkopf, dass du meine letzte Zuflucht bleibst. Das ging mit einem Mal nicht mehr.«

Frank rieb sich die Augen. Der fehlende Nachtschlaf holte ihn schlagartig mit Müdigkeit ein.

»Wie dem auch sei, ich bin glücklich. Ich weiß, der Dieter liebt mich, und ich ihn. Wenn du die Babysachen sehen könntest, die er gemacht hat!«

Frank grinste. Gehäkelte Babykleidung! Mit einer Sache hatte Ellen recht: Der Dieter würde ein guter Vater werden.

Unerwartet regte sich das Baby in dem winzigen Bett. Frank drehte sich um und beobachtete, wie es die Füße anwinkelte, sein Gesicht zu einer Grimasse verzog, die Beinchen ausstreckte und dabei einen kernigen und gewissermaßen feucht klingenden Ton in der Windel produzierte. Sofort verbreitete sich ein neuer Duftschwall, und er rief eine zweite Welle der Übelkeit in Frank hervor. Bevor er sich abwenden konnte, stieß das Kleine jedoch ein herzerweichendes Wimmern aus. Frank sprang auf, in der Absicht, sich von Ellen zu verabschieden. Das Baby steigerte sich nun in ein Weinen. Vermutlich hatte es Bauchweh, wollte zurück an die Brust oder weiß der Geier. Die junge Frau musste innerhalb der nächsten paar Sekunden aufwachen, wenn es stimmte, was man über den Mutterinstinkt hörte.

Der Geruch stieg Frank in die Nase, bis er würgen musste. Er beugte sich zu Ellen, um ihr einen Abschiedskuss auf die Wange zu geben, und ging zur Tür. Als er sah, wie die junge Mutter im Schlaf das Gesicht verzog, als er die von einer Braunüle stammenden blauen Flecke in ihrer Armbeuge und die Erschöpfung in ihren Mundwinkeln erkannte, da tat er etwas, womit er niemals gerechnet hätte. Und Ellen wohl genauso wenig. Sie starrte ihn mit weit aufgerissenen Augen an, als er sich auf den Stuhl niederließ, das müffelnde Kind im Arm, und es vorsichtig wiegte. Frank registrierte staunend, wie er dasaß, ein fremdes, vollgekacktes Baby im Arm, und mit dem gesamten Körper eine einlullende Bewegung ausführte. Seltsam, anscheinend war die irgendwo im Rückenmark der Menschheit verankert. Noch mehr erstaunte ihn nur die Tatsache, dass der Säugling den Kopf zu seiner Brust drehte, einen tiefen Seufzer ausstieß und friedlich einschlummerte, ohne die Augen geöffnet zu haben.

Ellen zog die Brauen hoch. Frank warf einen Blick über die Schulter, die Mutter des Babys schlief weiter.

»Bestimmt kann sie ein bisschen Schlaf brauchen, oder?«

»Allerdings. Ich kann mich aber über dich nur wundern.« Ellen legte den Finger an den Mund und schien angestrengt nachzudenken. Sie rollte mit den Augen. »Oder …?«

»Was oder?«

»Übst du am Ende schon?«

Frank hielt inne. »Wie jetzt?«

»Wie man einen Säugling wiegt.«

»Spinnst du?« Das Kind streckte sich, und rasch nahm er seine Bewegungen wieder auf, um es zu beruhigen.

»Geht mich ja nichts an …«

»Was geht dich nichts an? Was meinst du, zum Teufel?«

Ellen strich sich eine Strähne hinter das Ohr und reckte das Kinn vor. »In der wie vielten Woche ist Lucy denn?«

Frank erstarrte. Zwei riesige, blaue Augen öffneten sich, sahen ihn an und durch ihn hindurch, die Stirn furchte sich, das zarte Mündchen riss auf und ein gurgelnder, markerschütternder Schrei hallte daraus hervor.

Im Nebenbett fuhr die Mutter aus dem Schlaf, stieß einen panischen Ton aus und rief sofort: »Wo ist mein Baby?«

Frank wirbelte zu ihr herum und legte es ihr in die Arme. »Ich habe es kurz gewiegt, damit Sie weiterschlafen können.«

Sie funkelte ihn an, schnupperte und verzog das Gesicht. »Ups, he did it again«, murmelte sie und schälte sich mühsam aus der Decke, um zum Wickeltisch zu wanken, wo sie mit geübten Griffen ihrem Kind die Windeln wechselte. »Wenigstens riecht es gut, nicht wahr, mein Schätzchen?«

Frank wandte sich Ellen zu. »Was hast du eben gesagt?«

»Ich habe gefragt, in der wie vielten Woche Lucy ist?«

»Das ist nicht dein Ernst.« Er schüttelte den Kopf.

Nichts wie raus hier! Dieser penetrante Geruch und das Baby-Getue – das ertrug er nicht länger. Er stand auf, zog das Handy heraus und sah nach den eingegangenen Nachrichten. Herbert verlangte sowieso nach ihm. Sie hatten einen Fall zu klären, verdammt.

»Ich muss los. Es gibt Arbeit. Mach's gut, Ellen.« Er küsste sie und hastete zur Tür.

»Frag sie«, rief Ellen ihm hinterher. »Frag Lucy, ob ich recht habe.« Während die Tür ins Schloss fiel, konnte er Ellens Lachen hören.

Herbert regte sich darüber auf, wie unkonzentriert Frank seine Arbeit verrichtete. An eine gemeinsame Mittagspause mit Lucy war nicht zu denken. Der aktuelle Fall wies eine deutliche Spur auf, sodass es sträflicher Leichtsinn gewesen wäre, sie nicht schnellstmöglich zu verfolgen. Bereits am frühen Abend konnten sie den mutmaßlichen Täter in dessen Wohnung verhafteten. Schneller als üblich verabschiedete sich Frank und fuhr nach Hause, all seine beruflichen Pflichten auf Herbert abwälzend, der ihm hinterherrief, er erwarte dafür eine Gegenleistung.

Lucy schippte Schnee, als er ankam. Sie sah gesund und sportlich aus, wie sie da arbeitete, mit geröteten Wangen und einer modischen Mütze auf dem Kopf. Die Steppjacke hatte sie geöffnet, und er konnte unter dem Wollrolli ihre schlanke Gestalt erkennen. Ellen musste sich irren.

Frank ging zu seiner Liebsten, nahm ihr die Schneeschaufel aus der Hand und küsste sie auf die kühlen Lippen. »Na, meine Süße, geht es dir gut?«

Sie strahlte ihn an. »Ja, und dir? Alle Täter gefasst?«

Er nickte. »Gib her, ich bringe das hier rasch zu Ende.«

Bevor Lucy das Haus betrat, ließ sie ihren Blick die Straße entlangschweifen. Inzwischen war es dunkel geworden, und niemand war mehr unterwegs. Da erst begriff Frank, welche Überwindung es sie gekostet haben musste, sich draußen aufzuhalten.

Während er den Schnee auf die Schippe nahm und weitflächig im Vorgarten neben dem Pfad verteilte, ließ er das morgendliche Gespräch mit Ellen Revue passieren. Wie kam sie auf den Gedanken, Lucy könne schwanger sein? Lucy nahm regelmäßig die Pille.

Frank schleuderte eine weitere Ladung Schnee fort. Die Nacht nach der Party fiel ihm ein, als es Lucy schlecht ergangen war. Noch niemals hatte er einen Menschen derartig reihern sehen wie sie in dieser Nacht. Er war über sich selbst hinausgewachsen, hatte gleichzeitig tausend

Stoßgebete gesprochen, seine Liebste möge sich nie wieder so die Kante geben. Am nächsten Tag hatte sie sich rasch erholt, bis auf … Er hielt inne, die Schaufel erst halb voll, und spürte die Schneeflocken, die in sein Gesicht rieselten. Mit einem Schlag empfand er die Kälte beinahe von innen. Seit diesem Abend hatte Lucy einige Wochen lang unter wiederkehrender Übelkeit gelitten. Er erinnerte sich daran, wie er sie halb im Scherz auf ihre ›Morgenübelkeit‹ angesprochen und wie sie mit einem Lachen alles heruntergespielt hatte. Er schob die Schaufel weiter, bis sie voll war, und schleuderte den Schnee in Richtung Zaun. Er flog bis auf das Nachbargrundstück.

Diese Übelkeit hatte inzwischen längst aufgehört. Lucy würde es ihm ohnehin sofort sagen, wenn sie den Verdacht hätte, schwanger zu sein. Sie würde ihn niemals so auflaufen lassen! Außerdem hatte er einen Job, der ihn ausfüllte. Und viel zu jung, um Papa zu werden, war er sowieso. Abermals rief er sich den Anblick der Pillenpackung auf dem Nachtschränkchen ins Gedächtnis. Es lag immer an derselben Stelle … Wann hatte er zuletzt gesehen, wie sie daraus eine Pille entnahm? Er stellte die Schaufel senkrecht auf und stützte das Kinn auf den Griff des Stiels. Wie regelmäßig hatten sie in den letzten Wochen eigentlich miteinander geschlafen? Er kratzte sich an der Stirn. Wann war ihre letzte Periode gewesen? Verdammt, er konnte sich nicht erinnern!

Lucy hatte sich verändert, fiel ihm jetzt auf. Sie hatte abgenommen. Und sie trank keinen Alkohol. Die Haare hatte sie sich nicht mehr nachgefärbt. Inzwischen waren sie zu einem formlosen Wischmopp mit hellen Streifen gewachsen, bald konnte sie sie nachschneiden lassen, und das restliche Blond wäre endlich weg … Da stand er und dachte über Lucys Haarfarbe nach. Spielte ihm sein eigenes

Hirn einen Streich? Wollte es von der Gewissheit ablenken, die aus seinem Rückenmark heraufstieg, von derselben Stelle, an der heute Morgen der Impuls ausgegangen war, das fremde Baby in den Schlaf zu wiegen?

Mit drei hektischen Zügen schaufelte er den restlichen Pfad frei, pfefferte die Schaufel auf den Schneehaufen und hastete zur Haustür. Dahinter schleuderte er die Schuhe von sich, stürmte die Treppe hinauf und in die Wohnung hinein. Lucy saß am Esstisch und hielt mit beiden Händen eine Tasse Tee umfasst. Sie sah zu ihm hoch, ihr klappte der Kiefer herunter. Behutsam stellte sie die Tasse neben sich ab und stand auf. Schweigend starrte er sie an. Ihre Pupillen waren groß, sie griff zögernd nach seiner Hand.

»Stimmt es, was Ellen sagt? Bist du schwanger?«

Sie grub die Zähne in die Unterlippe und beobachtete jede Regung in seinem Gesicht. Die Erkenntnis ließ die Pupillen kleiner werden. Sie stieß ein leises Quieken aus.

»Seit wann weißt du es?«

Er schleuderte ihre Hand von sich, als habe er sich an ihr verbrannt. Kaum zu glauben, er hatte sich ein Kind anhängen lassen!

Lucy räusperte sich, ihre Augen füllten sich mit Tränen. »Ääh, seit einem Monat ungefähr.«

»Und du hast mir nichts davon gesagt? Bist du des Wahnsinns?«

»Ich … fand den richtigen Zeitpunkt nicht.« Sie tastete nach seiner Hand, er zuckte davor zurück. »Freust du dich …?« Ihre Schultern sackten herab.

Er verzog das Gesicht. »Ob ich mich freue, fragst du?«

Die Tränen stürzten aus ihren Augen, ihr Blick huschte in der Wohnung umher, und in einem weinerlichen Tonfall, der ihn zur Weißglut brachte, suchte sie nach Erklärungen und Ausflüchten. »Es war alles so furchtbar. Die Mordversuche, meine Familie, die Scheidung und eure Streitereien … Ich dachte, du hättest es sowieso längst kapiert. Wieso hast du nicht früher gefragt?«

Er lachte freudlos. »Ich habe dir vertraut, Lucy! Deshalb habe ich nicht gefragt. Wie hätte ich auf die Furzidee kommen können, du lässt es zu, schwanger zu werden? Du weißt, dass ich kein Kind will!«

Sie schien in sich hineinzulauschen, straffte die Schultern und blitzte ihn an. »Jetzt hör mir zu, Freundchen, zum Schwangerwerden gehören immer noch zwei! Es muss passiert sein, als ich mir nach der Party im Oktober die Seele aus dem Leib gespuckt habe. Und nein, ich habe es nicht bemerkt. Die Pille habe ich erst abgesetzt, als ich es definitiv wusste. Da war ich in der sechsten Woche.«

»In der wie vielten Woche bist du jetzt?«

Er schätzte, dass sie ungefähr im dritten Monat sein musste.

»Elfte Woche. Der errechnete Entbindungstermin ist der 14. Juli.«

Er stöhnte, während sie nach ihrer Tasche griff, die auf einem der Stühle am Tisch stand, und darin herumwühlte. Sie förderte ein blaues Heft zutage und schlug es auf.

»Möchtest du die Ultraschallbilder sehen? Man erkennt die Fruchtblase und den Dottersack.«

Sie streckte ihm einen dieser grau gesprenkelten Zettel entgegen, auf denen man angeblich Babys erkannte, wenn man wusste, wonach man suchte. Sein Magen drehte sich um.

Lucy sprach unbeirrt weiter und schüttelte den Wisch vor seiner Nase. »Morgen habe ich einen Termin, komm doch mit, um unser Kind zu sehen …«

Er drehte auf dem Absatz um.

»Ääh, Frank? Wo willst du hin?«

Er zog die Tür hinter sich zu und stürmte die Treppe hinunter, über den Pfad zu seinem Wagen. Der Mini fand den Weg in die Ludwigstraße allein. Leise schlich Frank in die Kellerwohnung, drehte die Heizung auf, suchte und fand im Kühlschrank eine vergessene Flasche Bier sowie unter der Spüle eine Flasche billigen Fusels, den er dort irgendwann zwischengelagert hatte, um ihn zu entsorgen. In Rekordzeit leerte er beide Flaschen, woraufhin er sich endlich entspannen konnte. Auf einem alten Kassenzettel notierte er in zitternden Buchstaben die Worte ›Sachen heimholen, Wohnung suchen‹, bevor er unter die Wolldecke kroch, unter der er vor ein paar Wochen mit Herbert aufgewacht war. Mit einem entsetzten Stöhnen zog er sie sich über den Kopf, versuchte, sein Hirn auszuschalten, und fiel endlich in einen erschöpften Schlaf voller Albträume von schreienden und kackenden Kleinkindern.

17. DER HIMMEL VOLLER GEIGEN

Heißt es nicht so, wenn man glücklich ist? Der Himmel hängt voller Geigen? Bis vorhin war das bei mir der Fall. Während ich den Schnee wegräumte, fühlte ich mich himmlisch joghurtleicht. Morgen sollte ich zur nächsten Ultraschalluntersuchung, und die Ärztin hatte mir versprochen, ich würde nun deutlich die Gliedmaßen erkennen. Heute Abend war der Zeitpunkt da, es Frank zu sagen. Er sollte den morgigen Termin auf keinen Fall verpassen! Bei dem Gedanken durchzuckte mich kurz ein Angstimpuls, und im selben Moment kam Frank in seinem Mini angefahren, stieg aus und lachte mich auf seine unnachahmliche Art an. War es nicht die reine Fürsorge, mit der er mir die Schneeschippe aus der Hand nahm? Voller Vorfreude ging ich nach oben, kochte mir einen Kümmel-Fenchel-Anis-Tee auf und wartete auf meinen Held. Im Kühlschrank lag eine Piccoloflasche Crémant. Ich wollte einen winzigen Schluck davon trinken, wenn wir auf unser Baby anstoßen würden.

Tja, zu dem Zeitpunkt lauschte ich noch dem lieblichen Klang der Geigen in meinem Himmel. Auch als ich Franks Schritte auf der Treppe hörte, klang die Musik noch sphärisch schön. Doch sowie ich das geradezu gehetzt wirkende Tempo in seinem Heraufstürmen registrierte, schlichen sich die ersten missglückten Töne in das Geigenspiel ein. Noch konnte ich mir vormachen, es habe nichts zu bedeuten. Allein – Franks Gesichtsausdruck bei seiner Frage »Stimmt es, was Ellen sagt? Bist du schwanger?« ließ den himmlischen Geiger den Bogen unkontrolliert über die Saiten ziehen.

Können Sie sich vorstellen, wie ich mich in dieser Sekunde fühle?

Frank ist weg.

Frank ist weg.

Frank ist weg.

Die Erkenntnis tröpfelt unendlich langsam in mein Hirn hinein.

Frank. Ist. Weg.

Ich stehe neben dem Esstisch, als wäre ich festgewachsen, spüre kaum, wie mir kälter wird, merke erst jetzt, dass ich wanke. Wie ein Schilfrohr im Wind gleite ich hin und her. Von außen krabbelt die Kälte in mich hinein, mein Bauch hat sich hingegen zu einem festen, klebrigen Knäuel verknotet.

Frank ist weg.

›So, Schnuckilein‹, erklingt eine Stimme in meinem Kopf, ›jetzt greifst du neben dich auf den Tisch und nimmst die Tasse in die Hand … Brav … Deine Tasche und den Mutterpass brauchst du nicht, lass sie einfach liegen … Feines Mädchen. Dreh dich um, setze einen Fuß vor den anderen und geh zu dem alten, gemütlichen Zweisitzer. Sieh mal, deine Lieblingsdecke liegt sogar noch darauf.‹

Weiter braucht Heulsuse nicht zu reden, ich begreife endlich, was sie will, und lasse mich in Zeitlupe auf der Couch nieder, ziehe mir die Decke über die Beine und nehme einen tiefen Schluck des lauwarmen Tees. Wie verhält man sich in einer solchen Situation? Wissen Sie es? Sind Sie vom Vater Ihres ungeborenen Kindes sitzen gelassen worden?

›Ach, Herzchen, gib dich nicht der Illusion hin, du wärest die Einzige auf der Welt mit diesem traurigen Schicksal! Los, schnapp dir das Telefon und ruf jemanden an.‹

Wen? Frank? Wenn ich eines kapiert habe im Lauf der

Monate, die wir gemeinsam verbracht haben, ist es die Tatsache, dass ich ihm erst mal Zeit geben muss. Sonst reagiert er über.

›Noch mehr, als er bereits überreagiert hat? Oder wie nennst du das, wenn einer mir nichts, dir nichts die Kurve kratzt?‹ Lady Tough schnaubt verächtlich. ›Als ob du allein das Baby in deinen Bauch gezaubert hättest. Unfassbar!‹

Ich schniefe und sage, für die Zwillinge vernehmlich: »Ich habe zu viel verlangt. Er hat es nicht geahnt. Ich hatte mich geirrt.«

›Ich will nicht besserwisserisch erscheinen, aber habe ich dir nicht von Anfang an gesagt, du musst ihn einweihen?‹

›Ganz meine Worte.‹

Die Zwillinge verbünden sich gegen mich. Ich sitze in der Sch… und sie feixen! Entschlossen greife ich nach dem Telefon und wähle die Nummer meiner allerbesten Rebellenschwester.

»Hallöchen, Kat Schober mit den Ökohühnern hier …«

»Kat, hier Lucy, kannst du …«

Sie lässt mich nicht zur Sprache kommen, sondern redet unbeirrt weiter: »Mein Schatz und ich sind gerade nicht zu erreichen. Hinterlassen Sie eine Nachricht, wir rufen gern zurück.« Ich lege auf.

Wer kann mir in dieser Stunde der Not zur Seite stehen? Mir kommt ein verhohnepiepelter Spruch meines Bruders in den Sinn, den er vor allem seit seiner Beziehung mit Lena gerne äußert: »In der allergrößten Not schmeckt die Wurst auch ohne Brot.«

Als ob es ein Orakelspruch für meine Lage sei, erhebe ich mich und schleiche wie ein Zombie zum Kühlschrank. Brot habe ich keines mehr im Haus. Was könnte ich essen, um das Knäuel in meinem Bauch zu lösen? Als ich die Piccoloflasche sehe, befreit sich ein Schluchzer aus meinem

Hals, und kurz entschlossen greife ich danach, drehe den Schraubverschluss auf und kippe die Brühe in den Ausguss. Das hast du nun davon, du kinderhassender Kleinstadtmacho!

Ich nehme die Wurstdose aus dem Kühlschrank, die Frank mit hierher gebracht hat – eine solche Dose habe ich früher nicht benutzt – und schleiche damit zurück zur Couch. Ohne etwas zu schmecken, schiebe ich mir die Salamischeiben und den Schinken in den Mund, kaue notdürftig und schlucke alles runter. Das waren seine Lieblingssorten, ha!

Aber ich wollte ursprünglich jemanden anrufen. Wer kommt noch infrage? Meine ehemaligen Studienkolleginnen mit den Monsterkindern, die seit Jahren herumsticheln, weil ich noch nicht Mutter bin? Keinesfalls. Meine Mutter? Bei der Idee muss ich laut lachen. Mein Vater und A-Mi kommen erst gar nicht bis zu meinem Wachbewusstsein, lediglich Rouwen stellt sich als eine mögliche Alternative heraus. Er hat sich geändert, er wird mich verstehen.

Nach dem dritten Läuten wird abgehoben. »Bei Rouwen Schober, hallo?«

Ich erkenne Lenas Stimme. Noch besser!

»Hier ist Lucy …« Meine Stimme erstickt im Tränenschwall.

»Was is passiert?«

»Kannst du kommen?«, frage ich als einziges Häuflein Elend.

»Wo bist du?«

»Zu Hause, bitte komm zu mir, ich brauche jemanden.«

»Es is dei Schwester Lucy«, sagt Lena zu Rouwen, der offensichtlich im Hintergrund steht. »Es hört sich grauenvoll an.«

»Hat sie etwa einen Unfall gehabt?«, höre ich die Stimme meines Bruders.

»Nein, keinen Unfall«, schniefe ich ins Telefon. »Frank ist weg.«

»Wie weg?«

»Er ist abgehauen …« Mein Schluchzen erstickt meine Worte.

»Ich zieh mich schnell an unn kumm bei dich.«

Als Lena bei mir eintrifft, erweist sie sich als wahre Freundin. Nachdem ich ihr meine Schwangerschaft gestehe, zeigt sie sich begeistert. Dann hetzt sie mit mir gemeinsam gegen empfindungskalte Männer im Allgemeinen und Frank im Besonderen, reicht mir kiloweise Papiertaschentücher und pflichtet mir schließlich voller Verständnis bei, Frank sei der tollste, schönste und liebste Mann der Welt, und ich habe ihn mit der Nachricht überrumpelt. Dass er bloß nicht vorbereitet war und seine Reaktion absolut verständlich ist. Dass er jetzt eine Auszeit braucht und ich ihm die geben muss. Dass er sich gaaanz schnell besinnen und erkennen wird, in mir die tollste, schönste und liebste Frau der Welt gefunden zu haben. Dass unser Baby zweifellos das tollste, schönste und liebste Baby der Welt, außerdem pflegeleicht sein und von Anfang an durchschlafen wird.

Anschließend versorgt sie mich mit warmer Milch und Honig, hilft mir beim Umziehen und bringt mich ins Bett. Bevor sie nach Hause geht, verspricht sie mir, mich morgen auf der Arbeit zu entschuldigen und den Termin bei der Gynäkologin am Nachmittag mit mir zusammen wahrzunehmen.

»Dann siehn ich zum erschte Mol e Bobbelsche im Bauch!«

Den nächsten Vormittag verbringe ich in einer Art Nebelschleier. Mein Gemüt schwankt von tiefster Verzweiflung zu tiefster Liebe zu irrwitziger Hoffnung. Ich stehe spät auf, gehe nicht ans Telefon, nachdem ich die eingehenden Nummern gecheckt habe, nehme eine ausgiebige Dusche, und als ich beim Einseifen erstmalig eine leichte Wölbung meines Bauches spüre, durchfließt mich ein unerwartetes Glücksgefühl. Ich drücke daran herum, um mir zu beweisen, dass das kein Fettschwabbel ist. Nein, es ist straffes Bindegewebe, der Grund für die Rundung ist die Gebärmutter, die wohl langsam anfängt zu wachsen. Diese Empfindung versuche ich zu bewahren. Selbst wenn Frank kein Kind will, will ich es auf jeden Fall.

Ich spüle den Seifenschaum ab, freue mich über die Tatsache, dass auch mein nicht allzu üppiger Busen eine unerwartete Tendenz zum Wachstum zeigt, und fasse einen Entschluss. Während ich mir im Spiegel dabei zuschaue, wie der Föhn die Haare durcheinander pustet, verspreche ich mir laut und deutlich: »Du lässt dich von nichts und niemandem unterkriegen. Du willst dieses Kind. Egal, ob es einen Vater hat oder nicht.«

Das bevorstehende Rendezvous mit meinem Baby auf dem Ultraschallmonitor lässt mich die ersten zögerlichen Geigentöne im Himmel erneut vernehmen, als ich am späten Nachmittag am Großen Markt aussteige, wo ich mit Lena verabredet bin. Ich muss über den gesamten Parkplatz gehen, und da in der hektischen Vorweihnachtszeit alles mit Autos zugestellt ist, habe ich keinen freien Blick über die Strecke, die vor mir liegt. Das dichte Weiß der letzten Tage ist inzwischen weitgehend weggetaut, und Schneeregen sorgt für eine schlammige Masse, über die ich mehr rutsche als gehe. Ein Wagen fährt an mir vorbei und der Mann hinter dem Lenkrad findet es anscheinend witzig, die Passanten von oben bis unten mit der eisigen, gräulich verfärbten Brühe vollzuspritzen.

»Vielen Dank, du Idiot!«, brülle ich ihm hinterher und

haste zwischen zwei parkenden Autos hindurch auf den Bürgersteig, um mich vor weiteren Schneematschrowdys in Sicherheit zu bringen.

Hektisch klopfe ich den Matsch von meiner Jacke. Ich fahre erschrocken zusammen, als ich die leicht wiegende Bewegung einer Gestalt registriere, welche just neben mir stehen bleibt, den Kopf senkt und vor meinen schiebt. Wie eine Figur aus einem Horrorkabinett steht der Mann vor mir: Kaum größer als ich, in dunkle Kleidung gehüllt, einen schäbigen Hut auf dem Kopf und in der Hand einen Stock. Das Grausigste an ihm ist jedoch sein Gesicht, von Narben verunstaltet, die seinem spärlichen Bartwuchs ein groteskes Muster verleihen. Mit den wässrigen hellen Augen starrt er mich unverwandt an. Kurt Neccer! Was hat der hier zu suchen?

Mir läuft es eiskalt den Rücken hinauf bis ins Genick. Unverwandt gafft er mich an und fährt sich mit der Zunge über die Lippen wie eine Schlange.

»Was wollen Sie?«, frage ich zitternd.

Er zuckt mit dem Kopf vor – es wirkt, als erschrecke ihn meine Stimme. Mir steigt ein unangenehmer Geruch in die Nase – ich erinnere mich nicht, woher ich ihn kenne. Eine Dusche würde ihm jedenfalls guttun.

»Lucy«, höre ich eine Frau rufen.

Über diesen Klang könnte ich mich in dieser Sekunde nicht mehr freuen. Sie löst den Bann, Kurt Neccer wendet sich ab und humpelt davon, während Lena aus der entgegengesetzten Richtung auf mich zukommt. Ich schüttle mich kurz, um das Gänsehautgefühl loszuwerden.

»Du bist im richtigen Moment aufgetaucht!«

Lena sieht der wankenden Gestalt hinterher, knöpft den obersten Knopf ihrer Jacke zu und schüttelt den Kopf. »Was war'n das für e Typ?«

Ich verschränke die Arme vor der Brust. »Kurt Neccer, ein Krimineller. Stand im Verdacht, seine Mutter ermordet zu haben. Hat der einen Blick drauf!«

Sie runzelt die Stirn und spricht meine schlimmste Befürchtung aus: »Mennschte, das is der, wo dich schun paar mol versucht hat umzebringe?«

Die Tatsache, dass Lena sofort einen ähnlichen Gedanken hat wie ich, alarmiert mich. Doch Lena hakt sich bei mir unter und dirigiert mich zum Ärztehaus.

»Komm, mir gehn no deim Bobbelsche gucke, un all Kerle könne uns mol egal sinn, gelle?«

Tatsächlich ist es ein wunderbares Gefühl, wenig später in der Praxis eine Freundin an der Seite zu haben. Lena greift unwillkürlich nach meinen Fingern, als wir deutlich ein winziges Beinchen erkennen, das Köpfchen des Babys und sogar das kleine Ding, das mal eine richtige Hand werden will. Die Ärztin misst derweil die Länge des Oberschenkelknochens sowie den Kopfumfang und stutzt.

Sofort schrillen in mir alle Alarmglocken los. »Stimmt etwas nicht?«

»Warten Sie, ich dachte eben …« Sie runzelt die Stirn und schiebt den Kopf vor den Monitor, dabei fährt sie mit dem glitschigen Teil auf meinem Bauch hin und her, drückt, schiebt es auf die andere Seite, drückt noch ein bisschen fester.

Mein Herzschlag beschleunigt sich. »Sagen Sie mir bitte, was los ist! Ist irgendwas falsch mit meinem Baby?«

»Nein, keine Angst, es ist alles in Ordnung, bloß …«

Ihre Worte beruhigen mich nur partiell. Der Monitor zeigt ein Knochengewirr, bei dem ich gar nichts mehr erkennen kann. Dann ist sie wieder am Schädel des Babys und hält still.

»Hab ich dich!« Sie sieht mich prüfend an.

Checkt sie ab, wie belastbar ich bin? Ob ich die ganze Wahrheit ertrage? Ob ich dafür gewappnet bin, eine Hiobsbotschaft zu verkraften? Mein Puls rast, und ich drücke Lenas Hand.

»Frau Schober, haben Sie Zwillingsgeburten in der Familie?«

Ich reiße die Augen auf, die Ärztin lacht. »Es sind zwei!«

Mein Herzschlag setzt aus. Einen einzigen Takt nur. Zwillinge?

»Sind es Mädchen?«, frage ich irrsinnigerweise. »Dann nenne ich sie Heulsuse und Lady Tough.« Mir wird selbst klar, was für einen Mist ich da rede, und ich schüttle matt den Kopf. »Scherz.«

Die Ärztin misst mit geübten Bewegungen das zweite Baby aus, nickt zufrieden und dreht sich zu mir um. »Sie scheinen jedenfalls nicht schockiert zu sein. Ich habe bei solchen Nachrichten schon einige Ohnmachtsanfälle erlebt. Darf ich Ihnen gratulieren?« Sie schüttelt mir die Hand, bevor sie sie Lena hinstreckt. »Und Sie sind …?«

»Die Freundin.«

Die Ärztin zieht die Brauen hoch. »Darf ich Ihnen auch gratulieren?«

Die ist vielleicht drauf!

»Nein, sie hat mit dem Kind nichts zu tun … mit den Kindern, meine ich. Der Vater konnte heute nicht mitkommen.«

Ich spüre, wie ich bei meiner kleinen Notlüge erröte. Zudem verwirrt mich die Zwillingsbotschaft zutiefst. Ich kann kaum einen klaren Gedanken fassen.

Als wir die Praxis verlassen, hält Lena mich am Arm fest und sieht mir mit einem herzlichen Lächeln in die Augen.

»Lucy, dei Bruder holt uns gleich ab, mir gehn noch zusamme in ein Café. Ich … Ich musst ne jo innweihe in die Sach, un jetz will er mit dir schwätze.«

Ich nicke nur und lasse mich von ihr in irgendeine Richtung ziehen. Kurz darauf treffen wir tatsächlich auf meinen Juristenbruder, der mich in den Arm nimmt und nichts sagt. Im Café eröffnet Lena ihm schließlich die Neuigkeit.

Rouwen legt seine Hand auf meine. »Tatsächlich? Zwillinge? Wie fühlst du dich?«

Mir schießen die Tränen in die Augen, weil ich meinen Bruder so gar nicht kenne. »Ich weiß es nicht«, murmle ich.

»Hab keine Angst, Lucy, wir klären alles.«

»Wie meinst du das?«

Lena reicht mir ein Papiertaschentuch.

»Frank und Ellen haben sich geeinigt. Am 28. ist die Verhandlung. Dann sind die beiden rechtskräftig geschieden. Ich halte das für wichtig. Frank sollte ein freier Mann sein, wenn Ellen ihr Kind bekommt.«

Ich nicke. Hat Lena ihm nicht erzählt, dass Frank weg ist?

»Genauso wichtig sind die geklärten Verhältnisse für dich und die Zwillinge.«

Wie selbstverständlich ihm das Wort über die Lippen kommt!

»Am besten wäre es natürlich, wenn ihr noch vor der Geburt heiratet …« Er räuspert sich.

Ich schnaube. Aus meiner Handtasche erschallt der Klingelton, den ich speziell für Frank gespeichert habe. Erschrocken ziehe ich das Handy aus der Schutzhülle. »Ja?« Mehr kriege ich nicht heraus.

»Lucy, ich … Ähm, ich wollte dich fragen, ob du unbedingt übermorgen zum Betriebsausflug mitwillst.«

Mein Bauch zieht sich zusammen. Mit der Frage gibt er mir zu verstehen, dass ich gefälligst nicht mitkommen soll, oder? »Tja, ich weiß nicht … Was denkst du?«

Im Hintergrund höre ich Herberts Stimme: »Was soll'n

das jetzt? Sie ist angemeldet. Nun lass dem Mädchen den Spaß!«

Frank räuspert sich. »Ich halte das für keine gute Idee.«

Aus meinem Bauch steigt ein schales Gefühl hoch. »Okay, ich bleibe zu Hause.«

»Alles klar, ich muss aufhören. Wir haben viel zu tun …«

Tut, tut, tut – der Schuft hat tatsächlich aufgelegt!

»Was ich noch sagen wollte, Lucy, du musst Frank möglichst bald über die Zwillinge informieren.«

Lena wirft meinem Bruder einen tadelnden Blick zu. »Jetz nit, Rouwen. Ich glaab, du läscht uns am beste allän. Es Lucy brauch Trost.«

Überraschenderweise scheint Rouwen zu begreifen. Bevor er geht, sagt er: »Der kriegt sich ein, Schwesterherz, glaub mir. Ich bin mir sicher, dass er dich liebt.«

Und schon wieder muss ich heulen.

18. ZEIT DER BESINNUNG

Verdammte Wichskacke! Sie war ihm entwischt. Wie schaffte das verflixte Weibsstück es, ihm immer wieder aus den Klauen zu flutschen? Die Gelegenheit wäre ideal gewesen. Sie hätte nichts geahnt, und in dem Moment, in dem sie begriffen hätte, wäre es zu spät gewesen. Zu spät, mein Schatz, zu spät … Doch sie hatte einen Ausweg gefunden.

Er unterbrach sein ruheloses Umherlaufen. Er hatte sich schon so viele Möglichkeiten ausgemalt, sie zu töten. Womöglich war es gut, dass die Gelegenheit ungenutzt verstrichen war. Zu viele Zeugen, die ihn hätten beobachten können. Ein einfacher Mord würde ihm ohnehin nicht mehr reichen, oh nein. Er wollte in ihren Augen sehen, wie die Angst sie von innen auffraß. Wie sie langsam begriff, dass sie ihm ausgeliefert war und *er* Macht über sie hatte. MACHT! Sollte sie betteln mit ihrer unerträglichen Stimme, sollte sie um ihr Leben winseln! Bei der nächsten Gelegenheit würde er sie sich schnappen. Er würde sie holen, hierher bringen und all das machen, was sie sich in ihren schlimmsten Albträumen nicht ausmalte. Ha, hatte sie geglaubt, er könne nur ›den schnellen Tod‹? Sie hatte sich geirrt.

Er wankte in dem verdunkelten Raum auf und ab, um innerlich Ruhe zu finden. Hier beobachtete ihn niemand. Sonst versuchte er das Schwanken, das dem schwächlichen Bein geschuldet war, in Schach zu halten, aber in seiner Zuflucht sah niemand, wenn er wie der Glöckner von Notre-Dame hin und her schaukelte. Kein Mensch bemerkte, wie grotesk, wie viehisch er sich bewegte. Er lachte hart auf. Keiner wusste das von ihm, keiner! Sie dachten, er wäre klein, unscheinbar, ein Dummkopf. Nein, das war er nicht! In Wahrheit war er ein Großer unter den Bösen, eine Bestie!

Mit einem Grunzen stürzte er zur Werkbank, griff nach der Anziehpuppe, die mit verrenkten Gliedmaßen auf der Seite lag, und drehte ihren Kopf, bis das Puppengesicht sich verzerrte. Die Augen hatte er vor Tagen mit schwarzem Edding übermalt, die Nase abgebissen und die Haare kurz geschnitten. Damit man sehen konnte, wie hässlich das Weibsstück in Wirklichkeit war! Es verdiente den Tod, ja, sogar mehr als das. Höllenqualen! Und doch hatte es sich ihm abermals entzogen!

In brüllender Wut riss er die Beine der Puppe auseinander, bis er eines davon in der Hand hielt. Ohne nachzudenken, was er tat, schob er es sich zwischen die Backenzähne und biss zu, kaute darauf herum, bis der Kunststoff nachgab und anfing zu zerbröseln.

»Das werde ich mit dir tun, du Drecksstück, genau das!«

Es hieß, der Advent sei eine besinnliche Zeit. Davon konnte keine Rede sein. Beim Betriebsausflug an die Saar gab Frank sich der leisen Hoffnung hin, es würde nun endlich ruhig werden und bis zum neuen Jahr bleiben. Glücklicherweise hatte Herbert mit den Kollegen den letzten Mordfall tatsächlich zügig aufklären können – was er Frank beim Spaziergang zur Saar-Staustufe bei Mettlach sogleich unter die Nase rieb.

»Kumpel, wann kriegst du dich wieder ein? Was ist los mit Lucy? Sie könnte jetzt hier sein.«

Frank und sein Partner standen auf der Brücke und starrten auf das dunkle Wasser hinunter. Herbert hob einen

Stein auf und ließ ihn in die Tiefe fallen. Versonnen schaute er hinterher.

»Wenn man da reinstürzt, würden sich die dicken Klamotten sofort vollsaugen und einen runterziehen, oder?«

»Was redest du da?« Verwirrt richtete Frank sich auf und sah Herbert in die Augen.

Dieser grunzte und wischte mit der Hand durch die Luft. »Berufskrankheit. Denkst du nicht ständig über Möglichkeiten nach, wie Menschen unauffällig getötet werden können?«

Frank schickte sich an weiterzugehen. »Nein.«

»Schwamm drüber. Was ist denn nun mit dir und Lucy?«

Frank vergrub die Fäuste in den Jackentaschen. »Was soll sein?«

»Na, du hast sie seit mindestens drei Tagen nicht gesehen.« Herbert schüttelte den Kopf. »Und du hast sie von diesem Ausflug ausgeladen.«

»Ich weiß ...« Frank wandte sich Herbert zu. »Lucy ist schwanger.«

Herbert pfiff durch die Zähne. »Dadurch wird mir einiges klar. Was willst du machen?«

»Wer ist schwanger?«, mischte Tinas Stimme sich ein. Sie hatte sich von dem Grüppchen abgesondert, das vorausgegangen war, und gesellte sich zu Frank und Herbert.

»Lucy«, brummelte Frank.

Tina quietschte. »Oh, toll, herzlichen Glückwunsch!« Sie griff nach seiner Hand und schüttelte sie.

Mit einem Lachen schlug Herbert ihm auf die Schulter. »Stimmt, normalerweise gratuliert man da.«

»Behaltet es bloß für euch! Ich ... Ich weiß nicht, was ich machen soll.«

»Soll das ein Witz sein?« Tina starrte ihn mit schief gelegtem Kopf an und runzelte die Stirn. »Oder war's ein Unfall?«

»Logo, was denkst du denn?«

Tina müsste seine Einstellung kennen, schließlich arbeiteten sie eine ganze Weile zusammen.

»Er hat sie sitzen lassen«, erklärte Herbert lapidar, und als Frank ihm einen entgeisterten Blick zuwarf, lachte er auf. »Und ich habe mal wieder recht.«

Tina boxte ihm gegen den Oberarm. »Nee, oder? Du hast sie verlassen?«

Frank kam nicht dazu zu antworten. Die Kollegen kamen in kopflos wirkendem Laufschritt zurück und fuchtelten mit den Händen.

»Es gibt Arbeit. Wir müssen eine neue Mordkommission bilden.«

»Was ist passiert?«, fragte Frank seinen Vorgesetzten Richard.

Dieser presste die Lippen zusammen. »Noch eine zerstückelte Frauenleiche. Tiefgekühlt.«

Zurück in Saarlouis, versammelte sich das Team im Besprechungsraum, um die bereits bekannten Fakten zu diskutieren. Die Frau war mit einem gezielten Stich ins Herz getötet, anschließend zerlegt und in die Gefrierkühlkombination ihrer Singlewohnung gelegt worden. Die Lebensmittel hatte der Mörder vorher herausgenommen und in den Abfalleimer geworfen, wo sie bestialisch vor sich hin stanken und die Aufmerksamkeit der Nachbarin erregt hatten, die ihrerseits den Vermieter informierte. Die Tat folgte demselben Muster wie der Frauenmord im November. Dieses Mal fand die Spusi jedoch einen blutigen Schuhabdruck auf dem Teppich unter dem Küchentisch, den der Täter nicht ausreichend entfernt hatte. Es war der Abdruck eines Männerschuhs.

Die Kollegen aus Rheinland-Pfalz hatten bereits vor Wochen die Akten zu der Serie von zehn Frauenmorden aus den letzten 15 Jahren geschickt, und die Kriminalbeamten der Kommission ›Serienmord Saar/Pfalz‹, der nun auf eigenen Wunsch auch Herbert zugeteilt wurde, hatten die Fotos aller getöteten Opfer aufgehängt. Frank ging die Bilder durch und äußerte, was ihm ins Auge fiel: Die Frauen sahen sich nicht ähnlich.

»Richtig«, stimmte ihm die Polizeipsychologin zu. »Rein optisch haben sie kaum Gemeinsamkeiten. Trotzdem muss es ein verbindendes Element geben. Etwas muss bei dem Täter den Reflex zu töten ausgelöst haben.«

Es war eine grausige Geschichte, die sich vor den Polizisten ausbreitete: Zwischen den ersten beiden Morden hatten fünf Jahre gelegen. Danach verkürzten sich die Intervalle. Der Täter verhielt sich ruhig, bis er auf eine Frau traf, die offensichtlich in ihm die Mordlust auslöste. Alle zwölf Opfer hatten allein gelebt. Vermutlich beobachtete er sie, bevor er sie in ihrer Wohnung aufsuchte, sie tötete, ohne sie zu quälen oder sexuell zu missbrauchen, um sie anschließend zu zerlegen und verschwinden zu lassen. Bisher hatte er seine Opfer fast ausschließlich in Waldstücken vergraben, die Tiefkühltruhen bei den letzten zwei Morden wirkten dagegen wie eine Notlösung.

Herbert meldete sich zu Wort. »Das spricht dafür, dass sich etwas Unvorhergesehenes in seinem Leben ereignet hat. Hat er den Kopf verloren und vorher noch nie in seinem Heimatort getötet?«

»Das ist vorstellbar«, stimmte ihm die Psychologin zu. »Andererseits muss er bei den ersten zehn Morden die Orte in Rheinland-Pfalz gezielt angefahren und nach Frauen Ausschau gehalten haben.«

»Unter Umständen hat er dort gearbeitet ... Habt ihr noch andere Spuren gefunden?«, fragte Herbert.

»Bei einem der älteren Mordfälle gab es bereits einen

Schuhabdruck. Andere Schuhe, aber die Größe stimmt. Sonst keine Spuren, die uns weitergebracht haben. Der Täter arbeitet sehr gewissenhaft. Er benutzte immer Küchenutensilien aus den Wohnungen der Opfer.«

Nach der Lagebesprechung zerstreute sich das Team, um auf Hochtouren an dem Fall zu arbeiten. Herbert brach mit einem Kollegen zu Zeugenbefragungen auf. Aus irgendeinem unerfindlichen Grund war Frank froh, der Mordkommission nicht anzugehören.

Bereits am nächsten Morgen meldete Tina: »Wir haben eine Spur!« Sie hängte einen Ausdruck an die Pinnwand, auf dem etwa die Hälfte eines vergrößerten Daumenabdrucks zu sehen war. »Er läuft durch. Wenn der Täter registriert ist, haben wir ihn bald.«

»Wo habt ihr den gefunden?«

»An dem Griff der Tiefkühlkombination des letzten Opfers. Der Täter hat ihn zwar abgewischt, aber wohl die Reste von Fleischsaft übersehen, die vor langer Zeit dort angetrocknet sein müssen.«

Herbert wandte sich zu Frank und verdonnerte ihn dazu, den Bericht zum letzten Fall zu schreiben, bei dem er so gut wie nichts zur Klärung beigetragen hatte. »Es scheint, als ob ich selbst in nächster Zeit nicht zum Papierkram käme. Und das bist du mir schuldig.« Er feixte. »Außerdem hast du beim Schreiben Ruhe, um über dich und Lucy nachzudenken. Und das Baby.«

Mit einem Stöhnen stimmte Frank zu und verließ den Konferenzraum, um mit Tina in das gemeinsame Büro zu gehen. Sie setzte sich an ihren Schreibtisch, warf einen Blick auf den Rechner, an dem das Programm noch durchlief, dann räusperte sie sich.

»Frank? Es geht mich ja nichts an …«

»Was?«

»Ich finde, du solltest dich unbedingt mit Lucy aussprechen.«

Er verzog das Gesicht.

»Echt, das hat sie nicht verdient …« Tina verstummte.

»Ich habe keine Kinder gewollt, und das weiß sie.«

Tina lachte auf. »Von allein ist das Baby nicht in ihren Bauch gekommen. Es ist echt der Hammer, wie ihr Kerle euch da herauswinden wollt. Von dir hätte ich das nicht gedacht.«

Er schnaubte.

»Los, ruf sie an. Ihr müsst das klären. Will sie das Kind überhaupt?«

»Na klar, denke ich …« Er hielt den Hörer bereits in der Hand. »Okay, ich melde mich bei ihr.«

Sobald er es ausgesprochen hatte, fühlte er sich besser. Zehn Minuten später hatte er sich mit einer völlig aus dem Häuschen klingenden Lucy zu Mittag verabredet. Er vertiefte sich in den Bericht. Hoffentlich bekam er ihn noch vor der Pause fertig.

»Bingo!« Tina sprang vom Sitz auf. Dann schlug sie sich die Hand vor den Mund. »Nein! Der ist es?«

Frank stand auf und eilte zu ihrem Schreibtisch. Das Programm hatte eine Übereinstimmung des Abdrucks von 89 Prozent ermittelt und das Bild des Täters ausgespuckt. Tina druckte das Ergebnis bereits aus. Einer der Kollegen hatte den Fund auf seinem Rechner ebenfalls entdeckt.

»Häng es zu den anderen«, bat er Tina, »und schick Herbert zu seiner Adresse, ich treffe ihn dort.«

Es machte Frank nichts aus, bei der Verhaftung nicht Zeuge zu werden. Herbert und der Kollege konnten Kurt Neccer auch ohne ihn dingfest machen.

Er holte Lucy am Callcenter ab. Sie hatte sich die Haare

nachschneiden lassen. Der dunkle Kurzhaarschnitt stand ihr gut.

Verlegen blieb sie vor der Glastür stehen und sah zu ihm auf. »Hi.« Unbeholfen streckte sie ihm die Hand entgegen.

Am liebsten wollte er sie in die Arme ziehen, aber etwas hielt ihn davon ab. Er drückte ihre Hand und behielt sie in der seinen, als er ihre Wärme durch den Handschuh hindurch spürte. Sie war seine Lucy, im Grunde hatte sich nichts geändert. Doch, das hatte es. Sie war schwanger.

Die Glastür öffnete sich und traf Lucy im Rücken, sodass sie einen kleinen Schritt nach vorn stolperte. »Hoppla!«

»Entschuldige. Wenn du stehst in Weg, kann ich nicht vorbei.«

Lucy verdrehte die Augen, Ilina blieb stehen und lächelte Frank an. »Kommissarchen! Habe ich länger nicht gesehen Sie.«

Die kleine Polin hatte ihr Haar länger wachsen lassen. Anscheinend orientierte sie sich nun neu. Blonde Strähnen durchzogen das Kastanienbraun und verwischten die Ähnlichkeit zu Lucy. Sie blickte betont lange auf Lucys nicht vorhandenen Bauch, was diese zu einem empörten Zischen veranlasste und zugleich Fassungslosigkeit in ihre Augen zeichnete.

»Habt ihr gehabt kleine Meinungsverschiedenheit?«

Hatte Lucy etwa allen von dem Kind erzählt?

»Nein! Kümmer du dich einfach um deinen eigenen Scheiß.« Lucy hakte sich bei Frank unter und zog ihn weg zur Fußgängerzone.

»Wer weiß von der Schwangerschaft?«, fragte er.

»Bisher meine Ärztin, Lena und Rouwen. Und Kat und Susa.«

»Und Ilina?«

»Die scheint einen siebten Sinn zu haben. Und Lena hält dicht, das kann ich dir versichern.«

Sie gingen ins ›Tapas‹ und bestellten wie üblich ›Pasta Inge‹. Im Gegensatz zu Lucy verschlug ihm das bevorstehende Gespräch nicht den Appetit. Sie neben sich zu haben, fühlte sich gut an. Zu wissen, dass in ihrem Bauch ein Baby heranwuchs, dessen Vater er war, verlor langsam seinen Schrecken. Sie war schwanger geworden. Unbeabsichtigt. Na und?

Er legte die Gabel zur Seite. »Lucy, es tut mir leid.«

Sie hatte ihm mehr oder weniger unbeweglich beim Essen zugeschaut, ab und zu ein paar Nudeln zum Mund geführt und an ihrem Glas genippt. Jetzt deutete sie ein Kopfschütteln an.

»Mir tut es leid, Frank. Ich *wollte* nicht schwanger werden, es ist passiert. Trotzdem freue ich mich darauf. Ich hätte es dir früher sagen müssen.« Sie tastete nach seiner Hand und lächelte beruhigt, als er die ihre nahm. »Kannst du dir vorstellen, Vater zu werden?«

Er schluckte.

»Ich … Wir brauchen deshalb nicht zu heiraten …«

»Ich bitte dich um eines: In Zukunft musst du mir solch wichtige Neuigkeiten sofort sagen. Auf der Stelle, hörst du?«

Sie biss sich auf die Unterlippe und nickte.

Er griff zu seiner Gabel, rollte Spaghetti auf und lachte. »Okay, wir werden Eltern. Ich werde mich an den Gedanken gewöhnen. Weißt du, es hätte schlimmer kommen können.« Er schob die Pasta in den Mund.

Lucy fädelte ihrerseits Nudeln auf. »Wie meinst du das?«, fragte sie.

Er schluckte die Nudeln herunter. »Stell dir bloß vor, es wären Zwillinge!«

Lucy brach in ein ersticktes Husten aus, er sprang auf und klopfte ihr auf den Rücken, bis sie ihn bat, damit aufzuhören, und einen tiefen Zug aus ihrem Wasserglas nahm.

»Alles okay, Liebes?«

Sie starrte ihn an, mit geröteten Wangen vom Husten und ein paar Tränen im Augenwinkel. »Alles gut.«

»Dann hör zu, was wir heute herausgefunden haben: Erinnerst du dich an Kurt Neccer?«

Sie schauderte. »Und ob. Ich bin ihm vor ein paar Tagen begegnet. Der Typ macht mir Angst.«

»Braucht er nicht mehr. Wir haben ihn überführt, Herbert verhaftet ihn gerade.«

Lucy keuchte. »Wie habt ihr ihm nachweisen können, dass er versucht hat, mich umzubringen?«

Frank stutzte. »Ähm, das haben wir nicht. Er ist dringend tatverdächtig in einem Mordfall. Mehr kann ich dir leider nicht verraten.«

»Ich habe es die ganze Zeit gespürt.«

»Lucy, ob er hinter dir her war, wissen wir nicht.«

»Logisch war er das. Passt alles zusammen! Der Vermummte, der mich in meiner Straße überfallen hat, hat die gleiche Größe gehabt wie er. Und er hat mich bei jeder Begegnung feindselig angestarrt.« Sie schüttelte sich. »Gruselig. Ein Glück, dass ihr ihn gefasst habt.«

Frank bezweifelte ihre Vermutung. Die Anschläge auf sie passten überhaupt nicht in das Schema der Mordserie.

»Frank?« Lucy griff nochmals nach seiner Hand. »Kommst du zurück? Deine Sachen sind noch da.«

Er sah ihr in die Augen und erinnerte sich unverhofft an die kleinen, hübschen Zehen, die sie in ihren dicken Winterschuhen versteckt hielt. Er nickte und streichelte mit dem Daumen sacht über ihren Handrücken, was in ihm einen wohligen Schauer auslöste. Er freute sich darauf, endlich wieder bei ihr zu sein. Wie hatte er derart überreagieren können?

»Verzeihst du mir?«

Sie schob die Spitze ihrer Zunge zwischen ihre Lippen. Der Anblick hätte ihn alles vergeben lassen. Er rückte näher zu ihr, bis ihre Beine sich berührten. Sofort überzogen sich ihre Wangen mit einer leichten Röte. Die Chemie zwischen ihnen stimmte, nach wie vor.

Er beugte sich zu ihrem Ohr und sog den Duft von ›Coco Mademoiselle‹ ein, als er ihr zuflüsterte: »Heute Abend feiern wir Versöhnung, versprochen.«

Gut gelaunt ging er zurück zur Arbeit. Auf der Wache schien die Luft zu vibrieren. Tina sah ihn mit unruhigem Blick an, als er das Büro betrat.

Sie wirkte abwesend, als sie das Wort an ihn richtete: »Kommst du mit? Herbert und Richard verhören den Mörder. Der Hammer, sage ich dir!«

Sie drückte auf die Enter-Taste ihres PCs und stand auf. Gemeinsam gingen sie in den Nebenraum des Verhörzimmers, wo sie durch das verspiegelte Fenster alles beobachten konnten. Ein Lautsprecher übertrug die Worte der Anwesenden. Kurt Neccer saß auf der einen Seite des Tisches, seine Schultern hingen nach vorn, mit einem Finger fuhr er einen Wasserrand auf dem Holz nach, der von dem umgekippten Becher daneben stammen musste.

»… habe ich sie tot gemacht, bis sie still war. Ich hielt es nicht mehr aus.«

»Deine Mutter war die Pest, ist es nicht so?«, fragte Herbert.

Er und Richard saßen dem Verdächtigen gegenüber, beide hatten die Unterarme aufgestützt, wirkten aufmerksam und zugleich entspannt. Vor Herbert lag eine geschlossene Aktenkladde.

»Hat er gestanden?«, flüsterte Frank Tina zu.

Sie legte den Finger auf die Lippen, bevor sie ebenso leise antwortete: »Er hat seine Mutter umgebracht.«

Frank sog scharf die Luft ein.

Kurt Neccer verrieb weiterhin Wasser auf dem Tisch, obwohl es inzwischen nahezu getrocknet war. »Sie hat mich gequält, mein ganzes Leben hat sie mich gequält. Wie meinen Vater.«

»Und als du sie umgebracht hast, hast du die Macht gespürt.« Herbert schien das Verhör zu leiten. Richard schwieg.

Neccer nickte, den Blick nach wie vor auf den Tisch geheftet.

»Die Macht, die sie dir all die Jahre geklaut hatte. Sie hat dich klein gehalten und für dumm verkauft. Kurt, spring, Kurt, mach, Kurt, tu! Nicht?«

Neccer linste nach oben und streckte den Rücken durch. »Ich bin nicht klein und dumm!«

»Nein, du hast bewiesen, welche Macht du hast. Und dann hast du es wieder getan.«

Neccer senkte den Kopf und blickte unter den Brauen hervor zwischen Herbert und Richard hin und her. Franks Partner zog die Computerausdrucke des Fingerabdrucks und des Schuhabdrucks hervor und legte sie auf den Tisch. »Die haben wir am Tatort gefunden. Du trägst solche Schuhe, und der Abdruck ist von deinem Daumen.«

Neccer nahm das Blatt in die Hand und fuhr die feinen Linien des abgebildeten Daumens mit dem Zeigefinger nach. Seine Schultern entspannten sich, er lehnte sich zurück und heftete den Blick auf Herbert.

»Ja. Ich war es.«

Herbert schlug mit der flachen Hand auf den Tisch und sah zur Fensterscheibe. Frank hatte das Gefühl, er blicke ihm gerade in die Augen.

»Warum?«

»Weil ich dieses Gefühl wieder wollte.«

Herbert legte ihm die Hand auf den Arm. »Das weiß ich, Kurt. Aber wie hast du die Frauen ausgewählt? Was an ihnen hat den Unterschied gemacht zu all den anderen da draußen?«

»Ach, das wisst ihr nicht, was? Das wisst ihr nicht.« Er kicherte. »Die Stimme war es!«

»Die Stimme?«, hakte Richard nach.

»Exakt. Immer wenn ich ihre verhasste Stimme hörte, wusste ich, es war wieder so weit. Wenn ich die Stimme tot machte, war ich frei.«

Herbert hatte inzwischen die Bilder der Opfer aus der Kladde genommen und präsentierte sie Neccer der Reihe nach.

»Das sind sie, nicht wahr? Sie alle hast du getötet.«

Neccer warf auf jedes Foto einen kurzen Blick, bevor er nickte.

»Sag mir die Namen, Kurt.«

»Die weiß ich nicht.«

»Ich lese sie dir vor, und du sagst mir, ob du die Frauen getötet hast.«

Nacheinander zählte Herbert die zwölf Opfer auf, und jedes Mal nickte Kurt.

»Ich muss raus«, murmelte Tina. »Das halte ich nicht mehr aus.«

Frank wollte ebenfalls gehen, da hörte er, wie Herbert fragte: »Und Lucinda Schober, was ist mit der?«

Keuchend fuhr Frank herum.

Neccer fuhr sich mit der Zunge über die Lippen. »Was soll mit der sein?«

»Du kennst sie, oder?«

Neccer drehte den Kopf zum Spiegel und sagte: »Klar, die kenne ich.«

»Was ist mit ihrer Stimme? Klingt sie wie die deiner Mutter?«

Neccer nickte.

»Hast du versucht, sie zu töten?«

Er schüttelte den Kopf. »Hab's nicht geschafft.«

Frank spürte Übelkeit aus seinem Magen aufsteigen, er verließ den Raum und lief zur Toilette. Normalerweise war er hart im Nehmen. Heute nicht.

19. FRÖHLICHE FEIERTAGE!

Ja, ist denn heut schon Weihnachten? Ich hatte keine Zeit, mich darauf einzustimmen. Der Advent war für mich die schlimmste Zeit des gesamten Jahres. Aber gut, nun ist es vorbei. Frank ist bei mir, er liebt mich und scheint sich auf das Kind zu freuen … Sie lesen richtig, ich sagte *das Kind*. Nein, ich habe keines der Babys verloren, die Schwangerschaft verläuft bilderbuchmäßig. Trotzdem!

Ich weiß, was Sie mir jetzt vorhalten wollen: Frank ist nur zu mir zurückgekommen, weil ich das Versprechen gegeben habe, alles sofort zu sagen. Dennoch, das müssen Sie verstehen … Er kommt zurück und sagt gleichzeitig, nur Zwillinge wären schlimmer als ein einzelnes Baby. Und in *der* Situation soll ich ihm seine Illusionen rauben? Ich habe es nicht übers Herz gebracht. Doch ich werde es ihm bald sagen. Bis zur Geburt habe ich ja noch etwas Zeit!

Zurück zu Weihnachten: Da dank Rouwen Franks Scheidung in einigen Tagen über die Bühne gehen wird und er damit ein freier Mann ist, haben meine Eltern sich herabgelassen, uns Kinder mitsamt Partnern zum Heiligen Abend in die Villa einzuladen. Frank war von der Idee nicht direkt begeistert, was ich ihm nicht verübeln kann, und Lena hat mich die letzten beiden Tage mit der Frage genervt, was sie bloß anziehen soll. Kat und Susa haben zähneknirschend eingesehen, dass wir uns dieser Festivität nicht entziehen können. Wir wollen das Ganze verkürzen, indem wir gemeinsam die Christmette abends um zehn Uhr besuchen. Mit Verweis auf den Kirchgang konnten wir meine Mutter davon überzeugen, mit dem großen Fressen zeitig zu beginnen. Schließlich wollen wir pünktlich in der Kirche sein.

Nun sitzen wir in der Villa von Dr. Schober und Gattin, bestaunen den drei Meter hohen Tannenbaum, den die Haushälterin wunderbar nach Mutters Anweisungen geschmückt hat, und äußern uns mit angemessener Begeisterung über die glitzernde und zugleich dezente Tischdeko, für die tatsächlich meine Mutter allein verantwortlich ist.

Lena hat sich für den Anlass in ein auberginefarbenes Kostüm gewagt, das sie hervorragend kleidet, Kat und Susa haben sich bunte Bändchen an die rustikalen Hosen gebunden, ich trage eine neue Marlene-Dietrich-Hose mit verstellbarem Bund. Kaum zu glauben ... von heute auf morgen ertrage ich keine engen Hosen mehr. Mein Bauch ist klein und fest, ich kann ihn nicht mehr ignorieren. Eine schwarze Seidenbluse, die nach der neuesten Mode ohnehin weit und fließend geschnitten ist, kaschiert das Bäuchlein vorerst perfekt vor allen Augen. Wenn man es nicht weiß, sieht man mir die Schwangerschaft nicht an. Die Ärztin hat mich allerdings darauf vorbereitet, dass es mit dem Wachstum in einigen Wochen rasant losgehen kann, weil da zwei Kinder Platz brauchen. Die High-Heel-Overknees meiner To-do-Liste sind damit vorerst auf einen späteren Zeitpunkt verschoben. Ein Zwillingsbauch über solchen Stiefeln – nein, das finde sogar ich ein wenig ... nun, zumindest lächerlich. Frank trägt heute einen grauen Anzug, und obwohl der ihn ausgezeichnet kleidet, kann er nicht verbergen, wie viel lieber ihm eine Jeans wäre.

Gerade haben wir die Vorspeise genossen, ein Nest aus Feldsalat an wachsweichem Eigelb und einer Senfvinaigrette, bestreut mit Speckwürfeln und frisch bereiteten Croûtons. Mutter hatte mir gesagt, sie habe für diesen Abend eine zusätzliche Küchenhilfe eingestellt. Trotzdem hat unsere Frau Kuhn es sich nicht nehmen lassen, die Vorspeisenteller höchstpersönlich darzureichen. Zum Abräumen kommt nun die Aushilfe in unser Esszimmer. Zuerst nehme ich sie nur aus dem Augenwinkel wahr, doch schon das reicht, um die schlanke Gestalt und die unverkennbare Haltung im engen Servierkleid zu erkennen. Meine Güte, wenn sie das mal nicht aus der erotischen Kollektion der Mediaboutique bestellt hat. Wie um alles in der Welt kommt meine Mutter auf den Gedanken, ausgerechnet sie hierher zu holen?

»Räume ich benutzte Teller weg, bringt Frau Kuhn gleich frische.« Ilina beugt sich um jeden von uns herum, um das Geschirr an sich zu nehmen. Ihr Dekolleté kommt dabei bestens zur Geltung, selbstredend völlig unbeabsichtigt. Erstaunlich geschickt balanciert sie die Platten auf ihren Händen und trägt sie mit beachtenswertem Hüftschwung in die Küche. Der graue Bleistiftrock ist auf den zweiten Blick doch etwas länger als die Röcke der Fetischkostüme, die manche Kunden bei uns ordern.

Mutter klatscht in die Hände. »Und nun serviert Frau Kuhn den Hauptgang. Sie hat sich dieses Jahr selbst übertroffen. Brust von der französischen Barbarie-Ente auf warmem Blaukraut-Mango-Chutney-Walnuss-Salat.«

»Und Klöße?«, fragt mein Vater erschrocken.

»Die gibt es selbstverständlich auch, wie könnten wir die vergessen? Sogar wenn sie nicht zur Speisenfolge passen, berücksichtigen wir deine geliebte Tradition und haben Schneebällchen zubereitet.«

Sie sagt wahrhaftig ›wir‹. Ich glaube, meine Mutter weiß nicht einmal ansatzweise, wie die gemacht werden.

Ein erfreut gemurmeltes »Lecker« von meiner Rechten weist mich darauf hin, dass mein Herzensmann diesen schoberschen Brauch mögen wird.

Frau Kuhn bringt zwei Teller mit Haube und stellt sie vor Kat und Susa ab, Ilina folgt ihr auf dem Fuß und platziert zwei Teller vor Rouwen und Lena, und sie wechseln sich ab, bis wir alle eine Platte mitsamt Haube vor uns stehen haben. Ich spüre Franks Knie an meinem und registriere deutlich sein unterdrücktes Beben. Vermutlich kämpft er gegen ein Lachen an. Diese Reaktion kenne ich inzwischen, sowohl bei Frank als auch bei vielen anderen Menschen, die zu ihrem ersten ›richtigen‹ Diner bei meinen Eltern eingeladen sind. Susa rollt mit den Augen und vermeidet es, einen Blick auf Frank zu werfen. Ich erinnere mich an eine ihrer frühesten Einladungen zu einem Essen im Hause Schober. Sie und Kat stießen an jenem Abend meine Eltern vor den Kopf, indem sie verkündeten, dass sie zusammenziehen, einen Ökohühnerhof eröffnen und darüber hinaus ein Liebespaar sein würden. Doch sie ließ außerdem ihrer Belustigung über das prätentiöse Gehabe meiner Eltern freien Lauf. Sie konnte ihr typisches Kichern einfach nicht zurückdrängen. Es hat lange gedauert, bis sie erneut eingeladen wurde. Sie selbst hat das mit Sicherheit am wenigsten gestört.

Frau Kuhn bleibt neben dem Tisch stehen, Ilina verweilt einen Schritt hinter ihr. Ich frage mich, warum sie nicht in der Küche verschwindet, anstatt den Männern ihr Lächeln zu schenken, das ich ihr am liebsten in den Hals schieben würde. Meine Mutter gibt offiziell das Zeichen, Hand an die Haube zu legen. Erst, als sie sich anschickt, die ihre zu lupfen, wagen auch wir es, den Deckel vom Teller abzuheben.

Wie es sich gehört, äußern wir vier Schober-Kinder gurrende Töne der Bewunderung, und nach kurzem Zögern murmeln Lena und Frank pflichtschuldigst »Schön« und »Wunderbar«, während Frau Kuhn und Ilina die Hauben einsammeln. Irre ich mich, oder weht mir da ein Hauch ›Coco Mademoiselle‹ entgegen? Diese Schlange!

»Haben die beiden Engel das nicht wunderschön hingekriegt?«, seufzt meine Mutter.

»Und wie sie exakt wissen, welche Portion für wen ist«, nickt mein Vater, auf dessen Teller sich sechs Kartoffelklöße befinden statt der sonst üblichen drei (für die Damen) beziehungsweise vier (für die Herren).

»*Frau Kuhn* ist ein Engel«, sage ich betont und schenke der Haushälterin ein Lächeln.

»Ilina aber auch«, fügt mein Vater unnötigerweise hinzu.

Meine Mutter schießt ihm einen Seitenblick mit hochgezogenen Brauen zu, und ich mache innerlich eine Becker-Faust. Hat sie endlich begriffen, warum es keine gute Entscheidung ist, Ilina mit einer solchen Aufgabe zu betrauen? Wenn sie ihr wenigstens vorher gesagt hätte, sie solle hochgeschlossen und mit langer Servierschürze antreten … Nun, ich will nicht kleinlich sein. Eines jedenfalls kann niemand leugnen: Das Essen ist ein Traum. Unauffällig löse ich einen der Knöpfe am Gummibund der Schwangerschaftshose und stelle ihn eine Stufe weiter.

»Trinkst du nicht Alkohol?«, dringt mitten im Essen Ilinas verhasste Stimme zu mir.

Sie ist um den Tisch gegangen, um nachzuschenken, und beäugt mein Wasserglas. Wie von der Schlange vermutlich beabsichtigt, sehen meine Eltern und A-Mi überrascht zu mir herüber. Mein Kopf glüht sofort wie ein überhitzter Wasserkessel.

»Nein, danke«, presse ich hervor.

»Kind, so kenne ich dich ja gar nicht …«, beginnt meine Mutter, da kommt Rouwen mir zu Hilfe.

»Wie ist es mit Nachtisch?«

Kat und Susa, Lena und Frank fallen eifrig ein. »Nachtisch ist eine gute Idee.«

Meine Mutter runzelt die Stirn. »Bevor wir weiteressen, möchte ich gerne die Bescherung machen.«

»Bescherung?«, zischelt Frank.

Ich ziehe die Schultern hoch. Es war vereinbart, dass wir uns gegenseitig nichts schenken. Natürlich habe ich ein Geschenk für Frank und er eines für mich, aber wir wollten sie erst austauschen, wenn wir zu Hause sind.

»Ich hatte euch gesagt, euer Vater und ich wünschen uns keine Präsente …« Mutter lässt ihren Blick von einem zum andern wandern. »Dabei bleibt es auch. Wir freuen uns über die Maßen über euer Hiersein heute. Ich habe mir deshalb erlaubt, für jedes meiner Kinder eine Kleinigkeit zu besorgen.«

Ihr Gesicht strahlt vor Übermut. Sie bittet uns zur Wohnzimmergarnitur, wo wir uns auf den Sitzen verteilen. Ich fühle mich nicht wohl in meiner Haut. Mutter zieht ein in rote Glitzerfolie eingeschlagenes Paket mit einer riesigen goldenen Schleife unter dem Christbaum hervor.

»Liebste Anna-Maria, du als unsere Erstgeborene sollst als Erstes dein Geschenk bekommen.«

A-Mi setzt sich auf die Kante der Couch und schaut Mutter erwartungsvoll an.

»Was soll man einer erfolgreichen Juristin schenken, die im Grunde alles hat? Du bist herausragend in deinem Beruf, die Kollegen liegen dir zu Füßen …«

Ach nee, davon wüsste ich! Meines Wissens liegt A-Mis letzte Beziehung zwei Jahre zurück.

»… und du hast alles, was eine Frau Mitte 30 sich wünschen kann.«

A-Mi nickt, runzelt jedoch leicht die Stirn. Das Geschenkpaket ist groß und eckig. Was mag da nur drin sein?

»Bis auf eine eigene Familie«, fährt Mutter fort.

Plötzliches Schweigen erfüllt den Raum. Rouwen und Lena, die eben noch leise miteinander gelacht haben, drehen ihre verdatterten Gesichter zu Mutter. Diese scheint sich an der ungeteilten Aufmerksamkeit zu erfreuen. Sie wirft einen Blick auf meinen Vater, der sich in einen der Sessel hat sinken lassen und gemütlich in seiner Flanellhose und der edlen Designerstrickjacke das Spektakel beobachtet.

A-Mi fährt sich indessen mit der Hand an den Hals. Ein Wechselbad von Emotionen zeichnet sich in ihrem Gesicht ab. Das zufriedene Lächeln, das die ersten Worte meiner Mutter hervorgerufen haben, fällt ihr aus der Maske, stattdessen wirkt sie geschockt und irgendwie verraten und verkauft. Tatsächlich hat meine Mutter A-Mi gegenüber das Zauberwort ›Enkelwunsch‹ kein einziges Mal erwähnt, während sie mich damit belämmert, seit ich das Studium geschmissen habe. Nach dem Motto, wenn man schon keine Akademikerlaufbahn einschlägt, kann man wenigstens früh für Nachkommenschaft sorgen.

Gespannt verfolgen wir, wie sie A-Mi das Geschenk auf den Schoß stellt. »Das als symbolischer Hinweis. Dein Leben wird noch vollkommener sein, wenn du einen Mann an deiner Seite hast und eventuell sogar ans Kinderkriegen denkst.«

A-Mi kann das Zittern ihrer Finger nicht verbergen, als sie nach einem gemurmelten »Danke« das Papier von dem Geschenk löst. Sie stöhnt.

Ich muss mir ein Lachen verkneifen, und Frank drückt meine Hand so fest, dass ich es nicht wage, einen Blick auf sein Gesicht zu werfen, weil ich weiß: Ihm ergeht es genauso.

»Ein … Schnellkochtopf … Oh!«

Meine piekfeine Juristenschwester sitzt da, als verstehe sie die Welt nicht mehr. Bin ich in einer Art Sitcom gelandet? Hat meine Mutter bewusst ein Geschenk ausgewählt, mit dem niemand, am allerwenigsten A-Mi, gerechnet hat?

»Das ist das neueste Gerät, das du derzeit auf dem Markt finden kannst. Man hat mir gesagt, man könne damit besonders schonend und schnell gesundes Essen zubereiten. Sogar für Säuglinge.«

»Mutter«, meldet Kat sich zu Wort, »wann warst du das letzte Mal beim Arzt?«

Meine Mutter lacht laut wie über einen köstlichen Witz, dann zieht sie ein zweites Geschenk hervor. Ups, als Zweitgeborene bin ich wohl an der Reihe! Das Päckchen ist klein und weich, in grün-goldenes Papier gewickelt und mit goldenem Ringelband verziert.

»Zu unserer Zweitgrößten …«

Sie lässt das Wort nachklingen, damit wir alle die Ironie zu würdigen wissen. Logo: Ich als nichtstudierte Callcenteragentin kann nur zweite Wahl sein und bin alles andere als groß. Über solche Spitzen von Seiten meiner Eltern rege ich mich längst nicht mehr auf.

»Für dich habe ich ebenfalls eine kleine Überraschung. Da dein … Freund … ein sympathischer junger Mann ist …« Mutter zieht die rechte Braue hoch. »Das meine ich ehrlich. Lieber Frank, wir möchten dich herzlich in unserer Familie willkommen heißen.«

Frank räuspert sich, hält jedoch den Mund.

»Lass gut sein, Gloria, er *ist* Teil unserer Familie – gewissermaßen.«

»Ich meine, da nun bald die Scheidung erledigt sein wird …«

»Mutter!« Dieses Mal unterbricht Rouwen sie.

Bis vor Kurzem hätte er dieses Schauspiel noch genossen. Ich hingegen frage mich langsam, ob Kats Frage nach dem Arzt möglicherweise die richtige war.

Meine Mutter spitzt den Mund. »Lucy, für dich habe ich ebenfalls etwas Wunderbares gekauft. Ich sah es im Geschäft und konnte nicht daran vorbeigehen.«

Sie überreicht mir das Päckchen. Bevor ich es öffne, taste ich daran herum. Was könnte das sein? Ein Schal vielleicht oder eine schöne Wäschegarnitur.

»Mach es auf«, flüstert Frank mir zu. »Die Zeit flieht.«

Also ziehe ich zuerst das Geschenkband ab, dann öffne ich das Papier. Ein zarter Samtstoff kommt zum Vorschein, weiß mit Spitze. Nanu? Ein Body? Ist Damenwäsche aus Samt nicht out? Ich ziehe es komplett heraus und hebe es hoch. Zwei Ärmel und zwei Beine entrollen sich – und ich halte einen blütenweißen, mit Spitze besetzten Babystrampler in Händen.

Sofort werfe ich Rouwen einen fragenden Blick zu; er deutet ein Kopfschütteln an, mit dem er mir zu verstehen gibt, dass er dichtgehalten hat. Desgleichen Lena, Kat und Susa. Frank neben mir hat sich versteift, während mein Kopf dummerweise erneut ein zartes Feuerlöscherrot angenommen hat.

Meine Mutter legt mir eine Hand auf die Schulter. »Ist der nicht wunderschön? Und keine Sorge, er ist zeitlos. Ich dachte, man kann ihn für die Taufe benutzen. Wann auch immer es dazu kommen wird.«

»Habe ich da irgendetwas nicht mitgekriegt?«, fragt A-Mi in die Runde.

Mein Vater beobachtet mich unverwandt. Meine Mutter hingegen schüttelt arglos den Kopf.

»Wie bei dir, soll das Geschenk lediglich ein kleiner Denkanstoß sein. Da Frank nun bald ein freier Mann sein wird …«

Auf ein warnendes »Gloria« ihres Mannes hin reckt sie das Kinn vor. »Man wird ja wohl noch träumen dürfen. Wir haben vier Kinder, und da soll ich mich nicht auf Enkel freuen?«

»Hast du für Rouwen auch ein Geschenk besorgt, meine Angebetete?«

Ich verschlucke mich bei den Worten meines Vaters. Früher hat er diese Bezeichnung oft benutzt, wenn Mutter, überfordert von ihrer Rolle als Vollzeitapothekerin, Mutter von vier kleinen Kindern und Vorstand einer Riege von mehreren Bediensteten einem Nervenzusammenbruch nahe war. Nach langen Jahren benutzt er diesen Trick heute wieder, und meine Mutter dreht sich tatsächlich mit gerührter Miene zu ihm um und wirft ihm eine Kusshand zu.

»Das habe ich tatsächlich«, jauchzt sie.

Eigenartigerweise nimmt ihr Gesicht einen Farbton an, der alles übertrifft, was meine eigene Haut bisher an Rottönen anzubieten hatte. Sie reicht Rouwen ein eckiges Päckchen etwa von der Größe einer Doppelpackung Trüffelpralinés, blau und golden verpackt.

»Es ist mir nicht entgangen, mein Lieber, dass du deine Lebensweise geändert hast.«

Sie wirft Lena einen Blick zu, der so viel Herzlichkeit enthält, wie sie imstande ist aufzubringen. Lena rutscht auf dem Fauteuil hin und her, auf dessen Lehne Rouwen Platz genommen hat, um den Arm um ihre Schultern legen zu können und vielleicht auch wegen des positiven Einfallswinkels auf den Ausschnitt ihrer Bluse.

»Nun, entgegen meinen Gepflogenheiten habe ich ein Ladenlokal aufgesucht, das ich bisher niemals bewusst wahrgenommen hatte. Eine meiner Mitarbeiterinnen hat es mir empfohlen. Von alleine wäre ich nicht auf diesen

Gedanken gekommen. Es mögen Zweifel bestehen bleiben, ob meine Wahl angemessen ist …«

Sie betrachtet das Geschenk, als wolle sie es am liebsten verschwinden lassen, dann gibt sie sich sichtlich einen Ruck und reicht es Rouwen, der es mit zweifelnder Miene entgegennimmt und sich artig bedankt.

Er legt es auf den Tisch und murmelt: »Packen wir später aus.«

Mutter setzt sich auf die Lehne von Vaters Sessel, schlägt anmutig die Beine übereinander und sagt in süßlichem Ton: »Wir warten.«

Lena hält Rouwen das Geschenk hin, und er kann nicht anders, als es aufzumachen. Der Feigling befürchtet natürlich, dass er einen ähnlich subtilen Hinweis auf sein zukünftiges Leben erhält – oder besser auf das Leben, das unsere Mutter sich für ihn wünscht – wie A-Mi und ich. Doch dann kommt es anders. Die Wahl der Apothekerin ist nicht weniger verblüffend als bei den Präsenten für meine Juristenschwester und mich. Allein – sie winkt *nicht* mit dem Zaunpfahl in Richtung Ehe, Kinder und Küche. Der Karton, den Rouwen auswickelt und der sogar meinem obercoolen Bruder die Röte auf die Wangen treibt, enthält Sextoys der speziellen Art. A-Mi schlägt sich die Hand vor den Mund, und ich erinnere mich, wie sie sich am Geburtstag meiner Mutter deren Exemplar von ›Shades of Grey‹ unter den Nagel riss. Folglich begreift auch sie sofort, was die kuscheligen Handschellen, die Peitsche und das samtene Seil in der Packung implizieren. Kat und Susa prusten hingegen los, Frank hält nicht mehr länger an sich, sondern fällt in das Lachen ein. Hatte ich bereits erwähnt, welch ein angenehmes Timbre mein Traummann hat? Aber das nur nebenbei.

Vater tätschelt Mutter anerkennend das Knie, bevor sie aufsteht, um abschließend der Jüngsten im Bunde ihr

Geschenk zu überreichen. Sie streckt Kat ein rechteckiges Paket entgegen, das in pink-lilafarbene Glitzerfolie eingewickelt ist.

»Für dich war es am schwierigsten, meine Kleine. Ich weiß, dass wir wohl keine Enkel von deiner Seite erwarten können. Eine Hochzeit ist vermutlich ebenso wenig vorgesehen.«

Kat zuckt mit den Schultern, während ich mich bemühe, meine Mimik unter Kontrolle zu halten, um meine Überlegung nicht zu verraten: Ich habe keine Hochzeit auf meiner To-do-Liste.

»Trotzdem habe ich das Richtige für dich gefunden«, erklärt Mutter schließlich triumphierend.

Kat nimmt das Geschenk entgegen und reißt mit fahrigen Bewegungen das Papier ab. Es sind zwei Pakete mit Bettwäsche. Nicht zu übersehen ist der riesige Schriftzug, der quer über beide Decken gedruckt ist: ›I love my wife‹.

Meine Rebellenschwester quietscht, springt auf, stürmt auf Mutter zu und umarmt sie inbrünstig. »Das ist das schönste Geschenk, das du mir jemals gemacht hast. Danke, Mama!«

Indessen gerate ich in Wallung. Ich finde kein besseres Wort dafür. Vor meiner Schwangerschaft kannte ich das nicht. Ich bin keine Heulsuse, wirklich nicht, erst seit die Hormone in meinem Körper das Sagen haben, hat sich alles geändert. Ich sitze hier im Upperclass-Wohnzimmer meiner Upperclass-Eltern, und mir wird mit einem Schlag eine Sache bewusst, die ich mir schon vorgestern hätte vor Augen führen können. Vielleicht war ich abgelenkt an jenem Abend, an dem Frank zurückgekommen ist und wir mit Pauken und Trompeten unsere Versöhnung begangen haben. Das Familienidyll, dem ich gerade beiwohne, löst irgendeine Schranke in mir, und ich lasse es zu, dass mir die Tränen die Wangen hinunterlaufen. Vor Erleichterung, denn der Mörder ist gefasst! Wie Frank mir angedeutet hat, hat Kurt Neccer mehr oder weniger den Versuch gestanden, mich umzubringen. Ist das zu glauben? Aber nun bin ich frei! Doch es gibt noch einen anderen Grund für meine tränenreiche Wallung: Ich liebe meine Familie. Sind meine Eltern in all ihrer Überheblichkeit und Skurrilität nicht auch wunderbar? Sie lieben ihre Kinder, das wird mir eben bewusst. Mögen sie sich nach Kräften mühen, diese Liebe zu verschleiern, es gelingt ihnen nicht.

Ich breche in ein höchst unpassendes Schluchzen aus. Jeder, der bisher noch nicht Lunte gerochen hat, muss spätestens jetzt begreifen, dass ich nicht … Wie soll ich es ausdrücken? Also, dass ich eben nicht mehr ganz allein bin. Mir fällt eine Liedzeile von ›Purple Schulz‹ ein und ich lege auf mein Geheule gleich noch eine Schippe drauf: ›Und sie spürt zwei Herzen schlagen, eins davon war ungewollt‹.

»Flippt sie aus jetzt?«, höre ich eine tiefe, weibliche Stimme, und durch das Flimmern vor meinen Augen sehe ich Ilina, die zwischen Ess- und Wohnbereich steht und uns beobachtet. »Können wir jetzt reichen das Dessert, Frau Schober? Ist es neun Uhr. Und habe ich Feierabend.«

Meine Mutter springt auf wie angestochen. »Schnell zu Tisch, das dürfen wir nicht verpassen. Ein Lebkuchenparfait mit einer Vanilleeiskugel und Zimt.«

Damit kommt dieser ziemlich schräge Heilige Abend zu einem gelungenen Ende. Ilina macht keinen Hehl daraus, dass sie nicht gedenkt, ihre Arbeitszeit zu überziehen, und kratzt schnellstmöglich die Kurve. Wir kommen rechtzeitig zur Mette, um das weihnachtliche Spiel des ›Brass Fever Ensemble Saarwellingen‹ zu hören und den Gottesdienst mitzufeiern, und als wir uns hinterher vor der Kirche auf dem Großen Markt von der Familie verabschieden, gehört der Abend Frank und mir.

Wie wir ihn verbringen, brauche ich Ihnen nicht weiter zu erzählen, sondern überlasse dies Ihrer Fantasie. Nur eines noch, der Vollständigkeit halber: Ich sage Frank, er müsse nicht befürchten, dass ich wegen der Schwangerschaft auf den Gedanken verfallen würde, ihn zur Ehe zu überreden. Im Gegenteil, ich bezweifle sogar, dass das nötig ist. Es ist nicht zu übersehen, wie sehr ihn das erleichtert.

Nun, und eine weitere Frage wird Sie sicherlich umtreiben … Nein, ich bringe es nicht übers Herz, ihm von dem zweiten Kind zu berichten. Er liegt hier neben mir, es ist drei Uhr nachts. Frank schläft auf dem Rücken, einen Arm unter den Kopf geschoben, die Brille liegt auf dem Nachtkästchen. Ich kann mich an seinem Gesicht nicht sattsehen. Seine dichten Wimpern wirken wie schwarze Daunen, die kleine Narbe ist durch das schräg fallende Licht nicht mehr als ein Schatten und sein Bartwuchs ist nur als winzige Stoppeln zu erkennen. Er fühlt sich an wie die Haut einer Kiwi, wenn ich sacht darüberstreiche. Ich male mir aus, wie unsere Kinder wohl aussehen werden. Ob sie seine Augenfarbe erben?

Mit einem glücklichen Seufzen verspreche ich mir, ihn morgen in das Geheimnis einzuweihen. Oder übermorgen. Also jedenfalls bis zum Jahresende.

Und dann kommt alles anders. Zum ersten Feiertag sind wir bei Franks Eltern eingeladen, und der Tag verläuft zunächst entspannt. Wir schlafen morgens aus und frühstücken gemütlich, bevor wir pünktlich zum Mittagessen zu Franks Elternhaus fahren. Ich lerne Herrn und Frau Kraus kennen, bodenständige Menschen, die offensichtlich erleichtert sind, dass sie mich sympathisch finden. Außerdem treffe ich auf Franks Schwester Sophie, ihren Mann

Chris und die beiden Jungs. Sophie gefällt mir auf Anhieb; sie hat einen ansteckenden, gelegentlich fatalistisch anmutenden Humor und ist in nichts zu vergleichen mit meinen ehemaligen Studienkolleginnen, die ihre Kinder wie kleine Prinzen und Prinzessinnen behandeln, obwohl sie eher Monster sind. Chris kann ich hingegen nur schwer einschätzen, weil er kaum redet.

Nach einem harmonischen Nachmittag kehren Frank und ich in unsere Wohnung zurück, und im Überschwang der Gefühle und hormongebeutelt wie ich bin, wage ich endlich den großen Schritt.

Wir sitzen aneinander gekuschelt auf dem Zweisitzer, ich spiele mit der Kette, die Frank mir vor der Party geschenkt hatte, und beim Anblick des Herzes lege ich los: »Du-u, Fra-ank …?«

Er schmiegt seine Wange an mein Haar. »Ja?«

»Du hast da letztens einen Scherz gemacht …«

»Hmm?«

»Du sagtest, es gäbe nur eine Sache, die schlimmer ist, als ein Kind zu bekommen.«

»Kann mich nicht erinnern.« Er nimmt meine Hand und küsst sanft die Fingerspitzen.

»Noch schlimmer wäre es, wenn man Zwillinge bekäme.«

Fast unmerklich versteift er sich und legt meine Hand langsam in meinen Schoß. Er räuspert sich, und als er sich aufrecht hinsetzt, spüre ich an der Stelle meines Kopfes, an der vorher sein Gesicht ruhte, plötzliche Kälte.

»Was … möchtest du mir sagen, Lucy?«

Oh, das ist kein guter Start. Da liegt etwas Beunruhigendes in seinem Ton. Ich bereue bereits meinen Vorstoß.

›Los, es gibt kein Zurück!‹

Als ob ich jetzt der klugscheißerischen Sprüche von Lady Tough bedürfte!

Ich sehe Frank ins Gesicht und greife nach seiner Hand, die er mir überlässt. Widerwillig?

›Sie hat recht, es gibt kein Zurück, los jetzt‹, murmelt mir Heulsuse ins Ohr. Schon gut!

Ich atme noch einmal tief durch. »Es ist nämlich Folgendes: In meiner Familie gab es einige Male Zwillinge.«

Frank entzieht mir die Hand, um nach seinem Whiskyglas zu greifen, und nimmt einen Schluck. Seine Iris haben sich verdunkelt, aber augenscheinlich nicht aus Wollust.

»Und nun … ääh … Nun ist es wohl wieder so weit.«

»Du willst mir jetzt nicht sagen, dass wir *zwei* Kinder bekommen!«

»Ähm … doch«, piepse ich.

Er springt auf. »Das ist nicht dein Ernst!«

Da steht er, stemmt die Hände in die Hüften, ist groß und breit und schön, und tut etwas, das einfach nicht in Ordnung ist, oder sehe ich das falsch?

»Ich kann nichts dafür!«, schleudere ich ihm entgegen und hasse meine Stimme, weil sie in einen grellen Ton umkippt, der jedem in den Ohren wehtut.

Er greift sich mit beiden Händen in die Haare. »Scheiße, Lucy!«

Ich stehe auf und baue mich vor ihm auf. Meine Stimme bekomme ich glücklicherweise wieder in den Griff. »Frank, ich habe weder diese Schwangerschaft geplant noch vorausgesehen, dass ich Zwillinge bekommen werde. Ändert es irgendetwas an der Tatsache, Eltern zu werden, wenn es zwei Kinder sind statt einem? Man kann sich das nicht aussuchen, verdammt!«

›Gut gebrüllt, Löwe‹, höre ich Lady Tough, und Heulsuse stimmt ihr mit einem leisen ›Jawohl‹ zu.

Frank lässt die Hände sinken und starrt auf den Teppich. Versteht er mich? Gibt er mir recht? Beinahe glaube ich, er nickt, aber dann hebt er den Blick und seine Pupillen sind winzig, was ich nur erkennen kann, weil der Leuchtstern im Fenster in sein Gesicht scheint.

»Darum geht es hier überhaupt nicht.«

»Darum geht es nicht?«

»Nein. Es geht darum, dass du deine verdammte Klappe gehalten hast.«

Autsch!

»Es geht darum, dass ich dir das Versprechen abgenommen habe, mich nie wieder auflaufen zu lassen. Wir wollten uns alles direkt sagen, schon vergessen? Ich weihe dich in jeden Furz ein, der zwischen Ellen und mir geregelt werden muss, jedes noch so kleine Detail kennst du. Und was machst du?« Er stemmt abermals die Hände in die Hüften. »Du enthältst mir die Schwangerschaft vor – nicht etwa, dass ich als werdender Vater bestimmte Rechte hätte, nein!«

Sein vor Sarkasmus triefender Tonfall tut mir körperlich weh.

»Und als du dich endlich traust, mir das zu beichten, da bitte ich dich lediglich darum, mich nicht mehr im Ungewissen zu lassen. Und was tust du? Verdammte Scheiße, Lucy!«

Als ich ihm antworten will, reckt er abwehrend die Hand nach vorn. »Das ist das Letzte! Ich verschwinde jetzt, das muss ich sacken lassen.«

Er geht zur Türgarderobe und greift nach seiner Lederjacke. Ich verfalle in Schnappatmung. »Frank, das kannst du nicht machen«, piepse ich.

Er dreht sich noch einmal zu mir um. »Du irrst dich, Lucy, das kann ich machen, und das muss ich auch.«

»Kommst du zurück?«

»Heute nicht mehr. Fröhliche Weihnachten!«

Damit verschwindet er aus meiner Wohnung und aus meinem Leben. So fühlt es sich an.

20. FREI

Das Wetter in diesen ›Tagen zwischen den Jahren‹ entsprach Franks Stimmung. Es war viel zu warm für Dezember, wurde nicht richtig hell, und die einzige Abwechslung bestand darin, dass der Nieselregen gelegentlich in richtigen Regen überging. Genauso trüb wie es da draußen aussah, empfand er sein Gemüt. Er hätte diese freie Zeit mit seiner Liebsten feiern können, hätte sich mit ihr die Zukunft ausmalen und Entschlüsse treffen können. Vielleicht hätten sie gemeinsam nach Babysachen geschaut und darüber gesprochen, wann sie in eine größere Wohnung umziehen sollten. Stattdessen hatte er den zweiten Weihnachtsfeiertag in seiner leer geräumten, düsteren Wohnung zugebracht. Bei der Flucht vor Lucy war er an die Tanke gefahren und hatte sich mit Junkfood und Hochprozentigem eingedeckt. Frank verabscheute Frusttrinken, aber wenn das nicht der richtige Anlass war, welcher dann?

Einen Tag lang war er nicht aus seinem Kellerloch gekrochen. Gestern hatte er die leeren Flaschen entsorgt, mit Schmerzmitteln, sauren Heringen und einer Wärmflasche den Kater bekämpft, der ihm wieder mal klar vor Augen führte, weshalb er Frustsaufen verabscheute. Währenddessen hatte er sein Handy die ganze Zeit abgeschaltet gelassen. Im Notfall würde Herbert ihn finden, wenn er ihn brauchte, und mit Lucy wollte er momentan nicht reden. Er konnte einfach nicht.

Am Nachmittag hatte er sich endlich zum Joggen aufraffen können, auf der Playlist seines MP3-Players ›Guns N' Roses‹ ausgewählt und hörte jetzt ›November Rain‹ in der Endlosschleife. In seinem Gehirn entstand ein Vakuum, und er stellte sich vor, wie er seine Festplatte defragmentierte. Wie schön wäre es, wenn man das ebenso mit dem Verstand und den Gefühlen machen könnte. Er mied es, an Lucy zu denken.

Nichtsdestotrotz blieb ihm nichts anderes übrig, als sich an den Gedanken zu gewöhnen, dass er in einem halben Jahr Vater von Zwillingen werden würde. Die Frage war bloß, in welcher Form er seine Vaterschaft leben würde.

Als er nach Hause kam, fühlte er sich besser. Die kühle Luft hatte ihn erfrischt. Und ihm für den morgigen Termin einen klaren Kopf verschafft.

Am nächsten Tag ging Frank den Weg zum Amtsgericht zu Fuß und traf sich vor dem Eingang mit Ellen und dem Dieter. Während der Verhandlungen wartete der Dieter im Flur. Rouwen wickelte das Verfahren zügig ab. Am Ende fragte der Richter zuerst Ellen, dann Frank, ob sie beide sich scheiden lassen wollten.

In der Sekunde, als Frank »Ja« sagte, fiel ihm das Paradoxe an der Situation auf: Das letzte Mal hatten sie beide ihr Jawort bei ihrer Trauung gegeben.

Gemeinsam verließen sie den Gerichtssaal, und im Flur reichte Rouwen Ellen die Hand. »Ich denke, in diesem Fall darf ich Ihnen gratulieren und Ihnen für die Zukunft alles Gute wünschen.«

Ellen nickte und konnte das Strahlen nicht verbergen, das in ihrem Gesicht aufleuchtete. Frank schloss sie in die Arme – wobei der riesige Bauch widersprüchliche Emotionen in ihm wachrief – und drückte sie.

»Ich danke dir für die gemeinsame Zeit, Ellen.«

»Darauf wollen wir anstoßen«, sagte der Dieter. »Sollen wir Lucy anrufen und in der Stadt einen Kaffee trinken?«

»Kaffee trinken ist in Ordnung, aber Lucy lassen wir lieber.«

Auf dem Weg in die City plauderten Ellen und der Dieter fröhlich über die anstehende Geburt, während Frank gedankenversunken auf den Boden starrte.

»Sag mal«, fragte seine Exfrau wenig später, als sie im Café ihren Latte vor sich stehen hatte, »was ist mit dir und Lucy los? Ich dachte, ihr hättet euch vertragen?«

Er grunzte. Im Grunde wollte er nicht darüber reden.

Ellen rührte mit dem langstieligen Löffel in ihrem Glas. »Ich muss zugeben, dass es mich schon irgendwo pikt, wie das Ganze zwischen euch gelaufen ist.« Sie legte die Hand auf Dieters Unterarm und lächelte ihm zu. »Versteh das bitte nicht falsch, Liebling.«

Der Dieter nickte und legte seine Hand auf ihre.

»Also, ich mag Lucy. Aber diese Schwangerschaft, obwohl sie wusste, dass du keine Kinder willst …«, Ellen kniff kurz die Lippen zusammen, »das hätte nicht passieren dürfen. Mir ist das auch nicht passiert …«

»Stopp!«, rief Frank aus.

Eigenartige Emotionen tobten in ihm: Er spürte Wut über Ellens Äußerung, weil sie den Verdacht implizierten, Lucy wäre gewollt schwanger geworden. Und er, Frank, war sich wenigstens in dieser Hinsicht sicher: Das war sie nicht. Es war einfach passiert. Es war nicht richtig, Lucy dafür verantwortlich zu machen.

»Lucy trifft keine Schuld. Die Pille hat nicht gewirkt.«

»Das erklärt alles.« Ellen nickte, dann lächelte sie. »Das erleichtert mich.«

»Liebling, zum Schwangerwerden gehören immer zwei, das wollen wir nicht vergessen.«

Der Dieter! Franks Achtung vor Ellens neuem Partner wuchs zunehmend.

»Was für ein Problem habt ihr eigentlich? Du möchtest keine Kinder, das ist klar. Aber jetzt wird es nun mal eines geben, richtig?«

»Das ist es ja gerade, es wird eben nicht nur eines sein.«

Ellen sog die Luft ein. »Zwillinge?«

Frank nickte und bemerkte, wie sich ungewollt ein Grinsen auf seine Gesichtszüge stahl. Nanu?

»Jetzt verstehe ich gar nichts mehr. Wie kannst du sie damit sitzen lassen?«

»Du bist gut. Zuerst unterstellst du ihr, dass sie mir ein Kind unterschieben wollte, und jetzt machst du mir Vorwürfe, weil ich nicht bei ihr bin?«

Ellen lachte zustimmend, stieß einen Schmerzenslaut aus und drückte mit der Hand auf ihren Bauch. »Autsch! Süße, halte still. Du hast recht«, sagte sie zu ihm, »ich habe mich für eine Sekunde in Lucy hineinversetzt. Liebst du sie?«

»Ja.«

»Und warum hängst du hier herum? Sie heult sich wahrscheinlich die Augen aus dem Kopf.«

Frank starrte seine Exfrau an. Ellen hatte recht!

Er sprang auf. »Ich muss zu ihr.«

Der Dieter hielt ihn am Arm fest. »Warte eine Sekunde. Wir wollten euch beide zu Silvester einladen. Gemeinsam ins neue Jahr feiern. Zwei Paare, die Eltern werden, das ist doch schön, oder? Ich habe sogar eine kleine Überraschung für euch vorbereitet.«

Franks Mundwinkel zogen sich erneut zu einem Grinsen auseinander. »Dann musst du davon ein zweites häkeln, was auch immer es ist.« Er legte einen Fünfeuroschein auf den Tisch. »Ich bin weg.«

»Kommt ihr am Montag?«, rief Ellen ihm hinterher.

Frank hatte bereits sein Smartphone aus der Innentasche seiner Jacke gezogen und schaltete es ein. Während er die Tür des Cafés öffnete, rief er: »Klar, gerne«, bevor er loslief. Bis er sich eingeloggt hatte, hatte er bereits den Großen Markt erreicht. Er wählte Lucys Handynummer.

»Frank?«, hauchte sie nach dem zweiten Klingeln, und er hörte, wie viel Sehnsucht in ihrer Stimme lag.

Wie hatte er nur eine Sekunde daran zweifeln können, dass er sein Leben mit ihr verbringen wollte?

»Liebes …«, sie hielt hörbar die Luft an, als er das Kosewort sagte, »bist du auf der Arbeit?«

»Ja.« Ihre Stimme vibrierte vor Freude. »Und du?«

»Ich stehe auf dem Großen Markt und gucke zu euren Fenstern hoch. Ich bin geschieden, Lucy. Ich möchte dich sehen.«

Er hörte, wie sie in Tränen ausbrach. Bestimmt drehten sich in diesem Moment alle im Großraumbüro zu ihr um.

Dann mischte sich ihr Schluchzen mit Lachen. »Ich komme sofort.«

Es dauerte keine fünf Minuten, bis sie sich in seine Arme warf. Dieses Mal störte ihn ihr Heulanfall nicht, Gefühlswallungen gehörten zu einer Schwangerschaft nun einmal dazu. Ihr kurzes Haar an seiner Wange duftete nach ihrem Lieblingsshampoo, außerdem stieg ihm ein Hauch ihres Parfums in die Nase, das an niemandem sonst so unvergleichlich roch. Sie schmiegte sich an ihn, und er fühlte sich vervollständigt.

Sie lächelte ihn unter Tränen an. »Wohin möchtest du gehen?«

Er küsste sie auf die Nasenspitze. »Am liebsten nach Hause.«

Ihre Pupillen weiteten sich. »Aber ich muss nachher wieder zur Arbeit.«

»Wenn du krank wirst, kannst du nicht zur Arbeit.«

Er küsste sie auf den Mund und schob vorsichtig seine Zunge vor, bis sie ihre Lippen öffnete. Oh ja, es gab bessere Möglichkeiten, einen freien Tag zu begehen. Das schien sie in dieser Sekunde auch zu denken, denn sie zog den Kopf zurück, hakte sich bei ihm unter und dirigierte ihn zum Parkplatz.

»Du hast recht, lass uns nach Hause fahren.«

»An diese Versöhnungen könnte ich mich gewöhnen.«

Lucy seufzte, als er sich neben sie gleiten ließ, das Bein um sie schlang und den Arm über ihren Oberkörper schob, eine Hand auf der fülliger gewordenen Brust. Nicht nur ihr Busen hatte sich verändert, Lucy wirkte insgesamt weicher und voller, zugleich duftete sie verführerischer, und ihre Reaktionen auf seine Liebkosungen schienen ihm noch ungestümer als früher. Ihm gefiel diese neue Lucy. Sie wirkte selbstbewusst und ausgeglichen.

Er stützte den Kopf auf. Sie betrachtete ihn unverwandt und streichelte mit dem Finger seine Wange, eine sanfte Berührung, die er genoss. Ihre Augen hatten die Farbe eines zugefrorenen Sees, in dem sich der blaue Himmel spiegelte. Sie runzelte die Stirn, setzte sich auf und schlang die Arme um die Beine. Nun konnte er das Bäuchlein erkennen. Darin wuchsen seine Kinder heran. Mit dem Gedanken breitete sich ein Gefühl in ihm aus, das er nicht näher analysieren wollte. Es ging ihm gut dabei.

»Frank, es gibt zwischen uns noch ein paar Dinge, die wir klären müssen.«

Er setzte sich ebenfalls auf, rutschte zum Kopfende des Bettes zurück und zog die Decke über seine und ihre Beine. »Ja«, sagte er schlicht und griff nach ihrer Hand, um mit den Fingerkuppen jeden ihrer Finger zu streicheln.

Sie lachte und zog die Hand zurück. »Das lenkt mich

ab. Mir ist klar geworden, dass ich zwei Mal den gleichen Fehler gemacht habe. Ich hätte dich sofort einweihen müssen, als ich von der Schwangerschaft erfuhr und nachdem ich wusste, dass es Zwillinge werden.«

»Genau das hättest du tun müssen. Ich fühlte mich hintergangen.« Er dachte nach. »Warum hast du es mir nicht gesagt?«

»Ich hatte Angst vor deiner Reaktion.« Sie verwuschelte mit beiden Händen ihren Haarschopf.

Er zog sie in seine Arme. »Unsere Beziehung wird nur funktionieren, wenn wir offen zueinander sind. Du musst diese Angst ablegen.«

»Und du darfst nicht gleich wegrennen.«

Er lächelte. »Ich arbeite daran. Aber es gibt Tage, an denen ich eine Auszeit brauche. Damit wirst du leben müssen.«

»Kein Problem, solange ich nicht jedes Mal befürchten muss, dass du mich …«, sie legte die Hand auf ihren Bauch, »uns verlässt.«

Er nickte.

»Hast du dich an den Gedanken gewöhnt?«

»Ich denke schon. Wann werden wir es unseren Familien sagen?«

Lucy seufzte. »Noch eine Sache, vor der ich Angst habe. Meine Mutter ist zwar scharf auf Enkelkinder, aber sicher nicht, wenn sie unehelich sind.«

»Tja, man kann nicht alles haben, oder? Vorerst kommt eine Heirat für mich nicht infrage.«

Sie schüttelte den Kopf. »Für mich auch nicht.«

Nach ihrer Versöhnung verbrachten sie zusammen drei wunderbare Tage. Lucy hatte am Wochenende keinen Dienst, und für Silvester hatte sie bereits Urlaub genommen. Sie genossen ungestört die gemeinsame Zeit, ihre

Freude aneinander und kauften die ersten Sachen für die Zwillinge ein. In den Kleinkindabteilungen der Geschäfte eröffnete sich ihnen eine neue Welt. Beim Anblick der Spielsachen schlug Franks Herz höher. Er freute sich darauf, wenn die Jungs größer sein würden und kicken konnten.

Am Silvesterabend führten Ellen und der Dieter stolz die Dachwohnung vor, in der sie tatsächlich ganze Arbeit geleistet hatten. Die Küche war funktionsfähig, das Bad hatte Dieter mit einem Wickelplatz und einer Babybadewanne ausgestattet, und das ehemalige Ess- und Wohnzimmer würde wohl zu einer riesigen Spielwiese umfunktioniert werden. Das Baby erwartete ein Paradies mit reichlich Platz für ein oder zwei weitere Kinder.

Als sie hinuntergingen, um sich dem Raclette zu widmen, nutzte der Dieter die Zeit, in der der Grill aufheizen musste, um Lucy ein Päckchen zu überreichen.

»Ich habe mich für euch ins Zeug gelegt«, erklärte er.

Mit einem gespannten Lächeln wickelte Lucy das Geschenk aus und zog ein gelbes und ein orangefarbenes Säuglingsmützchen hervor. »Oh, die sind wunderschön, vielen Dank!«

»Da ist noch was drin.« Der Dieter stand auf und griff nach dem Geschenkpapier auf Lucys Schoß. Zwei Lappen fielen auf den Boden, die er eifrig aufhob und ausbreitete. Stolz zeigte er zwei bestickte Lätzchen. »Seht mal, hier ein Teddy und da ein Pinguin. Kreuzstich ist meine neue Leidenschaft.«

Trotz mehrerer Versuche von Franks Seite ergab sich kein anderes Gesprächsthema als die Schwangerschaften. Ellen überhäufte Lucy mit Tipps zum Thema Körperpflege, Hilfsmittel gegen Sodbrennen und Rückenschmerzen, während der Dieter Frank ungefragt darauf aufmerksam machte, wie man schadstofffreie Babymöbel fand oder selbst baute. Frank sehnte Mitternacht herbei.

Lucy, die ganze Zeit in ihr Gespräch mit Ellen vertieft, schob kurz vor zwölf ihren Stuhl näher zu seinem, sodass sich ihre Beine berührten. Gleichzeitig legte sie ihre Hand dicht neben seine. Es gelang ihm nur noch mit Mühe, Aufmerksamkeit für die Vorteile von reiner Baumwolle gegenüber Mischgarn vorzutäuschen. Die Luft, die ihn umgab, füllte sich allmählich mit Lucys Geruch. Sie zog ihre Hand weg und legte sie auf seinen Oberschenkel, ihr kleiner Finger berührte die Knopfleiste seiner Jeans. Sie bewegte ihn kaum, was jedoch völlig ausreichte. Er schob sein Becken auf dem Stuhl unauffällig ein Stück nach vorn und spreizte unter dem Tisch die Beine. Lucy sah ihn mit leicht hochgezogener Augenbraue an und leckte sich wie zufällig einen Tropfen Wasser aus dem Mundwinkel, bevor sie ihm ein Lächeln schenkte. Er warf einen Blick auf die Uhr. Wann konnten sie endlich verschwinden?

»Noch zwei Minuten«, sagte der Dieter, woraufhin er und Ellen in Aktionismus verfielen. »Ich hole den Crémant.«

»Und ich die Gläser.« Beide stürmten in die Küche.

Lucy sah Frank in die Augen und atmete mit leicht geöffneten Lippen langsam aus. »Zwei Minuten noch.« Sie legte ihre ganze Hand auf seinen Schritt.

»Lucy«, stieß er aus und griff nach ihrer Hand, während er ihr einen Kuss gab.

»Hey, seid ihr bereit?« Der Dieter friemelte bereits am Metallverschluss der Sektflasche herum, Ellen stellte vier Gläser hin.

»Und wie!« Lucy setzte sich aufrecht hin und nahm bedauerlicherweise ihre Hand weg. Frank räusperte sich.

»Mist, zu spät«, quietschte Ellen. »Es ist schon zwölf! Alles Gute zum neuen Jahr, Schnucki!« Sie umarmte den

Dieter, der durch den Ansturm ihres Bauches beinahe umkippte, und küsste ihn.

Auch Lucy und Frank sprangen auf. »Frohes neues Jahr, Frank. Ich liebe dich.« Sie schob ihre Arme in seinem Rücken nach oben, sodass er ihren Oberkörper an seinem fühlen konnte, und bewegte subtil ihre Hüften an seinem Becken.

»Frohes neues Jahr«, sagte er heiser und legte seine Gier in den Kuss, mit dem er sie bedachte. Er vergaß, wo sie waren, streichelte mit der einen Hand ihren Nacken, weil er wusste, wie sehr sie es mochte, mit der anderen zog er ihr Becken noch näher an seines. Lucy ließ sich darauf ein.

Ein Räuspern ließ sie zurückfahren, und sie lösten sich schnell voneinander. Der Dieter und Ellen standen auf der anderen Seite des Tisches, die Gläser waren gefüllt. Dieter hielt Frank ein volles und Lucy eines mit einem kleinen Schluck Crémant entgegen. »Prosit Neujahr!«

»Von mir auch – prosit Neujahr, ihr Turteltäubchen. Es hat keiner verlangt, dass ihr uns vorführt, wie ihr die Zwillinge gemacht habt.«

Lucy griff nach dem fast leeren Glas und brach in ein Kichern aus. Wie nicht anders zu erwarten, hatte der Dieter sich mit reichlich Feuerwerk eingedeckt und einen leeren Bierkasten mit Flaschen bereitgestellt. Frank half ihm, die Raketen und Batterien vor dem Haus zu zünden.

»Was meinst du, was das im nächsten Jahr erst für ein Spaß wird, wenn die Kinder dabei sein werden?«, sagte der Dieter.

Frank fragte sich, ob er nächstes Silvester mit dem Dieter und Ellen verbringen wollte. Ihm schwebten Horrorbilder vor, in denen der Dieter ihn zwang, in eine Krabbelgruppe für Väter zu gehen, wo man sich fachmännisch über Holzspielzeug und Häkelmuster austauschte.

»Ist das nicht toll?«, fragte der Dieter immer wieder. Er war offensichtlich in seinem Element. »Boah, ist das toll!«

»Dieter«, klang leise Ellens Stimme vom Hauseingang herüber.

Der Dieter sah kurz zu ihr und strahlte. »Toll, oder, Schnucki?«

Frank bemerkte, dass Lucy Ellen mit beiden Armen festhielt.

»Dieter!«, rief Ellen ein wenig lauter.

»Ich weiß, das Feuerwerk ist dieses Jahr großartig. Alles für dich, mein Schatz!« Er winkte zu Ellen und bückte sich, um den nächsten Böller zu zünden.

»DIETER!«, übertönte Ellens nächster Schrei selbst das Pfeifen der aufsteigenden Rakete.

Frank war bereits zu den beiden Frauen geeilt, stützte Ellen und warf Lucy einen fragenden Blick zu. Endlich kapierte der Dieter, dass seine hochschwangere Frau etwas von ihm wollte. Als er registrierte, wie kraftlos sie zwischen Lucy und Frank hing, stürzte er zu ihnen.

»Was ist los, Ellen, tut dir was weh?«

Ellen stöhnte. »Es geht los!«

Der Dieter erstarrte und riss die Augen auf. »Bist du sicher?«

Ellen schnaubte. »Die Blase ist gesprungen. Wir kriegen unser Kind, Dieter.«

Plötzlich wurde ihr Gesicht weich und Tränen liefen ihr die Wangen hinunter. Der Dieter zuckte mit beiden Händen nach vorn und vollführte hektische Schraubbewegungen in der Luft. Dann sah er fassungslos von Lucy zu Frank.

»Was machen wir jetzt bloß? Ich bekomme ein Kind!« Seine Stimme klang wie die eines kleinen Jungen.

»Hol du die Tasche, Frank das Auto, wir fahren sofort

in die Klinik«, gab Lucy mit ruhiger Stimme Anweisungen. »Frank, schiebe bitte den Beifahrersitz so weit wie möglich nach hinten und leg darauf einen großen Müllbeutel aus. Los, bewegt euch, wir haben keine Zeit zu verlieren.«

»Herzlichen Glückwunsch, Sie haben eine wunderschöne, gesunde Tochter! Sie ist das erste Neugeborene im Saarland für dieses Jahr.«

Diesen Satz sagte der Oberarzt fünf Stunden später zur völlig erschöpften Ellen und dem Dieter, der vor Stolz zu vibrieren schien. Beide hatten darauf bestanden, dass Frank und Lucy bei ihnen blieben. Diese hatten sich in eine Ecke des kleinen Entbindungsraumes gesetzt und sich gegenseitig festgehalten, als sie beobachteten, wie Ellens Wehen stärker und die Abstände dazwischen kleiner wurden. Im Nachhinein schien es ein Traum zu sein, ja, Frank war sogar einmal eingenickt. Er hatte nicht sehen wollen, wie das Baby endlich seinen Weg in die Welt fand, und Lucy hatte ziemlich verschreckt ebenfalls bevorzugt, nicht hinzuschauen. Bei dem Satz, der jetzt im Raum hing, sprangen sie beide auf und eilten zu dem Dieter, der neben dem Entbindungsbett stand und Ellen anstrahlte.

Der Arzt legte ihr das Baby, das in ein Handtuch eingewickelt war, in den Arm. Ellen sah grässlich aus, die Haare feucht und wirr in alle Himmelsrichtungen stehend, ihr blasses Gesicht voller roter Flecken und winziger geplatzter Äderchen. Ihre Augen waren von dunklen Schatten umrahmt, und ein Schweißfilm lag auf ihren Wangen. Ihr mitleiderregender Anblick veränderte sich schlagartig, als sie ihrem Baby ins verkrumpelte und rote Gesichtchen sah. Sie sah zu Dieter auf, und in dieser Sekunde wusste Frank, dass er sich auf die Geburt seiner Zwillinge freute.

Wie viel Zeit vergangen war, bis eine resolute Hebamme in das Zimmer kam, um nach dem Rechten zu sehen, wusste Frank nicht. Als sie Ruhe für Mutter und Kind forderte, zog er den Dieter, der sein Dauergrinsen nicht mehr aus dem Gesicht bekam, mit nach draußen. Vor den Türen der Klinik schaltete Frank sein Handy ein, um eine Flut eingegangener Nachrichten vorzufinden. Die hatten Zeit. Lediglich Herbert rief er zurück.

»Frohes neues Jahr, altes Haus. Wo treibst du dich rum?«, begrüßte ihn sein Partner.

»Ich bin an der Elisabeth-Klinik. Ellen hat vorhin ihr Kind bekommen, und ich glaube, ich muss mit dem frisch gebackenen Vater jetzt anstoßen.«

Dieters Grinsen vertiefte sich, als er heftig nickend zustimmte.

21. EIN NEUES LEBEN

Der Dieter bringt mich nach Hause, bevor er mit Frank in der City die Geburt seines ersten Kindes feiert. Ich umarme die beiden noch einmal voller Inbrunst und gehe beschwingt nach oben in meine Wohnung. Nun habe ich das Wunder zum ersten Mal miterlebt. Ein neues Leben! Ich bin davon derart aufgeputscht, dass an Schlaf nicht zu denken ist, obwohl wir die Nacht durchgemacht haben.

In der Dusche summe ich mein Lieblingswerbelied vor mich hin. Mein Leben liegt so rosig joghurtleicht vor mir, wie ich es mir nur wünschen kann. Die kleine Lily Schimmelschnulze hat sich innerhalb weniger Minuten vor meinen Augen von einem hässlichen Allerweltsgnom in ein einzigartiges, wunderschönes Baby verwandelt, das aus allen Poren Persönlichkeit ausstrahlt. Ich glaube, das Kindergesicht vom Dieter in ihr zu erkennen. Und Frank und ich werden sogar zwei von der Sorte haben! Wenn ich daran denke, zucke ich kurz zusammen, weil ich Bammel davor habe, wie es wohl sein wird, zwei Winzlinge gleichzeitig zu versorgen, aber letztlich überwiegt die Freude.

Während ich mir in der Küche einen leckeren Kümmel-Fenchel-Anis-Tee aufbrühe, singe ich lauthals das Weihnachtswiegenlied aus unserem Chorkonzert. Bevor ich mich auf dem Zweisitzer niederlasse, nehme ich das Telefon, um die Neujahrsanrufe zu erledigen, und sehe, dass mein Anrufbeantworter blinkt. Ich lasse mich auf die Couch plumpsen und höre die eingegangene Nachricht ab.

»Hallo, Lucy, hier ist Herbert. Ich wollte dir prosit Neujahr wünschen. Frank ist ja mit dem Dieter unterwegs, wie ich gehört habe. Vielleicht hast du Lust, einen Erfolg zu feiern? Kurt Neccer hat gestanden, dass er mehrfach versucht hat, dich umzubringen. Ääh, falls du dir vorstellen kannst, mit einem abgehalfterten Kommissar auf dein Leben anzustoßen, melde dich einfach. Hab heute frei.«

Wow, gibt es noch eine Steigerung? Jetzt sind alle Zweifel beseitigt. Ich bin endlich frei! Ich wähle die Nummer meines Retters. Er meldet sich sofort, und wir verabreden uns für ein Treffen in der City in einer Stunde. Ich habe noch genug Zeit, meine Familie durchzutelefonieren, um von Lilys Geburt zu erzählen und ein gutes neues Jahr zu wünschen, dann ziehe ich mich rasch an und verlasse das Haus. Ich tänzle beinahe zum Twingo und genieße es. Endlich muss ich nicht mehr in geduckter Haltung zuerst die Straße checken, um sicherzugehen, dass mir niemand auflauert. Meine Paranoia der letzten Monate verabschiedet sich. Ich habe ein neues Leben geschenkt bekommen. Ist das nicht wunderbar?

Sie ahnen es bereits, oder? Ich drehe den Schlüssel im Schloss der Fahrertür, als ich einen Schatten bemerke, der sich von links nähert. Mit einem Schlag wird es dunkel um mich und ich werde herumgezerrt. Jemand hüllt mich in einen riesigen Sack und schlingt ein Seil oder einen Gürtel fest um mich, bevor ich den geringsten Ton von mir geben oder versuchen kann, mich zu befreien. Meine Arme sind gefangen. Ich spüre, wie sie in meinem Rücken festgezurrt werden und schreie um Hilfe, eine Hand legt sich auf meinen Mund, und mit übermenschlicher Kraft schleift mein Angreifer mich von meinem Auto weg. Mein Strampeln und Treten gehen ins Leere, ich werde von den Füßen gezogen und kann nur noch ein Wimmern ausstoßen. Der muffige Geruch des Stoffes und feinste Fusseln steigen in meine Nase, bis ich das Gefühl habe, keine Luft mehr zu kriegen. Ich klammere mich so gut wie möglich an dem wie eine Schraubzwinge wirkenden Arm fest, der mich rücksichtslos weiterzerrt. Mir kommt es vor wie eine Ewigkeit, auch wenn wir wahrscheinlich wenige Meter zurücklegen. Mein Herz rast, ich atme hektisch durch die Nase und glaube zu ersticken.

Mein Angreifer stellt mich auf die Beine, hält mich nach wie vor mit einem Arm fest und lässt meinen Mund endlich los. Sofort atme ich rasselnd ein und stoße einen zweiten Schrei aus, der in meinen eigenen Ohren piepsig klingt. Ich bekomme einen Schlag ins Gesicht und bin still. Meine Wange brennt wie Feuer von der Gewalt des Schlags und von dem Kratzen des rauen Wollstoffs. Ich höre ein Klicken und ein Geräusch wie von einer Autotür, die geöffnet wird, schon stößt mich mein Entführer kräftig vorwärts. Ich lande auf einer gepolsterten Unterlage, meine Füße werden angehoben und ich werde unsanft nach oben geschoben. Mit dem Kopf knalle ich heftig an eine Wand und muss mich zusammenfalten, weil nicht genug Platz ist. Offenbar bin ich auf die Rückbank eines Autos verfrachtet worden. Ich versuche, mich zur Seite zu drehen, bis ich ein wenig bequemer liege, und atme bewusst ruhiger, um einen Gedanken fassen zu können. Was passiert hier gerade?

Ich rieche alte, muffige Polster, Gummi und Benzin. Es muss ein Auto sein, das viele Jahre auf dem Buckel hat. Dieser Eindruck bestätigt sich, als der Entführer einsteigt und die Tür zuschlägt. Die Geräusche, die der Wagen macht, hören sich an wie damals, als ich noch ein Kind war, und mein Vater einen Opel fuhr. Der Motor springt erst an, nachdem der Unbekannte zwischendurch auf das Gaspedal getreten hat. Er fährt los. Ich liege gefesselt und vermummt hinter den Vordersitzen und habe keinerlei Orientierung. Mir ist schlecht vor Angst. Permanent denke ich an die Zwillinge in meinem Bauch. Spüren sie, was ich gerade durchmache?

»Hören Sie, ich bin schwanger. Bitte lassen Sie mich frei, bitte! Ich habe Ihnen nichts getan.«

Das Radio springt an. Ich spüre, wie meine Wangen nass werden und habe das Gefühl, unwiederbringlich auf dem Weg in den Hades zu sein.

»Was wollen Sie von mir? Wenn es Geld ist – ich gebe Ihnen alles, was ich habe.«

Die Musik wird lauter gedreht. Beim Schalten ruckelt das Auto merklich, trotzdem bringt es mich unaufhaltsam weg von zu Hause, weg von Frank, weg von meinem neuen Leben. Die unbequeme Lage verursacht mir Schmerzen im Rücken, außerdem dröhnt mein Kopf von dem Stoß gegen die Seitenwand. Ich kämpfe um Fassung, um nicht in Panik zu geraten. Wo sind jetzt meine beiden Beraterinnen? Lady Tough, was soll ich tun? Heulsuse? Wo bleiben eure guten Ratschläge? Ich bin mit meinem Latein am Ende.

›Ich würde sagen, wir sitzen in der Scheiße.‹

›Sehe ich auch so.‹

Na prima, äußerst hilfreiche Kommentare!

Ich versuche mehrfach, den Fahrer anzusprechen und zu einer Antwort zu bewegen, aber es ist aussichtslos. Wie ist das möglich? Mein Mörder ist doch gefasst worden! Dann kommt mir ein Gedanke: Konnte Kurt Neccer fliehen? Er ist getürmt, hat ein Auto gestohlen und ist schnurstracks zu mir gefahren, um mich endlich zu erwischen!

Ich versuche krampfhaft, ruhig zu bleiben. Irgendwie schaffe ich es, mich nicht zu übergeben. Ich muss jetzt für drei kämpfen, nicht nur für mich. Denk nach, Lucy, was kannst du tun, um freizukommen? Vielleicht kann ich an mein Handy gelangen und Franks Nummer wählen? Mir fährt durch den Sinn, dass das Gerät in meiner Handtasche steckt, und die habe ich verloren, als ich eingesackt wurde. Ich weiß nicht, ob der Angreifer das überhaupt bemerkt hat – oder ob es ihn geschert hat. Wenn die Tasche neben meinem Twingo liegt, wird Frank das bunte Ding entdecken, sobald er nach Hause kommt. In unserer Straße ist normalerweise nicht viel los. Und wenn jemand anderes sie findet und darin auf meinen Geldbeutel stößt, kann er sich bestimmt sofort denken, dass etwas nicht stimmt.

Während ich mir versuche einzureden, dass ich bald vermisst werde, will das Bild von Kurt Neccer als meinem Entführer einfach nicht in meinen Schädel. Wenn es ihm wirklich gelungen wäre, aus der Haft zu entfliehen, wäre es mehr als dumm, mich zu entführen, anstatt sich aus dem Staub zu machen. Andererseits – wer weiß, was im Schädel eines irren Mörders vor sich geht? Hatte Frank nicht gesagt, Neccer habe noch mehr Frauen umgebracht? So richtig wollte er nicht mit der Sprache herausrücken, aber dieser Freak soll auch für die zerstückelte Frauenleiche in der Tiefkühltruhe verantwortlich gewesen sein. Mein Körper überzieht sich mit einer Gänsehaut. Was hat mein Angreifer mit mir vor?

Plötzlich verlangsamt das Auto das Tempo und bleibt schließlich stehen. Ich habe keine Ahnung, wie weit wir gefahren sind oder wohin, aber als die Tür geöffnet und ich unsanft herausgezerrt werde, höre ich in der Ferne Kirchenglocken, die ich meine, wiederzuerkennen. Woher? Zu dumm, ich kann sie nicht eindeutig zuordnen.

Ich bemühe mich, mit den Sohlen auf dem Boden zu landen, und es gelingt mir, mehr schlecht als recht die Füße voreinander zu setzen und in die Richtung zu stolpern, in die ich gezogen werde. Ein Schlüssel wird in einem Schloss gedreht und eine Tür geöffnet, dann stoße ich mir heftig die Schienbeine an, weil ich zu spät bemerke, dass wir eine Stufe hinaufgehen. Ein Geruch wie in dem Haus einer meiner Großtanten umfängt mich. Absurd, welche Gedanken einem durch den Kopf schießen, oder? Immerhin verrät mir der Mief, dass ich in ein Wohnhaus gebracht werde, und wenigstens das finde ich beruhigend. Hat man nicht schon von kalten, unterirdischen Verliesen gelesen, in denen Entführungsopfer versteckt wurden? Ein Wohnhaus kommt mir da viel freundlicher vor – bis ich von den Füßen gehoben und über die Schulter geworfen werde.

Durch den Sack hindurch dringt der Duft eines weit verbreiteten Herren-Deos zu mir. Ansonsten kann ich nichts wahrnehmen, das mir Aufschluss über meinen Angreifer geben könnte. Eine Tür öffnet sich, dann steigt er mit mir eine Treppe hinunter. Er tritt schwer unter meiner Last auf, und bei jedem zweiten Schritt habe ich das Gefühl, gleich von seiner Schulter zu rutschen. Er muss einen Gehfehler haben, wird mir bewusst, und sofort habe ich das Bild von Kurt Neccer vor Augen, wie er, auf seinen Stock gestützt, hin und her schwankt. Aus einem unerfindlichen Grund fällt mir ebenfalls der Pflegevater von Maurice ein. Hat er gehumpelt? Jedenfalls hat er auch dieses Deo benutzt. Aber sind wir so lange unterwegs gewesen, dass wir in Riegelsberg sein könnten?

Der Druck auf meinen Bauch tut weh, in mir steigt Übelkeit auf. Lange werde ich das nicht aushalten. In diesem Moment setzt mich mein Entführer mit einem Stöhnen ab. Ich stürze beinahe nach hinten, in letzter Sekunde gelingt es mir, das Gleichgewicht zu halten. Ich höre, wie sich der Mensch von mir entfernt. Dann wird ein Stuhl oder ein anderes Möbelstück gerückt und die abgehackten Schritte kommen wieder näher. Ich werde weitergezerrt und auf einen Sitz gestoßen. Eine Tür wird geschlossen, der Schlüssel dreht sich, Stille kehrt ein.

Ich höre gedämpft den Verkehr auf der Straße. In der Nähe brummt ein Gerät, es könnte eine Heizung sein. Ich atme weiterhin so ruhig wie möglich, versuche, Gerüche wahrzunehmen, die durch den muffigen Wollstoff des Sacks zu mir dringen. Habe ich gehört, wie mein Entführer die Treppe hinaufgestiegen ist? Nein!

Ich drehe den Kopf in die Richtung, aus der ich gestoßen wurde. Er atmet! Anscheinend überrascht es ihn, dass ich ihn anstarre, obwohl ich durch den Stoff nicht einmal sehen kann, ob das Licht an ist. Sein Atem wird unregelmäßig, wie wenn man schlucken muss und es zurückzuhalten versucht.

»Wer sind Sie?«, flüstere ich. »Was wollen Sie von mir?«

Warum gibt er mir keine Antwort?

Ich höre seine Schritte auf mich zukommen, und mein Herz rast vor Angst. Er beugt sich über mich und löst das Seil in meinem Rücken, packt mich an den Schultern, zerrt mich auf die Füße, kurz darauf zieht er den Sack über meinen Kopf. Gleich werde ich ihm in die Augen blicken. Ich muss husten, weil erneut Flusen in meine Nase gewirbelt werden, dann sehe ich meinen Entführer tatsächlich vor mir stehen. Er ist vermummt! Er sieht fast genauso aus wie an dem Tag, an dem er mir in meiner Straße aufgelauert und mich angegriffen hat. Ist es derselbe? Seine Augen sind hell, genauer kann ich die Farbe nicht erkennen. Er hat Falten, und der unter der Skimaske sichtbare schmale Streifen seiner Brauen wirkt grau, bei dem trüben Licht kann ich mir nicht sicher sein.

Ich schaue mich um. Wir sind in einem winzigen Kellerraum mit gestampftem Fußboden, aber ohne Fenster. Es muss ein alter Vorratskeller sein. In der einen Ecke sehe ich ein leeres, von Spinnweben überzogenes Holzregal, in einer anderen einen kleinen Haufen Koks und einen Kohleeimer. Von der Decke hängt eine nackte Glühbirne herab. Ein einziger Stuhl steht auf dem unebenen Boden; es ist der, auf den der Mann mich gestoßen hat und jetzt wieder hinunter drückt. Den Sack und das Seil lässt er achtlos fallen. Er starrt mich nur an, ohne ein Wort zu sagen. Ich zittere.

»W-was wollen Sie von mir?«

Er spricht nicht, senkt unter der Maske die Brauen. Sein Atem saugt den zugenähten Stoff vor dem Mund rhythmisch an. Der Anblick lässt mich stutzen, ohne zu begreifen, was mich daran so erschreckt.

»Haben Sie nicht gehört, ich bin schwanger. Bitte, lassen Sie mich gehen.«

Bei dem Wort ›schwanger‹ stößt er ein Geräusch aus, das mir das Blut in den Adern gefrieren lässt: Er grunzt wie Hape Kerkeling in seiner Rolle als Horst Schlämmer. Jetzt erkenne ich auch die Körperhaltung, die bisher nur die ungewohnte schwarze Kleidung vor mir verborgen haben kann.

»Herbert«, piepse ich, »bist du das?«

Er stößt ein ungläubiges Schnauben aus und schüttelt den Kopf. Trotzdem bin ich mir gewiss. Mir geht auf, was mich an seiner Atembewegung durch die Maske irritiert: Es ist der mächtige Schnurrbart, der als dicke Beule über dem Mund zu sehen ist.

»Herbert, was soll das, ich erkenne dich doch! Wieso treibst du dieses Spielchen mit mir?«

Ich bin echt sauer. Findet er das vielleicht witzig?

Langsam zieht er die Maske nach hinten von seinem Kopf, und tatsächlich kommt darunter das verschwitzte Gesicht von Franks Partner zutage. Sein Haar ist feucht und verstrubbelt, und der Duft, der von ihm ausgeht, ist nicht gerade wohlriechend. Das billige Deo trägt noch dazu bei, dass meine empfindlich gewordene Nase sich unwillkürlich kräuselt.

»Rümpfst du die Nase über mich?«, fährt er mich an.

Sollte ich eben noch gedacht haben, er erlaube sich einen schlechten Scherz und löse gleich alles auf, wird mir in dieser Sekunde klar, was für ein Riesenirrtum das war. Seine Augen glänzen fiebrig, ihr Ausdruck erinnert mich in frappierender Weise an Kurt Neccer.

»Nein, ich … Ich muss bloß immer niesen, wegen der Schwangerschaft.«

Ich hoffe inständig, die vielen Hinweise auf meinen Zustand bewegen ihn dazu, mich laufen zu lassen. Dummerweise ruft das Wort jedoch eine eher gegenteilige Reaktion hervor: Er grunzt abermals, bevor er ausspuckt.

»Ja, hast nichts Besseres zu tun gehabt, als ihm gleich ein Kind an den Hals zu hängen, Miststück!«

Ich glaube, nicht richtig gehört zu haben. Fassungslos starre ich ihn an, und während ich noch in seiner Miene zu lesen versuche, hat mein Inneres längst eine Wahrheit erkannt, die ich niemals für möglich gehalten hätte oder nicht begreifen konnte: Herberts augenscheinliche Vorbehalte mir gegenüber, meine Probleme, mich auf ihn einzulassen, seine Anhänglichkeit gegenüber Frank, selbst die Bemerkungen vom Dieter über amouröse Verwicklungen, sein Singledasein seit der frühen Trennung von seiner Frau – all das erklärt den jetzigen Ausdruck auf seinem Gesicht. Ich kenne ihn allzu gut. Eine meiner Kolleginnen hat ihn mir oft genug gezeigt, damals, als ich mit dem Typ ging, der vorher ihr Freund gewesen war. Es ist der Schmerz, jemanden zu lieben, der einen nicht wiederliebt, und das Unverständnis, warum dieser Mensch mich lieben kann. Mir wird die Tragik um Herberts Leben bewusst: Er liebt Männer, so einfach ist das.

»Du … liebst Frank, richtig?« Meine Stimme ist ein Krächzen.

Er lacht auf, aber es hört sich viel mehr nach einem Schluchzen an. Ob Frank es ahnt? Oh Gott, wie sehr muss Herbert leiden …

›Hast du noch alle beisammen? Machst dir hier Gedanken, ob er leidet … Sieh zu, dass du unseren Arsch rettest!‹

Im Gegensatz zu Lady Tough wimmert Heulsuse nur in meinem Kopf, ein nervtötendes Geräusch, das mir dennoch hilft, mich zusammenzureißen.

Herbert hat seinen Blick auf eine Stelle neben mir gerichtet, er wirkt leer, mutlos und traurig. »Ja«, flüstert er.

Ich rate mehr, als dass ich seine Worte verstehe.

»Ich liebe ihn. Schon seit Jahren.« Er fährt sich mit der Hand durch das wirre Haar. »Und der Idiot hat es nicht kapiert. Wie oft habe ich es ihm gezeigt? Zuerst war da Ellen.« Er stößt sein Grunzen aus.

Mir blutet das Herz, weil Herbert in all seiner Tragik so komisch wirkt.

»Ellen ist nicht verkehrt. Aber sie redet von morgens bis abends. Mir war klar, dass er mit der auf Dauer nicht glücklich würde. Ich brauchte nur abzuwarten.« Noch immer spricht er zu der Stelle auf dem Boden, beinahe wirkt es, als habe er mich vergessen. »Die Arbeit trug ihres dazu bei, und ich war überzeugt, dass Frank es bemerken würde. Eine Beziehung zu einer Frau ist nichts für ihn. In mir hat er einen wahren Partner, jemanden, der alles für ihn tut. Dann kam die Trennung. Mein innigster Wunsch stand kurz davor, erfüllt zu werden. Ich sah die Gelegenheit, mich ihm zu beweisen, und ergriff sie beim Schopfe. Rettete ihm das Leben.«

Abermals grunzt er, und in diesem Augenblick ist nichts daran komisch.

»Hat er es auch nur eine Sekunde anerkannt?« Er hebt den Kopf, sein fiebriger Blick sucht meinen und findet ihn nicht. »Eine Liebestat war es, und er machte sich darüber lustig. Und danach …« Jetzt fokussiert er, und er weiß genau, wen er vor sich hat und was er tut. »… kamst du, verfluchtes Miststück. Hast ihn wuschig gemacht. Er ist dir sofort verfallen wie ein Pennäler, der sich in seine Lehrerin verliebt. Wenn ich noch an seine Stimme denke, als er mir von dir erzählte. Und von deinen Füßen!« Die letzten Worte spuckt er aus.

Plötzlich kommt Leben in ihn, mit zwei Schritten ist er bei mir, zieht ein Messer aus seiner Tasche, lässt es aufschnappen und hält es mir an die Kehle. Ich spüre die Spitze an meiner Haut. In mir blitzt die Frage auf, wie er der Angreifer gewesen sein kann, der mich in meiner Straße mit dem Messer bedrohte. Schließlich hat er mich damals aus dessen Fängen befreit.

»Herbert, du tust mir weh!«, presse ich mühsam hervor.

Mit einer schnellen Bewegung greift er nach mir und dreht mich herum, sodass er mir das Messer von hinten an den Hals drückt, mit dem Arm hält er mich gefangen.

Ich gehe unwillkürlich ein wenig in die Knie. »Bitte hör auf, bitte!«

Mir laufen die Tränen die Wangen hinunter. Er zieht mich nach hinten und setzt mich auf den Stuhl. Das Messer entfernt sich von meiner Kehle. Er bückt sich, um das Seil aufzuheben.

»Du verhältst dich still, verstanden?«

Ich nicke hastig. Er fesselt meine Arme hinter der Lehne zusammen. Er tut es hastig, als habe er es eilig, hier wegzukommen. Währenddessen quält mich der eine Gedanke: Wieso hat er mich vor meinem Haus gerettet, wenn er mich töten will? Oder umgekehrt – wieso will er mich töten, wo er mir doch das Leben gerettet hat? Ich wage nicht, ihm diese Frage zu stellen. Wenn er mir jetzt nichts tut, kommt er womöglich zur Besinnung. Wie viel Zeit mag vergangen sein? Ob jemand meine Tasche gefunden hat? Vermisst Frank mich? Nie und nimmer wird er auf die Idee kommen, dass Herbert mich entführt hat.

Tatsächlich stellt sich Franks Kollege vor mich, sieht mir prüfend in die Augen und sagt mit emotionsloser Stimme: »Du bist erst mal ruhig gestellt. Ich muss jetzt hoch, meine Mutter wird aus der Kirche zurück sein und das Essen machen.«

Dann sperrt er die Tür auf. Als er sie öffnet, sehe ich dahinter eine Art Werkraum, an dessen anderem Ende sich eine weitere Tür befindet, und für eine Sekunde erhasche ich einen Blick auf die Wand. Ich erstarre: Über einer Werkbank hängen Bilder von Frank, viele Bilder, die teilweise über zehn Jahre alt sein müssen. Ein Schrein für den Mann, den er anbetet. Mein Grauen wächst, als ich die anderen Bilder entdecke. Es sind viel weniger, sie hängen unter der Collage von Frank. Sie zeigen mich. Manche davon sind komplett mit schwarzem Edding bemalt, ich erkenne nur meine Kleider darauf, bei den anderen sind mir fratzenhafte Züge aufs Gesicht gemalt worden. Der Mann ist verrückt!

Herbert streckt noch einmal grinsend den Kopf herein. »Du kannst schreien, wenn du willst. Dich hört hier niemand. Ich komme zurück, wenn sie schläft. Dann werde ich endlich das zu Ende führen, was ich ein paarmal begonnen habe. Es wird Zeit, dass du den Abgang machst.«

Die Tür fällt zu, ich höre den Schlüssel im Schloss, das Licht geht aus.

Versetzen Sie sich in meine Lage: Gefangen, gefesselt, Dunkelheit um mich herum. Mein Entführer ist ein Irrer, der mich aus Eifersucht aus dem Weg räumen möchte. Dass er mich freiwillig gehen lässt, ist ausgeschlossen. Meine

Gedanken laufen zur Höchstform auf. Herbert hat offenbar versucht, mich zu töten. Zum ersten Mal, als ich im Bärenklau gelandet bin. Damals wollte mir niemand glauben. Der Angriff war nur halbherzig. Doch wer war der vermummte Angreifer in meiner Straße? Ein gedungener Mörder? Herbert muss von dem Angriff gewusst haben, sonst hätte er nicht zum richtigen Zeitpunkt auftauchen können. Und als im Stadtpark auf mich geschossen wurde? Herbert war als Erster am Tatort und suchte nach Spuren. Es fällt mir wie Schuppen von den Augen: Er selbst hat alle Spuren beseitigt! Ich frage mich bloß, ob er mich damals aus Unfähigkeit verfehlt hat oder ob er nicht in der Lage war zu töten. Am Bahnhof wäre es ihm beinahe geglückt. Dort rettete mich Lenas Geistesgegenwart.

In meinem Kopf summt und brummt es. Einerseits spüre ich das dringende Bedürfnis, mich zu befreien, und meine Hände versuchen ohne bewusste Anweisung, die Fesseln abzustreifen, aber ich fürchte, Herbert versteht sein Handwerk. Andererseits hat sich eine Maschinerie in meinem Schädel in Gang gesetzt, die ich nicht unterbrechen kann, selbst wenn ich es wollte. Mein Gehirn sortiert Schnipsel und fügt sie zusammen, erschafft ein Bild, das einen Sinn ergibt. Zusammen mit Herberts Geständnis verstehe ich nun alles. Die Erkenntnis macht mir das Leben hier und jetzt aber nicht um einen Deut leichter. Ich sitze gefangen in einem Kellerraum, den offensichtlich niemand aufsucht außer Herbert, hinter seinem höchsteigenen Werkraum, den aller Wahrscheinlichkeit nach kein anderer Mensch betritt, sonst hätte Herbert ihn nicht mit Fotos von Frank und mir zugekleistert. Eine Gänsehaut überläuft mich. Das ist wie in diesen amerikanischen Thrillern. Und ich bin mitten drin. Ich stelle mir vor, wie Herbert irgendwo da oben mit seiner Mutter am gedeckten Tisch sitzt und einen Feiertagsbraten verspeist. Wahrscheinlich merkt sie ihm nichts an. Wir haben ihm ja auch nichts angemerkt.

Mit einem Mal spüre ich eine Bewegung in meinem Bauch, wie den Flügelschlag eines Schmetterlings. Hemmungslos breche ich in lautes Schluchzen aus. Lady Tough und Heulsuse stimmen mit ein.

Ich weiß nicht, wie lange wir da sitzen und heulen und mit den Zähnen knirschen, aber plötzlich höre ich ein Geräusch. Sofort verstummen wir drei. Jemand macht sich an der Tür zu schaffen. Ängstlich und gleichzeitig voller Hoffnung beobachte ich, wie sie langsam aufschwingt. Das Licht geht an, und ich kneife die Augen vor Schmerz zusammen. Als ich sie wieder öffne, steht Herbert vor mir.

»Da bist du ja noch.« Er kichert.

Mir steigt ein Geruch nach Bratenfleisch in die Nase, der mich würgen lässt. Mit einem Satz ist er bei mir und schlägt mir mit der flachen Hand ins Gesicht.

»Musst du kotzen, wenn du mich siehst?«

Ich schreie auf, was ihn nur weiter anzustacheln scheint. Er prügelt wie besessen auf mich ein, ins Gesicht, auf meinen Hinterkopf, meine Schultern, meinen Oberkörper. Seine Schläge sind hart und tun unglaublich weh. Ich stoße spitze Schreie aus, versuche, mich zusammenzukrümmen, aber ich kann nicht. Meine größte Angst gilt den Babys.

»Mistschlampe – Drecksstück – verfluchtes Weib – Stück Scheiße ...«, beschimpft er mich. »Du hast es nicht besser verdient. Hättest dich von ihm fernhalten sollen.«

Er hält inne, schöpft Atem, starrt mich an. Mein Gesicht ist inzwischen verquollen, einige Stellen sind aufgeplatzt und bluten. Mein Bauch tut weh, und in der Brust spüre ich Stiche. Ich weiß nicht, wie lange ich das noch überleben werde. Die Tür steht offen, das ist das Einzige, woran ich mich festhalte.

»Bitte«, flüstere ich nur, »bitte …«

Doch er ist noch nicht fertig. Er baut sich vor mir auf und schreit mich an: »Mistfotze! Ich mache dich kalt. Ich bringe dich um!«

Mit beiden Händen greift er nach meinem Hals und drückt zu. Sofort habe ich Todesangst, spüre, wie mir der Atem wegbleibt, höre das Blut in meinen Ohren rauschen. Mein Kopf scheint anzuschwellen, die Augenhöhlen füllen sich wie Luftballons, dann sehe ich dunkle Flecken und Blitze, Herberts Gesicht verzerrt sich und löst sich auf. In meinem Magen tobt eine Übelkeit, die ich noch nie kannte, und mein Bauch schmerzt. Ich meine, die beiden Kinder zu spüren, ihre vier Beine und die vier Arme, die beiden Köpfchen … Habt keine Angst, euch kann er nicht wehtun, denke ich noch, dann wird es schlagartig hellrosa um mich herum, alles verschwimmt, ich habe das Gefühl abzuheben, erschlaffe in Herberts Händen und spüre die Qual nicht mehr.

Plötzlich ein Ruck, ich werde nach vorn gerissen, aber die Fesseln am Stuhl halten mich zurück. Das rosa Licht ist verschwunden, es ist dunkel um mich herum, Irrlichter tanzen vor meinen Augen. Ich ziehe rasselnd die Luft ein, mein Hals brennt, meine Brust ebenso, ich spüre meine Lungenflügel und sogar die Verästelungen bis in die Bronchien hinein. Um mich herum herrscht ein unglaublicher Lärm, den ich nicht begreife. In mir tanzen zwei kleine Babys, ich spüre sie überdeutlich, und auf einmal muss ich lachen. Tief aus meinem Bauch heraus steigt das Lachen hoch, kitzelt mich im wunden Hals, befreit sich und bricht aus meinem Mund heraus. Ich bin bestimmt tot, oder? Ich kann nur tot sein.

Eine Stimme und ein Geruch dringen zu mir durch, und ich weiß, dass ich im Paradies bin …

»Lucy, Liebste, komm zu dir!«

Wieso ist Frank da? Ist er etwa auch tot?

Ich lache noch immer und finde die Irrlichter unglaublich witzig, die vor meinen Augen flimmern und die aussehen wie die beiden Winzlinge in mir. Es ist ein Junge und ein Mädchen, das sehe ich deutlich.

»Lucy, komm zurück!«

Ich schüttle den Kopf und lache, lache, lache. Dann merke ich, dass ich meine Arme bewegen kann. Logisch, im Himmel ist man nicht gefangen. Noch mehr Stimmen um mich herum. Sie klingen ernst. Was ist los? Herrscht im Himmel nicht eitel Sonnenschein?

Wumm, landet etwas in meinem Gesicht. Es hinterlässt eine Duftspur und bringt mich dazu, mit dem Lachen aufzuhören. Ich erkenne den Geruch: Es ist Franks Aftershave. Ich blinzle. Auf die Dauer sind diese Irrlichter echt nervig. Trotzdem sehe ich ihnen mit ein wenig Wehmut hinterher, als die Baby-Lichter verschwinden.

Ich reiße die Augen auf. Schwups, bin ich wieder da. Im Keller, ich kann die Funzel an der Decke baumeln sehen. Ich spüre etwas Weiches unter mir und registriere, dass ich auf dem Schoß von jemandem sitze, der mich liebevoll umfangen hält. Ich kuschle mich an ihn.

»Frank«, flüstere ich, »ich liebe dich.«

Und dann? Ja, dann bricht dieser Traummann mit den unglaublich braunen Augen und der unwiderstehlichen kleinen Narbe auf der Wange in Schluchzen aus. Und in Lachen, beides gleichzeitig. Können Sie sich das vorstellen? Und da weiß ich: Jetzt ist alles gut.

EPILOG

»Was ist das denn?« Frank hält mir meine To-do-Liste vor die Augen.

Ich erröte und setze mich rasch auf der Récamière aufrecht hin. Mein Bauch ist nun nicht mehr zu übersehen, geht allerdings noch mit etwas gutem Willen als eine Folge meiner Schwäche für Trüffelpralinés und Joghurtschokolade durch. Nur sehr aufmerksame Mitmenschen sehen mir meinen freudigen Zustand an der Nasen- und Bauchspitze an, Menschen wie Ilina zum Beispiel. Meine Eltern und meine Juristenschwester haben wundersamerweise noch nicht Wind davon bekommen.

»Hatten wir nicht ein für allemal vereinbart, dass du mir wichtige Dinge sofort sagst?«, hakt mein Liebster nach.

Ich fange an zu schwitzen und versuche, ihm das Papier aus der Hand zu schnappen, doch er zieht sie weg, lässt sich in den Sessel mir gegenüber fallen und beginnt, laut vorzulesen: »›Zehn Dinge, die man tun sollte, bevor man ermordet wird‹ …«

Er wirft mir einen Blick über den Rand seiner Brille zu, sein neuer Trick, mit dem er mich zum Lachen bringt. In dieser Sekunde lässt er mich hoffen, dass es ihm nicht todernst ist mit dem Vorwurf, ich hätte ihm eine wichtige Sache vorenthalten. Ich verstehe ohnehin nicht recht, was er mir vorwerfen will, er kennt die Aufstellung schließlich. An den Punkten hat sich nichts geändert, auch wenn ich sie nach dem Zwischenfall im Bahnhof neu zu Papier bringen musste. Für mich gehört die Liste übrigens zur Intimsphäre, er muss sie aus meinem Nachtschränkchen genommen haben. Das sage ich ihm!

Er lacht auf. »Immerhin betreffen mich diese Dinge ganz gehörig. Lass uns noch mal checken, was du davon erreicht hast. Hier steht an oberster Stelle ›Kind kriegen‹. Das hat geklappt, und ›Mann fürs Leben finden‹, in Klammern ›Frank‹.«

Ich schüttle den Kopf. »Ich habe dir bereits gesagt, dass ich nicht heiraten will.«

Er grinst. »Und dann das hier: ›Overknees von Manolo Blahnik kaufen, bevor ich zu dick, zu alt oder beides werde‹. Wo sind diese Stiefel, ich will sie sofort sehen!«

Er schmeißt die Liste von sich, kommt zu mir herüber und zieht mich in die Arme. Sein Blick ist bestenfalls lüstern zu nennen. Ich merke, wie meine durchgewirbelten Hormone noch ein wenig mehr durcheinandergeraten, und reiße mich zusammen.

Gespielt entrüstet sage ich: »Es dürfte dir nicht entgangen sein, dass es zu spät ist. Ich bin bereits zu dick!«

Er legt eine Hand auf meinen Bauch und lässt sie zur Brust wandern. »Nein, bist du nicht. Und wirst du nie sein. Deine Beine werden in Overknees hammermäßig aussehen, und ich bin jetzt schon scharf darauf, dir die Dinger auszuziehen. Lass uns nach Trier einkaufen fahren.«

Sein Mund nähert sich meinem, und ich lasse zu, dass meine Hormone jede Contenance verlieren. Wir sind mitten in der schönsten Knutscherei, als es an der Tür klingelt. Wir stieben auseinander.

»Wer kann das sein?«, fragt Frank und zieht sein Shirt über die Hose, während ich aufstehe und ebenfalls alle Kleidungsstücke zurechtzupfe.

»Ich weiß es nicht.«

Frank verschwindet in das Treppenhaus, um den Besucher hereinzulassen. Kurz darauf erkenne ich mit Schrecken zwei Stimmen, die sich leise mit Frank unterhalten. Meine Eltern!

Sie wirken verlegen, als er sie in meine kleine, nicht standesgemäße Wohnung führt, und ich biete ihnen einen Platz am Tisch an. Mein Vater stellt eine Flasche ›Veuve Clicquot‹ ab und bittet mich, Gläser zu holen.

Nachdem er eingeschenkt hat, hält er Frank und mir ein gefülltes Glas hin, dann meiner Mutter und schließlich nimmt er sich selbst eines. »Meine liebe Lucy, ich habe es versäumt, mit dir anzustoßen. Wenn meine Zweitälteste knapp dem Tod entronnen ist, ist das fast, als sei sie neu geboren worden. Darauf wollen wir jetzt endlich trinken.«

Er erhebt das Glas, während meine Mutter sich eine Träne von der Wange tupft. Ich tue, als würde ich einen Schluck nehmen.

»Wieso trinkst du nicht?«

Der Apothekerin entgeht nichts!

Sie verengt die Augen zu Schlitzen, legt den Kopf schief und lässt ihren Blick über meine Brust zum Bauchansatz wandern. Ausgerechnet heute trage ich eine Jogginghose und ein recht eng anliegendes Oberteil. Sie schaut mich fassungslos an.

»Du … bist du … bekommst du etwa …?«

Ich kann es nicht mehr länger für mich behalten. »Ich bin schwanger!«

Mutter schlägt sich die Hand vor den Mund, ihre Augen schwimmen in Tränen, sie dreht sich zu meinem Vater. »Thomas, hast du das gehört? Du wirst Opa!«

Dr. Schober steht da und sagt nichts.

Frank legt den Arm um meine Schultern. »Herzlichen Glückwunsch, ihr werdet Großeltern.« Er drückt mich an sich, wofür ich ihm dankbar bin.

»Wir bekommen ein Baby«, ruft auf einmal mein Vater aus, kommt zu uns herüber und umarmt uns beide.

»Irrtum, Papa«, sage ich lachend, »nicht ein Baby, sondern zwei.«

»Wieso, wird Rouwen etwa auch Vater?« Meine Mutter schafft es sogar in dieser glücklichen Situation, pikiert auszusehen.

»Wir kriegen Zwillinge.«

Beide brechen in frenetischen Jubel aus. Wie sich schnell herausstellt, hatten sie selbst auf Zwillinge gehofft und waren enttäuscht, als es nie geklappt hat. Sie umarmen und beglückwünschen uns inniglich, wir ziehen mit dem Champagner zur Couchgarnitur um, wo die drei der Witwe mit Hingabe den Garaus machen, während ich sie glühend darum beneide, dass sie diesen edlen Tropfen genießen dürfen. So aufgekratzt habe ich meine Eltern selten erlebt.

Nachdem sie sich etwas beruhigt haben, wollen sie ganz genau wissen, wie das mit Herbert und den Mordversuchen war. Und so erzählt Frank, wie er am Neujahrstag, während er mit dem Dieter Lilys Geburt feierte, einen Anruf von der Wache erhielt und man ihm eine unglaubliche Geschichte erzählte. Kurt Neccer hatte sein Geständnis in Teilen widerrufen. Er hatte erklärt, er sehe nicht ein, für Taten bestraft zu werden, die ein anderer auf dem Kerbholz hatte.

Es ist geradezu absurd: Herbert hatte Neccer dazu gebracht, die Anschläge auf mich auf seine Kappe zu nehmen. Tatsächlich muss er sogar versucht haben, ihn für den Überfall vor meinem Haus zu engagieren, was Neccer damals ablehnte. Zu dem Zeitpunkt kannte Herbert selbst noch nicht das wahre Serienmörder-Ich seines alten Flurgenossen aus der Reha, hatte aber geglaubt, ihn wegen kleinerer Straftaten erpressen zu können. Für den geplanten

Mord engagierte Herbert letztendlich einen Berufskiller, der inzwischen ebenso inhaftiert worden ist wie Herbert.

Nachdem Franks Expartner den mutmaßlichen Attentäter auf dem Silbertablett serviert hatte, fühlte er sich sicher: Niemand würde vermuten, dass er sich an mich heranmachen und einen neuerlichen Mordanschlag verüben würde. Doch Neccer plauderte. Noch in der Silvesternacht rückte er mit der Wahrheit heraus. Als Frank gegen Mittag davon hörte, zählte er eins und eins zusammen, brach augenblicklich auf, um nach mir zu sehen, und fand meine Handtasche neben meinem Twingo, in dem noch der Schlüssel steckte. Sofort fuhr er zu Herberts Haus, vor dem dessen alter Kadett geparkt war, der für gewöhnlich in der Garage stand. Frau Grühnkool öffnete ihm. Sie sagte, Herbert sei in seiner Gruft, und als Frank die Kellertreppe hinunterstürmte, hörte er bereits dessen Flüche und mein Wimmern.

An diesem Punkt der Geschichte schaudert meine Mutter und legt mir die Hand auf das Knie. »Welch ein Glück, dass du alles gut überstanden hast. Und unsere Enkelkinder.« Dann hellt sich ihre Miene auf. »Wann werdet ihr heiraten?«

Frank hält den Atem an und zieht die Brauen hoch.

Ich grinse. »Gar nicht.«

Mutter öffnet den Mund wie ein Fisch, kein Ton kommt heraus. Ich stehe auf. »Tatsächlich wollten wir gerade aufbrechen. Wir müssen dringend noch ein paar Einkäufe tätigen.«

Wenige Stunden später haben wir die schönsten, weichsten und längsten Overknees gefunden, die ich mir vorstellen kann. Es sind zwar keine Manolos, dafür ist es aber Frank, der mir in Zukunft die Reißverschlüsse wird zuziehen müssen – oder auf. Und das macht die Stiefel noch eine winzige Spur perfekter.

ENDE

DANKSAGUNG

Bei der Entstehung dieses Buches haben mir der Rat und die Meinung vieler Menschen geholfen. Ihnen allen möchte ich – ungefähr in der Reihenfolge, in der sie mir Feedback gegeben haben – herzlich danken:

Heike Schulz,
Stefanie Cernko,
Anja Koeseling,
Horst Kohl,
Kai Breuning,
Flavia Maltritz,
Brigitte Schwartz,
Hans-Wilhelm Becker
und den Mitarbeitern und Mitarbeiterinnen des Gmeiner-Verlags, insbesondere meiner Lektorin Ricarda Dück sowie der Programmleiterin Claudia Senghaas.

Beim Schreiben müssen meine Söhne und mein Mann immer am unmittelbarsten ›mit-leiden‹. Daher danke ich ihnen besonders.

Ein Extradankeschön geht an den Kammerchor Collegium Cantorum Saar unter Leitung von Dr. Wolfgang Maria Hoffmann für die Inspiration und für das Mitgestalten der Buchpremieren.

Weitere Romane finden Sie auf den folgenden Seiten und im Internet: www.gmeiner-verlag.de